RANT by Chuck Palahniuk

랜트

연쇄살인범 랜트를 추억하며

랜트
RANT

척 팔라닉 장편소설 | 황보석 옮김

랜덤하우스

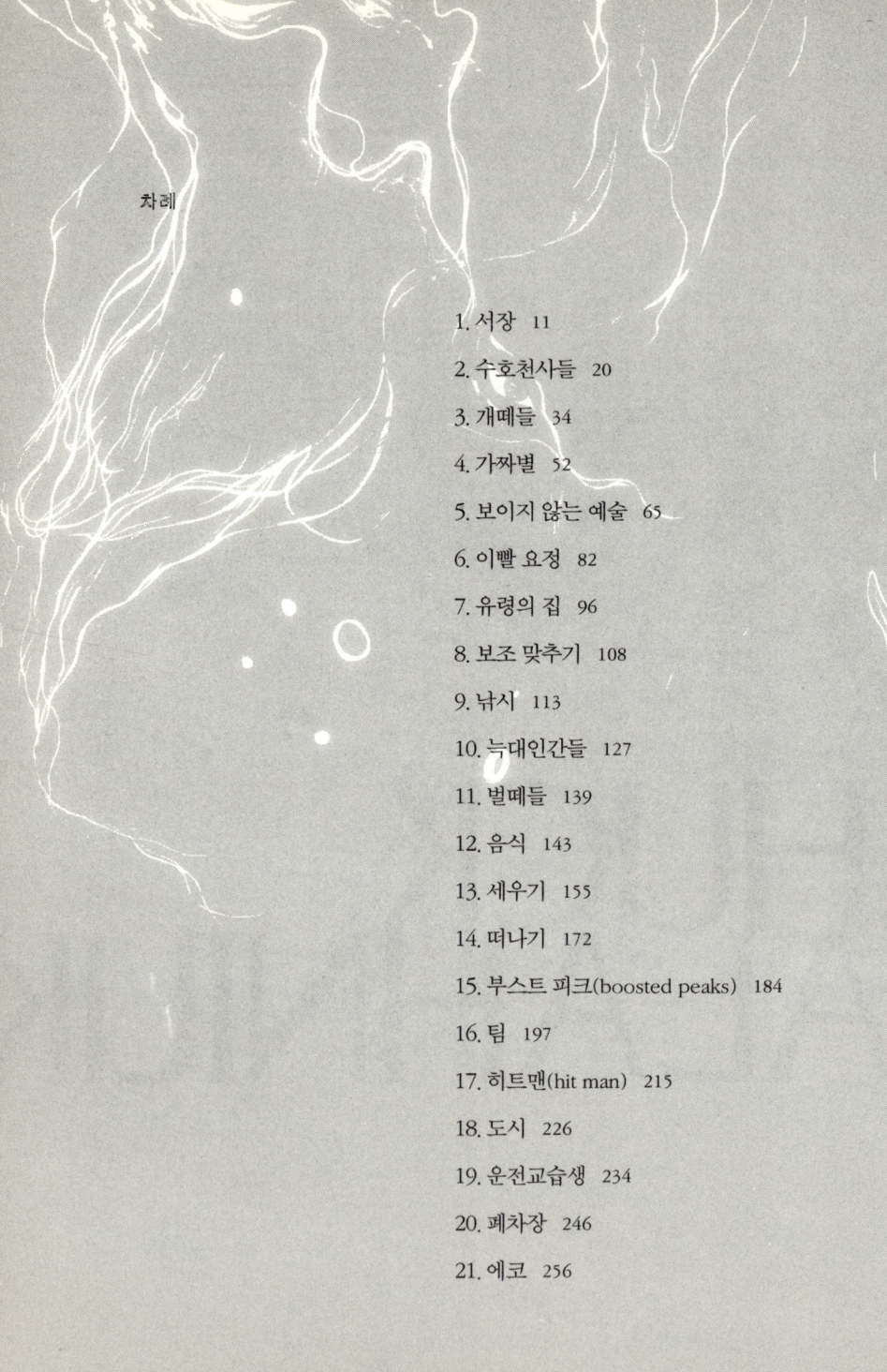

차례

나의 아버지 프레드 리앤더 팔라닉에게 바칩니다.
보도步道에서 눈을 드세요, 부디.

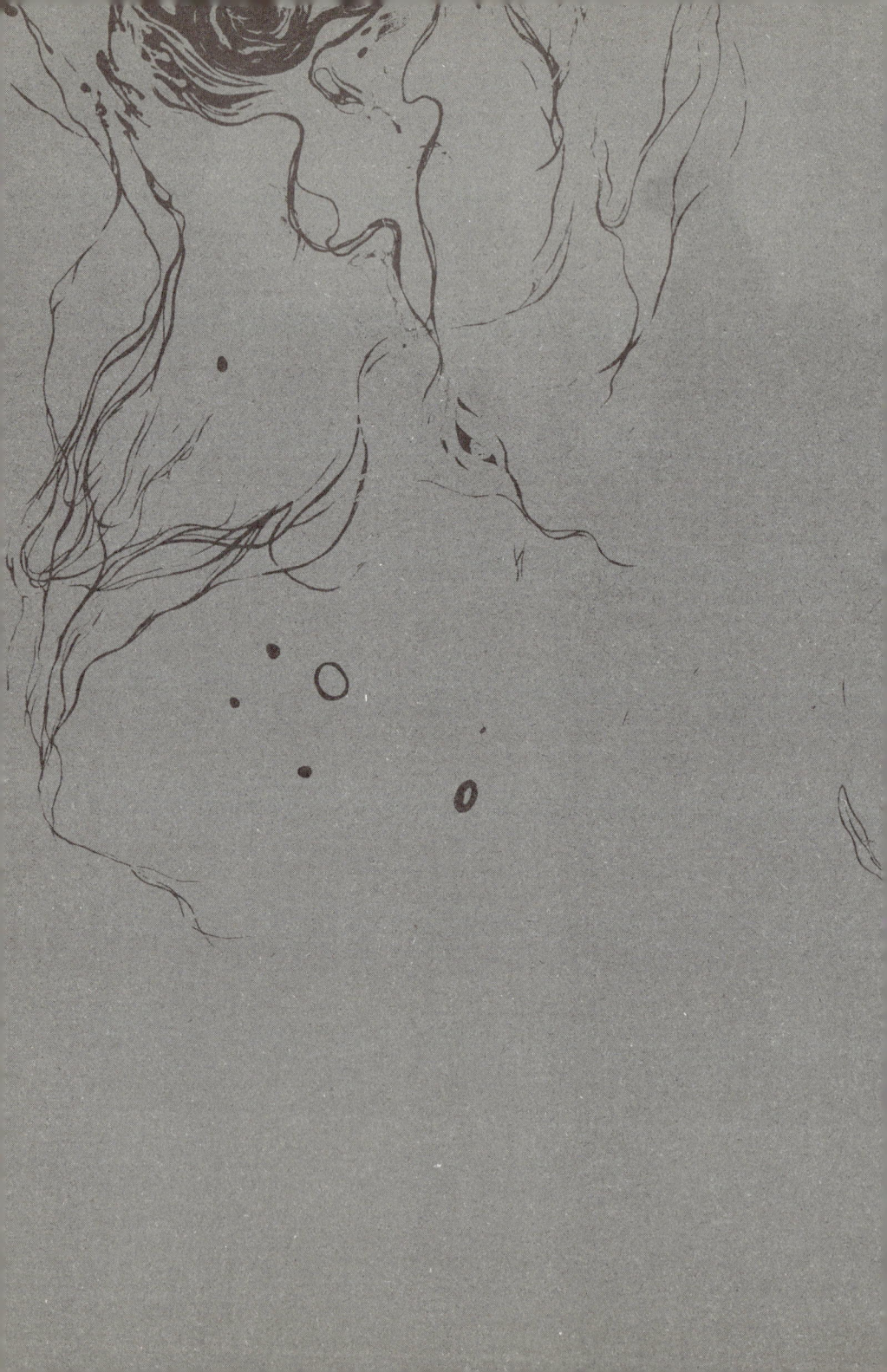

그대는,

원한 적이 있는가?

이 세상에

태어나지 않았기를.

작 　 가 　 의 　 　 　 말

이 책은 구술 기록 형식으로 씌어져, 여러 다양한 참고인들과의 면담을 통해 그들의 증언을 편집한 형식으로 이뤄졌다. 그러므로 함께한 경험에 대해서 이 사람과 저 사람의 말이 다르고 모순되는 상황이 벌어지기도 한다. 이와 같은 형식으로 쓰인 다른 전기들에는 조지 플림프턴의 《카포테》, 진 스타인의 《에디》, 브렌던 멀런의 《렉시컨 데빌》 등이 있다.

제장 *1*

윌리스 보이어(✿ 자동차 세일즈맨): 대부분의 다른 사람들과 마찬가지로 저도 랜트 케이시가 죽기 전에 그 친구를 만나거나 얘기를 나눠보지는 못했습니다. 하기야 그게 유명한 사람들에게 흔히 있는 일이기는 하지요. 그런 사람들이 꼴까닥하면 가깝게 지냈다는 친구들이 벌 떼처럼 몰려드는 거 말입니다. 이미 저세상으로 간 유명인사가 길거리로 걸어 내려오면 실제로는 얼굴 한 번 본 적 없는 절친한 친구들을 백만 명쯤 마주치게 될 걸요.

죽음이야말로 제프리 다머(엽기적인 연쇄 살인으로 징역 957년형을 선고받고 복역하다 동료 수감자에게 난폭하게 죽임을 당한 인물–옮긴이)와 존 웨인 게이시(겉으로는 성실한 실업가에 자선 사업가였지만 30명 이상을 연쇄 살인한 끝에 체포되어 사형된 인물–옮긴이)가 이뤄낸 최고의 업적이었지요. 개탄 듀가스(에이즈의 감염원으로 불리며 초기 에이즈 전파에 지대한 영향을 끼친 전직 항공사 승무원 – 옮긴이)가 죽은 뒤에는 하도 여러 명의 섹스 파트너들이 그 사람하고 잤다고 우겨대서 지붕이 다 날아갈 지경이었답디다.

그걸 두고 랜트 케이시는 이렇게 말하곤 했다더군요. 사람들은 네가 살아 있을 때 너를 공격하거나, 아니면 네가 죽은 뒤에 너를 칭찬함으로써 명성을 쌓는다고.

제 경우는 어땠느냐 하면, 비행기에 타고 있는데 어떤 촌뜨기가 내 옆 자리에 앉습디다. 그자의 피부, 그건 차마 보기 힘들 정도로 망가진 차 같았지요. 이빨 자국으로 움푹 패고, 얽고 주름이 지고. 손등 거죽이 꼭 엉망진창으로 묵사발 난 흉터처럼 보이더라니까요.

여승무원이 와서 그 촌뜨기한테 무엇으로 마시겠냐고 묻더니만, 그 다음에는 그자한테 내 음료, 그러니까 얼음 띄운 스카치를 내 쪽으로 좀 건네주라고도 합디다. 하지만 내게로 건너온 플라스틱 컵을 감아쥔 그 괴물 같은 손가락들이며 물어뜯긴 손가락마디들을 보고나니 그 컵에 도저히 입술을 가져다 댈 수가 없더군요.

전염병에 대해서는 아무리 조심해도 지나칠 게 없지요. 공항에서 보니 금속 탐지기 바로 뒤에 열 감지기가 있던데 거기 직원들도 사스의 전파를 막기 위해 처음 써보는 것 같더라고요.

정부 측 말로는 대부분의 사람이 자기가 감염된 줄도 모른다고 합니다. 자기가 멀쩡하다고 느끼는 사람도 감지기가 체온이 너무 높다고 삑삑거리면 그때는 격리소로 사라지게 되는 거지요. 어쩌면 남은 평생 동안. 재판이고 나발이고 아무것도 없이.

안전을 위해 앞테이블을 내리고 그 컵을 받아 들었어요. 스카치위스키가 점점 더 엷어져 물기가 많아지는 걸 지켜봤지요. 얼음이 녹아서 사라질 때까지.

누구든 차를 팔아서 벌어먹는 사람들은 이런 말을 할 겁니다. 반복은 모든 기술의 어머니이고, 판매고를 올리는 건 호의적인 관계를 쌓아가면서 이루어진다고.

그 기술들은 언제 어디서든 갈고닦을 수 있는 겁니다. 이름을 기억하는 쓸 만한 방법 한 가지는 상대방의 눈빛이 마음에 새겨질 만큼 오래도록 그 사람의 눈을 들여다보는 거지요. 초록색이냐, 갈색이냐, 푸른색이냐. 우리는 그걸 패턴차단(Pattern Interrupt, 예기치 않은 말이나 행동으로 상대방과의 관계에 변화를 일으키거나 당연하다고 믿는 것을 생경하게 만들어 새롭게 생각해볼 기회를 주는 일-옮긴이)이라고 부르는데, 그게 우리가 늘 잊어버리곤 하는 걸 잊지 않게 해주거든요.

그 낯선 카우보이의 눈빛은 밝은 초록색이더군요. 부동액 같은 초록색.

비행기를 갈아타는 페코 공항에서부터 그 도시까지 우리는 내내 팔걸이를 같이 썼지요. 나는 창 쪽에서, 그자는 통로 쪽에

서. 이런 말까지 하기는 뭣하지만, 그자의 카우보이 부츠에서는
마른 똥이 얇은 조각으로 계속 벗겨져 내렸고요. 기다란 구레
나룻은 고등학교 시절 아마 계집들깨나 후렸겠지만 이제는 관
자놀이에서 턱뼈까지가 희끗희끗하더군요. 손등에 난 털은 말
할 것도 없고.

호의적인 관계를 맺는 연습 삼아 그자에게 비행기 표를 얼마
에 샀느냐고 물어봤지요. 고객이 필요로 하는 게 뭔지 꼭 짚어
낼 수 없다면, 비행기 안에서 팔을 맞대 부비고 있는 이 낯선 사
람이 어떤 선택을 할 때 결정적 역할을 하는 게 뭔지 알아낼 수
없다면, 누구하고 아무리 얘기를 해도 캐딜락은 커녕 닛산의
'정신적 주인'이라도 되도록 끌어들일 수가 없는 거니까요.

누군가를 차에 들어앉히는 또 한 가지 비결은 이겁니다. 자기
에게 배당된 모든 차에 라디오 선국 버튼 1번으로 찬송가 채널
을 저장해놓는 거지요. 2번 버튼은 로큰롤, 3번 버튼은 재즈. 만
약 차를 살 것 같은 고객이 요구하고 명령하는 유형이다 싶으
면 차에 시동을 거는 순간 뉴스나 정치 얘기를 하는 방송이 나
오도록 해놓고, 샌들을 신은 사람이라면 내셔널 퍼블릭 라디오
버튼을 눌러주고. 시동을 거는 순간, 라디오가 그들이 듣고 싶
어하는 걸 얘기하도록 만들어 놓는 겁니다. 저는 자동차 충돌
파티를 벌이는 젊은이가 탈 경우에 대비해서, 내게 배당된 차
는 모두 5번 버튼에 테크노 광들의 너절한 음악이 나오도록 해
놓고 있지요.

그 촌뜨기의 초록색 눈빛과 부츠에 들러붙은 똥, 판매원들은 그런 자들을 '걸이못(mental pegs, 질문에 대답하는 방식에 따라 특성을 파악할 수 있는 대상이라는 뜻－옮긴이)'이라고 부르지요. 단답형으로 대답하게 되는 질문, 그건 '닫힌 질문'입니다. 고객이 이야기를 하게 만드는 질문, 그건 '열린 질문'이고요.

예를 들어 "당신 비행기 표를 사는 데 얼마나 들었습니까?"라고 묻는다면, 그건 닫힌 질문이지요.

그러면 위스키를 찔끔거리던 상대방은 입에 든 걸 삼키고나서 저를 똑바로 쳐다보며 "50달러요." 할 테고요.

열린 질문의 쓸 만한 예는 이런 게 될 겁니다. "무슨 일을 하기에 손을 그렇게 끔찍하게 물어뜯겼나요?"

제가 이렇게 물었지요. 편도인가요?

그 촌뜨기가 "왕복이오." 그러더니, 움푹 패고 갈라진 손으로 위스키를 입에 가져다 대더군요. 그러고는 "일명 '유가족 특별 할인 항공권'이라는 거."라고 덧붙입디다.

저는 얼굴을 마주 보려고 자리에서 반쯤 돌아앉아 그자를 바라보면서 카우보이 셔츠가 오르락내리락하는 속도와 맞아떨어지도록 호흡을 늦췄지요. 그 기법은 적극적인 경청이라고 하는 겁니다. 그러면 상대는 목청을 가다듬는데, 나는 잠시 기다리면서 그 친구를 따라 같이 목청을 가다듬지요. 그건 노련한 판매원이 고객과 '보조를 맞춘다'라고 하는 겁니다.

그자하고 똑같이 발목을 열십자로 교차시켜 오른발이 왼발

위로 오게 하고 이렇게 추임새를 넣는 거지요. 말도 안 됩니다, 입석표라도 그렇게 싸게는 못 구할걸요. 그리고 다음에는 이렇게 묻는 겁니다. 그런데 어떻게 그럴 수가 있지요?

그랬더니 그자가 위스키를 말끔히 다 비우고나서 이럽디다. "우선, 먼저 해야 할 일은 자물쇠가 걸린 정신병원에서 탈출하는 거요." 그리고 이어서 말하기를, 그다음엔 히치하이크해서 이 나라를 가로질러야 하는데, 비닐 발싸개에 뒤가 잠기지 않는 종이옷만 입은 채 말이오. 집에는 한 박자 늦게 도착해야 하오. 상습 아동 추행범이 당신 마누라하고 당신 어머니를 강간하도록. 그 강간으로 생긴 애새끼가 나오면 당신은 애들이 이갈이를 할 때 뽑은 이빨을 한 수레씩 모으는 놈을 아들로 키워야 하고. 그 괴짜 아들놈은 고등학교를 마치고 달아날 거요. 그리고 밤에만 활동하는 어떤 무리에 가담하는 거지. 차를 쉰 번은 박살내고, 엇비슷하기는 해도 진짜는 아닌 창녀하고 한데 얽히고.

그러는 중에 녀석은 수천 명을, 계엄령이 내려지고 이 세상의 지도자들을 위협할 정도로 많은 사람을 죽이게 될 역병을 일으키지요. 그리고 마침내는 이 세상사람 모두가 텔레비전으로 지켜보는 가운데 훨훨 타오르는 엄청난 불지옥에서 죽게 되고.

그러더니 이럽디다. "그렇게 간단한 거요."

그리고 이어서 말하기를 "그런 다음 당신이 그놈 장례식을 치르려고 시체를 수습하러 가면," 하고 위스키를 입 안에 털어

넣더니 "항공사가 당신 표에 대해서는 특별 할인 가격을 적용해주는 거요."

왕복에 50달러. 그자가 내 앞 테이블에 그대로 놓여 있는, 얼음이 다 녹아버려 미지근해진 위스키를 건너다보더니 이럽디다. "그거 마실 거요?"

그래서 나는 좋을 대로 하라고 했지요.

이게 우리의 인생이 얼마나 빨리 선회할 수 있는지를 보여주는 거지요.

오늘 내 앞에 있는 미래는 어제 내 앞에 있던 미래와 같지 않으리라는 걸 보여주는.

내 딜레마는 이런 거였어요. 이 사람한테 사인을 받아야 할까? 나는 숨을 늦추어 심장박동을 그자에게 맞추고 물었지요. 당신 혹시 그 랜트 케이시라는 친구와 관련이 있습니까? 질병 역사상 최악의 감염원이자 전파자인 '늑대인간 케이시?' 이 나라의 절반을 감염시킨 그 '슈퍼전파자'하고? 미국의 '키스하는 살인자', '미친개' 랜트 케이시하고?

"버스터." 그 사내가 괴물 같은 손을 뻗쳐 내 위스키 잔을 집어 들면서 대꾸합디다. "내 아들놈의 원래 이름은 버스터 랜드루 케이시요. 랜트도 아니고. 버디도 아니고. 버스터."

내 눈은 이미 그자의 손가락에 나 있는, 주름살로 변한 상처에 빨려들고 있었지요. 내 코는 그자의 위스키 냄새와 소똥 냄새를 기록하는 중이었고, 내 팔꿈치는 그자의 플란넬 면 셔츠 소매가 문대지는 것을 기록하고 있었고요. 이미 나는 남은 평생 동안 그 낯선 사내와의 만남을 자랑할 준비가 되어 있었던 겁니다. 순간순간 면밀히 주시하면서 그자의 모든 말과 몸짓을 기억에 담고 있다가 나는 입을 열었지요. 당신은….

"체스터." 그자가 이름을 댑디다. "체스터 케이시요."

미국의 걷고 말하는 대량 살상 생체 무기였던 랜트 케이시의 아버지인 체스터 케이시가 바로 내 옆자리에 앉아 있었던 겁니다.

앤디 워홀(미국 팝아트의 대표적인 화가이자 1960년대 미국 예술계를 대표하는 인물 – 옮긴이)은 잘못 알았어요. 미래에는 사람들이 15분 동안도 유명해지지 못할 겁니다. 아니, 미래에는 모든 사람이 적어도 15분 동안은 어떤 유명한 사람 옆에 앉게 될 테지요. 티포이드 메리(장티푸스 보균자임을 알면서도 요리사로 일해 균을 퍼트린 메리 맬런의 별명 – 옮긴이)나 테드 번디(백인 여성만을 골라 살해한 미국의 연쇄살인범 – 옮긴이), 아니면 샤론 테이트(연쇄살인범 찰스 맨슨에 의해 만삭의 몸으로 살해된 미국의 영화배우 – 옮긴이) 옆에. 역사는 괴물들과 희생자들을 빼놓으면 아무것도 아닙니다. 또는 목격자들을 빼놓으면요.

그래서 내가 뭐라고 했느냐고요? 유감스럽다고 그랬지요. "아드님이 죽어서 몹시 마음 아프시겠군요"라고 말하면서.

그리고 동정심에 고개를 절레절레 흔들었는데….

그런데 잠시 뒤에 체스터 케이시가 같이 고개를 절레절레 흔들더군요. 나로서는 누가 누구와 보조를 맞추는 건지 알 수 없게요. 우리 둘 중에 누가 먼저 어떤 자세로 앉았는지. 혹시 이 촌뜨기가 나를 관찰하면서 나를 따라하는 게 아닌지. 내 결정적 요인을 찾아 공감대를 형성하고 있는지. 어쩌면 내게 뭘 팔려 하고 있는지. 이 살아 있는 전설인 체스터 케이시가 한쪽 눈을 찡끗합니다. 숨을 1분에 열다섯 번 이상은 절대로 쉬지 않으면서. 그자가 내게 스카치위스키 잔을 돌려주며 이럽디다. "당신이 그걸 어떤 식으로 보건," 팔꿈치로 내 옆구리를 쿡 찌르면서 "그 덕분에 비행기표 하나는 엄청 싸게 구했지 뭐요."

수호천사들 2

그린 테일러 심스(C 역사가)의 현장노트에서 : 미들턴에서 사냥개는 캘커타나 뉴델리에서 길거리의 소나 마찬가지다. 어느 비포장도로 한가운데서건 아메리카너구리를 사냥하는 이런저런 잡종개들이 땡볕 아래서 숨을 헐떡이며 침이 질질 흐르는 혀를 늘어뜨린 채 나자빠져 자고 있으니까. 색이 칠해지지도 않고 어떤 표시도 없는 일종의 털로 덮인 과속방지턱인 셈이다. 갈아엎어진 들판에서 불어온 미세한 흙먼지를 잔뜩 뒤집어쓴.

미들턴에 닿기 위해서는 꼬박 나흘 동안 차를 몰아야 했는데, 그 시간은 내가 이제껏 다른 차와 충돌하지 않고 차 안에서 보낸 시간들 중 가장 길었다. 또 나는 그 시간이 내 순례 여행에서 가장 맥 빠지는 형국이 되리라는 사실도 알고 있었다.

네디 넬슨(◑ 자동차 충돌파티족) : 1968년에 유타의 앤털로프스프링에서 이판암 바위 덩이를 깨가지고 삼엽충을 찾아보려던 아마추어 고생물학자 윌리엄 마이스터가, 어떻게 해서 그 대신 500만년 전 인간의 신발 자국을 찾아내게 되었는지 알아요? 그리고 1922년 네바다에서 발견된 다른 화석화된 신발 자국들은 또 어떻게 해서 트라이아스기(紀) 지층에서 나왔는지 알아요?

에코 로런스(◑ 자동차 충돌파티족) : 한밤중에 우리는 이 염병할 나라를 차로 가로질러 우당탕거리면서 미들턴으로 가는 중이었는데, 샷 더년이 운전자 실황 교통방송을 찾아서 버튼들을 눌러대더라고요. 우리가 나와 있는 동안 놓친 사건이나 사고 소식 같은 게 있는지 들어보려고. 엄청나게 멀리 떨어진 나라에서 전해오는 아침이나 저녁 출퇴근 시간대의 뉴스 속보들. 아직 어제인 곳의 교차점 교통 정체와 체증. 벌써 내일인 곳의 고속도로에서 일어난 연쇄 추돌과 자동차 추락 사고들.

누군가가 내일 죽었다는 소리를 듣는 건 지독히도 괴상한 일이죠. 꼭 지금 바로 그 모스크바의 일하러 나가려는 남자에게 전화를 걸어서 "집에 그냥 있어!"라고 귀띔을 해줄 수도 있을 것 같다고나 할까.

운전자 실황 교통방송에서 : 메도스 우회로를 타고 동쪽으로 리치먼드 지역을 통과할 시에는 병목 현상으로 인한 지체가 예상됩니다.

1차선에서 일어난 승용차 두 대의 정면충돌 사고를 오래 잘 보려면 속도를 줄이고 목을 길게 빼야 합니다. 앞쪽 차량은 4배럴의 카뷰레터가 장착된 주철 8기통 7200시시 엔진이 탑재된 1974년형 해록색 플리머스 로드러너. 독창적인 투명한 흰색으로 인테리어가 되어 있습니다. 이 2인승 승용차 운전자는 난폭 운전을 하는 24세의 여성으로 금발과 초록색 눈에 호리호리한 몸매인데, 환추후두골 관절에서 척추가 골절, 절단, 탈구되어 척수가 횡으로 완전히 잘려 나가고 편타성손상(충격 등으로 머리가 앞뒤로 심하게 흔들려 목등뼈 및 주변에 손상을 입는 증상 - 옮긴이)이 너무 심해 목이 부러졌습니다.

뒤쪽 차는 아주 멋진 투도어 하드톱(지붕이 금속이고 창 중간에 기둥이 없는 승용차 - 옮긴이)인데, 뒷자리에 호화로운 크롬 패키지와 고정된 쿼터 윈도가 옵션으로 장착된 크림색 뉴요커 브로엄 세인트 레지스입니다. 승차감 좋은 차죠. 구경꾼 여러분은 지나갈 때 26세 남성인 이 운전자의 흉골과 양측 흉곽이 횡으로 절단되고 폐는 부러진 갈비뼈에 의해 손상되었다는 점에 유의하시기 바랍니다. 그 모두가 운전대에 부딪힌 충격에 기인한 것입니다. 게다가 구급 요원들의 말에 따르면 심각한 내출혈이 있다고 합니다.

그러니 안전띠를 매고 속도를 늦추십시오. 이상 운전자 실황 교통방송의 티나 아무개였습니다….

에코 로런스 : 우리는 야간 통행 금지령과 교통 차단 조치를 어기고 아무것도 없는 허허벌판을 가로질러 차를 몰았어요. 나는 조수석에 타고 있었고, 샷 더년은 운전을 했죠. 네디 넬슨은 뒷좌석에서 무슨 책인가를 읽으면서 우리한테 잭 더 리퍼가 어째서 절대 죽지 않았는지를 얘기했고요. 자기 어머니를 죽여서 스스로 불멸의 존재가 되기 위해 과거로 여행했다나? 그리고 어떻게 해서 지금은 미국 대통령 또는 교황이 되어 있는지를 떠들어댔죠. 어쩌면 UFO가 사실은 먼 미래에서 우리를 찾아오는 인간 여행객이라는 걸 증명하려는 어떤 정신 나간 작자의 이론이었는지도 모르지만요.

샷 더년(ⓒ 자동차 충돌파티족): 지금 생각해보면 우린 랜트가 얘기했던 모든 장소와 '자기 사람'이라고 말했던 사람들을 보러 미들턴으로 차를 몰아간 것 같아요. 그러니까 그 애 부모인 아이린과 체스터, 제일 친한 친구이자 학교를 같이 다녔던 보디 칼라일, 똥통 같은 농가들, 그 친구가 찾아가서 얘기하곤 했던 페리네, 토미네, 엘리엇네. 대부분의 충돌파티는 그저 우리끼리 차를 타고 돌아다니면서 이야기나 하는 거죠.

그런 촌뜨기 같은 상판들. 우리 목적은 랜트가 했던 이야기들을 한층 더 구체화해보자는 거였어요. 나랑 에코 로런스랑 저 캐딜락 엘도라도 뒷좌석에 앉아 있는 네디랑. 차는 랜트가 네디한테 사줬던 거고요.

그래요, 그리고 랜트의 무덤에 꽂하고 뭐 그런 걸 좀 놓아줄 생각이었죠.

에코 로런스 : 샷이 라디오를 쾅 치면서 이러더군요. "너희 알지? 우리가 멋진 사커맘 나이트(자동차 충돌파티족이 미리 정해놓은 경기 일정과 방식 중의 하나이며, 사커맘은 방과 후나 주말에 아이들을 차에 태우고 다니며 축구를 시키는 극성의 백인 중산층 엄마를 가리킴 – 옮긴이)를 놓치고 있다는 거…."

그러자 네디가 "그건 오늘 밤이 아닌데요….".라고 했고요. "달력을 봐요. 오늘 밤은 운전교습생 나이트라고요."

샷 더넌 : 저 앞쪽에서 은빛으로 지평선의 윤곽이 드러나데요. 그 선이 하얀 빛으로 부풀어 오르면서 반원이 되었다가 마침내 꽉 찬 원이 되었죠. 보름달. 그날 밤 우리는 근사한 허니문 나이트를 놓치고 있었어요.

에코 로런스 : 우리는 음악을 트는 대신 서로 이야기를 주고받았죠. 랜트가 했던, 그가 살아온 이야기들. 랜트에 관한 이야기를. 우리는 머릿속 가장 깊은 데 있는 지하실 중의 지하실 중의 지하실에서 끌어올린 세세한 기억들로 그 이야기를 한데 꿰맞춰야 했어요. 우리 모두가 랜트에 대한 어떤 기억들을 툭툭 던졌고, 그런 이야기들을 한데 모으며 차를 몰아갔죠.

샷 더넌: 미들턴 지방 보안관이 우리 차를 세우길래 우리는 그 사람한테 사실대로 얘기했지요. 우리는 지금 랜트 케이시가 태어난 곳으로 순례 여행을 가는 중이라고.

어린 시절의 랜트는 마을 사람들이 모두 잠든 이런 밤이면 햄교신(ham-radioing)을 하곤 했대요. 헤드폰을 쓰고서. 꼬마 랜트는 로스앤젤레스와 뉴욕의 교통방송을 찾아 다이얼을 돌리곤 했겠죠. 런던의 교통 혼잡과 정체에, 애틀랜타의 서행에, 프랑스에서 보도되는 3중 연쇄 충돌 사고에 귀를 기울이면서. 마드리드의 타이어 펑크와 교차점 교통 정체에 해당하는 네우마티코 데신플라도(neumático desinflado)와 푼토 무에르토 (punto muerto)라는 스페인 말에, 로마의 교차점 교통 정체에 해당하는 임보띨리아멘토(Imbottigliamento)라는 말에, 암스테르담의 지독한 병목 현상과 교통 정체에, 파리의 도로 포화와 교차점 교통 정체에, 교통계라는 보이지 않는 세상 전체에 귀를 기울이면서.

에코 로런스: 내 말 들어봐요. 자정에서 동틀 무렵 사이에 어느 시골을 돌아다니려면 기회를 잡아야 해요. 경찰은 우리한테 사이렌을 울리는 것 말고는 할 일이 별로 없어요. 그 미들턴 보안관이 손전등 불빛으로 우리 운전면허증을 살펴보면서 도시에 대한 이야기를 늘어놓데요. 랜트 케이시가 도시로 옮겨가서 어떻게 죽었는가 하는. 도시 사람들은 모두 살인자라고 했는데, 그

말은 우리를 두고 하는 소리였죠.

그 보안관은 텍사스 기마 경관 비슷한 흉내를 내더라고요. 자기가 무슨 존 웨인이라도 되는 것처럼 있는 폼 없는 폼 다 잡으면서. 처음에는 훈련 담당 하사관처럼 굴다가 교수형을 좋아하는 가혹한 재판관을 거쳐서 다음에는 도베르만 개처럼 굴었는데, 이 정도면 어떤 유형인지 짐작이 갈 테지요? 양쪽 어깨는 뒤로 잔뜩 젖히고 양손 엄지손가락은 갈고리처럼 구부려 허리띠 버클에 밀어 넣은 채로. 그리고 카우보이 부츠 뒤꿈치를 축 삼아 몸을 계속 건들거리면서.

그때 샷이 물었어요. "벌써 누군가가 랜트의 어머니를 죽이러 다녀갔다는 거요?"

그 보안관은 갈색 셔츠 차림으로, 한쪽 윗주머니에 놋쇠로 된 별을 핀으로 꽂고 그 안쪽에 볼펜과 접은 선글라스를 집어넣고 셔츠 자락은 청바지 속에 쑤셔 넣고 있었어요. 그리고 별에는 '보안관 베이컨 칼라일'이라는 글자가 새겨져 있었고.

샷의 그 질문보다 더 최악인 질문이 또 있을 수 있었을까? 어디 한 번 얘기해봐요.

네디 넬슨 : 말해봐요, 1844년에 물리학자인 데이비드 브루스터 경이 어떻게 해서 3억 년도 더 된 데본기(紀) 사암 덩어리에 깊이 박혀 있던 쇠못 한 개를 찾아냈는지.

그린 테일러 심스의 현장노트에서 : 언제든 뉴욕과 로스앤젤레스 사이를 날아가다가 공중에서 미들턴을 보게 되면 저런 곳에서 어떻게 사람이 살아갈 수 있을까 하는 생각이 들 것이다. 현관 입구에 버려진, 쥐가 득실거리는 소파며 앞뜰에 방치된 차들, 토대가 반쯤 무너져 속이 빈 시멘트 블록으로 떠받쳐져 있고 그 아래에서는 닭과 개들이 잠을 자는 집들을 떠올려보라. 설령 그 모습이 자연재해처럼 보인다 해도, 그건 순전히 미리 손을 써두지 않았기 때문이다.

네디 넬슨 : 일리노이의 가정주부인 S. W. 컬프 부인이 석탄 덩어리를 깨다가 그 안에 박혀 있던 금목걸이를 발견했다는 사실을 어떻게 설명할 거죠?

그린 테일러 심스의 현장노트에서 : 그 음산한 풍경에도 불구하고 그런 소도시는 모두 대단히 색정적이다. 그런 곳에 처박히게 되는 것은 젊은 시절 아름다움과 성적 매력을 지니고 있던 사람들뿐이다. 그 매력을 어떻게 해야 가장 잘 이용할 수 있는지를 알기도 전에 완벽한 유방과 근육을 갖게 된 젊은 남녀들 사이에서는 결국 아이가 생기게 되어 집에서 그토록 가까운 구렁텅이에 빠지고 마는 것이다. 그런 과정이 반복되면서 가장 우수한 유전적 특질들이 우리가 상상도 못하던 곳에, 이를테면 미들턴 같은 곳에 집중된다. 아이를 낳은 뒤 길고 지긋지긋한 삶으로 빠져드는 엄청나게 매력적인 백치들의 작은 둥지. 비너스 같은 여자들과 아폴로 같은 남자들. 신들과 여신들의 작은 마을. 만일 미들턴이 그 공동체의 지루하고 따분하고 먼지 낀 역사에서 괄목할 만한 산물을 하나 배출했다면, 그 비범한 산물이 바로 랜트 케이시였다.

에코 로런스: 랜트는 늘 이렇게 말하곤 했어요. "사람들이 작은 마을을 떠나는 커다란 이유는 돌아가리라는 생각에 넋을 잃을 수 있기 때문이야. 거기에 죽치고 있는 이유는 벗어나게 될 거라는 생각에 빠져들 수 있기 때문이고."

랜트가 진짜로 하려 했던 말은, 어디에서건 누구도 행복하지 않다는 거지요.

그린 테일러 심스의 현장노트에서: 미들턴, 특히 케이시 집안에서 권력의 서열을 상징하는 기본은 기독교 절기 식사 때마다 자리를 잡는 방식이었다. 부활절 아침식사라든가 추수감사절이나 크리스마스 만찬 같은 때에 그 집안의 구성원들은 두 계급으로 나뉘었다. 어른들은 여러 세대 전에 그 집안으로 흘러 들어온, 가장자리에 꽃과 금박 장식이 그려진 수제 골동품 도자기로 식사를 하고, 아이들은 주방 식탁, 아니 실제로는 식탁이 아니라 접이식 카드 테이블을 한데 모아 붙여 만든 자리에 앉는 식으로.

에코 로런스: 그 주방에서는 냅킨이고 식탁보고 접시고 할 것 없이 모두가 다 종이로 된 거였죠. 한꺼번에 둘둘 뭉쳐서 쓰레기통에 던져 넣을 수 있도록. 케이시네 집안 어른들은 빵을 자르려고 자리에 앉을 때마다 줄곧 똑같은 기도를 올렸대요, 이렇게. "우리 가정에 이런 축복을 내려주시고 우리 앞에 놓인 음식과 행운을 주신 하나님께 감사드립니다."

그린 테일러 심스의 현장노트에서: 나이 많은 집안 어른들은 아이들의 테이블에 그대로 눌러앉아 아이들이 식중독에 걸리도록 해달라고 기도했다. 생선 가시가 목에 걸려 숨통을 막게 해달라고. 한편 아이들은 손을 모아 고개를 숙이고 늙은이들이 심각한 발작과 심장마비를 일으키게 해달라고 기도했다.

에코 로런스: 랜트는 늘 이렇게 말하곤 했죠. "삶에서 가장 큰 위안은 상황이 악화된 사람들이 내 뒤로 줄줄이 서서 기다리는 모습을 어깨너머로 볼 수 있게 되는 거야."

샷 더넌: 자동차 충돌파티 전에 우리 패거리가 저녁을 먹으러 나가면, 그린 테일러 심스가 모든 음식을 같은 포크로 먹는 랜트를 지켜보며 비웃곤 했죠. 하지만 랜트는 멍청이가 아니라 단지 플라스틱 숟가락을 쓰는 데 도저히 익숙해질 수 없었던 것뿐이었어요.

그린은 랜트의 등 뒤에서 그 애를 '허클베리 패그(동성연애자라는 뜻의 비속어 – 옮긴이)'라고 부르곤 했죠.

그린 테일러 심스의 현장노트에서 : 미스터 더넌은 랜트를 '이빨 요정'이라고 불렀다.

에코 로런스 : 들어봐요. 미들턴에서 샷 더넌과 나는 자정쯤 케이시네 집으로 들어가는 진입로에, 그러니까 페인트로 '케이시'라는 글자가 적힌 우체통 옆에 차를 댔어요. 경작지 한가운데 위치한 집은 전면을 따라 현관 베란다가 길게 나 있는 하얀색 집이었는데 그 위 가파른 지붕 위엔 아래쪽을 내려다볼 수 있는 지붕창이 하나 있데요. 그게 바로 카우보이 벽지를 바른 랜트의 다락방이었죠.

그 집 토대 가까이에는 관목과 꽃나무가 자랐고, 철사를 파도 모양으로 엮은 울타리에는 깎인 풀들이 널려 있었어요. 우리는 고동색으로 칠해진, 집 뒤에 거의 가려져 있다시피 한 헛간을 볼 수 있었죠. 그것 말고는 온통 밀밭, 네디의 캐딜락에서 보면 사방으로 지평선 끝까지 펼쳐진 경작지뿐이었고요. 샷이 교통 방송을 찾아 들으려고 라디오를 만지작거렸어요.

운전자 실황 교통방송에서 : 유의해주십시오. 시내 중심부를 서쪽으로 관통하는 67번 도로 이정표 옆의 오른쪽 갓길에서 접촉 사고를 낸 두 차량을 경계해야 합니다. 두 차 모두 뒤쪽 범퍼에 깡통을 매달고 있어서 결혼식 축하 행사를 벌이는 사람들로 보이는데, 운전자들이 서로에게 소리를 지르며 웨딩케이크를 던지는 신랑과 신부들을 고개를 빼고 구경하는 바람에 교통 흐름이 지체되고 있습니다. 신부 들러리들과 차도에 흩뿌려진 흰 쌀알을 조심하십시오….

에코 로런스: 샷은 곯아떨어져서 운전석 쪽 문에다 대고 드르렁드르렁 코를 골았어요. 나는 계속 기다리면서 아이린 케이시가 아직 살아 있다는, 어떤 알 수 없는 낯선 작자가 아직까지 그 여자를 목 졸라 죽이거나 찔러 죽이지 않았다는 걸 확인하려 했고요.

네디 넬슨: 1913년에 인류학자 H. 렉이 어떻게 해서 올두바이 협곡 초기 홍적세 지층에서 현생 인류의 두개골을 찾아냈는지 얘기해볼래요? 또 아르헨티나의 부에노스아이레스와 이탈리아의 라가초니에서도 어떻게 각각 초기 홍적세 지층과 중기 선신세 지층에서 현생 인류의 두개골이 발굴되었는지도 설명해보세요.

샷 더년: 우리는 그곳 사람들의 지긋지긋한 묘지와 베어낸 잡초 더미가 어수선하게 널린 곳을 이리저리 돌아다녔지만 랜트의

무덤은 찾을 수 없었어요. 그거 정말 이상한 일 아닌가요? 우리는 전화번호부에서 제일 친한 친구였던 보디 칼라일을 찾아 비포장도로 끝에 있는 그 친구의 트레일러를 찾아갔죠. 하지만 회전초(가을바람에 쓰러져 들판을 굴러다니는 명아주나 엉겅퀴 따위의 잡초-옮긴이)들이 그 트레일러 창문까지 차오르게 쌓였고, 사슬에 묶인 스태퍼드셔테리어 한 마리가 흙바닥 마당에서 짖어대더군요. 우리는 그 트레일러 문을 두드려보려고도 하지 않았어요.

에코 로런스: 잊어버려요. 나는 아이린 케이시를 절대로 보지 못했으니까. 우리는 그 여자 집 문을 두드리기까지 했지만, 우리가 아는 여자는 이미 그 농가 안에 죽어 있었어요.

월리스 보이어(✿ 자동차 판매원): 차를 오랫동안 팔아보면, 누구도 아주 그렇게 별종은 아니라는 것을 알게 될 겁니다. 별종은 누구든 더 큰 별종들의 둥지에서 나오니까요. 이상한 것은, 슬로바키아의 한 누추한 마을로 들어서보면 갑자기 앤디 워홀까지도 이해가 가더란 말입니다.

에코 로런스: 잠깐 쉴게요. 동틀 무렵에 그 꼴값 떠는 보안관이 우리 차 옆에다 차를 대더니 핸드 마이크로 우리가 연방 긴급 위생 권한법(Emergency Health Powers Act)과 기간시설 효율적

이용법(I-SEE-U Act)에 따른 통행 금지령을 위반했다고 떠들어 대더라고요.

우리는 케이시 부인을 방치해두고 싶지 않았지만 그 위대한 보안관이 우리한테 총을 겨누면서 이러지 뭐에요. "당신들 모두 마을로 가야겠소. 물어볼 게 좀 있으니까…."

그린 테일러 심스의 현장노트에서 : 미들턴에서는 잠자는 개들이 언제나 우선 통행권을 갖는다.

개떼들 3

보디 칼라일(✿ 어린 시절의 친구) : 겨울철에는 미들턴의 개들이 떼로 몰려다니지요. 이 근처 농가에서 기르는 개들도 모두 달아나 사라져버리고, 한밤중에 우우 울고 짖어대는 소리밖에는 들을 수가 없어요. 다른 개들은 차를 타고 가던 사람들이 길가에 내던지거나 버린 녀석들이고요. 도시 사람들은 어떤 개든 저 스스로를 지키면서 야생으로 돌아간다고 생각하지만, 대부분의 개들은 굶주리고 굶주리다 너무도 배가 고픈 나머지 다른 어떤 들짐승이 싸놓은 똥을 먹어요. 그 똥은 파리알로 득실거리고요. 버려진 개들은 대부분 기생충 때문에 죽지요.

　다른 개들은 따뜻하게 지내려고 무리를 지어요. 살아남는 개들. 그 무리는 산토끼와 사슴을 사냥해요. 겨울이 되면 농가의 개들은 그 무리가 저 아래쪽 강을 따라 나 있는 숲에서 방금 죽인 짐승을 두고 울부짖는 소리를 듣고는 정신이 나가버리지요.

집에서 기르는 개들은 그 울부짖는 소리를 들으면 주인이 아무리 불러도 못 알아듣고, 심지어는 가장 쓸 만한 개들까지도 자기 이름을 잊어버리고 말아요. 울부짖는 소리를 빼놓고는 겨울 내내 개들은 종적도 없이 사라져버리지요. 눈이 내리기 시작할 때 그 개들은, 그러니까 우리의 가장 친한 친구는, 멀리 어둠 속에서 울부짖는 반 늑대의 소리일 뿐이고요. 날씨가 추워지면 그런 소리들이 언제까지고 들려오지요.

겨울철, 아이에게 최악의 악몽은 날이 어두워지고나서 집으로 돌아가는 길에 개 떼 소리를 듣는 일이었어요. 어둠 속에서 점점 더 가까워지고 요란해지는, 그 울부짖고 물어뜯는 소리. 수많은 이빨과 발톱이 물고 할퀴는. 어쩌다 개 떼에 물려 죽은 꼬리 검은 사슴을 보게 되었을 때 남은 덩어리 중에서 제일 큰 것은 머리뼈였지요. 그 나머지는 가죽이건 뼈다귀건 할 것 없이 모두 이빨에 물리고 찢겨서 사방에 흩뿌려져 있었고요. 산토끼의 경우에는 여기저기 널린 털 오라기들 사이에서 조그만 발을 하나 보게 되었을 테지요. 그 주위로 사방에 피가 뿌려진. 부드러운 털이 덮이고 약간 젖은 그 토끼발은 사람들이 행운을 위해 가지고 다니는 그런 거고요.

케이시네 개는 해마다 겨울이면 그 개 떼하고 같이 돌아다니다 사라져버리고 말았어요. 밤이면 소파 위로 뛰어올라 창밖을 내다보다가 개 떼가 배회하거나 사냥을 할 때면 귀를 쫑긋 세우곤 했지요. 그 개 떼는 우리가 실제로 본 것이라기보다는 소문에 더 가까웠어요. 반은 전설. 우리 주변에 있는 유일한 괴물. 반 이상은. 그 개들이, 어쩌면 바로 내 개까지도, 미쳐서 나를 물어뜯을 거라는 생각. 바로 우리 개들이 방과 후에 집으로 우리를 추적해 올 거라는. 길 옆 덤불 사이로 뒤를 밟아서. 살금살금 접근해 올 거라는. 바로 내 개가 나를 넘어뜨리고 물어뜯어 갈기갈기 찢어버릴 거라는. 내가 아무리 여러 번 그놈을 향해 "피도!" 하고 이름을 부르건, "가만있어!" 또는 "앉아!" 하고 소리를 치건 새끼 때부터 둘둘 만 신문지로 때려가며 집에서 훈련시켜온 그 개가 이빨을 드러내고 내 숨통을 물어 목구멍을 찢어 놓을 거라는. 피도는 죽어가는 내 몸에 올라타 우우 울부짖으며 그 개에 대한 애정이 담긴 내 가슴에서 울컥울컥 솟는 뜨거운 피를 마실 거라는.

보안관 베이컨 칼라일(✿ 어린 시절의 적): 나한테 그 친구를 가엾게 여겨 달라고 하지 마시오. 초등학교 때부터도 랜트 케이시는 자기가 어떤 끔찍한 방법으로 죽게 되기를 갈망하고 있었으니까. 뱀독 아니면 광견병으로. 케이시네는 그 집 개 이름을 페치(Fetch, 사냥개에게 잡은 것을 물어오라고 하는 명령 – 옮긴이)라고 지었지요. 반은 사냥개고 반은 비글, 반은 로트와일러고 반은 테리어인 온갖 종자가 반반씩 섞인 잡종. 체스터 케이시가 그 개한테 붙인 이름이 바로 그것, 페치였어요.

에드나 페리(☼ 어린 시절의 이웃): 알고 싶어한다면 말인데요, 케이시네 세 식구는 서로를 제각기 다른 이름으로 불렀어요. 아이린 케이시는 자기 남편 체스터를 '쳇(Chet)'이라 불렀고, 체스터는 자기 아내를 '린(Reen)'이라고 불렀지요. '아이린(Irene)'을 줄인 거였는데. 오로지 아이린 면전에서만. 다른 사람은 누구도 아이린을 그렇게 부르지 않았어요. 랜트는 체스터를 '대드(Dad)'라고 불렀고, 아이린은 자기 아들을 '버디(Buddy)'라고 불렀지요. 하지만 랜트의 아버지는 개를 '버스터(Buster)'라고 불렀지 '랜트(Rant)'라고는 절대 부르지 않았어요. 개를 '랜트'라고 부르는 사람은 보디 칼라일 한 명뿐이었지요.

사실 말인데요. 랜트는 보디를 '토드(Toad, 어리석은 녀석이라는 뜻 – 옮긴이)'라고 불렀어요. 거짓말 아니라니까요.

모두 다른 누군가에게 다른 이름을 붙였지요. 그래서 버스터는 '랜트'였고 '버디'였어요. 체스터는 '쳇'이자 '대드'였고요. 또 아이린은 '맘'이고 '린'이었지요. 사람들이 사랑하는 사람에 대한 권리를 주장하는 방법은 그 사람에게 자기만의 이름을 지어 붙이는 거예요. 그 사람을 자기 것으로 딱지를 붙이는 거지요.

보안관 베이컨 칼라일: 개를 내버리는 일과 마찬가지로, 사람이 할 수 있는 가장 나쁜 짓은 자신을 방치하는 겁니다.

에코 로런스(☾ 자동차 충돌파티족): 잘 들어봐요. 랜트는 사람들한테 이렇게 말하곤 했어요. "너희는 만나는 사람 하나하나에게 다른 사람인 거야."

또 어떤 때는 이렇게도 말했어요. "너희는 다른 사람들의 눈에 비쳐서만 존재할 뿐이야."

만일 당신들이 그의 무덤에다 비문을 새길 거라면, 그 애가 좋아하는 말은 이거였어요. "우리가 내일 맞을 미래는 우리가 어제 맞은 미래와는 같지 않을 것이다."

샷 더년(☾ 자동차 충돌파티족): 그건 헛소리라고요. 랜트가 좋아하는 말은 "어떤 사람들은 처음부터 인간으로 태어나. 그 나머지 우리는 거기까지 이르는 데 평생이 걸리고."였어요.

보디 칼라일: 나는 랜트가 이런 말을 하곤 했던 기억이 나요. "우리는 절대로 오늘 밤의 우리만큼 젊을 수는 없을 거야."

아이린 케이시(✿ 랜트의 어머니): 버디는 일요일에 늘 제 외할머니하고 같이 교회로 걸어가곤 했어요. 날씨가 좋으면 쳇과 나는 버디를 에스더 할머니 집까지 태워다 주곤 했는데, 어린 버디는 그러는 데 익숙해져 있었지요. 제 할머니가 저 말고는 아무도 집 안에 들이지 않는다는 것을 알고서요. 그 애 할머니는 미들턴 교회까지 죽 이어진 길에서 사람들의 눈길만을 먹고 살았어요.

조그만 예배 모자를 쓴 나이 든 부인과 클립으로 고정시킨 나비넥타이를 맨 어린 사내아이가 손에 손을 잡고 황톳길을 따라 걷는 모습은 가슴 뭉클한 장면이었지요.

어느 일요일, 예배 시작 때 부르는 찬송가를 끝내고 첫 번째 복음서 낭독도 끝나고 설교가 중간쯤으로 접어들었지만, 그때까지도 버디와 어머니가 교회에 도착하지 않았어요. 그런데 헌금 바구니를 돌릴 때 교회문이 부서질 듯 열리더라고요. 바깥쪽에서 쿵쿵거리는 발소리가 계단을 따라 올라와 현관 바닥을 가로지르더니, 커다란 문이 안쪽으로 홱 열리는 거예요. 너무 세게 밀어붙이는 바람에 문손잡이가 현관 벽에다 구멍을 낼 정도로요. 모두가 고개를 돌려 무슨 일인가 보려고 목을 길게 빼고 있는 동안 어린 버디가 숨을 헐떡이며 비틀비틀 안으로 들어섰어요. 그러고는 양손으로 무릎을 움켜쥐고 앞으로 고꾸라지듯 주저앉데요. 아직 그대로 열려 있는 문에서 그 애의 등 뒤로 햇빛이 쏟아져 들어오고 있고 버디는 숨을 헐떡이고 있었어요. 머리카락을 눈 위로 늘어뜨린 채 숨을 고르려고 애쓰면서요. 나비넥타이는 없어지고, 하얀 셔츠 자락은 다 삐져나와 너풀거리고 있었지요.

그 때 커티스 딘 필즈 목사가 입을 열었어요. "그 문 좀 닫아줄 수 있겠니?"

그러자 버디가 숨을 헐떡이면서 간신히 한마디 하더라고요. "할머니가 물렸어요."

어느 정도 숨을 고르고 나서는 이렇게 덧붙였고요. "에스더 할머니가요. 할머니가 아파요, 아주 많이."

추운 날씨여서 나는 어머니를 문 것이 개 떼, 어쩌면 한 마리 개일 수도 있겠다는 생각이 들었어요. 야생 개들.

보안관 베이컨 칼라일 : 이런 말을 한다고 나를 미워하지는 마시오. 하지만 케이시네 식구 중 누구도 랜트가 문손잡이로 교회 벽에 낸 구멍의 수리비용을 대지 않았어요. 하다못해 그 친구가 '실수로' 그랬다는 사실도 인정하지 않았지요.

아이린 케이시 : 버디는 거미가 제 할머니를 물었다고 했어요. 모양으로 봐서 검은과부거미(black widow spider) 같다고. 버디와 그 애 할머니가 교회까지 반쯤 왔는데 갑자기 할머니가 딱 멈춰 서서 손을 늘어뜨리고 소리쳤대요. "아이구야!" 그러고는 양손으로 머리에서 모자를, 허연 머리에 꽂은 핀이며 리본까지 뜯겨 나오게 다 잡아 찢었다는 거였어요. 버디 말로는 꼭 신문지를 반으로 잡아 찢을 때 나는 소리가 나게 말이에요. 그 애 할머니가 교회 갈 때 쓰는 검은 모자는 배스파우더(bath-power) 정도의 크기였어요. 손을 한 차례 휘두르자 모자가 땅바닥에 내팽개쳐졌고, 어머니는 교회 갈 때 신는 신발 양쪽으로 그 검은 공단을 흙에다 짓이겼어요. 그 바람에 검은 신발도 흙이 묻어 잿빛이 되었고요. 검은 코트 주위로 흙먼지가 구름처럼 피

어울랐지요. 어머니는 다른 손에 들린 지갑을 내두르면서 버디에게 물러나라고 손짓했어요, 이러면서. "이걸 만지면 안 돼."

그때까지 모자에 꽂혀 있던 핀들에는 뭉텅이로 뿌리째 뽑혀 나온 어머니의 허연 머리칼이 엉켜 있었지요.

그 애 할머니가 한쪽 발끝으로 모자를 차서 뒤집었고 둘은 쪼그려 앉아 그 안을 들여다보았어요.

흙이며 왕모래가 한데 섞여 짓이겨진 베일과 쭈글쭈글해진 공단에서 이제 막 겨우 다리 한 개를 꺾어 구부리고 있는 그것, 그건 거미였어요. 배에 붉은 모래시계 무늬가 그려진 거무스름한 거미.

그린 테일러 심스(● 역사가)의 현장노트에서: 남아프리카의 빗살발거미 과(科) 라트로덱터스 속(屬)인 신발점거미(Shoe Button Spider)와 유사한 종인 검은과부거미는 안 입는 옷이나 옥외 간이 변소 같은 격리된 곳들을 집으로 삼는다. 옥내 배관이 널리 보급되기 전까지 검은과부거미에 당한 사례들을 보면 거의 대부분 엉덩이나 생식기를 물린 경우였다. 그러나 좀 더 근래에 들어서는 거미가 의류와 희생자의 피부 사이에 갇혔을 때, 예를 들면 좀체 신거나 끼지 않던 신발이나 장갑을 집으로 삼고 있다가 물릴 가능성이 더 많다.

아이린 케이시: 어머니는 손을 정수리께 대고 두 손가락 끝으로 가

리마가 타진 곳을 따라 더듬어 내리다가 급히 한쪽 머리채를 쓸어 넘겼어요. 그런 다음 다른 쪽 머리채를 쓸어 넘기다가 손가락이 어느 자리에 이르자 입을 떡 벌리면서 눈을 질끈 감았고요. 버디는 제 할머니가 그렇게 눈을 감았을 때 두 눈 모두 눈물범벅이 되었다고 했어요.

어머니는 지갑을 짤까닥 열어 화장지를 한 장 끄집어냈어요. 그리고 그 화장지를 정수리에 대고 눌렀는데, 버디 말로는 화장지를 떼어내 살펴보니 한곳에 선명한 핏자국이 배어 있었대요. 바로 그때 그 애 할머니가 버디에게 "할 수 있는 한 빨리, 네 아빠한테 달려가."라고 했어요. 그러고나서 에스더 케이시는 한쪽 무릎을 꿇었다가 주저앉았고, 그다음에는 길가 흙바닥에 드러누우며 다시 재촉했어요. "얼른, 빨리!"

에코 로런스 : 랜트는 자기 할머니가 이랬다고 했어요. "빨리 달려가, 하지만 네가 충분히 빨리 가지 못하더라도, 이걸 기억해라. 나는 여전히 너를 사랑할거란다…."

캐미 엘리엇(✿ **어린 시절의 친구**) : 내가 거짓말을 하면 나를 죽여요, 난 거짓말은 하지 않으니까. 하지만 미들턴의 개들은 바람이 아주 심하게 불면 더 사나워졌어요. 진짜 돌풍이 불어서 쓰레기통이 모두 넘어가면. 개들은 그걸 좋아하죠.

6학년짜리 계집아이가 맨 먼저 배워야 하는 건 정화조에서

분해되지 않는 게 뭔지 알아두는 거예요. 여자들 쓰레기는 뭐든 신문지에 싸서 묻어야 해요, 특별히 깊이 쓰레기통 안에다. 분뇨 운반차가 정화조를 푸러 왔다가 자연 발생적인 배설물 외에 다른 게 발견되면 추가 비용을 내야 하니까요.

물론 바람이 불어서 쓰레기통이 넘어가면 어떤 집에서는 지저분한 코텍스(일회용 생리대 상표명 – 옮긴이)가 사방에 널려 있는 걸 보게 되겠지만요. 그렇게 돌풍이 부는 날이면 모든 여자들의 월경이 우리를 보러 오는 거지요. 생리대며 냅킨들이 행진을 벌이는 거예요, 바람에 휩쓸리는 정규 군대처럼. 신문지에 싸이거나 벗겨진 채로 그것들은 검게 변한 피를 보여 주지요. 모래 알갱이와 선옹초 가시로 덮이거나, 아니면 개귀리 풀씨가 촘촘히 박혀 있는. 바람에 넘어간 모든 쓰레기통, 쓰고 버린 생리대들의 군단이 점점 더 커져서 바람 부는 방향으로 행진을 하는 거지요. 철조망에 걸릴 때까지. 아니면 선인장들에나.

샷 더넌: 멀지 않은 곳에서 랜트는 개들이 짖고 물어뜯는 소리를 들을 수 있었어요. 그래서 할머니를 혼자 남겨두고 싶지 않았지만, 할머니는 그가 가야 한다고 했다데요.

캐미 엘리엇: 거짓말 아니에요. 흔히 보는 세 가닥 철조망 울타리가 그 하얀 뭉치들로 장식된 크리스마스트리처럼 보이겠지요. 그런데 아주 가까이 다가가면 바람 빠진 파티용 풍선처럼 걸려

있는 콘돔들을 아주 많이 보게 돼요. 초록색, 회색, 또는 연푸른 색으로 펄럭이는. 그 하나하나의 고무 제품마다 *끄트머리*에는 무겁게 늘어진 어떤 허연 물질이 그대로 들어 있고.

날카로운 철조망 가시에 걸려서 바람에 불려 나부끼는 것들 중에는 팬티라이너와 커다란 부착 밴드, 그리고 양이 많은 날에 쓰는 생리대도 있지요. 매끈하거나 돌기가 진 고무 제품들. 트랙사이드 잡화점 선반에서는 한 번도 보지 못했던 갖가지 종류의 콘돔과 생리대들.

너무 새까매서 도로 포장용 타르로 보일 수도 있는 오래된 피와 핏덩이들. 커피처럼 갈색인 피. 맑은 분홍색 피. 정자가 다 죽어 멀건 물처럼 된 정액.

대부분의 사람, 대부분의 남자에게 피는 그저 피지만, 1킬로미터에 걸치는 철조망에 걸린 어떤 두 개의 탐폰을 짝지어 맞추려면 골치깨나 아프겠지요. 또 여기저기에서 음모도 볼 수 있어요. 황금색, 갈색, 회색 털들. 거센 바람이 한차례 일면 미들턴 사람들 모두가 밖에 내걸리는 거지요, 전깃줄에 걸린 새처럼. 시골 장터에 내놓은 무슨 4H클럽(농업 구조와 농촌 생활 개선을 목적으로 하는 국제 청소년 단체 – 옮긴이) 전시물처럼.

보안관 베이컨 칼라일: 나한테 묻는다면 말입니다, 가장 곤란한 문제는 개를 집 안에 가두어두는 일이었습니다. 누구네 집 쓰레기통이 바람에 넘어갔는지는 철조망에 걸린 콘돔이며 생리대를 볼 필요도 없이 알 수 있었으니까요. 단지 개들이 마치 미친 듯 변해 낑낑거리고 문 아래쪽을 후벼 팠지요. 너무도 희미해서 오로지 개들만 맡을 수 있는 그 냄새를 맡으려고 페인트를 벗겨내고 양탄자를 긁어대면서.

그때는 개들이 바깥으로 나가 볼일을 보려고 하는 이유가 달랐습니다. 개들은 더운 바람에 휘날리는 그 콘돔과 생리대 냄새를 맡고 침을 질질 흘리기 시작했지요.

절대로 문을 열어서는 안 됐습니다. 사람들은 곧장 전화기 쪽으로 가서 엉망이 된 것에 대해 서로를 탓하고 다른 누군가에게 전화를 걸어 쓰레기를 주워 가라고 하곤 했지요.

캐미 엘리엇: 이 주변 지방은 온통 평지라서 어디에서든 그저 한번 둘러보는 것만으로 어디든 다 볼 수 있어요. 그래서 웬만한 사람들은 체면상 섹스 토네이도를 거슬러 밖으로 걸어 나갈 수가 없고요. 누구도 마을 사람들이 자기네가 꼭 익은 토마토처럼 생긴 그 창피스러운 걸 따내는 장면을 지켜보게 하고 싶지 않았으니까요.

문제는 모든 사람이 자기네 것을 따내지 않으면 아무도 그러지 않는다는 거죠.

그래서 언제나 홀랑 다 까발려지고. 체면은 땅에 떨어지고.

메리 케인 하비(☼ 교사): 만일 내가 아직까지 교사 노릇을 하고 있지만 않다면, 정말 버스터 케이시에 대해 해줄 수 있는 얘기들이…. 아무튼 이례적인 아이였지요.

보안관 베이컨 칼라일 : FBI까지 포함해서 몇몇 사람들은, 랜트에게 당한 첫 번째 희생자가 그 친구 할머니인 에스더였다고 한 걸 잊지 마시오.

메리 케인 하비 : 버스터는 모든 언어 과목에서 C학점 이상을 받은 적이 없어요. 하지만 그 아이한테는 몇 개의 막대기와 조약돌, 그리고 자기가 배운 단어 몇 개만 가지고도 온 세상을 만들어 보일 거라는 느낌이 있었지요. 나는 그걸 죄수들이 감옥에서 만들거나, 아니면 선원들이 몇 달씩 걸리는 항해를 하면서 만들곤 하는 트램프 아트(19~20세기에 걸쳐 미국에서 유행했던 목각 공예 – 옮긴이 주)에 비유할까 해요. 이를테면 나무 성냥개비로 만든 바티칸 궁전이라든가, 각설탕을 한데 붙여 만든 아크로폴리스 같은. 그런 것들은 한정된 재료와 도구로 만들어지는, 그러나 엄청난 시간과 노력을 요하는 예술 작품이지요. 기념비적인 인내를 요하는.

보디 칼라일 : 고등학교 2학년 때 랜트가 어떻게 인기를 얻었느냐 하면, 어느 날 밤 우리 개들이 짖어대면서 문 밑을 후벼 파기 시작했어요. 바람이 불었는데, 그게 통상적인 섹스 토네이도라는

건 햇빛을 보지 않고도 알 수 있었지요.

랜트가 와서 우리 집 주방 문을 두드리더니, 우리 엄마가 전화로 일이 이렇게 된 건 누구누구 탓이라고 떠들어대는 동안 손짓으로 나를 밖으로 불러냈어요. 한쪽 어깨에다 올이 굵은 삼베로 된 빈 자루를 하나 둘러메고서요.

그 삼베 자루를 보고 우리 엄마는 나한테 고개를 저으며 말했어요. "안 돼." 하지만 나는 개들을 문에서 걷어차고 랜트를 따라 어둠 속으로 나갔지요. 바람이 우리 머리칼을 잡아 뜯고 셔츠 칼라를 한쪽으로 몰아 붙이는데도요.

철조망 울타리에서는 조그만 하얀색 뭉텅이 하나가 바람에 퍼덕거리고 있었어요. 덫에 걸린 토끼처럼 거세게 마구잡이로. 콘돔들은 쇠꼬챙이에 끼워진 회색 혀처럼 펄럭거렸고요. 랜트가 철조망에서 콘돔을 하나 떼어내 그걸 코 밑으로 가져가더니, 그 거품이 이는 정액을 윗입술에 바짝 대고서 냄새를 맡았어요. 그러고는 이러는 거였지요. "커티스 딘 필즈 목사 거로군." 그런 다음 씩 웃고 나서 이렇게 덧붙였고요. "이 고약한 냄새는 어디서든 알 수 있을 거야."

랜트는 그 쓰레기를 자루 속에 넣었어요. 그다음에는 생리대를 하나 떼어냈고요. 이번 것은 하얀 패드 중간에 조그만 빨간 반점이 하나만 묻어 있었지요. 달빛 아래서는 그 빨간색이 검게 보였는데, 랜트는 그 냄새를 맡고 이마를 찌푸렸어요.

그리고 다시 냄새를 맡더니, 이번에는 눈을 감고서 이렇게 말했어요. "이건 루앤 페리 게 맞아. 근데 이 계집애 그 불소화합물 알약들을 다시 먹는 게 틀림없어…."

랜트는 내게 그 빨간 반점 냄새를 맡아보라고 했지만, 나는 고개를 저었어요.

누군가 버젓한 사람이 도와주려고 나서기 전에 랜트는 우리집 뒤쪽 담장에 걸린 것들을 떼어내 그 하나하나가 누구 것인지 알아맞히고 있었지요.

메리 케인 하비 : 미들턴에는 젊은이들한테 자극을 줄 만한 게 너무 없어요. 사회생활은 교회나 학교 행사를 중심으로 이루어지지요. 농민 공제 조합에서 주말마다 친목 모임을 주관하고, 봄에는 때때로 남녀가 한 쌍이 되는 이인삼각 경기가 벌어지기는 하지만요. 또 축제 기간에는 박람회를 보러 가기도 하고, 보이스카우트 유년대원들은 핼러윈 무렵에 기금을 모으기 위해 유령의 집을 만들기도 하지요.

보디 칼라일 : 랜트 케이시한테는 개처럼 예민한 후각이 있었어요. 인간 블러드하운드(후각이 예민해 경찰견 등으로 이용되는 영국산 품종의 개 - 옮긴이). 그 애는 무엇이건 다 추적할 수가 있었지요. 그리고 밤늦게 밖에 나가 있으면 냄새를 더더욱 잘 맡았고요. 학교에서 가장 인기 있는 아이였는데 냄새 하나하나가 누구의 것인지 알고 있었어요. 그리고 고등학교 3학년이 되자 그 모든

재능이 합쳐져서 그 아이에게 득이 되는 쪽으로 작용하기 시작했지요.

"이걸 좀 봐." 랜트가 내게 한가운데에 빨간 피가 조그만 꽃처럼 배어든 하얀 생리대를 보여주면서 말했어요. 꼭 제비꽃처럼 조그맣게 배어든. 그런 다음 냄새도 맡지 않고 이렇게 말했지요. "영어 가르치는 하비 선생님 거야."

바람결에 실려 오는 보이지 않는 개들의 짖는 소리, 그 소리가 우리 주위로 휙휙 지나가고 있었어요.

그 애는 빨간 자국의 모양을 보고 그게 하비 선생님 거라는 사실을 알 수 있었던 거지요. "'보지 프린트'를 찍거든." 랜트가 한 손가락으로 빨간 자국 둘레를 훑으면서 말했어요. "지문보다 100배는 더 특징적인." 그 자국은, 그 애 말로는, 여자의 음부 아랫부분 모양과 정확히 같아 보인다는 거였지요.

랜트가 하비 선생님의 그 부분 모양을 어떻게 알았느냐는 물어볼 필요도 없어요. 눈이나 모래에 찍힌 짐승 발자국이나 마찬가지로 그 애는 이곳 여자들의 천태만상인 보지 모양을 다 그릴 수가 있었으니까요. 여기 태생인 여자건 잠시 머물다 가는 여자건. 또 콘돔이 돌돌 말린 정도만 보고도 랜트는 어떤 페니스에서 벗겨낸 것인지 알 수 있었지요.

멀리 떨어져서도 우리집 부엌 창 너머 싱크대 앞에 서 있는 우리 엄마의 실루엣이 보였어요. 엄만 한쪽 팔꿈치를 위로 들어 보도 쪽으로 내밀고 손으로 전화기를 들어서 한쪽 귀에 대

고 있었죠. 아마도 우릴 보고 있었을 거예요. 아마도 우릴 보고
있었겠죠.

랜트는 핏자국이 튄 하얀 뭉치를 또 하나 잡아뗐어요. 킁킁거
리며 냄새를 맡더니 우리집 쪽을 뒤돌아 봤죠.

내가 물었어요. "그건 누구 거야?" 그리곤 오래된 피를 쳐다
보며 고갯짓을 했죠.

그 새로운 보지 자국은 하비 선생님보다 더 큰 꽃모양이었어
요. 하비 선생님 것이 작은 바이올렛이라면 그건 해바라기 같
았죠.

그러자 랜트가 자루를 열면서 말했어요. "신경 쓰지 마."

아냐, 정말. 내가 그렇게 말하면서 그것에 손을 뻗었어요. "냄
새 좀 맡아보자."

랜트는 그 해바라기만큼 큰 얼룩뭉치를 삼베자루 속으로 떨
어뜨리더군요. 그리곤 나한테서 한 발자국 떨어지더니 울타리
를 따라 걸어 내려가면서 말하는 거예요. "너희 엄마 것이 거의
확실해."

우릴 쳐다보는 우리 엄마. 엄마의 귀는 여전히 전화기 너머로
책임을 물을 사람을 찾고 있었죠.

랜트 케이시와 나가 걷고 있노라면 시간이 멈추곤 했어요. 그
순간, 시간이 멈춘 또 다른 순간. 그 순간은 영원히, 그리고 끊
임없이 내 머리 속에서 반복되어 일어나도록 운명 지어졌죠.
그 별들, 요즘도 사람들이 여전히 소원을 비는, 그 똑같이 오래

되고 물려받은 별들이에요. 오늘밤 달이 그 때의 달과 똑같네요.

보안관 베이컨 칼라일: 랜트 케이시가 교회까지 달려가는 동안 우리는 늙은 에스더에게 돌아갔었어요. 개 떼들이 이미 그녀를 발견했더군요. 아이린의 엄마 말이에요. 그 개들이 그녀에게 끔찍한 뭔가를 남겼더군요.

보디 칼라일: 만일 랜트 케이시가 우리 엄마와 잤더라도, 난 직접 물어볼만한 배짱은 절대 없었어요.

가짜별 4

에코 로런스(☾ 자동차 충돌파티족): 랜트가 유치원에 들어가기 전에, 하지만 정해진 침대에서 자기 시작한 뒤에, 걔네 엄마는 날마다 주방 시계가 2시를 가리키면 3시가 될 때까지 그를 침대에 뉘어놓곤 했어요. 하품을 하건 말건 랜트는 거기, 그러니까 벽에 베개가 괴인 다락방의 그 침대에 붙어 있어야 했지요. 침대에서 랜트는 자기가 '베어(bear)'라고 부르던 토끼 봉제 인형을 끌어안고 있었어요.

엄마나 아빠가 우리를 자신의 예쁘고 작은 판박이가 아닌 다른 어떤 존재로 처음 보았던 순간을 떠올려봐요. 그들 자신이 되 더 나아진 존재로. 더 잘 교육받고 순결한 존재로. 그리고 다음에는 우리가 그들의 꿈이었다가 아니게 돼버린 때를 떠올려봐요.

햇빛이 환하고 밖에서 개들이 짖는 소리가 들리면 랜트는 혼잣말을 하곤 했어요. "베어가 나가서 놀고 싶어해…."

또 피곤하지 않으면 이렇게 말했고요. "하지만 베어는 졸리지 않아…."

루비 엘리엇(⟡ 어린 시절의 이웃) : 아이린 셸비하고 학교를 같이 다닌 우리 여자애들은 버스터 케이시가 태어나지 못할 가능성이 얼마나 컸는지 알고 있어요. 체스터와 사귈 때 아이린은 겨우 열세 살밖에 안 되었고, 아기가 나왔을 때는 열네 살이었지요. 9학년 아이들 중에서 아랫배에 임신선이 있고 젖가슴이 잔뜩 부풀어 오른 유일한 여자아이라는 사실에, 솔직히 말해서 아이린은 조금도 행복해하지 않았어요.

에드나 페리(⟡ 어린 시절의 이웃) : 내가 이 말을 했다고는 절대로 얘기하지 마세요. 하지만 버스터가 태어나기 전에 아이린은 자기가 얼마나 그림을 그리고 조각을 하고 싶어했는지에 대해 한참씩 늘어놓곤 했어요. 어떤 그림과 조각을 할지는 절대 결정을 못 했지만요. 그래서 아기를 낳지 않으려고 의사인 슈미트 박사를 찾아가기까지 했어요. 또 미들턴 교회로 필즈 목사를 찾아가서 임신 중절을 허락해달라고도 했고요. 하지만 그 어느 것도 도움이 되지 못했어요. 아이린의 엄마인 에스더 셸비가 아기는 악마의 살아 있는 저주로서 태어나게 될 거라고 했으니까요.

에코 로런스 : 아이린, 그 여자는 랜트의 조그만 이마에다 입을 맞추곤 했어요. 그의 침대 가장자리에 앉아 속을 채운 토끼 인형을 가리키고 손가락을 흔들어대며 이러곤 했죠. "우린 아직 낮잠을 좀 자야 해. 그러니까 우리 졸릴 때까지 별들을 세기로 하자." 랜트의 어머니는 그 아이가 하나… 둘… 하면서 페인트칠한 천장에 붙은 별 스티커들을 모두 세도록 했겠죠. 넷, 다섯, 여섯… 그러고는 뒷걸음질로 방에서 걸어 나가 문을 닫았을 거예요.

루비 엘리엇 : 거짓말 아니에요, 하지만 에스더도 같은 나이에 아이린을 낳았어요. 어린 랜트가 세상에 나오도록 한 장본인은 쳇 케이시였지요. 아이린은 쳇과 결혼했지만 학교를 그만둬야 했어요. 지금은 사람들이 버스터 케이시가 택한 길과 그 아이가 일으킨 역병에 대해 알고들 있는데, 아이린이 잘못된 선택을 하지 않았다고 보기는 어렵지요.

에코 로런스 : 그렇게 천장을 똑바로 올려다보며 혼자 누워 있는 시간에 랜트의 눈은 초점이 맞지 않았고, 그 아이의 손가락은 제 머릿속에 있는 따뜻하고 깊은 세상을 탐사했어요. 매일 2시에 랜트는 거기에 누워 코를 후비곤 했던 거죠. 끈적끈적한 고무

같은 콧물을 뽑아내어 검게 변할 때까지 두 손가락 사이에서 뱅글뱅글 돌리면서. 그 검은 코딱지 공은 한 손가락에 들러붙었다 엄지손가락에 들러붙었다 했을 거예요. 손을 아무리 세게 흔들어도 절대로 떨어지지 않고. 그 검고 끈적끈적한 조그만 공 하나하나를 손을 뻗쳐 제 베개 위쪽의 벽에다 붙였고, 하얀 페인트칠이 된 벽은 검은 덩어리들로 주근깨가 박혔겠죠. 랜트의 조그만 손가락 지문들인 고리와 소용돌이들이 수없이 찍힌 검은 코딱지 공들이 납작하게 짓이겨져 스투코(외벽에 바르는 미장 재료로, 방화성과 내구성을 높이고 외관을 아름답게 하는 치장 벽토 ─ 옮긴이)가 발린 것처럼. 그 아이의 머릿속 여행으로부터의 기념품들. 언제나 똑같이 랜트의 오른손 집게손가락 지문이 박힌. 그 점점이 박힌 무지개, 아치형으로 벽에 붙은 검은 점들은 그 아이의 팔이 점점 더 자랄수록 더 넓게 퍼져 나갔을 테고요. 랜트의 베개 근처에 붙은 마른 코딱지들은 그저 검은 점들, 그 아이가 정말로 조그맣던 때의 먼지 같은 기념품에 지나지 않았던 거예요. 하지만 그 뒤로 몇 백 번의 낮잠을 더 자고나자 그 점들은 건포도만큼이나 커졌고, 그 아이가 베개에 머리를 받치고 벌렁 드러누운 상태에서 팔이 미칠 수 있는 곳까지 더 높게, 더 널리 퍼져 나갔지요.

그가 어릴 때 아이린 케이시는 침실 천장에다 불을 끄면 초록색으로 빛나는 밝은 별모양의 스티커들을 붙여놓았대요.

하지만 랜트의 침대 머리는 음성적인 밤하늘이었죠. 끈적끈적한 검은 점들이 또 다른 은하계의 윤곽을 이루고 있었으니까요. 마침내 랜트가 그 차이를 알 수 없게 되었을 때까지.

에드나 페리 : 비밀을 지켜줄 수 있다면 말인데요, 그 미치광이 랜트 케이시가 첫 번째로 망친 삶은 아이린의 삶이었어요. 그 애가 끝장내버린 첫 번째 찬란한 미래는 자기 엄마의 것이었으니까요.

에코 로런스 : 랜트가 천사이기를 그만둔 그 오후 2시에 그 애 엄마는 낮잠을 자도록 그 애를 침대에 밀어 넣고 있었어요. 그 애 베개 위로 몸을 숙인 채 어린 버디에게 좋은 꿈 꾸라고 키스해주면서. 랜트의 동그란 얼굴은 베개 속에 파묻혔고, 그 애의 연분홍색 뺨 위로는 긴 속눈썹이 부채꼴로 펼쳐져 내려와 있었죠.
　아이린 케이시의 옛날 사진들을 보았다면 말인데요, 그 여자 정말 예뻤어요. 그냥 젊기만 한 게 아니라, 얼굴이 매끈해지고 눈과 입 주위 피부에 긴장이 풀리고 할 때 거울에 비친 자기 얼굴처럼, 사랑하는 사람의 사진을 찍어줄 때만 보게 되는 얼굴처럼, 그렇게 예뻤죠.
　랜트 엄마는 예쁘고 젊은 엄마였어요. 그 애 귀 옆으로 얼굴에 대고 누르는 부드러운 입술, 잘 자라고 속삭이는 담배 냄새 밴 숨결, 샴푸한 머리에서 풍기는 캔디 냄새, 얼굴에 바른 크림에서 나는 꽃 냄새.

그녀의 숨결은 이런 말을 하고 있었어요. "너는 내 작은 보물이야."

또 이런 말도. "너는 우리의 작은 천사야."

대부분의 엄마가 그렇게 말하죠, 아이와 하나가 되어 있는 순간에는.

"너는 이 엄마의 온전한 어린 왕자야."

그 순간, 황소가 노려보고 방울뱀이 물고 고등학교 시절 발기가 되기 전, 그때가 랜트와 그 애 엄마가 그처럼 가까웠던 마지막 순간이었어요. 그렇게 많은 사랑을 주고받은.

그 순간이, 우리가 영원히 지속되기를 바라는 것의 종말이었어요.

데이비드 슈미트 박사(✿ 미들턴의 의사): 내 생각에 케이시 부부는 둘 다 가망 없는 부모가 되었습니다. 내가 이제껏 겪은 경험에 따르면, 많은 젊은이가 새로 태어난 아기를 사실상의 농담으로 보지요. 아니, 어쩌면 처벌로도요. 아기는 아기일 뿐, 타고 돌아다니는 크롬 제품이 아닙니다. 또 아기가 에어컨이 설치된 사무실 책상에서 할 수 있는 일자리를 가져다주지도 않을 테고요.

첫 케이시, 그 사람은 아기를 자기의 가장 지독한 적과 가장 친한 친구가 결합된 것으로 보았습니다.

에코 로런스: 그 낮잠 시간에 랜트의 엄마는 침대에 기대어 앉아

요. 한 손으로 그의 어린 이마에서 머리칼을 쓸어 넘겨주면서. 그 애는 밝은 초록색 눈으로, 얼굴에 비해 너무 큰 눈으로 제 엄마를 올려다보고. 그 애 눈은 제 엄마의 별들을 세고 있어요.

랜트의 젊고 예쁜 엄마는 주방이나 정원으로, 아니면 텔레비전 앞으로 돌아가려고 일어서다가 동작을 멈춰요. 그리고 아직 반쯤은 침대에 기댄 채로 그 아이의 베개 위쪽 벽을 바라보죠. 그 석고 벽에 붙어 있는 것이 뭔지 보려고 눈을 가늘게 좁혀 뜨고 씰룩거리면서. 그 여자의 입술이 조금 벌어지고, 회색 눈을 연신 깜빡이면서 벽을 뚫어져라 쳐다봐요. 뾰족한 턱을 목 밑으로 바짝 끌어내리고서. 그러다 한쪽 손을 앞으로 뻗쳐 한 손가락을 조금 내미는데, 손톱은 이미 벽에 붙은 것을 긁어낼 준비가 되어 있어요. 그녀의 매끄러운 피부는 양쪽 눈 사이로 오므라들면서 주름이 잡히고.

랜트는 무슨 일인지 보려고 침대에서 몸을 틀어 고개를 뒤로 젖히죠.

"이게 뭐지…?" 그 애 엄마가 혼잣말처럼 물어요.

그녀가 벽에 붙은 것을 손톱으로 톡 건드리자 뭔가 부드럽기까지 한 검은 덩어리, 뭉치, 돌기, 짓이겨진 건포도가 벗겨져 아이의 머리 옆 베개 위로 떨어져 내리죠. 그의 얼굴 바로 옆에 있는 조그만 검은 지문.

그 애 엄마의 눈길이 이리저리 돌아가며 벽을 가로질러 펼쳐져 있는 검은 점들, 베개 위에 놓인 그녀의 천사 머리 바로 위까지 나선상으로 이어져 내려온 고무질의 점들을 따라가요.

랜트가 늘 했던 말처럼, "어떤 사람들은 인간으로 태어나지 만 그 나머지 우리는…."

한 가지 면에서 우리는 모두 같아요. 심장이 한 번 뛸 동안만 보면 우리 모두 그게 마른 코딱지라는 것을 알게 되죠. 우린 의 자나 책상 밑에 붙은 코딱지의 끈적거리는 느낌이 어떤지 알 아요.

커티스 딘 필즈 목사(✧ 성직자, 미들턴 기독교우회) : 어린 랜트는 그 죄를 저 지를 수밖에 없었습니다. 아니, 어린 버디는 그 집안 전체를 대 변하기에 족한 죄인으로 자라났지요.

에코 로런스 : 이건 남은 평생 동안 지속되는 그런 순간들 중 하나 에요. 랜트가 죽기 전에 보았던 번뜩임 같은 장면. 시간은 점점 느려져서 멈추고, 멈추었다 얼어붙죠. 우리가 어린 시절이라는 드넓고 어렴풋한 대양에서 찾아내게 될 단 하나의 섬.

몇 년이나 되는 듯한 그 순간, 랜트 어머니의 얼굴은 뒤틀리 고 죄어들어 주름이 잡혔어요. 그 얼굴이 피부라기보다는 근육 으로 바뀌었던 거죠. 그녀의 입술이 다시 얇게 벌어져 이가 한 쪽 끝에서 끝까지 다 드러났고, 분홍색 잇몸까지 드러났어요. 눈꺼풀은 씰룩씰룩하다가 파르르 떨렸고, 손은 안으로 말려들 어 갈고리처럼 되었죠. 영원 같은 그 순간, 그 젊고 예쁜 여자는 랜트의 침대 위로 몸을 숙이고 이제는 마귀할멈 같아진 얼굴로 아이를 내려다보면서 입을 열었어요. "너…."

그리고 힘줄 선 목 안쪽에서 목구멍이 펄쩍 뛰어오르게 침을 삼켰죠.

매 발톱 같은 손가락을 더러워진 벽에다 대고 흔들면서 그녀가 다시 입을 열었어요. "너는…."

랜트는 누운 채로 자신의 자랑, 자신의 수집물을 보려고 몸을 틀었고요.

우리 모두에게 그런 순간이 있어요. 집안 식구들이 우리가 그들과 같은 사람으로 자라나지 않으리라는 것을 처음으로 알아차리는 순간이.

아이린의 풀로 붙인 가짜 별들 대(vs) 랜트의 진짜 코딱지 벽화. 그녀에게는 치욕인 그의 자랑.

로건 엘리엇(✿ 어린 시절의 친구) : 거짓말 아닙니다. 그 케이시 녀석은 뿌리를 뽑아내고 다리에 불을 지르는 것만 빼고는 평범함을 넘어서는 짓은 전혀 안 했어요.

샷 더년(◖ 자동차 충돌파티족) : 그런 때에 우리는 우리 부모들이 남은 삶 동안 직시해야 할 실패한 실험처럼 보이죠. 일종의 꼴찌상. 그리고 엄마와 아빠는 유행에 너무 뒤처진 신 같아 보여서 우리보다 나을 게 하나도 없어요.

우리는 부모의 취약점을 그대로 드러내는 살아 있는 증거로 자라나요. 그들의 보다 못한 점만이 합쳐진 걸작으로.

에코 로런스: 그의 엄마는 몸을 꼿꼿이 세우고 똑바로 서서 어린 랜트를 내려다보며 목소리를 깔고, 랜트가 그때까지 들어본 적이 없는 목소리, 랜트의 머릿속에 남아 평생 동안 메아리치게 될 목소리로 이렇게 내뱉었어요.

"너, 이 구역질나는 꼬맹이 괴물."

그날 오후로 랜트가 '베어'를 소중히 대하는 것처럼 어머니를 대하는 관계는 끝이었죠. 그때가 바로 랜트가 진짜로 태어난 순간이었어요. 진정한 인간으로서 랜트가 존재하기 시작한 순간.

새로운 삶의 첫 번째 낮잠으로, 그날 오후 랜트는 잠이 들었어요.

그린 테일러 심스(G 역사가)의 현장노트에서: 랜트의 외할머니인 에스더가 검은과부거미에 물려 죽음에 이른 뒤, 아이린 케이시는 다음 추수감사절 만찬 때 주방에서 그녀의 자리를 없앴다. 그러나 랜트의 증조외할머니인 해티는 어른들의 테이블에서 한 자리를 남겨두기 위해 계속 의자 옆에 서 있었다. 가계의 항렬은 가정용 성경(출생, 사망, 혼인 등을 기록하는 여백 페이지가 달린 큰 성경 – 옮긴이) 안쪽에 적힌 이름과 날짜들만큼이나 분명했다.

샷 더년 : 이게 얼마나 소름 끼쳐요? 추수감사절 만찬이 끝나갈 무렵 늙은 해티 할머니는 씰룩거리면서 몸을 긁어댔어요. 그녀가 행사 때마다 하는 여우 털로 된 그것, 붉은 여우 털가죽을 두세 개 이어 붙이고 염병할 대가리와 다리에 속을 채워 목에 두를 수 있도록 핀으로 고정한 그 똥을 쌀 물건이 벼룩으로 득실거렸던 거예요.

그건 그저 소름끼치는 것 이상이죠. 그 정도로 나이가 든 사람은 돌풍이 불기만 해도 죽어 넘어질 수 있거든요. 엉덩이뼈가 부러져서. 또 벌에 쏘여서도. 참치 구이를 한 입 먹는 것만으로도 잘못될 수 있어요. 검은과부거미나 벼룩에 물리는 것만으로도 별 볼일 없던 삶을 거창하게 띄워주는 또 다른 이야기들이 나올 수 있는 거죠. 그런 목도리는 얼룩다람쥐나 마멋, 아니면 흰발생쥐나 토끼, 양이나 바위다람쥐로 만들었을 수도 있지만, 몇몇은 자연계의 유물로 벼룩을 남기거든요. 처음에 해티 할머니는 목이 쓰리고 두통이 온다고 우는 소리를 했어요. 또 배도 아프다고. 그녀는 숨을 헐떡이고 있었죠. 그리고 병원으로 옮겨진 지 한 시간 만에 폐렴으로 죽었어요.

그린 테일러 심스의 현장노트에서 : 쥐가 옮기는 박테리움 '예르시니아 페스티스(페스트균)'가 마지막으로 발생한 것은 1924년과 1925년 로스앤젤레스에서였다. 추적 결과, 발병 원인은 감염된 동물들을 들여옴으로써 프레리도그(초원에 서식하는 다람쥣과의 포유류－옮긴이 주) 군집을 박멸시키는 널리 퍼진 관행 때문이었다. 1930년대에는 토착 마멋 개체 수의 98퍼센트가 박멸 되었지만, 나머지 2퍼센트는 징후를 보이지 않는 보균체로 남아 있었다.

에코 로런스 : 그는 소리를 지르며 잠에서 깨곤 했어요. 랜트 말로는 악몽 중에 조금씩 펄럭거리는 자기 할머니의 베일, 그 검은 레이스 천이 바뀌곤 했다는 거예요. 모자가 살아 움직이는 것처럼 보이면서 저 스스로 갈기갈기 찢어지고 검은 실들이 에스더 할머니의 뺨으로 기어 내려와 물어뜯고 그러면 그녀가 비명을 지르곤 한다는 거였죠. 그런 꿈을 꾸면서 랜트는 개들이 짖는 소리는 들을 수 있었지만 그 개들을 볼 수는 없었고.

보안관 베이컨 칼라일(✿ 어린 시절의 적) : 그런 꿈들은 간단명료하게 얘기해 그 친구의 죄책감이었습니다. 랜트가 그 늙은 여자들을 죽인 데 대한. 전염병을 퍼뜨린 데 대한.

샷 더넌 : 해마다 평균 20명의 사람들이 자연 다큐멘터리 영화에서는 그렇게도 귀여워 보이는 그 보풀보풀한 공 같은 동물들, 이를테면 전염병에 걸린 들다람쥐나 얼룩다람쥐 때문에 감염이 되죠. 그래서 림프 마디가 공처럼 부풀어 오르고 손가락 끝이랑 발가락이 새카맣게 변해서 죽어요. 내 말은, 죽는 게 그 보

풀보풀한 공이 아니라 사람들이라는 거예요.

에코 로런스 : 해봐요. 아이린 케이시에게 랜트의 침실 벽에 대해 물어봐요. 그 여자는 벽지를 벗겨 늘어뜨리는 것으로 끝냈어요. 그녀에게는 코딱지가 석면보다도 더 고약했으니까.

랜트가 어른이 된 뒤에도, 그의 아파트 침대 위쪽 벽은 손을 대보고 싶은 데가 하나도 없었어요.

아이린 케이시(✿ 랜트의 어머니): 기억대로라면, 우리는 버디가 세 살인가 네 살일 때 분명히 그 애 침실에 벽지를 붙여주었어요. 카우보이들이 말을 타는 무늬에 배경으로는 초콜릿 같은 갈색 바탕에 선인장이 몇 그루 서 있는, 때가 별로 타지 않을 그런 벽지였지요. 꽤나 어둡지만 사내아이 방에는 실용적인.

그 나머지, 그러니까 말라붙은 코딱지로 덮인 벽 둘레에서는 그런 일이 다시 일어나지 않았어요. 버디는 예쁜 아이였죠. 진짜 어린 천사. 우리는 그 애의 방 천장에 별을, 어둠 속에서 빛나는 그 스티커를 붙여주었고 그 별 아래에는 카우보이가 있었어요. 거기까지는 사실이에요. 하지만 그 나머지는…. 나는 내 아이에게 괴물이니 악마의 저주니 하는 말은 절대로 하지 않았을 거예요.

또 버디도 사람들에게 절대로 그런 얘기를 하지 않았을 테고요.

보이지 않는 예술 5

보디 칼라일(☼ 어린 시절의 친구) : 부활주일을 몇 주 앞두고는 케이시 아주머니 손에서 피클을 담그는 철 이상 가게 심한 식초 냄새를 맡을 수 있었지요. 아주머니는 물 한 단지를 계속 끓여두곤 했어요. 먼저 달걀을 단단하게 삶고. 다음엔 식초와 함께 물을 한 단지 더 끓여서 염료로 쓸 잘게 썬 잡동사니들을 집어넣고 달걀을 염색했지요.

케이시 걔네 집은 시골이었지만 닭을 키우지 않고 죽은 닭을 샀어요. 이 근방에서는 누군가에 대해서 할 수 있던 가장 지독한 소리가 달걀을 산다는 거였는데. 하지만 케이시 아주머니는 달걀을 사곤 했지요. 오로지 하얀 걸로만. 대개는 부활절에 쓰려고요.

케이시네 주방 방충망 문을 드르르, 휘익 열고 들어서면 양 팔꿈치를 테이블에 괴고 있는 아이린 아주머니를 볼 수 있었어요. 아주머니의 독서용 안경은 코끝까지 내려왔고, 머리는 뒤로 젖혀져 있었지요. 테이블 한가운데는 교회에서 쓰는 것만큼이나 굵은 하얀 양초가 바닐라 냄새를 풍기며 타고 있었고요. 양초 불꽃 둘레에는 녹은 촛농의 맑은 웅덩이. 아이린 아주머니는 그 촛농에다 자수바늘을 살짝 담그고 다른 손으로 하얀 달걀을 하나 집어 들곤 했어요. 그 달걀을 뱅뱅 돌릴 수 있도록 엄지와 검지로 맨 아래쪽을 잡고서 그 껍데기에다 녹은 촛농으로 글자를 쓰는 거였지요.

그럴 때면 나도 모르게 멈춰 서서 지켜보지 않을 수가 없었어요.

그린 테일러 심스(C 역사가)의 현장노트에서: 젊은이들은 집에 거울을 걸고, 나이 든 사람은 그림을 걸어둔다. 그런데 어쩌면 내가 인색한 눈으로 관찰했는지는 몰라도, 시골 공동체 거주자들은 공예품, 즉 남아도는 시간에 보잘것없는 솜씨로 몇 푼 안 되는 비용을 들여 만든 그 미심쩍은 작품들을 자랑 삼아 내건다.

보디 칼라일: 스파이의 문서처럼 보이지가 않아서, 하얀 달걀 껍데기 위에 쓴 하얀 양초 글씨가 어디로 사라졌는지 아이린 아주머니만이 알 수 있었지요.

스토브는 제각기 다른 냄새를 풍기며 끓는 갖가지 단지들로 바글거리곤 했고요. 양파. 사탕무. 시금치의 푸른 잎. 적양배추의 고약한 냄새. 검은 커피. 거기에다 식초 냄새까지. 각각의 단지마다 다른 색 물이 끓고 있었지요. 노란색, 빨간색, 초록색, 파란색, 또는 갈색. 모든 게 다 끓이고 있는 물 색깔로 좁아들었어요. 점심은 아예 차리지도 않았고요.

아주머니의 눈은 사팔뜨기처럼 모아져 코 아래쪽을 똑바로 내려다보고 있었어요. 촛농을 입히는 데 정신이 팔려서 1년 내내 빨간 립스틱만 바르는 입을 반쯤 벌린 채로. 그러다 고개도 들지 않고서 이러곤 했지요. "너희 둘, 타르 씹고 있으면 뱉어내." 그런 다음에는 이렇게 덧붙이기도 했고요. "스토브 위에 보면 전맥 크래커가 있을 거다."

나하고 랜트에게 하는 말이었지요.

그리고 우리가 아주 오래 거기에 서 있으면 촛농이 어떻게 달걀이 물들지 않도록 막아주는지 설명해주기도 했어요. 아주머니의 팔꿈치 근처에는 반은 장식된 달걀들이 있었지요. 여전히 하얗게 보이지만 사실은 촛농으로 그려져 있고, 그 부분은 염색물이 들지 않는 거죠. 단지 아주머니를 보고 있는 것만으로도 바깥에 개미언덕이나 죽은 너구리가 기다리고 있다는 걸 깜박 잊어버렸어요. 심지어 나무개비 성냥이 한 갑 있다는 것도요.

그래서 우리는 점심을 못 먹어 배고파하면서도 아이린 아주머니의 그 달걀 작업에 빨려들어가곤 했지요.

그린 테일러 심스(ⓒ 역사가)의 현장노트에서 : 그토록 많은 문화권에서 영적인 의식이나 기도 또는 명상으로써 매우 신중하면서도 일시적인 예술 형태를 이어나간다는 것은 놀라운 일이다.

보디 칼라일 : 아이린 아주머니는 양 팔꿈치를 테이블에 괸 채 한 손으로는 자수바늘을 촛농에 담그고 다른 손으로는 달걀을 쥐고 있었지요. 나나 랜트는 보지도 않고. 그런데 어느 날 그 아주머니가 이러더라고요. "달걀 하나 가지고 해보든가, 아니면 나가서 놀아. 너희들 때문에 신경 쓰이니까."

그러고는 우리에게 바늘과 단단하게 삶긴 식은 삶은 달걀을 하나씩 주더니, 테이블을 조금이라도 흔들면 안 된다고 하면서 말했어요. "너희 머리로 아이디어를 내봐." 그리고 우리한테 바늘 끝을 촛농에 담갔다가 맑은 촛농 한 방울을 가게에서 사 온 레그혼 달걀 껍데기에 떨어뜨리는 방법을 보여주었지요. "그 바늘로 너희 아이디어를 그려봐." 아주머니가 말했어요. 한 방울, 한 방울씩. 하얀색 위에다 하얀색으로. 보이지 않게. 비밀스럽게.

그러자 랜트가 말했지요. "엄마가 얘기해줘. 난 뭘 그려야 할지 모르겠어."

아주머니는 이렇게 대답했어요. "무슨 생각이 떠오를 거야."

그린 테일러 심스(◑ 역사가)의 현장노트에서 : 피란스키 달걀(Piranski egg)
이건 티베트 불교도들이 모래 위에 그리는 만다라(기하학적 도형으로 신의 모습이나 속성을 그린 것 – 옮긴이)건, 그것들의 공통된 화두는 어떻게든 예술가의 온 정신을 한곳에 모아 강렬한 집중과 완벽한 전념을 이루어내자는 것이다. 그런 수공예품의 덧없고 부서지기 쉬운 속성에도 불구하고, 그것을 만드는 과정은 현세 밖으로 발걸음을 내딛는 수단이 된다.

보디 칼라일: 랜트하고 나, 그리고 아이린 아주머니는 주방 테이블에 둘러앉아 싱크대 위쪽 창문에서 흘러드는 햇빛에 삼켜진, 조그만 불꽃이 가물거리는 양초 주위로 몸을 숙이고 오로지 우리만 알 수 있는 것들을 그리고 있었어요. 누구도 배가 고프다는 생각을 하지 않은 채. 우리 셋 다 촛농과 손에 들린 달걀, 그 이상은 아니었지요. 시금치와 양파 단지들이 끓고 주방 공기는 뿌연 김과 끓는 채소들의 냄새로 가득 차 있는데도, 방충망 문이 드르르, 휘익 열리고 케이시 아저씨가 들어섰는데도 우리 중 누구 하나 자리에서 일어나지 않았어요.
　"점심은 뭐지?" 케이시 아저씨가 물었어요.
　그러자 아이린 아주머니는 여전히 사팔뜨기 눈으로 달걀을 내려다보면서 이렇게 대답했고요. "밖에서 먹고 올 거라고 그러지 않았어요?"
　랜트가 동작을 멈췄어요. 그러니까 달걀을 들고 있기만 하고 양초에서 묻혀 온 촛농을 떨어뜨리지는 않았다는 말이지요. 그 애의 손과 숨결이 그대로 얼어붙더라고요.

나는 내 달걀에다 낮 경치를 그리고 있었어요. 햇살을 내쏘는 태양, 나무, 우리 집, 하늘에 떠 있는 구름. 하지만 오직 나만 알 수 있었지요.

케이시 아저씨가 다시 입을 열었어요. "아이린, 애들한테는 그 짓 하게 하지 마."

그러자 아이린 아주머니는 이렇게 응수했지요. "당신 점심은 밖에서 먹고 올 거라고 그랬잖아요."

케이시 아저씨가 스토브 위로 몸을 굽혀 코를 들이밀고 킁킁거리면서 단지 하나하나에서 나는 김 냄새를 맡아보더니 한마디 내뱉었어요. "그 애 망치지 마."

아이린 아주머니는 여전히 사팔뜨기 눈으로 달걀을, 자기의 생각이라는 보이지 않는 비밀을 내려다보면서 물었고요. "뭐라고요?"

이제 랜트는 아무것도 그리지 않고 있었어요.

그러자 케이시 아저씨가 말했지요. "그 애가 장가도 못 들게 망치지 말라고." 그러고는 아이린 아주머니의 팔꿈치 옆으로 테이블에 놓여 있던 달걀 바구니로 손을 뻗쳤어요. 그 달걀들은 그냥 하얀색이지만 오전 내내 케이시 아주머니의 비밀 그림들로 반은 장식된 것이었지요. 보이지 않는 예술로.

"그것들은 안 돼요." 아이린 아주머니가 안경 너머로 눈을 번쩍 치켜뜨면서 소리쳤어요.

하지만 달걀 두 개는 이미 케이시 아저씨의 손바닥 안으로 사라져버린 뒤였지요.

아이린 아주머니는 더 큰 소리로, 집 밖에서도 들릴 만큼 크게 소리를 빽 질렀고요. "그것들은 안 된다니까요!"

하지만 케이시 아저씨는 창 쪽으로 돌아서서 톡, 톡, 톡 달걀 껍데기를 벗기려고 싱크대 가장자리에다 두드렸어요.

나는 뭘 했느냐 하면, 하늘에다 우리 집 위로 나는 보이지 않는 새를 그리고 있었지요. 나무에다 사과를 달아주려고 촛농을 아주 조그만 방울로 콕콕 찍기도 했고요.

그날 점심 무렵, 그때는 내가 처음으로 시간이 멈춘 것처럼 느낀 순간이었어요. 그대로 얼어붙은 랜트와 그 애 엄마. 달걀에서 풍기는 유황 냄새, 식초 염료와 갖가지 색으로 졸아드는 야채 냄새. 그사이에 한 주일, 한 여름, 100번의 생일이 왔다 갔지요. 우리는 싱크대 위쪽 창문으로 쏟아져 들어오는, 100년을 멈춘 태양과 함께 있었고요.

심지어 시계까지도 숨을 죽였지요.

케이시 아저씨는 주방 창문 밖을 내다보며 달걀을 먹었는데, 아저씨 그림자 때문에 테이블이 제대로 보일 만큼 촛불의 불빛이 밝아졌어요. 아저씨가 배수구에 떨어뜨린 달걀 껍데기에서는 너무 오래 삶았을 때 나는 유황 냄새가 풍겼고요. 아저씨는 달걀 두 개를 한입에 삼키고 나서 방충망 문을 드르르, 휘익 열고 나갔지요.

  그다음에 태양이 움직여 창틀 한쪽 가장자리에 닿았어요. 멈
춰 있던 시간이 풀린 거였지요. 시곗바늘도 모두 다시 째깍거
리기 시작했고요.

보안관 베이컨 칼라일(✿ 어린 시절의 적) : 그 애가 저지른 죄를 가지고 쳇
케이시를 악당으로 만들지는 마시오. 내 말은 우리가 처음부터
아무도 사랑하지 않게 태어나지는 않는다는 겁니다. 사랑은 배
워야 하는 기술이에요. 집에서 개를 훈련시키는 것처럼. 그건
키울 수도 있고 못 키울 수도 있는 재능이지요. 근육처럼. 그래
서 혈족을 사랑하는 걸 배울 수 없다면 진정한 사랑은 절대로
못하게 되는 겁니다. 누구도 사랑 못하지요.

보디 칼라일 : 아이린 아주머니가 첫 번째 달걀을 숟가락으로 떠서
물감 속에 집어넣은 순간은 오후가 다 지나 우리가 서로의 비
밀 그림을 처음으로 본 때였지요. 내 달걀을 나무 숟가락으로
떠서 끓는 적양배추 단지에 집어넣자 식초 냄새와 구린내가 풍
겼고, 거기에서 꺼낸 달걀은 파란색이었어요. 하늘빛으로 파란
색. 촛농으로 사과가 달린 나무, 집, 하늘에 떠있는 구름과 태양
을 그린 부분만 빼놓고 전부 파란색이었지요. 우리 집, 그걸 보
니까 케이시 아저씨가 다시 오기 전에 집으로 돌아가고 싶더라
고요.

아이린 아주머니 자기 달걀은 졸아든 사탕무 단지에 넣었는데, 거기에서 건져낸 달걀은 온통 빨간색이었어요. 피처럼 빨간색. 뺑뺑 돌아가며 거미줄이나 레이스 커튼처럼 복잡하게 얽힌 자수 같은 선들만 빼놓고는. 하지만 그 무늬는 커튼도, 단어도, 글자도 아니었어요. 밸런타인 카드 같은 데서 볼 수 있는 시를 자수처럼 적은 거였지요. 너무도 작아서 읽을 수는 없는.

"무슨 색?" 랜트의 달걀을 나무 숟가락으로 떠올리면서 아주머니가 물었어요.

"초록색." 랜트가 대답했고요.

"그래, 초록색으로 하자."

아이린 아주머니가 달걀을 걸쭉하고 끈적끈적한 시금치 단지에 넣고 휘휘 저었어요. 그리고 달걀을 단지에서 건져내자 촛농으로 얼기설기 그은 줄무늬들이 나타났지요. 사각형이 나오도록 구획된 듯한.

랜트는 손가락을 달걀에 대고 한 1초쯤 그대로 있었어요. 그러고는 그걸 제 엄마가 들고 있는 숟가락에서 들어 올렸지요. 그런 다음 한쪽 끝만 잡고서 끓는 양파 단지에 조금 담갔어요. 노란색 물감에다.

랜트가 그 달걀을 들어내자 반은 초록색이고 반은 노란색인 바탕에 줄무늬가 나타났지요. 촛농으로 된 하얀 선들이 달걀 측면을 학교에서 쓰는 지구본의 경선과 위선처럼 가르고 있었어요.

"그거 아주 예쁜 파인애플이구나." 아이린 아주머니가 한마디 했어요.

그러자 랜트는 "파인애플 아니야." 했고요.

하얀 촛농 선으로 줄무늬가 져서 조그만 사각형들로 나뉜, 반은 초록색이고 반은 노란색인 달걀. 랜트가 그 초록색, 노란색 달걀의 맨 위쪽과 아래쪽을 두 손가락으로 잡고 자기 생각을 말했어요. "이건 MK2 파쇄 수류탄이야."

그리고 낟알로 된 TNT(trinitrotoluene, 강력폭약)로 채워진 수류탄이라고 덧붙였지요. 30미터 떨어진 곳까지 던질 수 있고, 폭발 반경 10미터에 주철로 된 몸체는 파편이 되고 살상 반경은 2미터라고.

랜트가 그 수류탄을 키친타월 위에다 내려놓았는데, 거기에서는 다른 달걀들, 그러니까 내 파란색 달걀과 아이린 아주머니의 빨간색 달걀이 말라가고 있었지요. 그때 랜트가 이렇게 말했어요. "이걸 아주 많이 더 만들어보자고."

에코 로런스(☾ 자동차 충돌파티족) : 랜트 말대로라면, 정원은 걔네 엄마의 영역이었대요. 잔디밭은 아빠의 영역이었고. 걔네 엄마는 꽃이 피는 걸로 시기를 얘기했대요. 처음에는 사프란, 다음엔 튤립, 물망초, 금잔화, 금어초, 장미, 하루만 피고 시드는 백합, 노랑데이지, 그리고 해바라기. 시금치, 다음엔 무, 상추, 그리고 때 이른 당근.

체스터 케이시에게는 한 주일이 잔디를 깎는 시간과 맞먹었고, 한 시간은 잔디밭에 살수 장치를 옮기는 시간과 맞먹었어요. 그러니까 우리는 모두 다른 시간과 다른 달력에 따라 살고 있는 거죠.

어느 부활절에 랜트는 엄마가 튤립이랑 장미 덤불 사이에 달걀을 숨겼다고 했어요. 그리고는 개한테 바구니 하나를 주면서 말했다는 거예요. "즐거운 사냥을 하렴, 버디."

랜트 손에는 거미한테 물린 상처가 아직도 그대로 있어요.

보디 칼라일: 부활절 아침에 랜트는 어떤 나무인가 장미 덤불인가 그 아래로 손을 뻗었다가 얼른 다시 빼냈어요. 랜트의 눈이 화들짝 놀라 휘둥그레지면서 자기 손등에 올라앉은 거미를 보고 있었어요. 그 애는 거미를 찰싹 쳐냈지만 물린 자리는 벌써 벌겋게 부어올랐지요. 욱신욱신 화끈거리는 이빨 자국에서부터 핏줄이 검붉은색으로 가지를 치듯 마구 퍼져 나갔고요.

랜트는 물린 손을 들어 올리고 울면서 주방으로 달려 들어갔어요. 손가락은 벌써 포수 글러브처럼 커다랗고 뻣뻣하게 부어 있었어요.

하지만 케이시 아저씨는 그 애를, 부어오른 벌건 손과 색색가지 달걀이 담긴 분홍색 부활절 바구니를 흔들어대는 다른 손을 흘끗 보기만 했어요. 랜트의 뺨을 타고 눈물이 줄줄 흘러내리는데도 케이시 아저씨는 그 애한테 이렇게 말했지요. "아가리 닥쳐."

샷 더넌(☾ **자동차 충돌파티족)**: 랜트의 마음속에는 걔네 할머니가 교회에 가다 넘어져 죽은 장면이 생생하게 남아 있었어요. 틀니가 혀를 깨물어 파고 들어간 것까지.

보디 칼라일: 아이린 아주머니, 그러니까 걔네 엄마는 교회에 가기 전에 욕실에서 마무리 화장을 하고 있었어요.

케이시 아저씨는 제일 좋은 나들이옷 차림을 한 랜트의 엉덩이를 찰싹 때리고, 달걀을 다 찾기 전에는 안으로 다시 들어오지 말라고 했고요.

랜트는 퉁퉁 부은 손을 들어 올린 채 흐느껴 울었어요. 자기를 문 건 검은과부거미라고, 이제 죽게 될 거라고, 물린 데가 아파 죽겠다고 흐느끼면서.

하지만 아버지는 걔 어깨를 잡아 돌려세우고 등을 떠밀며 말했지요. "네가 달걀을 전부 찾아오기만 하면 의사한테 데려가서 치료를 받게 해주마." 그리고 랜트가 안으로 들어오지 못하도록 방충망 문을 걸어 잠그면서 이렇게 덧붙였어요. "너무 오래 걸리지만 않으면 그 손을 잃게 되지는 않을 거다."

보안관 베이컨 칼라일: 랜트는 늘 집을 떠날 거라느니, 밖으로 나가서 자기 스스로 새로운 가정을 꾸릴 거라느니 하는 소리를 늘어놓았지만, 내가 보이겐 그런 일은 절대로 일어나지 않을 것 같았습니다. 집안 식구들이 온갖 결점에도 불구하고 그 사람을 받아들일 수 없다면, 그 어떤 낯선 사람과도 맞춰 살아갈 수 없는 거예요. 랜트가 배운 거라고는 고작 사람들을 남겨놓고 떠나는 것뿐이었어요.

보디 칼라일: 랜트는 하얀 와이셔츠에 나비넥타이, 검은 에나멜가죽 구두와 허리띠로 한껏 멋을 내고 해마다 그래왔던 것처럼 부활절 달걀 찾기를 하고 있었어요. 하지만 그 일이 이제는 죽음에 대항하는 줄달음으로 바뀌어 있었어요. 그 아이의 조그만 두 손이 꽃을 한옆으로 넘어뜨리고 줄기를 부러뜨렸지요. 발은 피튜니아를 짓밟고, 당근 싹을 밟아 짓이겼고요. 심장이 한 번 뛸 때마다 랜트는 손의 독이 머리 쪽으로 점점 더 가깝게 퍼져 올라오는 걸 느낄 수 있었어요. 물린 자리의 통증은 점점 마비가 되어 처음에는 손이, 다음에는 팔의 대부분이 감각을 잃어 갔고요.

개네 엄마가 밖으로 나왔다가 정원용 흙더미에서 숨을 헐떡이고 있는 랜트를 보았어요. 정원을 꾸미고 남은 배합토에 얼굴을 박고 푸른 두 눈 주위로 거미줄처럼 번진 눈물에는 흙이 엉겨 붙어 있는.

에코 로런스: 그 애 부모는 아이를 거기 그렇게 남겨둔 채 차에 올라타고 부활절 아침 예배를 하러 떠났어요.

다시 한번, 그 순간은 우리가 영원히 지속되기를 바라는 것의 종말이었죠.

보디 칼라일 : 랜트는 그 세 개의 달걀 말고는 하나도 더 찾지 못했어요. 부모가 집으로 돌아왔을 때 그 애가 하루 종일 찾았다며 보여줄 수 있는 것은 그게 전부였지요. 달걀 세 개하고 거미에 물린 상처. 그때쯤에는 손이 원래 크기로 줄어들어 있었어요. 그 거미, 랜트에게 들러붙어 독 이빨로 문 건 바로 검은과부거미였지요.

　나중에는 아이린 아주머니까지 정원을 헤집고 돌아다니면서 거기에 있는 꽃나무들이고 뭐고 할 것 없이 다 짓이기고 파헤쳤지만, 자기가 숨겨놓은 달걀을 하나도 더 찾아내지 못했어요. 그해 여름이 다 가기 전에 아주머니의 정원은 쑥대밭이 되고 말았지요. 그 다음 주에는 케이시 아저씨의 잔디밭도 그렇게 되었고요.

에코 로런스 : 이걸 알아둬요. 랜트는 나한테 그 달걀들을 다 찾아서 상자에 담아 어떤 헛간인가 오두막에 숨겨뒀다고 했어요. 그리고 매주 달걀을 두세 개씩 몰래 빼내서 잔디밭 가장 깊숙한 곳에다 찔러 박아놓곤 했다는 거예요. 개네 아버지가 잔디를 깎기 바로 전에. 그때쯤엔 그 달걀들이 완전히 다 썩은 중에서도 가장 지독하게 썩어 있었지요.

　그 애 아버지의 잔디 깎는 기계에 하나씩 걸릴 때마다 지독한 냄새가 폭발하곤 했어요. 산지사방으로. 잔디 깎는 기계의 날에, 풀밭에, 그 애 아버지의 부츠와 바짓가랑이에 온통. 랜트 가 손으로 그린 수류탄이 지뢰로 바뀐 셈이었지요. 잔디밭과 정원 모두 지뢰밭이었던 거예요. 랜트는 철조망 울타리 안에 정글이 있었다고 했어요. 집 둘레로는 온통 지독한 악취가 흩 뿌려졌고. 모든 게 다 너무나 황폐해져서 현관 입구도 보이지 않더라니까요. 차를 몰아 올라가면서 보니까 그 집엔 아무도 살지 않는다는 생각이 들더라고요.

보디 칼라일: 그 애는 달걀을 빨간 줄이 그어진 회색으로 물들여서 폭동 진압용 ABC-M7A2 최루탄처럼 보이게 만들었어요. 또 AN-M8 연막탄처럼 위쪽 절반은 하얗게 둔 채 연녹색 물을 들 이기도 했고요. 아이린 아주머니는 쓰고 남은 물감을 병에 담 아두었어요. 선명한 빨간색, 노란색, 파란색, 초록색 물이 든 병 들. 아주머니 정원에서 남은 건 그게 전부였지요. 물감이 햇빛 에 바래지 않도록 아주머니는 그 병들을 냉장고 위에 놓인 상 자 뒤쪽에다 두었어요.

그해가 다 갈 때까지 랜트는 그 물감들을 조금씩 훔쳐내곤 했지요. 여름부터 크리스마스 때까지. 그 애는 세탁물 더미에서 자기 아버지가 입었던 팬티를 끄집어내서 스포이드로 사타구 니 부분마다 노란 점들을 찍곤 했어요.

그 뒤로 케이시 아저씨는 소변을 꼭꼭 앉아서 보았고, 성기를 늘어뜨린 채 마지막 한 방울까지 오줌이 다 나오게 하려고 애를 썼지요. 네모나게 접은 화장지로 찍어 내기까지 하면서. 하지만 팬티에 묻은 노란 점은 날이 갈수록 점점 더 많아졌어요. 랜트가 그 점들을 노란색에서 빨간색으로 바꿨을 때, 아저씨는 미치고 팔딱 뛸 지경이 되었지요.

에코 로런스 : 성인이 된 랜트가 땡땡이치려고 잘 써먹던 방법은, 양쪽 눈에다 빨간색 식용 색소를 한 방울씩 떨어뜨리고 상사한테 결막염에 걸렸다고 하는 거였지요. 알 거예요, 그 핏발 선 눈. 그렇게 한 주일 동안 병가를 받은 뒤에는 노란색을 써서 간염에 걸린 척을 했고요. 랜트의 진짜 장기는 일터로 나가서 누군가가 빨갛거나 노란 자기 눈을 보게 해서 상사가 자기를 집으로 보내도록 만드는 거였죠.

랜트는 밝은 노란색 눈을 하고 우리집으로 오곤 했어요. 그러면 우리는 2인조 팀으로 차를 몰아 필드로 나갔고요.

보디 칼라일 : 케이시 아저씨는 아예 걸리지도 않은 방광염을 치료해보겠다고 엄청난 돈을 썼어요. 그렇게도 많은 항생제를 삼키는 바람에 그해 내내 굳은 똥은 거의 누지도 못했고요.

에코 로런스 : 랜트는 죽기 전에 나한테 단단하게 삶은 흰 달걀을 한 알 줬어요. 그리고 껍데기에다 하얀 왁스로 뭔가를 써놓았

다고 했지만, 하얀 껍데기에 하얀 왁스라서 읽을 수가 없었지요. 랜트는 자기한테 무슨 일이 생겼을 때에만, 오로지 그때만 달걀을 염색해서 거기에 적힌 메시지를 읽어보라고 했어요.

그런데 이제는 그 달걀이 너무 오래돼서 만지기가 겁나요. 만약 껍데기가 깨져서 그 지독한 냄새가 풍기면 나는 쫓겨나고 말 테니까요.

보디 칼라일 : 랜트가 도시로 떠난 뒤에, 그가 죽은 뒤에 FBI에서 나를 찾아와 못살게 굴었지요. 당신들도 내가 부활절 수류탄에 대해 애기했을 때 그자들 눈이 어떻게 번쩍했는지 봤어야 하는 건데.

아이린 케이시(❂ 랜트의 어머니): 쳇이 마당에서 잔디 깎기를 그만둔 다음, 그해 겨우내 개 떼가 거기로 구르러 오곤 했어요. 그 고약한 냄새가 털에 배어들게 하려고요. 내 어머니 에스더를 물어뜯은 바로 그 개들이었지요. 개들이 어떻게 그런 끔찍한 걸 갈망할 수 있는지 도무지 이해가 안 가요. 고통만큼이나 지독한 냄새를 개들은 자랑스럽게 묻히려는 것 같아요.

이빨 요정 *6*

보디 칼라일(❂ 어린 시절의 친구) : 웃지 마세요. 어느 기막힌 여름에는 감초 한 토막이 금화로 5달러였어요. 제대로 된 물총 한 세트를 사려면 50달러를 줘야 했고요.

그해 봄 이빨 요정이 미들턴 전체의 생활수준을 완전히 뒤엎어놓은 거죠.

맨 처음 일어난 일은 어느 토요일에 랜트가 목에다 스카우트 스카프를 두르고 우리집에 와서는, 우리 엄마한테, 재활용 공로 배지를 하나 타고 싶은데 그러려면 하루종일 오래된 페인트 깡통을 수거해야 한다고 말한 거였어요.

그 전까지 랜트하고 나한테는 스카우트 스카프밖에 없었거든요. 집안 식구들이 사줄 수 있는 게 목에 두르는 노란 스카프

뿐이라면, 그건 스카우트 유년대에서 맨 끄트머리에 속해 있다는 뜻이었지요. 형편이 좀 괜찮은 다른 아이들은 감색 제복 셔츠를 가지고 있었어요. 부잣집 애들은 제복 셔츠에다 바지까지 있었고요. 그래서 밀트 토미는 칼에다 칼집, 놋쇠 버클이 달린 허리띠, 그리고 허리띠에다 걸었다 뗐다 할 수 있는 나침반까지 다 가지고 있다고 자랑을 해댔었지요. 그 애 어깨에는 온갖 모임에 가서 받은 공로 배지들이 잔뜩 붙은 어깨띠도 있었고요.

브렌다 조던(✿ 어린 시절의 친구) : 다른 사람들한테는 얘기하지 마세요. 근데 언젠가 데이트를 하면서 랜트 케이시가 저한테 어떤 낯선 사람 얘길 해줬어요. 걔 할머니 에스더가 쓰러져 죽어갈 때 어디선지 모르게 한 낯선 사람이 차를 몰아오더라는 거였지요. 그러고는 자기가 에스더를 보살펴주겠다고 하더니, 랜트한테 어디에서 금을 찾을 수 있는지 알려주더래요. 랜트 말로는 그냥 키가 크고 나이가 많은 남자였대요.

그 낯선 노인은 자기가 랜트의 진짜 아빠이고 도시에서 걔를 보러 왔다면서, 체스터 케이시가 얼마나 보잘 것 없는 사람인지 얘기해주더라는 거예요.

보디 칼라일 : 그걸 얻기가 얼마나 힘드냐는 문제가 아니었어요. 스카우트 공로 배지는 멋진 자수 장식까지 모두 합쳐도 5달러밖에 안 했으니까요. 랜트하고 나는 그런 배지들을 구하려는 게

아니었어요.

그해 여름에 우리는 외바퀴 손수레를 밀고 집집마다 문을 두드리며 돌아다녔지요. 이렇게 물으면서요. 이 근처에 오래돼서 굳은 페인트 같은 게 들어있거나 한 녹슨 페인트 깡통들을 가져가도 돼요? 랜트는 사람들에게 스카우트 유년대의 고철 수집 활동이라고 했고, 사람들은 오래된 깡통들을 치우게 된 게 그저 좋아서 싱글벙글했지요. 랜트하고 내가 걔네 집 헛간에다 잔뜩 모아놓을 때까지, 토요일이면 토요일마다.

랜트가 스크루드라이버로 깡통 뚜껑 하나를 열자 그 안쪽에는 어떤 침실, 그러니까 이미 오래전에 다른 색으로 바뀐 침실에 바르고 남은 딱딱하게 굳어버린 분홍색 페인트가 들어 있었어요. 도처에 있는 농가들에서 전해내려온 방들에 칠해졌던 잊혀진 색들. 놀랄 일은 아니었지요. 딱딱하게 굳은 페인트만 들어 있다는 게. 그러다 랜트가 한 깡통을 비집어 열었는데 그 안은 신문지로 채워져 있었어요. 어떤 것은 공처럼 뭉쳐지고, 또 어떤 것은 뭔가 단단한 것을 꽁꽁 싸맨 채로. 신문지를 풀어내자 안쪽에 오래된 병들이 있었지요. 오래전에 만들어진 검푸른 유리병들. 조그만 화장품 크림병과 약병들.

그 신문들은 포켓볼 당구대에 깔린 펠트 천처럼 부들부들했고, 하얀색이 아니라 노란색이었어요. 모든 범죄를 끝장내기 위한 범죄들, 세상의 종말임을 설파하는 전쟁과 역병들로 가득찬 그 신문은 해마다 세상의 또 다른 새로운 종말을 고하고 있었지요.

하틀리 리드(✿ 트랙사이드 잡화점 주인) : 한 아이, 그러니까 조던이라는 계집아이가 금화를 한 움큼 들고 왔더군요. 대부분은 주조 연도가 1897년으로 거슬러 올라가는 리버티헤드 달러였지요. 나중에 알고보니 그 아이가 망치를 가지고 제 할머니의 틀니를 두들겨 부셨더군요. 그리고 거기에서 빼낸 이를 아이들이 부르는 대로 하자면 '이빨 요정의 돈'과 바꿨고요. 그 아이는 동전들을 나한테 가지고 와서 워커 카탈로그에 나온 특별주문 인형의 집을 사갔지요.

보디 칼라일 : 페인트 깡통들에는 동전이 채워져 있었어요. 소리가 나지 않도록 단단히 싸매놓은 금화와 은화들. 어떤 동전에는 뱀과 싸우는 독수리 문양이 새겨졌고, 또 어떤 동전에는 젊고 예쁜 여자나 늙은 남자가 새겨져 있었는데 여자들은 옷을 거의 입지 않은 채로 서 있었지만 늙은 남자들은 주름진 얼굴만 보였지요.

랜트 말로는, 그 금화들은 정부나 은행을 믿지 못하는 사람들이 남긴 거라고 했어요. 이웃도 가족도, 심지어는 아내마저도 믿지 못하는 외로운 외톨박이 구두쇠들이. 금화와 은화를 그런 식으로 모았다가 심장마비가 와서 평생의 비밀을 누구에게도 알리지 못한 채 죽었다는 거였지요.

랜트는 만일 소유자들이 죽고 법률이 인정하는 정당한 상속자들이 그 돈을 어디에 숨겨두었는지 듣지도 못할 만큼 사랑받지 못했다면, 우리가 그 돈을 차지한다고 해서 절도가 될 수는 없다고 했어요. 해적선의 보물이나 마찬가지라는 거였지요. 그 페인트 깡통들은 헛간 선반 아니면 버려진 자동차 트렁크에서 녹슬고 있었으니까요.

나중에 알고보니 랜트는 이 주변에 그런 돈들이 있으며, 어느 페인트 깡통에나 다 있지는 않아도 충분히 많다는 사실을 오래전부터 알고 있었어요. 하지만 우리가 어떻게 해서 그 많은 돈을 가지게 되었는지 그 이유를 댈 방법을 떠올리기 전까지는 그 어떤 깡통에도 손을 대려 하지 않았지요. 우리 몫의 공로 배지를 살 돈도 없이 그저 스카우트 스카프만 갖고 있던 두 아이가 이제는 주조된 지 100년이나 그 이상까지 거슬러 올라가는 금화와 은화를 쓴다는 건 말이 안 되는 일이니까요.

하틀리 리드: 수요와 공급. 누가 그 아이들에게 총을 들이대면서 돈을 쓰라고 한 게 아니었어요. 그 돈은 그 애들 거였고 무엇을 사든 그 애들 마음이었지요. 아주 당연한 겁니다, 수요가 증가하면 가격이 오르는 건. 마을에 있는 아이들 모두가 서로 앞을 다퉈 체리 소다수를 사려고 하면 그 값이 오르게 마련이지요.

보디 칼라일: 랜트가 우리의 해적선 보물을 정당한 것으로 위장하

기 위해 떠올린 방법은 인플레이션이었어요. 우리는 우선 5학년에서 제일 가까운 아이들에게 누구 이가 흔들리느냐고 묻고 다녔지요. 그리고 누구건 이를 뽑으면 그 아이에게 금화나 은화를 한 닢 주면서 이빨 요정이 그 돈을 가져다주었다고 말하라고 시켰어요. 5학년쯤 되면 대부분의 아이들은 이빨 요정이 거짓말이라는 걸 알고 있었지만 어른들은 우리에게 그 정도 얘기도 해주지 않았지요.

주말마다 우리는 페인트 깡통을 모으고 돌아다녔어요. 외바퀴 손수레를 밀고 길을 한참 더 내려가 더 멀리 떨어져 있는 농가들, 아무도 모르게 남겨진 돈이 쌓여 있는 뚝 떨어진 농장들을 찾아다니면서요.

그리고 주말마다 아이들에게 더 많은 금화와 은화를 주면서 어른들한테는 이를 간 대가로 요정이 준 돈이라는 말을 하라고 시켰지요.

어른들은 그게 거짓말이라는 걸 알았지만, 엄마들이고 아빠들이고 간에 이빨 요정이니 산타클로스니 하는 것들에 대한 자신들의 거짓말을 인정하려 들지 않았어요. 우리는 어른들에게 거짓말을 하고, 어른들은 우리에게 거짓말을 하고. 그러면서 누구도 자기가 거짓말쟁이라는 걸 인정하지 않았지요.

또 5학년 중에서 랜트나 나를 배신한 아이는 아무도 없었어요. 모두가 그 돈을 갖고 싶어 했고 더 많은 돈이 들어올 걸 기대했으니까요.

모두가 하나같이 이빨 요정이라는 그 똑같은 거짓말에 발목이 잡혔던 거지요.

만일 사람들이 어떤 일에서 한몫씩 득을 보았다면 그들 모두한테 똑같은 거짓말을 하게 만들 수 있어요. 모두가 다 똑같은 거짓말을 하게 되면 그건 더 이상 거짓말이 아닌 거지요.

리비아 로셀(✿ 교사) : 어느 해에 저는 5학년 아이들을 가르쳤는데, 엘리엇이라는 여자아이가 제게 금화를 한 닢 들고 오더니 그걸로 투시롤(Tootsie Rolls) 캔디를 몇 개나 살 수 있느냐고 묻더군요. 우리가 도서관으로 가서 동전에 대해 알아보았더니, 그건 1958년에 주조된 2달러 50센트짜리 리버티헤드(Liberty Head)였어요. 앞면에 이마를 가로질러 '리버티'라는 글자가 씌어진 왕관을 쓴 여자의 옆모습이 있고 그 주위로 열세 개의 별이 둘러져 있는.

우리가 찾아본 책에서 그 금화는 1만 5,000달러의 가치가 있다고 되어 있더군요.

나는 그 아이가 금화를 훔친 게 아닐까 걱정되어서 그 돈을 어떻게 갖게 됐는지 물어보았지요. 그랬더니 그 엘리엇이라는 계집아이가 자기 이를 하나 뺀 대가로 이빨 요정이 돈을 두고 갔다면서 손가락으로 잇몸 한 옆에 나 있는 틈새를 가리켰어요. 과연 작은 어금니가 하나 빠지긴 했는데, 하지만 그건 단지 젖니일 뿐이었지요.

보디 칼라일: 작은 어금니는 금화로 5달러, 큰 어금니는 10달러였어요. 사일러스 헨더슨은 그해 여름방학 동안 앞니를 열두 개, 송곳니를 아홉 개, 사랑니를 열여섯 개 뺐다고 우겨댔지요. 상급생들은 5학년 아이들한테 자기들 이를 요정의 돈 반값에 팔기도 했고요. 아이들은 말 이빨이나 개 이빨이나 커다란 소 이빨을 뿌리까지 깨물어 부셔서 사람 이로 속이려고 들었어요. 그 바람에 랜트 케이시는 이빨 전문가가 되었지요. 은으로 때운 이에서부터 수은 아말감까지, 진짜 부러진 이에서 뽑아낸 치아머리까지. 랜트의 방에 이것들이 점점 더 쌓여가서 처음에는 수프 깡통들에다, 다음에는 담배 상자들에다, 그다음에는 신발 상자들에다, 또 그다음에는 쇼핑 가방들에다 모아두어야 했지요. 미들턴의 이빨 박물관.

5학년 아이들 모두를 부자로 만들고나자 랜트와 내가 부자가 된 것도 수상해 보이지 않았어요. 하지만 우리는 아이들에게 금화나 은화를 한 닢씩 나눠줄 때마다 우리 몫으로는 제각각 두 닢씩을 챙겼지요. 랜트는 제 몫을 쓰지 않고 있어서 나보다 두 배를 더 챙겼고요.

마을로 충분한 돈이 들어와 돌게 된 뒤에 랜트와 내가 쓴 돈은 이치에 맞는 것으로밖에 보이지 않았어요. 새로운 생활수준에 비하면 통상적이었지요.

야구팀 주장은 뒷구멍으로 돈을 받았고, 그래서 던지기만 하면 깨지는 아이라도 한 이닝 동안은 공을 던질 수 있었어요. 미들턴 초등학교 선생님들은 성적표에 올 A를 적어주는 대신 탁자 밑으로 200달러씩을 받았고, 애 보는 여자들은 아이들이 늦게까지 일어나 앉아 자정이 넘도록 영화를 보게 해주는 대신 은화로 100달러씩 뇌물을 받았지요.

리비아 로셸: 트랙사이드 잡화점의 리드 씨는 아이들에게 캔디를 파는 일이 그저 즐거울 수밖에 없었지요. 그 시기와 관련해서 또 한 가지 기억이 떠오르는데, 그 잡화점이 '꼬마 숙녀를 위한 기념품' 코너를 인수하고 장난감이랑 취미용품 코너를 냉동식품 코너까지 확장했다는 거예요. 1년 동안은 가게의 절반이 캔디바와 공기총, 인형으로 채워진 것 같았지요. 자동차 필터를 새로 갈려면 피트먼 정비소까지 차를 몰아가야 했지만 트랙사이드 잡화점에는 크기와 색깔이 제각각인 열일곱 종의 장난감 로켓이 쟁여져 있었어요.

보디 칼라일: 우리는 돈만 넉넉히 준다면 어른들이 누구에게 무엇이든 다 팔려고 한다는 걸 알게 되었어요. 미들턴 경제 전체가 통째로 부풀려졌지요. 이빨 요정의 돈이 넘쳐나자 아이들은 더 이상 잔디를 깎겠다고 하지 않았어요. 반환하면 병 값을 돌려주는 콜라병과 맥주병은 길가에 무더기로 쌓여만 갔고요.
　이 근처에서는 어른들이 그걸 번영의 '트리클업(빈민층에서 부유층으로 옮아가는 부의 흐름 - 옮긴이)' 이론이라고 불렀지요.

모든 아이가 다 부자였어요. 그리고 어른들은 하나같이 아이들한테서 그 돈을 뺏기 위해 감언이설로 속이고 잘해주는 척을 했지요.

돌이켜보면 우리는 미들턴이라는 작은 마을에 붐을 일으켜 부흥시킨 거였어요. 그해 가을에 개학을 했을 때 아이들은 악어가죽 부츠를 신고 학교로 왔지요. 터키석이 박힌 로데오 허리띠 버클을 하고서. 손목시계는 너무도 묵직해서 그걸 찬 애는 걸을 때 몸이 한쪽으로 쏠릴 지경이었고요.

두 번째 붐은 크리스마스와 함께 왔어요. 착하든 말든 상관없이 5학년 애들 양말에 금화와 은화를 채워준 산타클로스와 함께.

리비아 로셀: 수업 시간에 저는 아이들에게 현실은 일종의 합의라는 생각을 심어주려 애썼어요. 물건들은, 다이아몬드에서 풍선껌에 이르기까지, 우리가 가치 있다고 인정하기 때문에 가치를 갖지요. 속도 제한 규정 같은 법은 사람들이 그걸 지키기로 동의했기 때문에 법인 거예요. 나는 아이들에게 금화가 그들이 맞바꾸는 잡동사니보다 엄청나게 더 큰 가치가 있다는 걸 알려주려고 애썼지만, 그때 상황은 꼭 자기네 부족 땅을 구슬이나 자질구레한 장신구하고 맞바꾸는 토착 아메리카 인디언을 보는 것 같았죠.

미들턴의 아이들은 정말로 우리 경제를 움직이고 있었어요.

채 한 주일도 안 되어서 엘리엇이라는 조그만 계집아이가 교실에 투시롤 캔디를 몰래 숨겨 들여오기 시작하더군요. 중학교에 들어갔을 때 즈음엔 그 아이 얼굴이 꼭 익히지 않은 햄버거 고기처럼 되어 있었죠.

에코 로런스(☾ 자동차 충돌파티족): 정말로 무시무시했던 건, 랜트를 제외한 미들턴 사람들 대부분은 그 금화를 얻기 위해 누가 무슨 짓까지 벌일지 전혀 모르고 있었다는 거예요.

메리 케인 하비(✿ 교사): 아이들은 내게 얼음을 얇게 깎아서 종이 콘에다 담고 체리 시럽을 뿌려 파는 여자에 대해 얘기했어요. 금화 1달러에 콘 두 개씩. 그때 아이들이 두 입만 먹고 나머지는 놀이터 풀밭에다 버리는 걸 보셨어야 하는데.

　일해서 번 게 아닌 돈은 아주 빨리 허비되게 마련이지요.

브렌다 조던: 이빨 요정은 집집마다 다르게 왔어요. 엘리엇네 집에서는 뽑은 이를 화장지에 싸서 베개 밑에 넣고 잤지요. 아침이 되면 화장지 안에 돈이 들어 있었고요. 페리네 집에서는 물이 반쯤 찬 유리컵에 뽑은 이를 넣어서 주방 창문턱에 놓아두었어요. 아침이 되면 거기에 대신 돈이 들어 있었고요. 헨더슨네는 엘리엇네하고 같은 식이기는 했지만 화장지 대신 그 집에서 '이빨 수건'이라고 부른 레이스 달린 조그만 냅킨을 썼어요. 페

리네는 언제나 같은 컵을 썼는데 그 집에서 '이빨 유리컵'이라고 부르는, 세공 유리로 된 멋진 칵테일용 계량컵이었지요. 우리 집에서도 뽑은 이를 물컵에 담가두긴 했지만 밤 동안 침대 옆 테이블에 놓아두었어요. 요정이 안으로 날아들 수 있도록 조금 열어놓은 창문 가까이에 있는.

내가 하마터면 랜트 케이시에 대해 발설할 뻔한 일이 딱 한 번 있었어요. 유리컵에 든 내 이를 1897년에 주조된 모건(Morgan) 은화 한 닢하고 바꾼 날 밤이었어요. 아침에 보니까 그 돈이 요즘 나온 그저 그런 25센트짜리 동전이더라고요. 나는 우리 집 어른들이 바꿔치기를 해서 진짜 돈을 챙겼다는 걸 알았지만 그래도 즐거운 척을 해야 했지요.

캐미 엘리엇(✿ 어린 시절의 친구): 어른들은 이빨 요정에 대해 거짓말을 하고 있었어요. 아이들도 거짓말을 했고요. 모두는 모두가 거짓말을 하고 있다는 걸 알았지요. 다음에는 어른들이 뭘 잘 모르는 아이들에게 헬륨 풍선을 100달러에 팔기 시작했어요. 어른들은 아이들에게서 훔치고, 장사꾼들은 어른들에게서 훔치고. 탐욕 위에 또 탐욕.

하나님께 맹세하건대, 이빨 요정이 돌던 해 여름 미들턴에서는 누구의 신용이건 모두 다 깨져버렸어요. 그때부터는 누구 말도 믿기지 않았고, 모든 사람에게 다른 모든 사람이 다 거짓말쟁이였지요. 하지만 어른들은 여전히 싱글거리고 잘해주는 척을 했어요.

샷 더년(☾ 자동차 충돌파티족): 다음 해 추수감사절에는 랜트의 할머니뻘인 벨이 어른 테이블의 한자리를 차지하게 되었죠. 다음에는 아저씨뻘인 클렘. 그다음에는 아저씨뻘인 월트와 아주머니 뻘인 패티. 랜트가 말하길, 자기 엄마가 거기에 서서 손가락을 꼽으며 자기도 어른처럼 먹으려면 그 전에 먼저 친척들이 넷, 다섯, 여섯은 죽어야 할 거라고 말했대요.

그해 추수감사절 만찬이 끝나기도 전에 랜트의 할머니뻘인 벨은 벌써 열이 올라 땀을 흘리고 있었어요. 열이 40도 5부까지 올랐는데도 계속 춥다고 우는 소리를 했다는 거예요. 다른 증세로는 현기증, 피로, 근육통 같은 것이 있었고. 랜트는 벨 할머니가 숨을 제대로 쉬지 못했다고 했는데, 알고보니 허파에 물이 차서 그랬던 거였지요. 신장 기능도 상실되었고. 랜트는 벨 할머니가 병원에 반쯤 갔을 때 숨을 멈췄다고 했어요.

에코 로런스: 나중에 밝혀진 바로는, 그 운수 사나운 벨 할머니는 킬러 바이러스에 감염된 거였어요. 한타 바이러스(유행성출혈열을 일으키는 바이러스-옮긴이)라는 건데, 랜트가 '흰발생쥐'라고 부르는 동물에게서 옮은 거죠. 그 쥐의 똥, 그리고 똥이 말라 부서진 가루에서. 그 똥 가루를 흡입하게 되면 6주 이내에 바이러스로 죽게 돼요.

그 할머니는 빨간 립스틱을 바르고 코에다는 분칠을 하는 노부인이었어요.

랜트 말은 카운티에서 벨 할머니의 휴대용 분갑에 들어 있던 활석 가루를 검사했는데 그 절반은 물론 쥐똥이더라는 거였죠. 말려서 곱게 빻은 야생 쥐 똥. 똥 가루가 잔뜩 섞인 분가루. 미스터리가 풀린 거예요. 얼마쯤은 풀린 거죠.

샷 더넌: 랜트 케이시가 천연 독극물, 그러니까 거미, 벼룩, 생쥐, 벌 등을 쓰는 모종의 연쇄살인범이었다는 생각은 하지 말아요. 그런 주장을 할 수는 있겠지만요.

보디 칼라일: 내가 가진 금화에서 단 몇 닢만 가지고도 나는 감색 유년대 셔츠와 바지, 그리고 스카우트 주머니칼과 허리띠, 나침반을 살 수 있었어요. 밀트 토미는 6학년이라서 보물을 얻지 못했는데, 나는 그 애에게 100달러를 주고 어깨띠를 넘겨받았지요. 각종 공로 배지들, 응급 처치에서부터 모범 시민에 이르기까지 모든 배지가 다 꿰매어져 있는.

사람들은 정말로 값만 제대로 쳐준다면 뭐든 다 팔려고 했어요.

그리고 나는 돈으로 산 공로 배지는 개똥만큼도 가치가 없다는 걸 알게 되었지요.

유령의 집 7

보디 칼라일(✿ **어린 시절의 친구**) : 랜트가 쓴 유일한 금화는, 어느 날 페리 육류 포장 공장까지 내내 외바퀴 손수레를 밀고 가서 쓴 것이었어요.

커티스 딘 필즈 목사(✿ **성직자, 미들턴 기독교우회**) : 농민공제조합 홀에서 해마다 벌이는 행사로 유령의 집이 세워졌지요. 사람들이 지나갈 칠흑같이 어두운 터널을 만들기 위해서 기관차 디젤유 냄새가 풍기는, 낡은 타르 칠한 방수포로 말입니다. 방수포를 매다는 방향에 따라 터널이 오른쪽이나 왼쪽으로 돌아가기도 하고, 안에 있는 사람이 혼동해 최대한 오래 헤매도록 거꾸로 돌아가게도 했지요. 아이들은 출발점에서 기다렸고 랜트가 그 아이들을 한 번에 한 명씩 통과시켰어요. 아이를 안쪽으로 밀어 넣었죠. 터널 반대편 끝에서는 케이크나 캔디 복장으로 의상 콘테스트 파티가 벌어졌고요. 어느 해에는 그게 피냐타(파티가 끝나갈 무렵에 하는 박 터뜨리기 비슷한 놀이로, 피냐타를 터트리면 과자 등이 나옴 – 옮긴이)였지요.

터널 안쪽은 뭔가 무시무시한 걸 보여주려고 불빛이 번쩍일 때만 빼놓고는 칠흑 같은 어둠이었어요. 맨 끝이 가장 어두웠는데, 거기에서 랜트는 아이들의 눈을 가리곤 했지요. 그리고 차가운 버터에 섞어 버무린 삶은 마카로니가 가득 들어 있는 커다란 주발 속으로 아이의 손을 끌어다 넣고 이랬어요. "이건 머리에서 빼낸 골이야." 또 옥수수기름을 입힌 포도알이나 단단하게 삶아 껍데기를 깐 달걀이 들어 있는 주발 속으로 그들의 손을 끌어다 넣고는 이랬고요. "이건 뽑아낸 눈알들이야." 그 시절에는 별로 무서울 게 없는 그런 장난들이었지요. 어둠 속에 서서 따뜻한 젤라틴 액이 담긴 주발에 손을 넣고 있는 아이로서는 랜트 케이시가 "이건 선혈이야…."라고 하더라도 그 상황이 무시무시하게 느껴지도록 상상하기란 꽤 어려웠으니까요.

루엘라 토미(✿ 어린 시절의 이웃): 귀신 붙은 터널을 빠져나온 아이들은 파티에서 케이크를 꿀떡꿀떡 삼키고 더키더키(Ducky Ducky, 술래를 정해 눈을 가리고 나머지 사람들이 동물 소리를 내어 그게 누구인지 알아맞히는 놀이 – 옮긴이) 놀이를 해요. 오렌지 전달하기

(Pass the Orange, 오렌지를 턱 아래에 끼고 손을 사용하지 않은 채 옆사람에게 전달하는 놀이 - 옮긴이) 놀이도 하고요. 아이들이 가짜 뇌와 허파와 무시무시한 덩어리를 만지고나서 손을 닦을 휴지를 달라고 하지요. 어떤 아이들은 그저 손을 자기 옷이나 다른 아이 옷에 문질러 닦고요.

엘리엇이라는 조그만 계집아이가 양쪽 발꿈치가 빨갛게 된 채로 터널에서 나와요. 진짜 빨갛게 되어 울면서. 아이는 옷걸이 철사에 늘여 붙인 화장지 날개를 달고 금박을 뿌린 철사 고리 광륜(光輪)을 머리에 꽂아 어린 천사처럼 차려입고 있었지요. 그 엘리엇이라는 계집아이가 한 손으로 눈물을 훔치자 얼굴을 가로질러 벌건 얼룩 자국이 번졌는데, 그 애는 계속 훌쩍거리기만 하면서 말했어요. "랜트 케이시가 내 손에다 진짜 살아 있는 염통을 놓았어…."

그래서 나는 그 애한테 "아니야, 걱정 마. 그건 가짜였어." 하고는, 그 애 얼굴을 닦아주려고 냅킨에 침을 뱉으면서 덧붙였지요. "그 염통은 그냥 오래된 껍질을 벗긴 토마토일 뿐이야." 내 첫 번째 걱정은 그 애가 몹시 겁을 먹었다는 거였어요. 그래서 무릎을 꿇고 종이 냅킨으로 그 애 얼굴을 닦아주는데 그 종이가 찢어지지 뭐예요. 그래서 나는 그 빨간 게 얼마나 끈적거리고 그 애 스커트 주름에 얼마나 찐득찐득하게 들러붙어 있는지를 알아차렸지요. 끈적끈적한데다 시커먼 점들로 엉겨 붙고 덩어리가 져서. 그건 그저 빨간 토마토 색이 아니었어요. 게다가 무슨 냄새도 났고. 오래된 방수포에서 풍기는 디젤유 냄새 말고도 뜨거운 날 철도 침목에서 나는 크레오소트 같은 냄새에다 금잔화 비슷하게 들쩍지근한 냄새, 고기가 상했을 때 풍기는 구린내 비슷한 냄새도 났어요.

글렌다 헨더슨(☼ 어린 시절의 이웃): 말도 마요. 애들 모두, 어떤 애는 그저 손가락이나 한쪽 손 아니면 양쪽 손에, 또 어떤 애들은 꼬마 해적이나 요정이나 뜨내기 노동자로 차려입은 옷에까지 전부 피가 묻어 있었으니까요. 너무 오래되어서 검게 변한 붉은 피가. 케이크를 만지면서 그 애들은 바닐라 당의에 피를 묻혔어요. 과일 음료를 떠주는 국자에도, 오렌지 전달하기 놀이를 하는 오렌지에도. 그리고 불면 휘파람 소리가 나는 크래커 놀이를 하도록 살짝 구운 비스킷에도 온통 피 지문이 묻어 있었지요.

농민공제조합 홀의 콘크리트 바닥에는 방수포 터널에서부터 줄줄이 이어진 한 떼의 조그만 발자국들이, 갖가지 운동화와 샌들의 바닥무늬 자국들이 모두 끈적거리는 피로 찍혀 있었어요. 그래서 당시 고등학교에 다니던 로웰 리처즈가 손전등을 빌려 와서 무슨 일인가 보려고 안으로 들어갔고요.

보안관 베이컨 칼라일(☼ 어린 시절의 적): 그 어떤 범죄 현장 사진보다도 더 끔찍했지요.

루엘라 토미 : 사람들은 어쩌면 아이린 케이시가 버디를 낳았을 때 태를 집으로 가져와서 얼려두었을지도 모른다고 쑥덕거렸어요. 맨 처음 내게 떠오른 생각은 버디가 그걸로 유령의 집에서 소동을 벌였을 수도 있었다는 거였고요. 목 매달린 남자, 유령, 지옥의 모습, 그리고 아이린 케이시의 태반.

다행히도 내가 잘못 짚은 거였지만. 그래도 크게 빗나가지는 않았다더라고요.

포크 페리(✿ 어린 시절의 이웃) : 그 꼬맹이가 무슨 짓을 벌일지 알았더라면 나는 랜트 케이시한테 눈알들을 팔지 않았을 겁니다. 그때 일어난 일, 그건 그 케이시라는 녀석이 살인자로 자라날 거라는 게 불 보듯 뻔했던 징조였지요.

로웰 리처즈(✿ 교사) : 어둠 속에서 랜트 케이시는 헨더슨이라는 아이의 손을 잡아 이 주발 저 주발로 밀어 넣었어요. 동그랗게 비추는 내 손전등 불빛 속에서 푸딩처럼 걸쭉한 피가 든 주발들에다. 도살장에서 가져온 허파가 담긴 주발들. 회색으로 쌓여 있는 돼지와 수송아지의 허파들. 온통 부서지고 한데 짓이겨져서 꿈틀거리는 회색 뇌가 든 주발들. 바닥에 엎질러진 창자와 콩팥들.

한 샐러드 주발에서는 제각기 다른 크기의 눈알이 이리저리 구르고 있었지요. 하나같이 벌건 피로 지문이 찍힌 채 빤히 쳐다보는 그 소, 돼지, 말의 눈알들. 그 온갖 지저분한 것들이 뜨듯하게 부패하기 시작하면서 악취를 풍기고 있었어요. 콩팥이며 오줌보며 내장이 잔뜩 쌓인 쿠키 시트(쿠키를 굽는 철판 또는 알루미늄 판—옮긴이)들.

포크 페리 : 사실 말인데요, 그건 정말 악몽이었어요. 잘린 혀가 어디에나 널려 있었지요.

로웰 리처즈 : 내가 지켜보는 가운데 랜트 케이시가 헨더슨이라는 아이의 손을 잡고 손바닥이 위로 가게 펼치더니 손가락에다 뭔가 번들번들하고 거무스름한 걸 올려놓으면서 말하더군요. "이건 염통인데…."

죽은 소의 커다란 염통이었지요.

그러자 헨더슨이란 아이는 눈이 가려진 채로 낄낄거리며 그 염통을 만졌고요. 잘린 혈관들에서 피가 배어 나왔어요.

보디 칼라일 : 생각만 해도 끔찍해요, 우리가 이빨을 금화로 바꾸고 금화를 눈알로 바꿨다는 게. 살아간다는 건 인간답게 사느냐, 아니면 돈에 미치느냐 둘 중 하나지요. 동시에 두 가지 다일 수는 없어요. 그건 누군가가 살아 있으면서 동시에 죽은 거나 마찬가지일 테니까요. 그럴 수는 없어요. 어쩔 수 없이 선택을 해야 돼요.

보안관 베이컨 칼라일 : 그게 케이시였던 만큼, 그 애는 당연히 그 일을 실수처럼 보이게 했지요. 사람들한테 자기는 유령의 집이 언제나 그런 식으로 돌아가는 줄 알았다고 말하면서요. 보이스카우트 유년대 지도자들처럼 신뢰받고 명예롭고 존경받는 지역사회의 중진인 어른들이 어린아이들에게 거짓말을 하리라고는 정말 몰랐다고 말입니다. 그러니까 한마디로 멍청한 케이시 놀음을 한 거였지요. 랜트는 아이들이 오래전부터 뇌와 허파를 얼마나 만지고 싶어 했는지 모른다면서, 오래된 마카로니를 만지는 데는 무서울 게 아무것도 없다고 했어요. 우리가 포도알과 식용 물감을 써서 준비하는 그 유서 깊고 점잖은 방법을 꼭 무슨 부끄러운 범죄라도 되는 양 들리게 했지요.

로웰 리처즈 : 랜트 케이시는 악한 게 아니었어요. 그보다는 이 세상에서 진실한 뭔가를 찾으려 하고 있었다고 해야겠지요. 오늘날에는 아이들이 아무것과도 이어지지 않은 채 혼자 틀어박혀 자라면서 다른 사람들이 부추기는 삶을 살아가요. 이미 만들어져 있는 기성품 모험들. 제 생각에 랜트는 모든 사람들에게 진짜 모험을 꼭 한 번 경험하게 해주고 싶었던 것 같아요. 사람들을 한데 묶어주는 어떤 것, 공동체로서.

마을 사람 모두가 똑같은 오래된 영화를 보거나, 사람들을 한데 모으지 못하는, 똑같은 일들을 해요. 하지만 아이들이 옷에 피가 떡칠이 되고 조그만 손톱 밑에 피가 긴 채 집으로 돌아오고 한 주일 동안 머리에서 고약한 냄새가 지워지지 않자, 사람들이 서로 이야기를 하기 시작했지요. 그걸 즐거워했다고는 할 수 없지만 어쨌든 그 일 때문에 사람들은 이야기를 하고 한데 모였어요.

미들턴에만 해당되는 어떤 일이 정말로 일어난 거였지요.

샷 더넌(⊙ 자동차 충돌파티족): 랜트를 성가시게 한 건 북돋워지는 경험들뿐만이 아니었어요. 병정과 공주와 마녀 옷으로 차려입은 멍청한 아이들도 마찬가지였지요. 인공 바닐라로 맛을 낸 케이크를 먹고, 더 이상 거둬지지 않는 수확을 경축하는, 공장에서 나온 과일 음료. 허풍을 떠는 핼러윈에서 벌이는 짓이 뭐건, 그것에 대해 쥐뿔도 모르는 사람들이 벌이는 유령을 달래는 의식. 랜트를 성가시게 한 건 그 모든 것의 속성이 다 가짜고 허풍이라는 거였어요.

그린 테일러 심스(⊙ 역사가)의 현장노트에서: 아프리카에서는 이빨 요정을 믿지 않는다. 대신 그들에게는 이빨 생쥐라는 것이 있다. 스페인에서는 그것을 '라톤시토 페레즈(Ratoncito Pérez)'라고 부르고, 프랑스에서는 '라 본 쁘띠 수리(La Bonne Pettie Souris)'라고 한다. 이를 훔쳐 가서 잔돈으로 바꿔주는 조그만 요술 생쥐를 일컫는 말이다. 어떤 문화권에서는 뽑아낸 이를 마녀가 찾아내 나쁜 짓에 쓰지 못하도록 뱀굴이나 쥐구멍에 숨겨야 한다. 또 어떤 문화권에서는 아이들이 뽑아낸 이를 타오르는 불길 속에 던져 넣은 다음 식은 재를 헤집어 동전을 찾아낸다.

처음에는 산타클로스를 믿게 하고, 다음에는 부활절 토끼를 믿게 하고, 그다음에는 이빨 요정을 믿게 함으로써 랜트는 그런 이야기들이 아이들을 즐겁게 해주거나 행동을 바로잡으려는 그저 그런 관습만은 아니라는 것을 깨달아가고 있었다. 그 세 가지 관습 하나하나가 아이에게 어떤 보상을 대가로 믿을 수 없는 것을 믿으라고 요구한다. 그것들은 아이들에게 믿음과 상상력을 심어주기 위한 단계별 시험이다. 첫 번째 시험은 장난감을 대가로 요술 같은 사람을 믿게 하는 것이다. 두 번째 시험은 캔디를 대가로 요술 같은 동물을 믿게 하는 것이다. 그리고 세 번째 시험은 가장 추상적인 보상이 따르는 가장 어려운 것으로, 돈을 남겨줄 날아다니는 요정을 믿고 믿음을 가지라는 것이다.

사람에서 동물을 거쳐 요정으로.

장난감에서 캔디를 거쳐 돈으로. 그렇게 해서 참으로 흥미롭게도 생기발랄한 요정의 나라에서 온 믿음과 신뢰의 마법을 보기 흉하게 변색된 동전으로 바꾸는 것이다. 하늘거리는 날개에서 5센트⋯ 10센트⋯ 25센트짜리 동전들로.

그런 식으로 아이는 점점 성장할수록 상상력과 믿음이 더 큰 곡예를 부리는 장으로 올라선다. 어린 시절 산타클로스에서 시작해 이를 갈 무렵에는 이빨 요정으로 끝나는 것이다. 아니 좀 더 정확하게 얘기하자면, 어린아이의 모든 가능성에서 시작해 국가 화폐에 대한 절대적인 믿음으로 끝나는 것이다.

샷 더넌 : 실망에 대해서 얘기해보자고요. 그 온갖 거짓말과 끊임 없이 달라지는 현실에 대해서. 동전 몇 개짜리 캔디하고 맞바 꿔지는 금화, 금화하고 맞바꿔지는 설탕, 뇌 행세를 하는 마카 로니, 이빨 요정이 정말 있다고 맹세하는 어른들에 대해서. 산 타클로스 같은 별난 문화적 기만으로 연간 소매 판매의 절반에 해당하는 구매를 일으킬 수 있다는 데까지도. 어른들이 지어낸 어떤 뚱뚱한 썩을 놈이 우리 국가 경제를 이끌고 있어요. 그건 그저 실망스런 정도가 아니지요.

  그날 밤 랜트 케이시는 비록 어린아이였을망정 어느 한 가지 라도 진짜이기를 원했어요. 설령 그 진짜인 것이 냄새 고약한 피와 내장이었다 하더라도.

그린 테일러 심스(ⓒ 역사가)의 현장노트에서 : 각각의 축제 전통은 일종의 인지 발달을 위한 연습으로, 아이들에게는 더 큰 도전으로서의 역할을 한다. 대부분의 부모가 그 기능을 알지 못함에도 불구 하고 그 전통은 여전히 아이들을 연습시키고 있다.

  랜트는 또한 망상에서 깨어나는 것이 아이들이 새로운 기술 을 이용하는 방식에 얼마나 중요한지도 알고 있었다.

  산타클로스와 함께 썰매를 타보지 않은 아이는 절대로 상상력을 발달시킬 수 없을 것이다. 그 아이에게는 직접 보고 만질 수 있는 것 이외에는 아무것도 존재하지 않는다.

급격하게 망상에서 깨어난, 말하자면 자기가 믿거나 상상하는 것에 대해 또래 아이들이나 형제자매로부터 조롱당한 아이는 그 어떤 것도, 유형의 것이건 무형의 것이건, 다시는 믿지 않으려고 들 것이다. 절대로 믿거나 궁금해하지 않으려고 할 것이다.

그러나 산타클로스와 부활절 토끼와 이빨 요정에 대한 환상을 버리는 아이는 가장 중요한 능력을 가지고 떨어져 나오게 될 것이다. 자기 자신의 상상과 믿음의 힘을 알게 되며, 자기만의 현실을 창조하는 능력을 갖추게 되는 것이다. 그 아이는 자신에 대한 권위자가 되어 자신의 세상과 비전이 어떤 성질을 가져야 하는지를 결정한다. 그리고 그렇게 함으로써, 자신의 예에서 얻은 힘으로 다른 두 유형, 즉 상상하지 못하는 사람들과 믿지 못하는 사람들의 현실을 결정한다.

커티스 딘 필즈 목사 : 나무 바닥에는 왁스나 니스를 아무리 잘 입혀도 냄새가 배어들 수 있습니다. 깨끗한 삼나무가 깔린 농민공제조합의 쪽마루 바닥에서는 그해 여름이 다 지날 때까지도 무슨 일이 있었는지 냄새를 맡을 수 있었지요. 날씨가 더운 날에는 말이오. 한 아이가 먼저 케이크를 토하면, 제 생각에는 도리스 토미였던 것 같은데요, 그 악취 때문에 수많은 다른 아이들이 따라 토하게 되어서 두 번째로 토한 아이가 누구였는지는 절대로 알 수 없지요.

대니 페리(❀ 어린 시절의 친구): 피와 토해낸 음식물뿐이어서 바닥 전체가 끈적끈적한 카펫으로 덮인 것 같았어요. 피와 토한 음식물. 사실 말인데요, 사람들이 버스터 케이시를 '랜트(Rant, '호통' 정도의 뜻 - 옮긴이)'라는 별명으로 부르기 시작한 건 그렇게 해서였지요. 아이들 모두가 다 허리를 반으로 꺾고 거의 똑같은 소리를 지르는 바람에. 아이들은 "랜트!" 하고 소리를 지르고는 바닐라케이크와 프로스팅을 토해 냈어요. "랜트!" 하고 소리를 지르면서 검붉은 자주색 음료도 토해냈고요.

　미들턴 사람들은 지금까지도 구역질이 나거나 술에 취하면 이런 말을 해요. "나 꼭 랜트할 것 같아." 바로 토할 것 같은 지경이 되면 말이지요.

보디 칼라일: 도시로 떠나기 전에 랜트는 병목까지 이빨이 차 있는 4리터짜리 우유병 스물네 개를 나한테 줬어요. 어린 아기의 이에서부터 어른들의 이까지 트렁크와 보관 상자에서 퍼 담은 거였지요. 내 생각대로라면, 그 애가 도시로 들고 간 여행가방들에는 금화 말고는 아무것도 들어 있지 않았을 거예요.

　랜트는 그 우유병을 '미들턴 이빨 박물관'이라고 불렀지요.

보조 맞추기 8

월리스 보이어(✿ 자동차 판매원) : 정말로 유능한 자동차 판매원이라면 맨 먼저 하는 일이 명함을 건네는 겁니다. 그런 판매원은 인사를 하고 자기 이름을 댄 다음 명함을 건네지요. 그 이유는 인간 행동 연구에 따르면 99퍼센트의 고객이 명함을 자동차 판매점에서 빠져나가는 구실로 삼는다는 걸 보여주기 때문입니다. 대부분의 자동차 구매자는 판매원이 마음에 안 들고 차까지 마음에 안 들더라도 시간을 빼앗은 데 대해 미안함을 느낍니다. 하지만 상대방에게 명함을 달라고 할 수 있으면 고객은 궁지에서 빠져나가는 걸 좀 더 편하게 느끼지요. 그런데 판매원은 구매 고객을 잡아두려 하고, 그래서 처음 보자마자 명함을 건네는 겁니다. 빠져나가지 못하도록 말이지요.

인간 행동 전문가들에 따르면 사람들은 사람을 처음 만나 43초 이내에 그 사람의 수입, 나이, 지력, 그리고 존경할 만한 사람인가 아닌가를 판단한다고 합니다. 그래서 똑똑한 판매원은 남 보기에 버젓한 양복을 입지요. 또 머리를 긁거나 손톱 냄새를 맡지도 않고요.

한 획기적인 연구가 1967년 로스앤젤레스 주립대학교에서 수행되었고, 이후로도 수없이 여러 번 그것이 옳다는 사실이 입증되었습니다. 그것은 인간의 의사소통에서 55퍼센트는 우리가 어떤 자세로 서고 기대고 서로의 눈을 보는가 하는, 몸짓 언어에 달려 있다는 것이지요. 또 우리의 의사소통에서 다른 38퍼센트는 목소리, 말하는 속도, 그리고 말소리가 얼마나 크냐에 달려 있고요. 놀라운 사실은 우리가 전하려는 메시지의 단 7퍼센트만이 말을 통해 전달된다는 겁니다.

그래서 똑똑한 판매원의 커다란 재능은 경청하는 법을 안다는 것이지요.

우리는 그걸 고객과의 '보조 맞추기'라고 부릅니다. 고객의 숨 쉬는 속도에 우리의 숨 쉬는 속도를 맞추고, 그 사람이 발로 바닥을 툭툭 치거나 손가락으로 책상을 두드리면 그의 속도에 맞추어 우리도 그렇게 하는 거지요. 만일 그 사람이 귓등을 긁거나 목을 빼면 20초 동안 기다렸다가 똑같이 따라 하고요. 그 사람 말에 귀를 기울이면서 말할 때 눈동자가 어디로 구르는지 지켜봅니다. 대부분의 고객은 시각을 통해서 배우는 사람들이고 눈은 대체로 위쪽을 올려다보지요. 어떤 정보를 떠올리려고 할 때는 눈동자가 왼쪽으로 가지만, 거짓말을 할 때는 오른쪽을 볼 겁니다. 다음번 그룹은 들어서 배우는 사람들로, 그런 사람들은 이쪽저쪽을 둘러보겠지요. 그리고 가장 소수의 그룹은 몸을 움직이거나 만져서 배우는 사람들인데, 그 사람들은 이야기를 할 때 아래쪽을 내려다볼 테고요.

시각적인 사람들은 이렇게 말할 겁니다. "보세요."라든가 "당신이 뜻하는 바가 보입니다."라고. 또 이렇게도 말할 겁니다. "눈앞에 그려지지가 않는데요."라거나 "나중에 봅시다."라고. 에코 로런스가 그런 유형이지요. 언제나 상대방을 주시하는.

청각적인 고객들은 이렇게 말할 겁니다. "들어보세요."라든가 "그거 괜찮게 들리는데요." 또는 "곧 전화하겠습니다."라고. 이를테면 샷 더년이 그런 유형이지요. 여간해서는 눈을 맞추지 않지만 상대방의 말소리가 빨라지거나 목소리가 흥분되면 금방 알아차리는.

촉각 위주의 고객들은 이렇게 말할 겁니다. "나는 그걸 다룰 수 있습니다."라든가 "접수됐습니다." 또는 "나중에 접촉하지요."라고. 네디 넬슨이라는 젊은 친구가 거기에 해당됩니다. 상대방에게 아주 가까이 붙어 서서 언제나 상대방이 자기 말에 귀를 기울이는지 확인하려고 툭툭 치고 손가락으로 건드리고 하지요.

정말로 효과적인 보조 맞추기에서 판매원은 고객의 학습 스타일을, 그게 시각적이건 청각적이건 또는 촉각적이건, 그 고객이 말을 할 때 위를 올려다보느냐 양 옆을 둘러보느냐 아래쪽을 내려다보느냐 하는 것까지 따라 합니다. 그런 판매원의 목표는 공통 기반을 구축하는 것이지요. 누구나 다 야구나 낚시를 즐기는 것은 아니지만 사람은 누구나 다 자기 자신에게 빠져 있습니다.

우리는 우리 자신이 가장 좋아하는 취미이자 우리 자신에 대한 전문가지요.

유능한 판매원이 하는 일은 눈을 맞추고, 몸짓 언어를 흉내 내고, 자기가 매혹되었음을 보여주려고 고개를 끄덕이거나 웃거나 맞장구를 쳐주는 것뿐입니다. 그런 소리나 몸짓을 우리는 '구두 응대'라고 하지요. 판매원은 그 고객이 자신에게 빠져 있는 것만큼이나 자기가 고객에게 빠져 있다는 것을 증명해 보이기만 하면 됩니다. 그런 다음에는 두 사람 사이에 공통된 관심사가 생기지요. 그 공통된 관심사란 고객 자신이고요.

그런 다음에 훨씬 더 많은 것들, 이를테면 내장명령어(embedded commands, 상대방의 전략을 알아내어 그 순서대로 의사소통을 하는 방법), 반대의견 논파(objection bridging), 핫버튼(hot buttons, 선택을 좌우하는 중요 문제), 타이다운 앤 애드온 퀘스천(tie-down and add-on questions, 중요한 것을 확정 짓고 하는 부수적인 질문), 대조질문(control questions) 같은 것들이 있습니다. 그런 건 얼마든지 있지요.

누구든 쓸 만한 판매원이라면 이런 말을 할 겁니다. 고객은 우리가 얼마나 많이 알고 있는지에 신경 쓰기 전에 우리가 얼마나 신경을 써주는지를 알고 싶어한다고.

그리고 정말로 유능한 판매원이라면 자기가 실제로는 야바위를 치고 있다는 사실을 어떻게 위장해야 하는지 압니다.

낚시 9

보디 칼라일(✿ 어린 시절의 친구) : 마침내 손가락에 와 닿은 건 살아 있는 짐승 털이었어요. 랜트는 내게 팔을 땅속으로 더 깊이 밀어 넣으라며 부추기고 있었지요. 내 손가락은 기름기로 미끌미끌 했고요. 모래 위에 모로 누워 몸을 쭉 뻗치고 있다보니 땡볕에 온몸이 거의 다 벌겋게 익었고, 내 손은 서늘하다기보다는 싸늘한 어떤 들짐승의 어두운 굴속으로 기어 내려가고 있었지요. 아마도 스컹크 굴이었을 거예요. 아니면 코요테나 뒤쥐.

랜트는 내 눈을 들여다보면서 물었어요. "뭐가 느껴져?"

내 눈먼 손에 닿은 건 얽힌 산쑥 뿌리, 모나지 않은 돌멩이들, 그 다음엔… 음… 털이 만져졌어요. 내 손에서 벗어나 굴속으로 더 깊이 들어가려고 움직이는 부드러운 털.

"그걸 따라가." 랜트가 말했지요.

한차례 불어온 돌풍이 우리가 가져온, 아이린 아주머니가 먹다 남은 미트로프를 싸두었던 기름투성이 은박지를 휩쓸어 갔어요. 우리가 손을 굴속으로 집어넣을 때마다 오레가노(향신료로 쓰이는 여러해살이 풀, 꽃박하라고도 함 — 옮긴이)와 쇠고기를 갈아만든 미트로프가 손톱 밑에 끼고 손가락은 미끌미끌했지요. 그리고 내 손은 땅속 어딘지 모를 데까지, 내가 닿으리라고 생각한 곳을 넘어선 데까지 뻗쳐 그 털과 땅속에서 빠르게 콩닥거리는 심장 박동을 느끼고 있었어요. 그 심장 박동이 거의 내 심장 박동만큼이나 빨랐지요.

루앤 페리(✿ 어린 시절의 친구) : 사실 말인데요, 랜트는 좋아하는 여자애들한테 키스를 하곤 했어요. 그리고 남자애들은 짐승 낚시에 데려갔고요. 그 두 가지가 모두 믿음을 시험하는 방법이었어요.

보디 칼라일 : 여름이면 사람들은 대개 낚시를 가지요. 날이 더울 때 강가로요. 하지만 랜트는 그 반대쪽으로 가곤 했어요.

그 애가 오전 내내 사막으로 곧장 걸어 들어가서 땅바닥에 모로 누워 한쪽 팔을 팔꿈치까지 더러운 구멍 속에 집어넣는 모습을 보는 건 그리 대수로운 일이 아니었지요. 그게 어떤 괴상한 동물이건 전갈이건 뱀이건 프레리도그(prairie dog, 쥐목 다람쥐과의 포유류 — 옮긴이)건 상관없었어요. 랜트는 무작정 어두운 땅속으로 손을 뻗치곤 했으니까요. 최악을 기대하면서.

부활절에 그 검은과부거미한테 물리고도 죽지 않았으니까 랜트는 뭐든 다 잡을 수 있는 애가 된 거지요. "나는 홍역하고 디프테리아엔 면역이 됐어." 랜트는 그렇게 말하곤 했어요. "방울뱀 독은 그냥 따분함을 예방하는 주사 같은 거고."

독사에게 물리면 그 애는 이렇게 소리쳤지요. "지겨운 걸 막아 주는 예방 주사구먼!"

독사들 중 딱 절반쯤은 겁에 질려서 독을 내쏘지 못한대요. 랜트 말로는 방울뱀이랑 독사가 사실은 사람보다 더 겁을 먹는다고 책에 나와 있다고 했어요. 사람은 엄청난 열을 뿜어내는데, 독사들이 보는 게 바로 그거라고 했지요. 그렇게 크고 뜨거운 게 나타나면 독사가 할 수 있는 거라곤 옆으로 누운 독이빨을 꼿꼿이 세우고, 카악, 팔에다 박아 넣는 것뿐이라고.

랜트에게 무엇보다도 더 화가 나는 일은 마른 이빨에 물리는 거였어요. 아프기만 하고 독은 없는. 약이 없는 예방 주사. 그 쌍으로 난 구멍들이 행진하듯 그 애 팔을 따라 올라갔고, 정강이에도 벌겋게 부어오르지도 않은 채 에워싸고 있었지요. 마른 이빨 자국들이.

강으로 낚시를 하러 가는 대신 랜트는 뒷문으로 걸어 나와 쓰레기를 태우는 커다란 통을 지나고 농기구를 놓아둔 헛간을 지나 자주개자리[사료 작물인 콩과(科) 식물—옮긴이]를 재배하라고 빌려준 들판으로, 레인버드 살수 장치가 뜨거운 햇살 속으로 틱, 틱, 틱 물을 쏘아대는 곳으로 들어섰어요. 알팔파 경작지 다음에는 기다란 은색 이파리로 털북숭이가 된 러시안 올리브의 지평선이 나왔고요. 그 지평선을 지나면 사탕무들. 그 사탕무 다음에는 또다시 지평선. 그걸 지나면 경작지 안으로 들어오려고 기를 쓰는 회전초들이 빽빽이 엉겨 붙은 철조망이 나왔지요. 그 철조망에는 미들턴의 정액과 피가 들어찬 콘돔과 생리대가 걸려서 펄럭거렸고요.

그 철조망 너머에는 또다시 지평선. 케이시네 집 뒷문 밖으로 세 개의 지평선을 지나면 사막에 들어섰다는 걸 알게 되지요. 랜트는 짐승한테 물리러 그렇게 걸어 나가는 걸 "낚시하러 간다."고 했어요.

아이린 케이시(✿ 랜트의 어머니) : 불개미들이 꼭 빨간 깃발 같았지요. 버스터는 손발이 온통 개미한테 물려 시뻘겋게 불어나지 않고는 집 안으로 들어선 일이 없었어요. 그 정도로 아프면 아이들은 거의 다 울고불고하겠지만 랜트한테는 그게 땀띠 정도도 안 되었지요.

보디 칼라일 : 걔네 식구는 그 얘기를 반도 몰라요. 학교에서 랜트는 소매를 걷어 올리고 물린 자리를 셌지요. 불개미, 독거미, 전갈 같은 것들한테 물린 자리들을요.

랜트는 "예방 주사를 좀 더 맞았지."라고 말하곤 했어요.

9학년 내내 랜트는 금요일마다 12학년이랑 같이 하는 피구에서 빼달라고 했어요. 또다시 방울뱀한테 물렸다는 핑계로요. 그리고 우리가 공에 맞아 떡이 될 동안 랜트는 면양말 한쪽을 내리고 벌겋게 부어오른 발을 코치에게 보여주곤 했지요. 말간 진액이 배어 나오는 폭 뚫린 구멍 두 개를 보면 누구든 독사에게 물린 걸로 여길 수밖에 없으니까요.

그 애랑 나만 아는 얘기였는데, 그건 피구를 안 하려는 그 애의 예방접종이었어요.

랜트에게는 고통이 하나의 지평선이었지요. 독은 그다음 지평선이었고요. 질병은 그 지평선들을 모두 지난 다음의 지평선일 뿐이었어요.

그린 테일러 심스(⊙ 역사가)의 현장노트에서 : 검은과부거미에 물린 사람들 중 죽음에까지 이르는 경우는 약 5퍼센트에 불과하다. 물린 지한 시간이 지나면 신경독인 알파-라트로톡신이 피해자의 림프계를 통해 온몸으로 퍼져 복부가 경직된 근육 조직으로 된 빨래판처럼 딱딱하게 굳는다. 또 토하거나 심한 발한이 있을 수도 있다.

또 한 가지 공통된 증상은 병적인 지속 발기인데, 이는 발기부전에 대한 자연 치료법이기도 하다. 랜트가 부모에게 이야기를 한 적은 없어도, 그 부활절은 그가 발기를 처음 경험한 날이었다. 그의 어린 시절 프시케(psyche, 의식적이고 무의식적인 정신

생활 전체를 뜻함 – 옮긴이)에 섹스와 곤충의 독이 완벽하게 혼입되었던 것이다.

에코 로런스(☾ 자동차 충돌파티족) : 그게 바로 랜트가 뱀을 갈구하는 이유 뒤에 숨은 비밀이었어요. 심지어는 도시에서도 잠자리에서 뭔가 괜찮은 짓을 하기 전에 검은과부거미나 갈색은둔거미(맹독을 가진 북아메리카산 거미 – 옮긴이)를 찾아내야 했지요. 그는 그걸 '촉진제 주사'를 맞는 거라고 했어요.

집에 가서 해보려고 들지 말아요. 하지만 그렇게 하면 거기가 몇 시간씩 빳빳하게 서 있게 돼요. 필요하다면 변속기 레버만큼 키울 수도 있지요. 글루콘산칼슘을 조금 복용하면 모든 게 다 원래대로 돌아가고요.

보안관 베이컨 칼라일(✿ 어린 시절의 적) : 랜트 케이시가 스스로 물린 단 한 가지 이유는 흥분에 도취되기 위해서였습니다. 독은 또 다른 마약 남용인 셈이었죠. 약물에 의한 또 다른 황홀경. 사법 경찰관으로서 장담하건대, 마약중독자는 정상적인 사람들과 같을 수가 없습니다. 이 이야기가 끝날 때쯤, 랜트가 그런 황홀경에 빠져들어 그 상태를 유지하려고 무슨 짓을 했는지 알게 되면 여러분은 경악할 겁니다.

보디 칼라일 : 나한테는 묻지 말아요. 그 끄는 힘이 뭔지 난 전혀 몰

랐으니까요. 다른 애들이 여름날이면 대부분 가솔린이나 모형 비행기 접착제 냄새를 맡을 때 랜트는 산쑥 옆의 모랫바닥에 배를 깔고 있었어요. 이 근처에 사는 애들 대부분이 그런 식으로 현실에서 도피했던 반면, 랜트는 현실에 대처할 준비를 하려 했던 거지요.

그 더러운 구멍들, 그 애가 비집곤 하던 돌멩이 밑, 그 애가 볼 수 없던 자리들, 그건 우리가 그렇게도 겁내던 미래였어요. 그 어두운 곳으로 손을 찔러 넣어봐도 죽지 않으니까 그다음부터 랜트는 그렇게 많이 겁을 먹진 않게 되었지요. 그 애는 한쪽 바짓가랑이를 걷어 올리고 발을 쭉 내밀곤 했어요. 그리고 사막에 앉아 천천히, 사람들이 물이 너무 뜨겁거나 차가울 경우에 대비해 엄지발가락으로 목욕물 온도를 재보는 것처럼, 발가락을 코요테 굴속으로 집어넣었지요. 랜트를 지켜보고 있노라면, 그 애는 양손으로 모랫바닥을 단단히 짚고서 눈을 질끈 감고 숨을 깊이 들이쉬곤 했어요.

구멍 밑바닥에는 스컹크나 너구리, 새끼 딸린 어미 코요테, 아니면 방울뱀이 있었지요. 따듯하거나 싸늘하게 느껴지는 부드러운 털이나 매끄러운 비늘, 그다음에는, 카악, 이빨로 물어채면 랜트의 다리가 온통 흔들리곤 했어요. 하지만 랜트는 절대로 다른 사람들이 그러는 것처럼 이빨에 단단히 물려 있을 때 다리를 끌어당겨 더 심한 상처를 입지는 않았지요. 아니, 랜트는 물고 있는 입이 느슨해지게 놓아두었어요. 어쩌면 두 번째는 더 단단히 물어 더 깊이 파고들 수도 있었지만 그냥 그대로 두었지요. 싫증이 나도록. 다음엔 발가락에 훅 풍기는 더운 숨결. 그다음엔 지하에서 젖은 혀가 피를 핥는 게 느껴졌고요.

구멍에서 랜트가 발을 빼내면 살은 찢기고 뭉그러졌어도 흙은 깨끗이 핥아져 있었어요. 피를 흘리는, 선혈을 뚝뚝 떨어뜨리는 깨끗이 닦인 살갗. 그 애 눈동자에는 온통 다 열린 검은 동공뿐이었지요. 그러고나서도 랜트는 다른 쪽 신발과 양말을 벗고 바짓가랑이를 걷어 올린 다음 발을 어둠 속으로 밀어 넣곤 했어요. 무슨 일이 일어나는지 보려고.

여름이 지나는 내내 랜트의 발가락과 손가락은 너덜너덜해진 살갗에 뚝뚝 떨어지는 피로 장식 테를 두른 꼴이었어요. 독사에 한 번씩 물려 독액이 한 번씩 주사될 때마다 랜트는 더 큰 뭔가를 위해 훈련을 하고 있었던 거지요. 두려움에 대한 예방 접종을 받는. 미래가 어떻든, 일터에서나 결혼 생활에서나 군복무에서 어떤 곤란이 닥치든, 그건 발을 물어뜯는 코요테를 넘어서는 진보가 될 테니까요.

에코 로런스 : 내 말 들어봐요. 내가 랜트 케이시를 처음 만난 날 밤에 우리는 이탈리아 음식을 먹었는데, 그 애가 이렇게 말하는 거예요. "너 뱀에 물려본 적 한 번도 없지?"

그 애가 코트를 입고 있어서 나는 그 애 팔이 얼마나 심하게 일그러졌는지 전혀 몰랐었죠.

그게 마치 내 결점이라도 되는 양 그는 계속 나를 몰아세웠어요. "난 사람이 그렇게 오래 살면서 스컹크한테 한 번도 당해본 적이 없다는 게 도무지 믿기지가 않아."라고 하면서.

마치 내가 너무도 조심스러워서 마땅히 겪어야 할 일을 겪지 못하기라도 한 것처럼.

랜트는 제 스파게티 접시를 내려다보고 한숨을 내쉬면서 고개를 저었어요. 그러고는 머리를 삐딱하게 한옆으로 돌려 한쪽 눈으로만 나를 쳐다보면서 말했죠. "만약에 광견병에 걸려본 적이 없으면 너는 살아온 것도 아니야."

그 뻔뻔함이라니. 그는 꼭 가난뱅이 백인 성직자 같았어요.

시시한 놈! 그는 스티어링 칼럼(steering column, 운전대어와 스티어링 기어를 연결하는 장치 – 옮긴이)에 탑재한 3단 기어도 작동시키지 못했다고요.

그날 밤 전까지 그는 라비올리(저민 고기 등을 얇게 편 밀가루 반죽에 싸서 익혀 먹는 이탈리아 요리 – 옮긴이)를 본 적도 없었고요.

데이비드 슈미트 박사(✿ 미들턴의 의사) : 그 아무짝에도 쓸모없는 케이시라는 녀석은 친구들에게 자기가 물렸다는 사실을 구태여 알려주려 하기 전에도 증상을 보이고 있었습니다. 광견병의 경우 그 바이러스는 감염된 동물의 침을 통해 전파되지요. 물거나 핥거나 심지어는 재채기를 하는 것만으로도 병이 퍼질 수 있습니다. 일단 그 병에 걸리면 바이러스가 중추신경계를 타고 퍼

져 등골을 타고 뇌로 올라가 거기에서 증식하지요. 초기 단계
는 잠복기라고 하는데, 아무런 증상도 나타나지 않기 때문입니
다. 그래서 아주 심하게 감염이 되었더라도 여전히 정상적으로
보고 느낄 수가 있는 거지요.

이 잠복기는 이틀에서부터 몇 년까지도 지속될 수 있습니다.
그리고 그 기간 동안 침으로 다른 사람들을 감염시킬 수 있는
거지요.

보디 칼라일: 환각에 빠지는 대신 랜트는 낚시를 가고 싶어했지요.
그 애는 늘 이렇게 말하곤 했어요. "내 삶이 보잘것없고 따분할
지는 모르겠지만 적어도 이건 내 삶이야. 대량생산 조립품이나
중고품, 기성복 같은 인생이 아니라고."

샷 더년(☉ 자동차 충돌파티족): 방울뱀에 물리는 거, 그건 아주 약과
였죠.

데이비드 슈미트 박사: 참을 수 없는 점은 버스터 케이시가 인기 있
는 녀석이었다는 겁니다. 틀림없이 그랬어요. 지난 10년 동안
우리는 남자가 광견병에 감염된 사례를 여섯 건 다루었습니다.
그 여섯 건 모두가 버스터, 바로 그 녀석이었지요. 하지만 여성
의 경우에는 감염된 사례가 마흔일곱 건 있었는데, 그 대부분
이 버스터와 같은 학교에 다니는 여학생들이었고 그 가운데 두

건은 그 학교 여교사들이었지요. 또 그 가운데 세 경우는 치료를 받으면서 애비가 누군지도 모르는 임신을 해서 낙태를 결정했고요.

루앤 페리 : 그걸 당신이 어떻게 보든, 버스터는 병돌리기 게임(병을 돌려 멈췄을 때 병 주둥이가 가리키는 사람과 키스하는 게임—옮긴이)을 할 때 곁에 두기엔 위험한 애였어요.

포크 페리(✿ 어린 시절의 이웃) : 사실 말인데요, 랜트 케이시는 평생 광견병에 걸려 있을 때가 그렇지 않을 때보다 더 많았어요. 그 애 머릿속에서 그렇게도 많은 온갖 병균이 알을 까고 있었으니 좀 미친 것처럼 보일 수밖에 없었지요. 그런데도 미친 것들을 아주 매력 있다고 여기는 사람들이 적지 않으니, 원.

루앤 페리 : 버스터가 나를 임신시킨 적은 없지만 광견병은 꽤나 자주 옮겨줬어요. 5학년 때 학교에서 열린 크리스마스 축하 야외극에서 겨우살이 아래 서 있었을 때가 맨 처음이었죠(크리스마스 날 겨우살이 밑에 선 소녀에게는 키스해도 된다는 풍습이 있음—옮긴이). 한 번의 키스. 나는 빨간 벨벳 점퍼 밑에 하얀 블라우스를 입고 무대 앞줄 중간에서 노래를 부르고 있었어요. '오 홀리 나잇(Oh Holy Night, 1847년에 만들어진 크리스마스 캐럴—옮긴이)'을 천사처럼 감미롭게 노래하면서요. 갈색 머리칼이 곱슬

곱슬한 천사의 머리칼처럼 등허리 가운데쯤까지 내려온 내 모습은 사랑스러움 그 자체였지요. 그런 내가 광견병에 걸리고 만 거예요.

버스터 케이시의 특별한 호의로.

데이비드 슈미트 박사: 공정하게 얘기하자면 그 모든 감염을 그 한 녀석 탓으로 돌릴 수는 없겠지만, 버스터 케이시가 마을에서 떠난 뒤로는 광견병에 감염된 사례가 단 한 건도 없었습니다.

루앤 페리: 숱하게 많은 여자애가 나하고 똑같은 식으로 광견병에 걸렸어요. 고등학교 1학년 때 아마도 우리 반 애들 중에 절반쯤은. 브렌다 조던은 자기가 광견병에 걸린 게 핼러윈 파티에서 사과 물어올리기 놀이를 한 탓이라고 했어요. 버스터 다음이 그 애 차례였는데 실제로는 그 애한테 키스한 셈이 되었다는 거지요.

어떤 여자애들한테는 버스터 케이시와의 관계가 그 애와 독사들의 관계나 마찬가지였어요. 주변 사람들이 절대로 가지 말라는 장소 비슷한. 하지만 나중에 더 큰 실수를 하지 않도록 구해주는 작은 실수 같은.

버스터와 키스를 하는 것 같은 실수, 그런 실수를 하지 않는 게 대체로는 더 큰 실수가 돼요. 잘생긴 사내한테서 광견병을 두 번, 세 번 옮고 난 뒤에는 마음을 잡고 남은 평생 동안 보다

덜 자극적인 남자와 결혼 생활을 하게 될 테니까요.

에코 로런스: 우리의 두 번째 데이트에서 랜트는 공원에서 낙엽을 긁어모으고 싶어했어요. 광견병에 걸리는 확실한 방법 가운데 하나는 박쥐와 접하는 건데, 수북하게 쌓인 낙엽 밑을 보면 물어뜯어줄 박쥐를 찾아내게 돼요. 그걸 염두에 두고 다음번에는 낙엽 더미 속으로 뛰어드는 거죠.

루앤 페리: 사실 말인데요, 그 애는 인기가 아주 좋았어요. 아마도 자기 아버지한테만 그렇지 못했겠지요.

샷 더년: 이게 얼마나 이상한 일이에요? 성적 갈등이 있는 열세 살짜리 광견병에 걸린 방울뱀 독 중독자. 글쎄, 그건 모든 아버지들에게 최악의 악몽이라고 해도 무리가 아닐 거예요.

루앤 페리: 사실 말인데요, 버스터 케이시는 여자애들이 아직은 충분히 회복할 수 있을 만큼 어릴 때 저지르고 싶어하는 일종의 실수였어요.

보디 칼라일: 우리는 나머지 세상으로부터 세 개의 지평선을 지난 사막에 나와 있었고, 랜트는 여전히 내 눈을 들여다보면서 묻고 있었어요. "심장 뛰는 게 느껴지니?"

나는 털의 감촉을 느끼면서 어루만지고 있었지요. 땅속에 묻혀 있는. 내 손은 여전히 하얗게 질린 채 미트로프의 지방 냄새로 미끈거렸고요. 땡볕 아래서 벌겋게 익었으면서도 나는 그렇다고 고개를 끄덕였어요.

그러자 랜트는 싱긋이 웃으면서 "손 빼지 마."라고 했고요.

그 부드럽고 따뜻한 털의 감촉. 그러다 카악, 뭔가가 확 달려들어 내 엄지와 검지 사이의 느즈러진 살, 그 피부막을 뚫고 뭔가 날카로운 것이 들어와 박혔어요. 그러자 내 팔은 너무 심하게 흔들려서 그러잖아도 이미 팔꿈치 둘레로 꽉 조이는 구멍의 벽을 마구 두드렸고, 통증은 내 어깨를 지나 목뼈 깊숙한 데까지 타고 올라와 나는 팔을 빼내려고 버둥거렸지요.

그때 뒤에서 랜트가 양손으로 내 가슴에 팔을 둘러 나를 땅에서 끌어올렸고요.

내 손에 난 구멍은 그저 두 개의 뚫린 자국이 아니었어요. 코요테에 물린 것처럼 조그만 U자 형의 상처도 아니었고요. 커다랗게 쭉 갈라진 딱 한 개의 구멍에서 피가 펑펑 솟고 있었지요.

랜트는 뚝뚝 떨어지는 피와 쭉 갈라진 상처를 보다가 말했지요. "넌 물린 거야." 그다음엔 이렇게 덧붙였고요. "수토끼한테."

우리 둘 다 손과 발에 난 조그만 구멍들에서 피를 뚝뚝 흘리면서 그 피가 뜨거운 태양 아래서 모래 속으로 스며드는 걸 지켜보고 있었어요. 랜트가 이렇게 말했지요. "지금 이건… 내 생각엔 교회가 느껴야 하는 바로 그런 거야."

늑대 인간들 10

피비 트뤼포 박사(☼ 역학자疫學者) : 고대 문명권에서 행해진 가장 오래
된 미신적 관습들 가운데 하나는 늑대들이 자주 출몰하는 웅덩
이에서 절대로 물을 마시지 않는다는 것이었습니다. 또 우리
조상들은 사냥해서 잡는 짐승들, 이를테면 사슴이나 엘크 같은
짐승이 이리 떼에게 희생당한 뒤 남겨진 고기도 먹지 않았어
요. 그 두 가지 중 어느 한 가지를 위반하면, 또는 단지 늑대에
게 물리는 것으로도 전설 속 피에 굶주려 잔인해진, 반은 인간
이고 반은 늑대인 괴물, 즉 늑대인간으로 변한다고 믿었기 때
문이지요.

　같은 식으로 구약 성경에도 돼지고기와 조개를 먹지 말라는
금지 규정이 있는데, 그 규정은 틀림없이 고대인들을 선모충이

나 살모넬라균으로 인한 비참한 죽음에서 구해주었을 겁니다. 이 초기의 늑대 미신은 역사적으로 세계 도처에서 포유동물을 병원체 보유 숙주로 감염시킨 네거티브 스트랜디드 RNA 바이러스(negative-stranded RNA viruses, 인플루엔자, 홍역 등의 질병을 일으키는 바이러스－옮긴이)와 형태학적으로 유사한 종류인 리사바이러스를 옮길 가능성이 매우 큰, 침이 묻거나 섞인 기미가 보이는 것은 무엇이든 피하라는 경고였죠.

데니스 가드너(✿ 부동산 중개인) : 마고가 친구들을 만나러 문 밖으로 뛰쳐나가던 게 지금도 눈에 선해요. 그 애들 모두가 매일 밤이 핼러윈인 것처럼 검은 레이스에 망사 스타킹으로 치장을 하고 있었지요.

그 아이 스웨터에는 털로 된 액세서리처럼 조그만 짐승이 달려 있곤 했지요. 혹은 브로치처럼. 그 짐승은 소름 끼치는 조그만 발톱으로 털실로 짠 그 애의 검은 스웨터에 들러붙어 있었어요. 또 어떤 날에는 머리에다 핀을 꽂아 그 박쥐를 머리 꼭대기에 올려놓거나, 아니면 귀고리를 한 짝만 한 것처럼 얼굴 옆으로 흔들거리게 하기도 했지요. 그 애의 고스족(goth, 1970년대 말 고딕 음악과 함께 시작된 하위문화로 검은 옷과 창백한 화장의 음산한 패션이 특징－옮긴이) 친구들은 모두 그걸 갖고 싶어했어요. 가죽으로 덮인 조그만 짐승들을. 그러니까 내 말은 박쥐를 갖고 싶어했다는 거지요. 흡혈귀 10대들한테 박쥐는 기어 다니는 조그만 애완동물로 완벽했어요. 그 애 친구들 모두가 그걸 갖고 있었지요. 부끄러운 얘기지만, 우리는 잘 몰랐어요. 그게 안전하지 않다면 애완동물 가게에서 강아지랑 고양이 바로 옆에 두고 팔진 않겠죠. 이건 내 남편 션이 한 얘기예요.

션 가드너(✿ 하청업자): 우리 딸애 이름은 마고지만, 그 애의 조그만 흡혈귀 친구들은 그 애를 몬스터라고 불렀어요. 그리고 우리 애는 박쥐한테 '리틀 몬스터'라는 이름을 지어 붙였는데, 나중에는 줄여서 그냥 '몬티'라고 했고요.

피비 트뤼포 박사: 케이시 역병이 돌기 전까지 현대 들어 최대 규모의 역병이 창궐한 것은 수입 실험동물을 간과한 데서 기인했습니다. 전염병 예방을 위한 수입 동물 격리 규정하에서는 미국 내에서 박쥐를 애완동물로 판매하는 것이 불법입니다. 수입된 박쥐는 동물원과 연구 시설에서만 다룰 수 있도록 제한하고 있지요. 그러나 이 한 번의 사건에서는 절차상의 실수로 1994년 수천 마리의 이집트 무덤 박쥐(아프리카 큰박쥐)를 실은 선적 화물이 미국 내로 반입되어 애완동물 상점을 통한 판매가 허용되었어요.

션 가드너: 우리는 마고에게 크리스마스 선물로 그 박쥐를 사줬어요. 아니, 박쥐를 산 건 그 애고 애 엄마와 나는 돈을 대신 치렀

지요. 이집트인지 어떤 외진 곳에서 온 그거 한 마리 값이 300달러였어요. 그리고 먹이 값으로 또 꽤 많은 돈이 날아갔지요. 박쥐 밥이라나, 박쥐 사료라나 하는 그 말도 안 되는 쓰레기 같은 것을 사는 데 말입니다. 애 엄마는 그 근처에도 안 가려고 했어요.

그 조그만 몬티는 냄새가 아주 지독했거든요.

피비 트뤼포 박사: 해마다 광견병에 걸리는 전체 인구 중에서 단 20퍼센트만이 어떤 동물에 물리거나 할퀴었다고 보고됩니다. 한 전형적인 사례로 1995년 3월 침실에서 박쥐가 발견되었다는, 워싱턴 주에 사는 네 살짜리 계집아이의 경우가 포함되지요. 아이는 동물과 어떠한 접촉도 하지 않은 것으로 보고되었기 때문에 질병 예방 조치가 취해지지 않았어요. 그러나 이후에 아이와 박쥐 모두 감염된 것으로 밝혀졌지요.

땅돼지(북아메리카산 마멋류의 일종 – 옮긴이) 들끼리는 한 놈이 전에 병든 놈이 있던 굴에 들어갔다 나오는 것만으로도 질병이 퍼집니다.

바이러스는 침으로 전파되기 때문에 기침이나 재채기처럼 대수롭지 않은 경로를 통해서도 가까이 있는 사람들에게 옮길 수 있어요. 엘리베이터나 비행기 안에서는 분명히 그렇고요. 기계적으로 얘기하자면, 광견병에 걸리기는 감기에 걸리기만큼이나 쉬워요. 그러나 감기는 걸리면 곧바로 증상을 보이기 시작하지요.

데니스 가드너 : 마고의 선생님들은 그 애가 안절부절못하는 행동을 보인다고 호소했어요. 침착성을 잃고 정신이 흐트러진 것 같다고 했지요. 때로는 괜한 소동을 벌이기도 하고요. 그 애는 우리집의 문젯거리였어요. 그 애의 고스족 친구들 모두가 똑같은 식으로 굴었지요. 언제나 퉁명스럽고 예의바르지 못하게 말이죠. 참 끔찍한 일이었어요. 우리가 아예 아무 생각도 떠올리지 못했다는 게요. 마침내 마고가 세계사 과목에서 D를 받아오니까, 그 아이를 주로 치료해주던 소아과 의사가 리탈린(어린이의 주의력결핍 및 과잉행동장애에 쓰이는 약의 상표명 – 옮긴이) 처방전을 써주더군요.

피비 트뤼포 박사 : 바이러스에 감염되었을 때 전형적인 환자는 노출 부위, 즉 물리거나 할퀸 부위에서 따끔거리는 느낌을 받게 될 겁니다. 만일 감염이 점막을 통해 일어났다면 시작 부위의 감각이 과민해지지요. 랜트의 혈청형 사례에서 나타나듯이 구강-성기의 접촉을 통해 전염되는 경우에는 음부와 그 주변 부위에 영향을 미치는 특징적인 따끔거리는 느낌이 불쾌하지만은 않은 것으로 보고되고 있어요. 어쩌면 그처럼 쾌감을 느끼는 상태가 그 질병이 신속한, 거의 전광석화처럼 빠른 감염률을 보인 데 대한 설명이 될 수도 있을 겁니다.

션 가드너 : 증상은 침울하고 반사회적인 행동과 고립이 적대적인

공격성과 번갈아 일어나는 것이었습니다. 만일 질병관리센터에서 그런 증상을 보이는 10대 아이들을 일일이 다 치료하려면… 글쎄요, 어떤 정부도 그렇게 많은 돈은 없을 겁니다.

피비 트뤼포 박사 : 6일에서 90일에 걸쳐 '음성기'라고도 알려진 잠복기가 지나면 바이러스가 감염 부위에 인접한 국부 조직에서 증식하기 시작합니다. 그리고 역행성 축색류(軸索流)에 실려 중추신경계로 신속하게 옮겨지지요. 다음에는 그 바이러스가 뇌간, 연수, 해마상 융기, 그리고 푸르키녜세포(소뇌 피질을 구성하는 신경세포 중 하나-옮긴이)와 소뇌를 감염시키는데, 다시 말해 침입해서 증식하고 세포 내에서 자라기 시작하는데, 그러는 과정에서 척수, 뇌, 축색돌기의 변질과 대뇌 백질의 탈수초화(바이러스 감염 등으로 인해 수초(髓鞘)가 소실되는 등의 이상-옮긴이)를 야기합니다.

대부분의 경우 바이러스의 수가 증가함에 따라 가장 심하게 무기력해지는 신체 조직은 침샘입니다. 증상이 나타나는 첫 번째 단계인 전구기(前驅期)에는 환자가 고열, 메스꺼움, 두통, 피로, 식욕부진을 경험할 수도 있지요.

션 가드너 : 솔직히 요즘 아이들의 행실을 감안하면 누가 우리한테 의심하지 않았다고, 특히 그 아이들이 춤추는 방식을 의심하지 않았다고 비난할 수 있겠습니까.

데니즈 가드너 : 션은 그 아이의 뚱한 태도를 개네가 듣는 음악 탓으로 돌렸어요.

션 가드너 : 그런데 내 아내는 그게 비디오게임 때문이라고 했지요.

피비 트뤼포 박사 : 전구기 다음 단계인 감각중추 흥분기에는 침 흘림, 근육 경련, 불면증, 극단적인 공격성, 그리고 깨물거나 씹으려는 강박충동이 나타납니다.

일단 잠복기가 끝나고 환자가 의심스러운 행동을 보이게 되면 치료 방법은 없어요. 그 질병의 세 번째이자 마지막 단계는 마비와 혼수상태입니다. 뒤따르는 부검에서 광견병 항체를 뇌 조직 샘플에 주입하고 형광 현미경으로 관찰하게 되면 항원이 드러날 것입니다.

데니즈 가드너 : 상황이 최악이던 차에 실비아 레너드가 전화를 했어요. 마고의 고스족 친구 중 하나인 딘 레너드의 엄마였지요. 뭐 어쨌든 간에, 실비아가 전화를 걸어서 건성으로 인사를 하더니 딘이 기르던 애완용 박쥐가 방금 전에 꼴까닥했다고 하더군요. 딘의 속옷 서랍 안에서 웅크리고 있던 그 솜털 덮인 공이 그날 악취를 풍기면서 하늘나라로 갔다는, 죽었다는 거였지요. 그리고 실비아는 마고의 박쥐도 병에 걸렸는지 알고 싶어했어요. 실비아가 정말 알고 싶어한 건 이거였지요. 박쥐를 산 영수

증을 보관해두었으니 그걸 가지고 죽은 박쥐에 대해 환불을 요구할 수 있을까 하는.

우리는 마고의 침대 밑에서 신발 상자를 끌어냈는데 그 지독한 악취에 뒤로 벌러덩 넘어갈 지경이었지요. 상자 뚜껑은 아예 열어보지도 못했고요. 션이, 내 남편 션이 상자를 곧장 뒷마당으로 들고 나가 그 조그만 몬티를 다른 온갖 것들, 그러니까 마고가 그때까지 사달라고 조르고 떼를 써서 길렀던 모래쥐, 햄스터, 새끼 고양이, 금붕어, 도마뱀, 작은 잉꼬, 모르모트, 생쥐, 토끼 등이 묻힌 데다 같이 묻었지요. 거짓말 하나도 안 보태고, 우리 집 뒷마당은 죽은 짐승으로 도배가 되어 있어요.

피비 트뤼포 박사 : 광견병(rabies)이라는 말 자체는 기원전 3000년경 '난폭한 짓을 하다'라는 뜻의 산스크리트어 '라바스(rabhas)'에서 유래했습니다. 19세기에는 그 바이러스가 세계 각지, 특히 유럽에 널리 퍼졌는데, 그곳에서는 감염되었을까 두려워한 사람들이 흔히 자살을 택했죠.

감염된 사람들, 심지어는 감염되었다는 소문이 도는 사람들까지도 동료들에게 살해당했어요. 두려움 때문에, 또는 동정과 연민 때문에.

역사적으로 그 바이러스는 일련의 포유동물 병원체 보유 숙주들을 통해 옮아왔죠. 1700년대에는 그 질병이 주로 붉은여우(Vulpes vulpes)에 의해 옮겨졌고, 그 동물이 영국식 여우 사낭을 위해 신세계로 수입되자 거기에서도 교두보를 얻었습니다. 1800년대에는 등줄무늬스컹크(Mephitis mephitis)가 공수병을 옮길 가망성이 매우 높아서 당시 사람들은 스컹크를 일컬어 '광견병 고양이'라고 했죠. 1960년대 이후로는 흔히 볼 수 있는 미국너구리(Procyon lotor)가 가장 감염되기 쉬운 종이 되었어요. 정도가 좀 덜하기는 하지만 코요테(Canis latrans)도 매년 평균 50건 정도의 감염 원인이 됩니다. 식충 박쥐는 매년 평균 750명 정도를 감염시키고요.

랜트의 리사바이러스 혈청형이 출연하기 이전에는 해마다 10만 명 이하의 사람들이 주로 열대나 아열대 지역에서 사망했습니다. 그 질병을 억제하기 위해 해마다 지출하는 10억 달러의 비용과 한 세기에 걸친 예방접종, 그리고 일반 대중을 상대로 한 계몽에도 불구하고 동물 사이에서의 감염률은 1993년 역사상 최고조에 달했죠.

버스터 케이시 탓으로 여겨지는 역병 때문에, 인간은 현재 포유동물 가운데서 광견병 바이러스 병원체 보유자가 가장 많은 집단입니다.

션 가드너: 내가 알기로 광견병에는 두 가지 유형이 있습니다. 첫 번째는 미치지도 않고 누구를 물어뜯지도 않는 '잠자코 있는' 유형인데, 그들은 그냥 침대에서 공처럼 웅크리고 있다가 죽어가지요. 다음에는 80퍼센트의 사람들이 걸리는 전형적인 광견

병, 즉 '난폭하게 구는' 유형이 있습니다. 그들은 침을 흘리고 저주를 퍼붓고 난리를 치고 돌아다니면서 자기 방에 있는 모든 것, 자기가 그렇게도 아끼던 세계의 인형 컬렉션까지도 박살을 내고, 자기 아버지한테 차마 입에 담지도 못할 상스러운 욕을 해대지요. 아무튼 그게 우리 마고가 걸린 광견병입니다.

데니스 가드너 : 부끄러운 얘기지만, 우리는 마고가 열세 살이 되어서 자기 머리칼을 처음 검게 염색한 날부터 그 애를 애도하기 시작했던 것 같아요.

피비 트뤼포 박사 : 우리는 수간(獸姦)을 못하도록 막은 초기의 모든 금제 조항이 리사바이러스 또는 다른 어떤 질병이 인간에게 옮는 것을 미리 배제하기 위한 조치였다고 주장할 수도 있을 겁니다.

고대 문화권에서는 또한 성직자의 사생아는 늑대인간이 될 것이라고 경고하기도 했죠. 또 근친상간으로 생겨난 모든 아이에 대해서도.

데니스 가드너 : 마고가 어쩌면 광견병에 걸렸을지 모른다고 처음 어렴풋이 눈치 챘을 때, 부끄럽지만 나는 그 애가 연극을 한다고 치부했어요. 마고와 그 고스족 친구들을 지켜보고 있으면 행동이 너무 무례하고 이상스럽기까지 했으니까요. 그 애들이

가장 바라는 게 광견병에 걸리는 것처럼 보일 지경이었어요. 어쨌든, 좀 전에도 얘기했지만, 부끄러운 일이지요.

피비 트뤼포 박사: 바이러스가 복제를 시작하고 감각신경과 운동신경을 따라 이동하기 시작하더라도 감염된 환자는 바이러스를 퍼뜨리고 다른 사람들에게 전염을 시키면서도 여러 달 동안 아무런 증상을 보이지 않을 수 있습니다. 그 시나리오가 모습을 나타낸 것이 슈퍼전파자로 추정되는 버스터 케이시의 사례로 보이고요.

아니, 역학자들은 이제 더 이상 '환자 제로(전염병의 최초 발병자이자 전파자를 말함 – 옮긴이)'라는 용어를 쓰지 않아요. 열 명이나 그 이상을 감염시킨 사람들을 우리는 이제 슈퍼전파자라고 부르죠. 장티푸스에는 '티포이드 메리', 에이즈에는 개탄 듀가스, 그리고 사스에는 리우 지안룬이 슈퍼 전파자였듯이, 광견병에는 버스터 케이시가 될 겁니다.

션 가드너: 우리 마고가 어떻게 됐는지는 알고 계실 겁니다. 그 애친구들 여럿이 그렇게 죽어서 합동 장례식을 치렀지요. 딘 레너드 뿐만이 아니었어요. 다만 고스족 아이를 묻는 건 좀 다르죠. 물론 가슴이 미어지지만 그리 나빠 보이지는 않는 거예요. 사실 우리 마고는 병들기 전보다 더 나아 보인달까, 그러니까 뭐랄까, 더 건강해 보이더군요. 아이들이 모두 그렇게 어두운

색으로 차려입은 걸 보니까 꼭 고등학교 졸업파티에서 그 애들을 보는 것 같았어요. 하지만 아무도 춤을 추지는 않았지요. 미소를 짓거나 웃지도 않았고. 모두가 어두운 얼굴에 검은색으로 차려입고….

그래요, 꼭 고등학교 졸업파티에서 그 애를 보는 것 같았어요.

별떼들 *11*

에코 로런스(C 자동차 충돌파티족) : 들어봐요. 어느 해 독립기념일에 케이시네 집안사람들 모두가 소풍을 갔어요. 그리고 거기서 마시멜로하고 연기에 그을린 고기로 바비큐 파티가 벌어졌죠. 아주머니들, 아저씨들, 사촌형제들 모두 그렇게 잔뜩 모인 케이시네 집안 사람들은 담요나 정원용 접의자에 눕거나 엎드린 채 콘아이스크림을 먹고 있었어요. 모두가 서로를 끌어안고 손을 잡아 흔들고 하면서.

야외에서까지도 모든 것을 통제하는 세대, 모든 것을 가진 세대, 그러니까 집안 어른들은 피크닉 테이블에 앉아 있었죠. 다른 사람들은 모두 땅바닥에 앉아 있었고. 에스더와 해티와 벨이 죽은 관계로 집안 어른들의 구성이 좀 달라지기는 했지만 대체로는 그대로였어요.

그 햇살 좋은 날, 처음에는 한 마리 벌이, 다음에는 다른 벌이 어른들 테이블로 날아들었어요. 그러자 나이 든 할머니들이 손을 내저어서 그 벌들을 쫓아냈고. 그러자 테이블이 온통 벌 떼로 뒤덮였고 어른들은 벌을 한 겹 뒤집어쓴 꼴이 되었죠.

보안관 베이컨 칼라일(✿ 어린 시절의 적) : 그때 카운티 의료 검시관이 이렇게 물었지요. 고인들 가운데 어느 분이 최근에 벌을 다루셨습니까? 하지만 그 사람이 하는 말은 이런 거였습니다. 이 사람들 중에 누가 양봉을 합니까? 그 사람이 '벌 떼 유인'이라고 한 무언가가 그 공격을 설명해줄 수 있었을 테니까요.

그린 테일러 심스(☾ 역사가)의 현장노트에서 : 나소노프 유인물질. 새끼손가락 크기의 플라스틱 물약 통에 든 그 벌 유인물질은 5,000마리의 벌이 날갯짓을 하며 공기 중에 냄새를 피우는 것과 대등한 효과를 보인다. 아피스 멜리페라(Apis mellifera), 즉 보통의 꿀벌은 그 냄새를 쫓아가서 새로운 벌집을 만들 어떤 틈새나 구멍이라도 찾아낸다.

그런 벌들을 찰싹 치거나 하면 '경계' 페로몬을 발산하도록 촉진시켜 다른 벌까지 공격하도록 끌어들이게 될 것이다. 그 벌들의 근원적인 약탈자는 곰이었으므로 공격하는 벌들은 침입자의 눈, 코, 벌어진 입을 집중 공격한다. 그리고 귓구멍을 포함해서 어두운 구멍으로 보이는 곳이면 어디든 가리지 않고 벌 떼가 몰려들 것이다. 또 피해자가 내쉬는 이산화탄소도 공격하는 벌들을 더욱 공격적으로 만들 것이다.

벌 떼 유인물질 그 자체는 희미한 감귤 냄새 비슷한 기분 좋은 냄새를 풍기며 사람들은 거의 감지하지 못한다. 그러나 나소노프 페로몬은 대단히 강력하기 때문에, 바람직한 보관 방법은 플라스틱 물약 통을 유리병에 넣어 밀봉하고 그 밀봉된 유리병을 다시 냉장고 깊은 곳에 넣어두는 것이다.

샷 더년(ⓒ 자동차 충돌파티족): 그건 꼭 구름이 태양을 가리는 것 같았죠, 커다랗고 시커먼 염병할 폭풍우가. 그 햇살 좋은 날 한가운데서 윙윙거리며 비가 내리기 시작했어요. 하지만 그건 빗물 대신 비처럼 쏟아지는 벌침들이었지요. 젠장할. 쏟아져 내리는 건 온전한 고통이었고요.

에코 로런스: 사람들은 비명을 지르며 차를 세워 둔 쪽으로 달려가다가 마침내는 입 안에 벌이 가득 들어차서 숨이 막히는 바람에 쏘이고 질식해 죽고 말았어요. 카운티에서 질병 매개곤충 담당자가 나와 손을 쓸 즈음 랜트의 클렘 삼촌은 이미 죽어 있었죠. 패티 숙모와 클리터스 삼촌도 마찬가지였고. 그리고 월트 삼촌은 병원에서 죽었어요.

샷 더넌: 랜트가 죽은 다음에 FBI에서 나온 그 돌대가리들, 자동차 충돌파티에 대해 물었던 그 요원들이 벌 얘기를 아주 재미있어하더라고요. 그 바람에 별로 빨리 받아 적지를 못하더라고요.

에코 로런스: 긴장할 것 없어요. 아무도 그걸 살인이라고 하지는 않았으니까요. 아직까지는.

샷 더넌: 그게 얼마나 이상한 일이에요? 구약 성서에 나오는 무슨 이야기 같았어요. 살인벌의 공포, 쥐 똥 공격, 벼룩들의 역병, 그리고 치명적인 거미 모자. 다음번 추수감사절 만찬에서는 일곱 명의 노인이 죽어서 못 왔고 그 세대의 나머지 사람들은 집에 처박혀 있었어요. 케이시네 집안의 최고령 노인들이 어른의 테이블을 중년의 자식들에게 넘겨준 거예요. 공격이 끝나고 바통은 넘어갔죠.

음식 *12*

에코 로런스(⊙ 자동차 충돌파티족): 시간을 멎게 하기 위해 승려는 모래에 만다라를 그리고 아이린 케이시는 수를 놓았다면, 랜트는 보지를 빨았어요. 늘 내 다리 사이로 얼굴을 처박고 혀를 내 안에 밀어 넣었지요. 그러고는 턱에서 물을 뚝뚝 떨어뜨리면서 팔꿈치를 괴고 입맛을 다시며 이러곤 했어요. "너 아침으로 계피가 들어간 뭘 먹었는데…." 그러면서 입술을 핥고 눈을 굴리다가 말하기를 "프렌치토스트는 아니고… 다른 어떤 것." 랜트는 코를 킁킁거리고 다시 나를 핥다가 눈을 빛내면서 제대로 알아맞혔죠. "넌 아침으로 콘스턴트 코멘트 홍차를 마셨어. 계피 냄새가 바로 그거였군."

나한테서 나는 냄새와 맛을 가지고 그는 내가 온종일 먹은 것들을 다 맞췄어요. 홍차, 버터를 바르지 않은 통밀 토스트, 플레인 요구르트, 블루베리, 템페(콩을 발효시켜 만든 인도네시아의 음식 – 옮긴이) 샌드위치, 아보카도 하나, 오렌지 주스 한 잔, 비트 샐러드.

"그리고 패스트푸드점에서 어니언링도 주문해 먹었어." 그러고는 입맛을 다시면서 덧붙였죠. "꽤 많이."

나는 그를 '보지 점쟁이'라고 불렀어요.

보디 칼라일(☼어린 시절의 친구): 대부분의 사람들이 식탁에 둘러앉아 식전 기도를 드리고 음식을 돌리고 먹고, 두 번째로 돌린 음식을 비우고 디저트로 파이를 곁들여 커피를 마시고, 그런 다음 커피를 한 잔 더 마시고 설거지를 시작하는 그 시간 동안, 케이시네 집 식구들은 아직 한 가지 음식밖에 못 먹었을 거예요. 미트로프, 아니면 참치 냄비 요리 하나만 계속 씹었을 수도 있다는 거지요. 천천히 먹을뿐 아니라, 이야기도 하지 않고 책을 읽거나 텔레비전을 보지도 않죠. 걔네 집 식구들의 관심은 온통 입 안에만, 씹고 맛을 보고 느끼는 데에만 있었어요.

에코 로런스: 현실을 똑바로 봐요. 남자들은 대부분 혀로 핥는 한 번 한 번을 다 점수를 매겨요. 숨을 쉬려고 고개를 들 때마다 상대방의 즐거움을 기록하는 거죠. 그리고 오직 핥기 위해 핥는데, 알다시피 우리는 그들에게 되돌려줄 즐거움이랑 균형을 맞

춰야 하는 법이에요. 그러니까 핥고 또 핥을 때 '계량기'가 계속 돌아가고 있는 거예요. 그걸 알고 있는 한 절대로 느긋하게 오르가슴을 느낄 수 없는 거죠. 남자들이 핥아주는 한 번 한 번이 다 자기도 그렇게 받기 위한 투자거든요.

수입과 지출 기록을 싫어하고 세금 계산서 작성을 싫어하는 남자들이라도, 은행 잔고나 신용카드 잔액에 대해 물으면 어깨만 한 번 으쓱하고 마는 남자들이라도, 자기네들이 혀로 우리 사타구니를 핥아주는 숫자는 정확하게 셀 걸요. 그리고 대가를 받으려고 들지요. 섹스에서의 동등한 보상을 구두쇠나 회계사처럼 따지면서.

남자들은 다 그래요. 랜트 케이시만 빼놓고. 그는 혀를 내 안에다 밀어 넣고 몇 년이라도 있을 수 있었죠. 산이 닳아 없어지도록.

에드나 페리(✿ 어린 시절의 이웃) : 영국에서는 크리스마스 만찬 때 누군가의 음식에 조그만 알뿌리가 들어 있으면 그 사람이 악한이라는 뜻이래요. 자동으로요. 조그만 잔가지가 있으면 그 사람이 멍청이라는 뜻이고요. 따지고 말고 할 것도 없어요. 또 만약 뭔가를 씹었는데 알고보니 천 쪼가리였다면 사람들은 당사자가 창녀 같은 여자라는 걸 알게 된대요. 크리스마스 만찬 자리에서 행실 나쁜 여자로 찍힌다고 생각해봐요. 하지만 아이린 케이시는 책에서 분명히 그런 글을 읽었다고 했어요.

에코 로런스 : 한번은 랜트가 내 다리 사이에 얼굴을 박고 있다가 숨을 쉬려고 고개를 들더니 혀에 붙은 음모를 한 올 떼어내면서 물었어요. "오늘 무슨 일 있었지? 뭔가 나쁜 일이 있었는데…."

나는 신경쓰지 말라고 했어요.

하지만 랜트는 다시 내 사타구니를 핥고는 눈을 굴리다가 다시 한 번 더 핥고 나서 이러더군요. "주차 위반 딱지? 아니, 그거보다 더 안 좋은 건데…."

나는 잊어버리라고, 아무 일도 없었다고 했죠.

하지만 랜트는 나를 다시, 이번에는 더 천천히, 혀를 내 뒤에서 앞까지 죽 훑어 올리며 더운 숨결이 느껴지게 핥더니 고개를 들고 내가 자기를 내려다볼 때까지 나를 올려다봤어요. 그리고 내 눈이 자기의 초록색 눈과 마주치자 이러는 거예요. "안됐구나. 너 오늘 일자리를 잃었어, 그렇지?"

내 엿 같은 일자리는 엿 같은 휴대전화를 파는 거였어요.

그런 식으로 랜트는 코로 내 냄새를 맡고서 뭐든 다 알아낼 수 있었죠. 그게 랜트 케이시였어요. 언제나 정답을 맞추는.

그리고 오르가슴 사이에 나는 울기 시작했어요.

그린 테일러 심스(ⓒ 역사가)의 현장노트에서 : 어느 집안에나 경전이 있지만 대체로 그것을 분명하게 말하지는 못한다. 사람들이 자기네 정체성을 강화하기 위해 되풀이하는 이야기들은 다음과 같다.

우리는 '누구'인가? '어디'에서 왔는가? '왜' 이런 식으로 행동하는가?

랜트는 늘 이런 말을 하곤 했다. "각각의 집안은 모두 일정한 작은 종파다."

베이신 칼라일(✿ 어린 시절의 이웃): 웃지 마세요. 아이린이 그러는데 프랑스에서는 디저트 케이크에 쇠 쪼가리 같은 걸로 된 부적을 넣어서 굽는대요. 그 사람들 규칙은 그 부적을 씹는 사람이 다음번 식사 때 음식을 차려내야 한다는 거지만, 프랑스 사람들은 너무 속되고 약아빠져서 차라리 그 부적을 삼켜버리고 만다더군요. 손님 접대를 안 해도 되게요.

아이린은 또 자기가 읽은 것들 중에 멕시코 사람들은 음식에다 아기 예수 상을 넣어서 굽는다는 내용도 있다고 했어요. 또 스페인 사람들은 언제나 남아도는 동전을 집어넣고. 아이린은 나한테 데커레이션케이크를 만드는 소책자를 보여주면서 그런 얘기들을 다 해줬지요. 세계 곳곳에서 만들어지는 케이크에 대한 모든 이야기를요.

아이린 케이시(✿ 랜트의 어머니): 내가 기억하는 한 쳇과 버디가 처음부터 음식을 늦게 먹은 건 아니에요. 내가 그렇게 훈련을 시켰지요. 내가 죽을힘을 다해 초콜릿이나 코코아를 넣어 만든 케이크를 쳇과 버디가 단 세 입에 후딱 삼켜버리는 걸 지켜보는 일은 너무 끔찍했거든요. 그 둘은 뭐가 쫓아오기라도 하는 것처럼 급하게 목이 미어져라 한 조각을 삼키고나서 지저분해진 접시만 남을 때까지 연달아 또 삼키곤 했어요. 그리고 게걸스럽게 먹어치우는 와중에도 다음번의 어떤 계획에 대해 얘기하거나 카탈로그를 소리 내어 읽거나 라디오에서 나오는 뉴스를 들었고요. 언제나 몇 달씩 앞질러 한참 더 앞일을 가지고 따지면서.

딱 한 가지 예외는 그 둘 중에 누가 잡은 재료로 만든 요리가 식탁에 오를 때였지요. 쳇이 총으로 거위를 잡아 오면 우리는 식탁에 앉아 모두 그게 얼마나 맛있는지에 대해서 얘기했어요. 또 버디가 낚시로 송어를 몇 마리 잡아 올 때도 식구들이 그걸 먹느라 밤 시간을 다 보냈지요. 물론 송어에는 가시가 있고, 거위에서는 당연히 산탄 총알을 찾아내야 해요. 그래서 씹고 있는 음식에 주의를 기울이지 않으면 대가를 치르게 되는 거죠. 목구멍에 생선 가시가 걸려서 숨이 막혀 죽거나 날카로운 뼈가 입천장을 뚫어버릴 수도 있으니까요. 아니면 산탄 총알을 씹는 바람에 어금니가 깨질 수도 있고요.

그린 테일러 심스(C· 역사가)의 현장노트에서 : 케이시 집안의 경전은 이렇게 명한다. "무엇이든 맛있는 것에 들어가는 비밀 성분은 몸을 상하게 하는 어떤 것이다."

아이린이 사람들을 해치려는 의도는 아니었던 것 같다. 그녀는 단순히 걱정을 너무 많이 했기 때문에 음식에 부비트랩을 놓았다. 만일 조금도 개의치 않았다면 냉장고에 있던 음식들을 그대로 내놓고 상을 다 차렸다고 했을 것이다.

베이신 칼라일 : 이걸 잊지 마세요. 내가 케이시네를 가장 많이 본 건 교회 일과 관련해서였어요. 일요일이면 예배에서, 그리고 다음에는 농민공제조합 홀에서 열리는 포틀럭(각자 음식을 마련해 가지고 오는 파티 – 옮긴이)에서요.

아이린이 자기가 만든 복숭아 파이를 사람들이 정말로 맛있게 먹도록 만드는 비법은 거기다 체리 씨를 몇 개 집어넣는 거였어요. 잘못 씹었다가는 턱뼈가 부러질 수도 있는. 또 그 여자가 만드는 사과 푸딩의 비밀은 날카로운 호두 껍데기 조각을 섞어 넣는 거였고요.

그 여자의 참치 냄비 요리를 먹을 때는 얘기를 하거나 〈내셔널 지오그래픽〉을 휙휙 넘기거나 하면 안 되었지요. 눈과 귀가 모두 입 안에 있어야 했어요. 온 세상이 계속 입 안에 있으면서 아이린 케이시가 참치 살 곳곳에다 박아 넣은 조그맣게 똘똘 뭉친 은박지를 조심스럽게 더듬어 찾아야 했으니까요. 그런데 천천히 먹는 데 따르는 이점 한 가지는 정말로 맛을 보게 되고, 그래서 그 음식이 더 맛있게 느껴진다는 거예요. 다른 주부들이 더 나은 요리사였다 하더라도 그걸 알아차릴 수는 없는 노릇이었지요.

샷 더넌(ⓒ 자동차 충돌파티족): 랜트 아버지는 이렇게 말하곤 했대요. "어떤 일이 정말로 실수처럼 보이면 사람들은 너한테 화를 낼 수가 없어."

아이린 케이시: 남자들은 서두르는, 언제나 급하게 해치워버리려는 경향이 있어요.

에코 로런스: 여기에 독신 여자의 비밀이 있어요. 여자가 첫 번째 데이트에서 남자하고 같이 식사를 하는 이유는 그 사람이 섹스를 어떤 식으로 할지 알아보려는 거예요. 음식을 제대로 씹지도 않고 게걸스럽게 삼켜버리는 얼간이라면, 그자하고 침대에 기어 들어가서는 안 된다는 걸 알게 되거든요.

보디 칼라일: 아이린 아주머니는 우리가 게으른 엄마 때문에 창피해서 얼굴이 화끈 달아오를 정도로 그렇게 멋진 생일 케이크를 구웠어요. 어떤 때는 초콜릿 케이크 기관차가 증기 기관차 하나를 끌고 있었죠. 그 증기 기관차 뒤로 체리케이크로 만들어진 유개화차과 바닐라로 만들어진 또 다른 유개화차, 그리고 무개화차와 유조차들에 이어, 맨 끝에 붙은 메이플시럽 케이크로 만든 승무원차에 이르기까지 모두가 제각각 다른 맛이었어요. 사람들은 케이크에 박아 넣은 이쑤시개를 찾아내면 행운이라고들 하지요. 하지만 그 아주머니 케이크를 맛보려 하지는

말아요. 그랬다가는 소나무 지저깨비와 피 맛을 보게 될 테니까요.

로건 엘리엇(✿ 어린 시절의 친구) : 사실 말인데요, 아주머니가 만든 음식을 제대로 씹지 않으면 그 음식이 우리를 씹었어요.

아이린 케이시 : 내가 생각하기로는, 음식을 먹다 다치더라도 맛이 더 좋은 한 계속 먹게 마련이지요. 고통보다 즐거움이 더 큰 한에서는요.

베이신 칼라일 : 농민공제조합 홀에서 벌어지는 포틀럭은 사람들이 대화를 나누고 농담을 주고받는 사교 모임으로 여겨집니다. 그런데 내가 이런 말을 한다고 해서 나를 미워하지는 말아요. 하지만 아이린이 통닭구이나 세 가지 콩이 든 샐러드를 가져올 때면 사람들은 서로 교류하기보단 입에서 부스러기를 뱉어내느라 정신이 없었지요. 그 여자 요리는 맛있었지만 그걸 먹는 동안에는 재미있는 가십거리가 오가지 못했어요. 사람들은 누가 자기 마누라 눈퉁이를 시커멓게 만들어놓았다느니, 누가 남편 몰래 서방질을 하고 있다느니 하는 이야기를 되풀이하는 대신, 한 가지 포틀럭 음식을 다 먹을 때마다 각각의 접시 옆에다 조그만 진짜 쓰레기 더미를 쌓아놓곤 했으니까요. 살구 씨, 돌멩이, 클립, 압정만큼이나 날카로운 잔뿌리 등의 쓰레기 더미였지요.

에드나 페리 : 크리스마스 때가 되면 외국 사람들은 케이크에다 조그만 아기 예수 상을 넣어서 굽는 전통이 있어요. 사람들 말로는 그 아기 예수 상을 찾아내는 사람이 다음 해에 특별한 축복을 받게 된다는 거죠. 그저 조그만 플라스틱 아기 인형 장난감. 하지만 아이린 케이시는 반죽에다 밀가루와 설탕만큼이나 많은 아기 예수 상들을 국자로 퍼 넣곤 했어요. 한 입 한 입마다 예수 아기를 넣는 거였죠. 그 여자는 더 많은 사람이 행운을 느끼도록 해주려고 그랬다고 할 수도 있겠지만, 그렇더라도 그게 절대 옳은 일 같지는 않았어요. 트림을 할 때마다 분홍색 플라스틱 구세주들이 무더기로 마구 튀어나왔으니까요. 입술에서 탄생하는 그 젖은 아기들. 구세주의 미소 짓는 얼굴에 난 움푹 패고 물어뜯긴 커다란 이빨 자국들. 농민공제조합에서 열린 크리스마스 포틀럭에서 사람들은 오글오글하게 골이 진 빨간 장식 종이로 덮인 기다란 테이블에 앉아 여기저기서 캑캑거리며 침으로 뒤덮인 아기 예수들을 뱉어냈는데, 그건 아무리 봐도 그렇게 성스러워 보이진 않더라고요.

베이신 칼라일 : 우리가 가장 예뻐하는 아이가 언제나 착한 아이만은 아닌 것과 마찬가지로 (때로는 그 아이가 가장 많은 골칫거리를 안겨주기도 하지요.) 사람들은 아이린 케이시가 포틀럭에 가져온 음식만을 기억했어요. 다른 음식들, 그러니까 글렌다 헨더슨이 가져온 호두 초콜릿 바 또는 샐리 피버디가 가져온 배를 갈아

넣은 케이크 같은 더 맛있는 음식들은 순전히 목에 걸려 죽을 뻔하지 않았다는 이유로 두 번 다시 생각하고 말고 할 거리도 못 되었지요.

에코 로런스 : 이번에는 내가 오르가슴을 느낀 뒤에 내 안에서 어떤 압력, 통증이라기보다는 탐폰이 옆으로 돌아갔을 때 느껴지는 압박감 같은 거였어요. 꼭 오줌을 누고 싶은 듯한 그런 느낌. 랜트가 내 안에다 손가락을 두 개 집어넣고 분홍색의 뭔가를 끄집어냈어요. 이빨보다 더 크고 침에 젖어 미끈거리고 번들거리는.

벌거벗고 있을 때도 우리는 절대로 살이 닿지 않았어요. 말라서 뻑뻑하건 젖어서 질척거리건 그의 살과 내 살 사이에는 언제나 땀이나 침이나 정액으로 된 얇은 막이 있었으니까.

랜트는 여전히 베개에 기대어 앉은 채로 오므린 양 손바닥 안에 있는 걸 보고 있었어요.

마치 이제 막 그 분홍색 물체를 내게서 빨아내기라도 한 것처럼.

그래서 당연히 나도 일어나 앉아서 봤죠. 그런데 그건 정말 말도 안 되는 거였어요.

조그만 인형, 분홍색 플라스틱으로 만들어진 아기 인형이었거든요. 랜트가 말했어요. "이게 어쩌다 여기로 들어갔지?" 그건 그의 어머니가 주문처럼 하던 말이었죠.

그가 나를 보고 씩 웃더니 이러더라고요. "여기 이게 나를 운 좋은 왕으로 만들어주네…."

그의 침 때문에 내가 광견병에 걸린다는 건 거의 문제도 되지 않았어요.

세우기 *13*

보디 칼라일(✿ 어린 시절의 친구) : 월요일 아침이면 나는 일요일 밤 내내 대수 Ⅱ 시험을 보려고 벼락치기 공부를 한 탓에 녹초가 된 느낌이 들곤 했어요. 와이랜드 선생님은 부스트하려면 여섯 시간에서 여덟 시간씩 걸리는 숙제를 내주곤 했는데, 나는 언제나 그걸 맨 마지막까지 미뤄두었거든요. 지금도 나는 눈을 감으면 그 첫 번째 목격자, 그 수업들을 부스트하던 그 계집애의 목소리를 들을 수 있어요. 우리는 생각을 출력할 수 없기 때문에 (그저 미각, 청각, 후각, 시각 같은 쓰레기 뿐) 그 첫 번째 목격자가 입을 나불거리며 모든 방정식을 하나하나의 단계를 밟아 풀어나가는 동안 분필을 쥐고 있는 그 애의 손과 칠판에 휘갈겨지는 숫자들이나 보고 있었지요.

그 애는 이런 말을 하고 있었어요. "X가 코사인 Y와 같고 Y가 Z보다 크다면 X의 결정요인에 반드시 포함되는 것은…." 그다음에 나는 잠이 들어버리지요. 여전히 부스트하고 있지만 통나무들을 자르면서〔대수라는 뜻의 로그(log)와 통나무(log)의 철자가 같으므로 로그에서 통나무를 연상한 것임 - 옮긴이〕. 월요일 아침에 내가 알게 되는 거라고는 분필 가루 냄새뿐이었어요. 그 애의 분필이 칠판에 선을 하나 새로 그을 때마다 톡, 톡, 톡하는 소리. 그건 스마트보드가 아니었고 하다못해 화이트보드도 아닌 형편없는 싸구려, 그냥 칠판이었어요. 몇 십 년 후에는 그 첫 번째 목격자가 오른손잡이였고 빨간색 긴팔 스웨터 소매를 손목까지 걸어 올리고 있었다는 말을 할 수도 있겠지요. 그 애 입에서는 언제나 블랙커피 맛이 났어요. 누군가가 내게 그 애의 손은 야간생활자의 손이라고 했었지요. 손등이 전혀 그을리지 않았다고, 손등과 손마디와 손바닥이 완전히 같은 색이라고요.

내가 계속 낙제를 하지 않게 도와준 단 한 가지는, 랜트가 쥐뿔도 아는 게 없고 와이랜드 선생님이 상대평가를 한다는 거였지요. 월요일이면 대체로 날이 새기 전에 랜트가 우리 집으로 와서 내 침실 창문을 두드리곤 했어요. 그리고 우리는 랜트가 구멍을 찾아낼 때까지 두 개의 지평선 너머로 걸어가곤 했지요. 랜트는 한쪽 소매를 걸어 올리고 어깨까지 땅 속으로 밀어 넣은 다음, 내게 이것저것 가르쳐달라고 했어요. 대수, 역사, 사회. 그 애는 그걸 거미에 물려서라거나 독 때문이라거나 광견병에 걸린 탓으로 돌렸지만 자기 입출력장치가 말을 듣지 않는다고 툴툴거렸어요. 플러그인을 하기는 했지만 아무것도 부스트할 수가 없다고 말이지요.

대니 페리(☼ 어린 시절의 친구): 랜트 케이시는 모래 바닥에 배를 깐 채 굴 양 옆으로 팔꿈치를 괴고 그 안쪽으로 코를 들이밀곤 했어요. 그리고 냄새만 가지고도, 어떤 더러운 구멍 냄새를 맡는 것만으로도 그게 토끼인지 코요테인지 스컹크인지, 아니면 치명적인 거미인지 알아맞힐 수 있었지요. 심지어는 거미의 종류까지도요.

랜트 케이시의 친구가 된다는 것은 언제나 일종의 시험 같았어요. 그런 아이들은 랜트가 골라주는 어두운 구멍 속으로, 거기에 뭐가 들었는지도 모르는 채 팔꿈치까지 손을 밀어 넣어야 했으니까요.

보디 칼라일: 사막에서 우리는 햇살이 지평선에서부터 불타는 색으로 퍼져 나가는 것을 지켜보았어요. 그러는 사이 나는 랜트에게 연방 기간시설 효율적 이용법에 대해, 그리고 대수 문제를 푸는 그애의 손이 얼마나 창백하고 귀신같아 보이는지에 대해 얘기했고요. 햇빛을 한 번도 쏘이지 않은 손. 내 입에 남아있는 어떤 낯선 사람의 커피맛에 대해서도요.

그리고 랜트는 "염병할." 하면서 한 쪽 손을 바지 앞쪽으로 밀어넣으며 이를 갈았고요.

"거미에 물려서 뻣뻣해지는 거야. 언제나 그래." 그러고는 발기된 걸 감추려고 손을 사타구니 안쪽으로 집어넣어 잡아 돌렸지요.

그린 테일러 심스(✪ 역사가)의 현장노트에서 : 상습적인 지속 발기는 알파라트로톡신 중독의 비교적 경미한 증상 가운데 하나다. 독이 유발하는 발기를 이용해서 랜트는 자신이 그 사회에 남겨놓았던 부수적인 것들을 모두 청산하고 있었다. 그는 결코 집으로 돌아갈 수 없었지만, 그래야 할 필요도 전혀 없었다. 보통 사람들은 모르지만 부자들이 알고 있는 것 중 하나는 지나온 다리를 절대로 불태우지 않는다는 것이다. 그것은 엄청난 낭비니까. 대신에 그들은 그 다리를 팔아치운다.

캐미 엘리엇(✿ 어린 시절의 친구) : 대수를 가르치던 와이랜드 선생님은 대수 I과 대수 II 수업 시간 내내 우리를 못살게 굴었고, 걸핏하면 칠판 앞으로 끌어내 세워놓고서 반 아이들에게 망신을 주었어요. 팔짱을 끼고 혀를 한쪽 뺨 안쪽으로 빨아당긴 채 눈을 내리깔고 이렇게 묻는 식으로 말이죠. "뭐가 문제인가, 케이시 군?"

그러자 랜트는 고개를 홱 숙이고 턱을 아래로 끌어당기면서 엉덩이를 추어올리고 양손 집게손가락으로 불룩하게 솟아 있는 자기 사타구니를 가리켰는데, 그 부분이 너무도 팽팽하게 삐져 나와 있어서 안쪽에 있는 지퍼의 은색 톱니들이 다 드러나 보일 정도였지요. 그리고 랜트가 하는 말이란 이런 거였고요. "와이랜드 선생님, 저는 아주 심하게 발기가 되어 있었어요. 이렇게, 두 시간 동안이나요….."

그건 거짓말이 아니었어요. 숨을 삼키는 소리가 났지만 앞줄에 앉은 A+짜리들한테서는 아니었지요. 그보다는 들은 말을 그대로 믿는 B들한테서 나는 소리였어요. 몇 줄 뒤의 C-들은 입을 다문 채로 쿡쿡 웃음을 터뜨렸고요.

랜트가 계속 말을 이었어요. "같은 성숙한 남자로서 말인데요, 와이랜드 선생님. 이 고통스럽고 장차 해로울 수도 있는 상황을 이해해주실 수 있겠는지요?"

와이랜드 선생님한테서는 헛김이 한꺼번에 다 빠져나왔어요. 한 번 내쉬는 한숨으로. 팔짱을 꼈던 팔은 숨이 다 빠져나간 가슴 아래로 맥없이 떨어져 내렸고요. 입은 쩍 벌어지고 턱이 축 늘어져서 니코틴에 절어 갈색으로 변한 이뿌리까지 다 보였지요.

"누군가가 이걸 봐야 한다고 생각하시나요?" 랜트가 양 눈썹을 한데 모으고 미간에 주름을 잡으면서 물었어요.

칠판에 분필로 적혀 있던 대수 방정식은 어디론가 사라져 교실에서 떠나버렸지요. 같은 교실에는 분필가루를 뒤집어쓰고 앉아 아랫도리를 긁적이는 계집애들뿐이었어요. 10대의 흥분이라는 추잡한 기적. 하지만 와이랜드 선생님의 머릿속에서는 슈퍼컴퓨터처럼 제대로 된 답이 나왔지요. 아이들 앞에서 바보 같은 표정으로 맞서는 거.

샷 더년(ⓒ 자동차 충돌파티족) : 와이랜드 선생은 걸려들 사람이 아니죠. 만일 랜트의 따귀를 때리고나서 그저 껄껄 웃고 그 애송이 녀석에게 자리에 앉아 숫자에나 집중하라고 한다면 고소당할 게 뻔하거든요. 만일 그 녀석이 심각한 응급 상황에 처해 음경이 자줏빛으로 되어 떨어져 나가기라도 하면 교육청에서는 그 보상금으로 지급한 돈을 다음 예산 1,000만 달러에서 까려고 할 테고. 물론, 랜트는 수업을 망친 이력이 있어요. 물론, 랜트는 수업을 좀 덜 망치는 방법으로 그 상황을 알릴 수도 있었겠지요. 하지만 법정에서는 그 어느 것도 별로 중요하지 않을걸요. 반면 와이랜드 선생은 증인석에 서서 배심원에게 자기가 어째서 괴저(壞疽)로 죽어가고 있을지 모르는 학생을 조롱하고 모욕했는지 설명해야 될 테고요.

캐미 엘리엇 : 와이랜드 선생님의 눈이 껌벅거린다든가, 귀가 씰룩거린다든가, 울대뼈가 오르내린다는 건 그의 뇌가 작동 중이라는 표시일 뿐이었어요. 그러는 사이에 얼굴은 점점 더 불그스름해졌다가 짙은 빨강색으로 바뀌어, 나중에는 얼굴 전체가 혓바닥처럼 시뻘게지지요. 그럴 때는 시간이 꼭 멈춘 것 같고요.
"와이랜드 선생님." 한 아이의 목소리가 들려요. 대니 페리가

한쪽 손을 번쩍 치켜들고 말하지요. "저기요, 와이랜드 선생님!" 다음에는 손을 흔들어대고 손가락을 재빨리 쥐락펴락하면서 이렇게 말하고요. "저도 양호실로 가야 하는데요. 같은 이유로요."

브렌다 조던(✿ 어린 시절의 친구): 내가 기억하기로 랜트에게는 셔츠가 아마 두 개밖에 없었을 거예요. 바지는 하나뿐이었고요. 하여튼 우리가 본 건 그게 다였어요. 그 똑같은 초록색 격자무늬 셔츠. 팔뚝에 잔뜩 나 있는 그 이빨에 물린 상처들을 숨길 수 있게 긴 소매가 달린. 그리고 단추 대신 진주 커프스단추가 달려 있는 파란색 긴 소매 샴브레이(흰 씨실과 색 있는 날실로 희끗희끗하게 짠 직물-옮긴이) 셔츠. 케이시가 신경과민이 되면 우리는 그 소리를 들을 수 있었지요. 왜냐하면 그 애는 교실 뒤쪽에서 커프스를 잠갔다 풀었다 하면서 똑딱거리는 소리를 내곤 했으니까요.

캐미 엘리엇: 랜트는 바지 속에서 옆으로 뻗쳐 나와 거의 심장 박동처럼 벌떡거리는 음경의 윤곽을 다 드러내고 교무실로 갔어요. 셔츠 커프스를 팝콘처럼 요란하고 빠르게 똑딱거리면서.

사일러스 헨더슨(✿ 어린 시절의 친구): 여자애들이 어떤 수업에서든 빠져나가는 가장 오래된 핑곗거리는 바로 생리통이었지요. 그건 아스피린을 두 알 타 먹고 삼각함수 중간시험을 빼먹으려는 암호일 뿐이었어요. 그에 비한다면, 남자애들은 핑계댈 게 아무 것도 없었지요.

로웰 리처즈(⚙ 교사) : 화창한 날씨와 심한 발기로 고통을 겪는 남학생들 간에는 어떤 분명한 관계가 있었어요. 쟁점은 페니스 자체가 아니라 그게 부어올라 있는 동안 보이지 않게 할 수가 없다는 거였지요. 더군다나 압박해 주고 완전히 묶어줘서 표시가 나지 않는 얌전한 속옷을 입으라는 교육청 법률자문위원의 복장 규정을 강제하기는 불가능하고, 오히려 거기에 더 많은 시선이 가게 하는 역효과가 날 겁니다.

우리는 충혈된 음경이라는 문제를 완곡하게 간접적으로 다루는 데 주로 역점을 두었어요. 법률자문위원은 학교 내에서의 발기에 대해 어떠한 직접적인 비난도 해서는 안 된다고 충고했지요. 또 해당 학군의 어떤 위원도 눈에 띄는 발기를 알아챘음을 알리거나 숨기거나, 혹은 해결하려고 해서도 안 되었고요.

캐미 엘리엇 : 랜트의 삶에서 가장 큰 비밀은 그 애의 옷들이었어요. 그 애는 집에 옷장 가득 셔츠와 바지들, 청바지와 조끼들을 가지고 있었거든요. 옷걸이들이 너무도 빽빽이 들어차서 옷장에 있는 봉 가운데 부분이 옷 무게로 축 처져 있었지요. 문제는 아이린 아주머니가 창의적이지 않을 수 없었다는 거예요. 그 아주머니는 자신을 표현하지 않고는 못 배겼지요. 언제나 새로

운 기법을 써보려고 하면서 해바라기들과 담쟁이 잎사귀들을 수놓았어요. 미소 짓는 반달과 별들을. 또 쇠붙이 조각들과 여러 가지 색깔의 번쩍거리는 페인트들도 써보려고 했고요. 크롬 리벳. 납결(밀랍을 이용한 염색법 – 옮긴이)과 홀치기염색. 아이린 아주머니는 하룻밤 중 절반은 흐릿한 불빛 아래서 등을 잔뜩 구부리고 눈이 침침해져서 잘 안 보일 때까지 한 땀 한 땀 바느질을 하면서 보냈지요. 흔히 볼 수 있는 천들로 뭔가 특별한 걸 만들려고 애쓰면서.

고등학교에서까지 무지갯빛으로 반짝거리고 수가 놓인 옷을 입는다는 것 때문에 랜트의 자존심이 상하지는 않았겠지만, 그 애는 다른 애들이 제 어머니의 작품에 대해 하는 말에는 무엇이건 참고 넘어가지를 못했어요. 아이들은 그 아주머니가 터무니없는 예술가라고들 했지요. 그 어떤 재능도 없는.

랜트가 노골적으로 드러낸 건 자신의 감정이 아니었어요. 그보다는 자기 어머니의 감정을 대신 드러내는 것 같았지요.

로건 엘리엇(✿ 어린 시절의 친구): 케이시는 우리를 자신과 한통속으로 만들었어요. 발기에 대해서도 같은 권리를 달라고 외치고, 우리가 얼마나 괴롭힘을 당하는지 얘기하고, 학교 주차장에서 국부 보호구(운동경기시 남자들의 중요 부위를 보호하는 속옷 – 옮긴이)를 불태우면서.

리프 조던(✿ 어린 시절의 친구): 랜트는 우리를 대변하고 있었어요. 우리의 요구사항에는 치료 혜택과 더불어 모든 시간을 식당에서 보내겠다는 게 포함되어 있었지요. 뭘 먹으면서 발기 상태를 유지한다는 건 불가능하다고 알려져 있었으니까요. 우리는 남자애들의 생물학적 현상을 똑같이 인정해달라고 요구했지만 마지막 말 때문에 난처해졌어요. 그걸 '장애'라고 해야 할까, '핸디캡'이라고 해야 할까, '불능'이라고 해야 할까. 그 마지막 말을 두고 우리는 머리를 짜냈어요.

결국 우리는 '부담'이라는 말을 쓰기로 하고서 '남자들이 해부학적으로 타고난 부담에 대한 충분하고 동등한 인정'을 요구했지요. 그 '부담'이라는 말이 세련되고 고상하게 들렸거든요.

보디 칼라일: 와이랜드 선생님은 대수를 가르치는 그 여러 해 동안 목숨이 위태로워질 수도 있는 위급한 발기 상태를 다루는 법에 대해서는 배운 게 별로 없었어요. 기하학 바보 노릇을 하건, 아니면 수업 중에 터무니없는 발기를 드러내건 어느 쪽이든 체면을 모두 팔아먹는 짓이었지요. 적어도 랜트는 그런 식으로 어려운 문제를 제기한 것이었는데, 와이랜드 선생님은 아이들 모두가 자신에게서 뭘 기대하건 그 숫자 놀음을 끝까지 견뎌내도록 강요했고요.

리프 조던: 우리는 아마도 의사들에게 그걸 '만성 발기 증후군'이

라고 불러달라고 해야 할 겁니다.

메리 케인 하비(☼ 교사) : 랜트 케이시는 내게 직접 이랬어요. "자, 이게 내가 기하학에서 다시는, 절대로 다시는, 당황하고 창피당하지 않기 위한 예방접종이지요."

캐미 엘리엇 : 아이들은 공손한 척 손을 들고 말하기를 "저 그런데요, 하비 선생님…. 저 멋진 문장 구조를 풀이하는 것이 무엇보다 더 즐겁기는 한데요, 하지만 무쇠토막이 홍당무처럼 빨개져 가지고 통증이 시작돼서 고통스러운데요…."라고 했어요.
   정말이에요. 아이들은 이랬지요. "신선한 공기를 한 모금만 들이쉬면 괜찮을 것 같은데…." 결국 교실 아이들 절반이 밖으로 나갔고요.

로웰 리처즈 : 교사들은 일어서겠다는 학생들이 부적절하게 발기된 상태를 드러내 보임으로써 수업을 방해하고 교사의 권위를 잠식할까봐 걱정스러워서 남학생들 모두가 가세하는 상황을 유발시키지 않으려고 했지요.

보안관 베이컨 칼라일(☼ 어린 시절의 적) : 만일 우리가 저절로 생겨난 발기에 대해서 이야기를 한다면 그건 별개의 문제일 겁니다. 하지만 거기 그 친구들은 평온한 수업 환경을 망치려고 일부러

가게에서 산 화학물질로 유도된 발기를 일으켰던 것이지요.

로웰 리처즈 : 몇몇 학생들이 발기부전 치료제로 나온 약물을 남용하고 있다는 소문이 널리 퍼져 있었지만, 법률자문위원은 학교 측이 학생들에게 약물 검사를 위한 소변을 제출하도록 요구할 그 어떤 정당한 근거도 없다고 조언했어요. 그 법률자문위원이 주지시킨 것은 일부의 발기상태가 불법으로 구입된, 의사의 처방전이 있어야 하는 약물에 기인할 수도 있지만 대부분의 생식기 팽창은 자연발생적으로 일어나므로 장애인 차별금지법의 보호를 받는다는 거였지요. 해당 학군 법률자문위원의 조언에 따라 학교에서는 휩쓸려 가담한 그룹의 남학생들만을 대상으로 한 계몽 프로그램이 준비되었고요.

데이비드 슈미트 박사(☼ 미들턴의 의사) : 내 슬라이드쇼는 장시간의 병적인 지속 발기와 그에 기인한 괴저로 손상된 페니스들을 증거자료로 보여주는 컬러사진들로 이루어져 있었습니다. 그 강연을 위해 나는 가장 극단적인 예들, 즉 포피와 귀두와 충혈된 해면체가 검은빛을 띤 자주색이나 검붉은색이 섞인 짙은 초록색으로 변한 사진들을 선택했는데, 그건 산소가 공급되지 않는 조직에서 전형적으로 진행되는 괴사 현상이지요.

사일러스 헨더슨 : 어떤 애들은 신발끈으로 동여매서 피가 안통하게

했어요. 또 어떤 애들은 오이를 가져왔고요. 잔뜩 충혈된 걸 졸라매면 몹시 아플 수도 있지만 오이가 틀어지지 않도록 하는데 정신이 온통 다 팔려 있었지요. 당치도 않은 얘기지만, 아이들이 그걸 다시 바로잡으려고 절뚝거리면서 화장실 쪽으로 반쯤 가다보면 바지 앞섶에서 뭉개진 오이나 애호박이 비어져 나오곤 했어요.

아이들은 그걸 '세우기'나 '점찍기', 아니면 '채우기'라고 했고요.

점찍기는 식용유나 샴푸 같이 너무 미끄러워서 마르지 않는 걸 손가락 끝만큼 찍어서 바지 앞섶에 짙은 점이 생기게 하는 거였지요. 가짜 고름 자국들.

로웰 리처즈: 해당 학군의 전략은 별 성과를 거두지 못한 채로 남아 있었습니다.

캐미 엘리엇: 랜트 케이시가 그 똑같은 두 가지 셔츠만 입고 학교로 온 이유는 아이들이 제 엄마를 두고 비웃는 걸 참을 수 없었기 때문이에요. 그 애는 엄마가 자기 청바지 가랑이에다 수놓은 무지개와 단풍 무늬까지도 아주 칙칙하다고 생각했으니까요. 그래서 중고 셔츠 두 장하고 평범한 청바지 한 벌을 집으로 가져가 헛간에다 숨겨놓았고요. 학교로 오갈 때 갈아입을 수 있도록 말예요.

그 애는 이중의 덫에 걸려 있었어요. 만일 엄마가 만지작거린 옷을 입는다면 아이들이 제 엄마를 두고 놀리는 소리를 듣다 가슴이 찢어질 판이었고, 또 엄마에게 제 옷에다 장식을 하지 말라고 하면 엄마의 가슴을 아프게 할 판이었으니까요.

대니 페리 : 사실 말인데요, 봄 학기가 시작되고 1주일 뒤에 랜트는 우리의 요구사항을 가지고 학교 이사회와 협상을 벌였어요. 교사 휴게실의 닫힌 문 뒤에서 그들이 이야기를 하는 동안 우리는 복도에서 기다리고 있었지요.

보디 칼라일 : 교사 휴게실은 우리에겐 출입금지 구역이었는데, 거기에 바깥쪽으로 통하는 문이 있다는 건 아무도 몰랐지요. 우리가 복도에서 한참이나 주저앉아 있는데 학교 관리자들이 밖으로 나오더군요. 하지만 랜트 케이시는 없었어요.

대니 페리 : 사실 말인데요, 랜트는 바깥으로 통하는 그 비밀 문으로 튀어버린 거였어요. 우리를 따돌리고 1만 달러짜리 수표와 조기 졸업 증서를 챙겨서 말이지요.

로건 엘리엇 : 거짓말 아니라니까요. 랜트는 우리가 거기에서 어처구니없는 꼴로 서 있게 놔두고서, 좆대를 뻗친 채 줄 지어 시위를 벌이도록 해놓고서, 손에 교육청에서 준 수표를 들고 날아

버린 거예요. 그래서 애들은 아직도 그 애에게 '발기 베네딕트 아놀드(미국의 독립 운동가였다가 나중에 변절해서 독립전쟁 당시 미국의 반역자가 된 인물 – 옮긴이)'라는 낙인을 찍어놓고 있지요.

사일러스 헨더슨: 그 애가 없는 발기 혁명은, 말하자면 김빠진 거였지요. 축 처지고 만 거예요. 우리는 그저 바지 속에다 야채를 밀어 넣고 고무 밴드로 비엔나소시지를 칭칭 동여맨 멍청한 녀석들이 되어버렸으니 말이지요.

랜트 케이시를 믿은 게 실수였어요.

고무 밴드는 더 큰 실수였고요. 그 어떤 고통도 짧은 털들 속으로 파고들어 엉키고 얽힌 고무 밴드를 가위로 토막토막 잘라내는 것보다 더 심하지는 않을 겁니다.

로웰 리처즈: 그 거래로 랜트는 평균 성적 4.0에 우등상을 받은 새로운 성적표와, 모든 스포츠에서 학교마크(우수 선수에 수여하며 운동복에 붙임 – 옮긴이)를 손에 넣었어요. 공 한번 차본 적 없고 뜀박질 한번 제대로 해본 적 없는 랜트 케이시가 말이지요.

하지만 만일 그 애가 동창회 모임에 나타나기만 하면, 미들턴에는 그 애를 죽이려고 줄을 서서 기다릴 애들이 여럿 있을걸요.

보디 칼라일: 그저 졸업장뿐 아니라, 거기에 덧붙여 받은 보증수

표. 그 두 가지 모두 그저 종이일 뿐이지만 사람들이 그 이상의 가치가 있다고 여기는 거지요. 거짓말에서 현실로 가는 큰 걸음이라고 모두가 인정하는.

랜트는 현실을 만들어낼 수 있다는 걸 알았어요. 이빨 요정의 돈과 마찬가지로. 충분히 많은 사람들이 거짓말을 믿는다면 그건 더 이상 거짓말이 아니라는 걸요.

메리 케인 하비: 그렇게 여러 해가 지난 뒤에도 나는 교실 책상에서 "랜트 케이시가 여기에서 나가다"라는 글이 새겨진 걸 보게 될 거예요.

리프 조던: 틀림없이, 어떤 친구들은 랜트가 우리를 배신한 걸 절대로 용서하려고 들지 않았을 거예요. 하지만 대부분의 녀석들은 그저 어깨 한번 으쓱하고 말았지요. 우리는 바지에서 당근을 흔들어 꺼내고 다시 예전으로 돌아갔고요.

아이린 케이시(☼ 랜트의 어머니): 우리는 아주 소박한 것들만 살 수 있었지만 나는 거기에다 수를 놓거나 리벳으로 장식을 했어요. 사내아이들은 번쩍거리는 크롬을 아주 좋아하지요. 때때로 나는 특별한 장식이나 뭐 그런 것들을 꿰매어 붙이곤 했어요. 내가 알기로 버디는 그런 옷들을 좋아했거든요. 그 애는 학교에도 그 옷을 입고 갔고 간수도 아주 잘 했지요.

그 애가 집을 떠나던 그날 밤에도 버디는 도시에서 입으려고 그 옷들을 많이 챙겼어요. 그 애는 그 옷들을 그렇게도 자랑스러워했지요.

떠나기 *14*

보디 칼라일(✿ 어린 시절의 친구): 랜트의 옷가지들을 나르는 데는 우리 둘 모두가 있어야 했어요. 집을 떠나기 전날밤 랜트는 자기 옷들을 여행가방에 챙기는 척만 했거든요. 대신에 쓰레기 봉지들을 구해서 셔츠며 바지들을 착착 접어 그 안에다 집어넣었지요. 그 애 엄마의 삶에서 절반은 수를 놓는 데 허비되었어요. 그러니까 젊은 시절이 온통 우리가 흔히 볼 수 있는 청바지에 리벳을 박고 특별한 장식을 꿰매 붙이고 하는 데 허비된 거지요. 랜트는 셔츠를 하나하나 집어 들어 턱 밑에 끼우고서 가슴에다 대고 판판하게 주름을 편 다음 팔소매를 접었어요. 단추는 모두 다 잠갔고요. 그렇게 접은 바지와 셔츠들을 모두 검은 쓰레기 봉지에 차곡차곡 집어넣은 거지요.

지평선 너머로, 야생 올리브 방풍림 너머로 세 개의 지평선을 지나 우리는 날이 거의 다 밝을 때까지 걸었어요. 그런데 난데 없이 랜트가 봉지에서 셔츠를 한 장 꺼내더라고요. 그러더니 한 손으로 칼라를 잡고 다른 손으로는 라이터를 흔들어대는 거 였어요. 랜트가 라이터를 켜서 조그만 불꽃을 일으키고 그 약 한 불빛에다 밝은 색으로 홀치기염색을 한 그 옷, 자기 어머니 의 걸작을 비춰 보더군요. 그 셔츠는 불이 붙어 점점 더 밝아졌 고, 마침내 랜트는 그 활활 타오르는 것을 발치에 떨어뜨렸지 요. 그 불빛 속에서 뱀에 물린 노란 자국들이 번뜩이는 개와 코 요테와 스컹크의 눈처럼, 랜트의 살 속으로 이빨을 박아 넣었 던 썩은 고기를 먹는 짐승들의 눈처럼, 우리를 지켜보고 있었 어요.

에코 로런스(◐ 자동차 충돌파티족) : 랜트를 처음 보게 되면 제일 먼저 눈길이 끌리는 데는 치아에요. 그와 가난뱅이 백인 노동자 친 구들은 껌을 씹는 대신 시골 도로에서 뜯어낸 깨끗한 타르를 씹곤 했거든요. 여름이면 아스팔트 포장이 갈라진 틈으로 검은 타르가 스며 올라오는데, 그 애들은 그걸 씹곤 했죠. 그 애들이 이빨 요정에게 판 이빨은 모두 새까만 색이었어요.

보디 칼라일 : 랜트는 밤이면 라디오를 들고 사막으로 나가곤 했어 요. 그리고 전 세계의 교통방송들을 잡으려고 다이얼을 이리저

리 돌리면서 걸었지요. 자동차 충돌 사고니 뭐니 하는 것들을 들으려고요. 라디오를 귀에 대고 랜트는 싱긋이 웃으면서 귀를 기울였어요. 그러다 눈을 감고서 이렇게 말하곤 했지요. "언제나 러시아워야, 어디에선가는."

운전자 실황 교통방송에서: 417번 무료 간선도로 북행 차선 79번 이정표에서 온통 체리색인 다지 모나코(Dodge Monaco) 승용차를 찾아보세요. 그 차는 아마도 대량 생산된 차들 중에서 가장 무거운 2인승으로, 8기통 175마력에 윈체스터 회색이고 무게는 1,800킬로그램짜리 승용차입니다. 헤드라이트가 아주 멋지게 숨겨져 있는 차지요. 현장에 있는 경찰관의 말에 따르면, 그 모나코 승용차의 운전자는 길바닥이 미끄러운 곳에 걸려 오른쪽 차선으로 빗나간 것이 분명하다고 합니다. 운전자는 31세의 여성으로 안전유리가 박살났을 때 전형적으로 생기는 마름모꼴 상처들을 입었습니다.

에코 로런스: 충돌파티가 벌어지는 밤이면 랜트가 미들턴을 떠나온 일에 대해서 얘기를 하곤 했어요. 집에서 보낸 마지막 밤이 어땠는지에 대해서. 그러면서 그는 타르를 씹고 있었죠. 그날 저녁 랜트는 자기 아버지하고 같이 간선도로변의 자갈밭에 앉아 있었어요. 걔네 농장 가장자리에 있는 철조망에서부터 길을 따라 우체통을 세 개 지나온 곳에. 부드러운 빛깔의 밀밭들로

이어진 지평선 저 너머로 태양이 지고 있었어요. 체스터 케이시는 카우보이 부츠를 신고 흙먼지 냄새 풍기는 자갈밭에 쪼그려 앉아 있었고, 랜트는 금화와 은화로 가득 채워진 무거운 판지 여행가방에 걸터앉아 있었죠.

보디 칼라일: 랜트의 낡은 여행가방에는 이빨 요정의 돈이 미어터질 정도로 가득 들어 있었어요.

운전자 실황 교통방송에서: 그 모나코 승용차를 측면에서 들이받아 박살낸 차는 정말로 탐낼 만한 콘티넨탈 마크 IV로, 캘리포니아의 햇살처럼 환한 노란색에 내부는 크림색 가죽으로 되어있고 미국의 자동차들 중에서 '푹신한 쿠션'으로 된 실내를 특징으로 내세운 최초의 모델입니다. 호출된 구급대원들은 모나코 승용차의 운전자가 좌측부에 심한 손상을 입어 간장, 비장, 왼쪽 신장이 파열되었다고 말합니다. 즉사의 원인은 대동맥 절단으로 보입니다.

에코 로런스: 랜트는 어린 시절의 그 마지막 밤에 타르를 씹고 있었어요. 여행가방에 짐을 싸서 고속도로의 갓길까지 끌어 옮겨 놓고, 아버지와 아들은 철판에 스위스 치즈처럼 총알구멍이 뻥뻥 난 버스 정류장 표지판 옆에서 차를 기다리고 있었죠. 바람이 그 얇은 철판으로 된 표지판을 종잇장처럼 이리저리 비틀면

서 마구 흔들어댔고. 바람 때문에 녹슨 총알구멍들에서 휘파람 소리가 나는 와중에 랜트가 입을 열었어요. "얘기해야 할 비밀이 한 가지 있는데요."

그러자 체스터 케이시는 이렇게 말했고요. "아니, 됐다. 할 거 없어. 너는 나한테 어떤 비밀도 없어." 그러더니 쪼그려 앉아 있던 쳇 케이시가 손을 양쪽 허벅지에 갖다 대고 일어섰어요. 등뼈에서 뚝뚝 소리가 날 때까지 몸을 굽히고 비틀고 하면서. 그러고는 카우보이 부츠의 뾰족한 신발 코로 가죽처럼 보이게 인쇄된 판지 여행가방 옆구리를 툭툭 찼어요. 그렇게 갈색 판지를 툭툭 차면서 랜트의 아버지가 한 말은 이런 거였죠. "너는 이제껏 나한테 아무 말도 하지 않았지만 나는 네가 여기에다 현금 말고는 아무것도 챙기지 않았다는 거 다 알고 있었다."

운전자 실황 교통방송에서: 보험사 직원은 마크 IV의 운전자가 심근에 타박상을 입고 심막에 열상을 입었다고 하지만, 검시관이 시체 안치소에서 그를 부검할 때까지는 확인할 수 없습니다. 이상 10분마다 또는 사고가 날 때마다 구경꾼들에게서 제보를 받는 티나 아무개였습니다….

에코 로런스: 내일이면 미래가 시작될 테니까 랜트는 버스가 출발하기 전에 이 얘기를 해야 했어요. 이번에는 그의 아버지가 알고 싶어하지 않을 그런 얘기였죠. 그 때 랜트가 하려던 말은 새

로운 미래가 시작된다는 거였어요. 아니면 완전히 새로운 과거
가. 아니면 그 둘 모두가.

렌트는 파리들을 때려잡고 바람과 모래를 피할 셈으로 양손
을 펼쳐 눈가에다 갖다 대면서 말했어요. "다 알고 있겠지만요."
그러다 뒷덜미에 물린 자리를 찰싹 치고나서 말을 마무리했지
요. "난 절대로 장가는 들지 않을 겁니다."

세상 가장자리에서 별 하나가 반짝이기 시작하더니 점점 더,
눈이 멀 것처럼 그렇게 밝아졌고 그 밝아지는 속도가 너무 빨
라서 소리를 듣기도 전에 가버리고 말았어요. 바람과 그 바람
에 휩쓸린 흙먼지와 함께. 그건 단지 순식간에 지나간 차일 뿐
이었죠. 헤드라이트 불빛이 세상 저 먼 쪽으로 사라져가고 있
었어요.

다음에 랜트의 아버지가 입을 열었어요. "아니." 그러고는 다
시 자갈밭에 쪼그려 앉으면서 말을 이었지. "너는 단지 나를 겁
주려고 그런 마음을 먹고 있을 뿐인데, 얼마 안 가서 곧 너는
에코 로런스라는 계집애를 만날 거고 그러면 생각이 달라질
거다."

바람이 온갖 잡초들과 개귀리 덤불을 모두 한 방향으로 쓸어
넘기고 있었어요. 세이지 덤불을 모두 다 흔들어대면서. 바람결
에서 수놓인 비단과 연기를 피우는 데님 천 냄새를 맡을 수 있
었죠. 크롬으로 된 리벳 냄새도.

그런데 말이죠. 체스터 케이시가 내 이름을 알고 있었다는 건

말도 안 돼요. 우리는 만난 적이 한 번도 없었으니까. 그때까지 나는 미들턴이나 랜트에 대해서는 들어본 적도 없었다고요.

로건 엘리엇(✿ 어린 시절의 친구): 케이시네 집에서 정말로 고약한 일은 그 집에 놀러 가면 걔네 엄마가 욕실 문밖에서 엿듣곤 했다는 거예요. 거짓말이 아니라니까요. 내가 처음 걔네 집으로 놀러 갔을 때 욕실 문을 열었더니 걔네 엄마가 문을 가로막고 서서 나한테 이러는 거예요. "다음부터 여기로 놀러올 때는 배뇨를 앉은 자세로 했으면 좋겠구나."

내가 '배뇨'라는 말을 알았건 몰랐건 그건 상관없었어요.

에코 로런스: 그날 밤 버스를 기다리면서 랜트와 그의 아버지는 지평선에서 새로운 별이 떠올라 휘몰아치는 돌풍과 디젤 연기에 불려 점점 더 커지는 걸 곁눈으로 지켜보았어요. 다음에는 그 별이 하얀 헤드라이트 불빛과 노란 주행등, 빨간 미등 불빛으로 폭발했고. 운전석, 침대칸, 더블 트레일러. 그 다음에는 멀어져 갔죠.

"내가 어떤 계집애를 만나게 될 거라고요?" 랜트가 물었어요. "그걸 어떻게 알죠?"

그러자 그의 아버지는 이렇게 대답했고요. "네가 에스더 할머니 일로 달려오기 전에 어떤 늙은 남자가 나타나 무슨 말을 했다는 걸 알고 있었던 것과 마찬가지지." 체스터가 말을 계속

했어요. "너한테 자기가 네 진짜 아버지라고 한 크라이슬러를 타고 온 늙은 남자 말이다."

"크라이슬러 어떤 모델이었는데요?" 랜트가 검은 침을 찍 뱉어 자갈밭에 비스듬히 줄이 가게 하면서 물었어요.

그러자 체스터 케이시는 이렇게 대답했고요. "네 할머니가 그 남자를 보고 소리를 지르며 악마라고 욕하고 너한테 달아나라고 한 걸 알고 있었던 것과 마찬가지야."

버스 정류장 표지판 동쪽에서 진짜 별들이 떠올랐어요. 바로 머리 위에서는 더 많은 별이 나타났다 사라졌다 했고. 깜빡이는 빛을 뿌리면서.

"그게 사실이라면…," 랜트가 벌레에 물린 자리를 긁적이고 소름이 돋은 자리들을 문지르면서 다시 물었어요. "그 늙은 남자가 나한테 또 무슨 말을 했는데요?"

캐미 엘리엇(✿ 어린 시절의 친구) : 케이시네 집에서는 땅콩버터를 먹을 때 개네 엄마가 병에 남아 있는 걸 깨끗이 다 닦아내라고 했어요. 그 병이 언제나 아주 새것처럼 보이도록.

에코 로런스 : 체스터 케이시는 자기 아들에게 말했어요. "그 늙은 남자는 너한테 자기가 네 진짜 아버지라고 했고, 네가 그럴 수 있게만 되면 곧 도시로 자기를 찾아오라고도 했지." 체스터가 카우보이 부츠의 뾰족한 신발 코로 판지 여행가방을 톡톡 차면

서 말을 이었어요. "또 너한테 어디에서 그 많은 돈을 찾아낼 수 있는지 알려주기도 했고."

그러자 랜트는 검은 타르 침을 여행가방 옆구리에 튀길 정도로 가까이 뱉어냈어요. 광견병에 감염된 침. 아주 새것인 판지에 튀긴 검은 얼룩. 렌트는 그저 고개만 젓고 있었지요. 아니라고.

그러자 체스터 케이시가 한마디 덧붙였고요. "그 늙은 남자는, 네 진짜 아버지라고 한 부분에 대해서는, 사실을 얘기했어."

보안관 베이컨 칼라일(✿ 어린 시절의 적) : 나한테 안됐다고 여기라고는 하지 마시오. 당신들의 일반적인 도시는 타락했다는 것의 수준이 다르다는 걸 제외하면 아무것도 아니잖소. 랜트가 그 얘기를 한 건 그저 거기 끼기 위해서요. 그 친구하고 케이시 아저씨, 그들은 단지 유치한 경쟁심 때문에 당신네 일반적인 아버지와 아들보다 약간 더 갔을 뿐이오.

에코 로런스 : 세상 가장자리에서 또 다른 별이 확 나타났어요.

그때 랜트는 이랬죠. "아버지는 단지 내가 향수병에 걸리지 않도록 거짓말을 하고 있는 거라고요…." 그러고는 금화로 가득 찬 그 판지 여행가방에서 엉덩이를 옮겨 앉았지요.

체스터는 그에게 도시에서 진짜 아버지를 찾게 되고 할아버지도 찾게 될 거라고 했어요. 그리고 또 진정한 미래를 찾게 될 거라고도 했고.

"첫째로는 말이다." 체스터가 말했어요. "네가 에코 로런스를 처음 만나게 되면 곧바로 나를 대신해서 거창하게 키스를 해주어라. 또 그 애가 콜레스테롤이 너무 높은 음식을 좋아한다는 것도 알려주고."

브렌다 조던(✿ 어린 시절의 친구): 내가 이 말을 했다고는 하지 마세요. 하지만 랜트는 나한테 자기 어머니가 떠날 때 가져가라고 준 24달러짜리 금화를 보여줬어요. 1884년에 주조된. 체스터 아저씨는 자기가 어째서 랜트의 진짜 아버지가 아닌지 얘기했어요. 하지만 아이린 아주머니는 랜트에게 행운을 빌며 준 그 동전을 어떻게 해서 갖게 되었는지 절대로 얘기하지 않았죠.

에코 로런스: 그리고 그의 아버지는, 그게 굿나잇이었건 굿바이였건, 랜트의 정수리 위로 몸을 굽혔어요. 바람이 앞머리를 뒤로 쓸어넘긴 랜트의 이마 위로 얼굴을 숙였죠. 그 맨 이마에 그의 아버지가 와서 부딪쳤어요. 입술을 꾹 누르고는 튕기듯 떨어져 나갔죠.

체스터가 말했어요. "샷 더년한테 그 친구의 조그만 퍼그(작은 몸집에 코가 납작하고 얼굴에 주름이 잡힌 개의 일종 – 옮긴이) 샌디가 변기에서 물을 먹지 못하게 하라고 얘기해 줘라."

그건 또 하나의 불가능한 충고였어요. 샷은 챗 케이시를 만난 적이 없었으니까요. 심지어는 나도 샷의 조그만 개 이름을 몰랐고요.

　그 다음 새로 떠오른 별이 점점 더 커졌어요. 하나의 밝은 점이었던 버스의 헤드라이트 불빛이 두 개의 별로 갈라졌고, 그 불빛들이 랜트와 아버지에게로 점점 더 가까이 다가오면서 두 헤드라이트 사이의 간격이 점점 더 커졌죠.

　"네 진정한 미래를 찾게 되자마자," 체스터가 자기 아들에게 말했어요. "넌 그걸 곧장 미들턴으로 되돌려 보낼 거다."

아이린 케이시(✿ 랜트의 어머니) : 미들턴에서는 어느 때든 누구든 입을 열면 이렇게 물어봐야 할 필요가 있어요. "지금 나한테 그 얘기를 왜 하는 거죠?"

샷 더년(☾ 자동차 충돌파티족) : 이게 얼마나 이상한 일이에요? 하지만 랜트의 아버지가 그에게 한 마지막 말은, 랜트가 버스 창문에서 손을 흔드는 동안 쳇 케이시가 소리친 말은 이거였어요. "진실을 알게 되면 서둘러 돌아와라. 그러면 아마 네 엄마를 구할 수도 있을 거다. 그 미쳐서 제정신이 아닌 미치광이에게 공격당하지 않도록…."

에코 로런스 : 체스터 케이시는 양손 엄지손가락을 청바지 앞쪽 혁대 고리에 끼워 넣고 이렇게 말했어요. "그걸 너무 열심히 생각하지는 마라. 그 가운데 어느 것도 끝이 가까워지고 임박해서

너무 늦어버리기 전에는 이해가 가지 않을 테니까." 그리고는
소리를 질렀어요. "괴롭기는 하지만 이제부터 나는 너한테 절
대로 눈을 돌리지 않을 거다, 다시는."

부스트 피크(boosted peaks) *15*

샷 더넌(○ 자동차 충돌파티족) : 이게 대체 얼마나 말도 안 되는 소리냐
고요. 이 가게에서 전례 없는 최고의 대여 품목이랍시고 〈리틀
베키의 따뜻한 봄날의 산책〉 얘기나 하고 있다는 게 말이에요.
그런 염병할 것, 시시껄렁한 위안물을 멍청한 바보들이 여기로
와서 하루종일 빌려달라고 하죠. 내가 이 일에 발을 들여놓은
이유는 어릴 때부터 전사물(transcript, 여기서는 신경정신학적 상
태를 전이시키는 미래의 오락품을 의미 – 옮긴이)들을 좋아했기 때
문이지만, 지금은 이 일이 나를 죽이고 있어요. 그저 지겨운 정
도가 아니라고요.

매일같이 여덟 시간씩 〈리틀 베키의 바닷가에서 조개 줍기〉
나 대여해주고 있으니. 모두 하나같이 대량으로 유통된 그 똑

같은 쓰레기를 원하고 있어요. 말로는 아이들에게 보여줄 거라고 하지만 사실은 그게 아니죠. 그 비곗살이 뒤룩뒤룩 찐 중년의 멍청이들은 그저 뭔가로 시간을 죽이려는 거예요. 알아먹기 어렵거나 신랄하거나 도전적인 건 안 되죠. 예술가인 척하는 것도 안 되고.

그저 결말이 해피엔딩이기만 하면 되는 거지요.

누군가의 장밋빛 머리에서 짜내어진 러브 스토리.

우리의 기본적인 경험, 소위 '부스트 피크'라고 하는 건 그저 누군가의 신경을 전사한 기록 파일이에요. 말하자면 어떤 '목격자'가 핼러윈 호박에 도깨비 얼굴을 새기거나 뚜르 드 프랑스에서 우승하면서 모아진 모든 감각적 자극들을 전사한 것일 뿐이죠. 최초로 어떤 일에 참여한 사람을 공식적으로는 '목격자'라고 해요. 가장 유명한 목격자는 리틀 베키지만, 그렇다고 해서 그 여자가 최고라는 얘기는 아니에요. 리틀 베키는 그저 가장 많은 관객에게 호소하는 골빈 여자일 뿐이라고요. 그 여자의 뇌 화학작용은 소프트볼 경기의 절정인 순간들을 멋지고 달콤하게 인식하게 하죠. 건초 피크닉(건초를 실은 짐수레를 여럿이 타고 가는 밤소풍 – 옮긴이)도. 밸런타인데이도. 엉터리같은 크리스마스날 아침도.

그 여자는 예전으로 치면 영화배우인 셈이죠. 사람들의 간접 경험을 위한, 어떤 경험 속으로 들어가기 위한 수단일 뿐이니까요. 리틀 베키는 그저 이상적인 세로토닌(포유동물의 혈청, 혈

소판, 뇌 등에 있는 혈관 수축 물질 – 옮긴이) 수준과 I-도파민과 엔
도르핀을 이상적인 비율로 혼합한, 그리고 상냥한 기질을 가진
사람일 뿐이라고요.

나는 이 모든 새로운 과학기술에 이용당하는 사람들보다는
한 수 위라고도 할 수 있겠죠.

나는 몇 가지 전사물들을 오히려 비틀어 이용하고 있거든요.
〈리틀 베키의 핼러윈 호박 파티〉 복사본을 빌려서 환각 상태에
서 다시 보는 거예요. 환각 상태인 자기 자신을 통해 '재목격'한
다고나 할까? 어떻게 하냐면 우선, 부스트할 준비를 하고 다섯
개의 트랙, 그러니까 촉각, 청각, 후각, 시각, 그리고 미각 트랙
을 꽂아요. 그런 다음 환각제 한 알을 삼켜요. 그리고 동시에 환
각 상태에서 호박 파티를 했던 경험의 전사본을 출력하는 거죠.

그런 다음 누군가, 다운증후군이나 태아알코올증후군(임신
중에 산모가 기형을 유발할 수 있는 에틸알코올을 섭취해서 생기는 질
환 – 옮긴이)이 걸린 사람을 통해 그 호박 파티를 다시 목격해요.

그 다음에는 개, 어쩌면 독일산 셰퍼드를 통한 결과물을 다시
목격하고요. 그러면 마침내 좋은 산물만 갖게 되는 거지요. 헛
소리 아니에요. 그거야말로 시간과 돈을 들여 부스트할 가치가
있는 피크죠. 그런데도, 정말 이상하게도, 그걸 대여 선반에 놓
아두면 손님들한테 불평만 듣는다니까요.

염병할 사실은, 이 산업 자체가 꼴통들에게 팔아먹는 장사라
는 거예요.

〈리틀 베키의 즐거운 보물찾기〉가 대여 선반에 들어온 날에는 멍청이들이 가게 앞에 빙 돌아 줄을 섰어요. 우리는 그 피크들을 1,500개쯤 날랐고.

종업원이 선정한 작품들을 놓아두는 선반에서는 내 마음에 드는 작품들이 먼지로 뒤덮여 있었죠. 어느 누구도 열 시간짜리 〈전쟁에서 총 맞기〉나 〈살아있는 마지막 순간〉을 보려고 하지 않으니까요. 내가 정말 좋아하는 건 〈세계 최악의 비행기 사고 전 마지막 순간〉이라는 겁니다. 거기에서는 목격자가 피크 경험을 막 출력하기 시작할 때 비행기가 한번 충돌하는데, 그 부분이 젤 마음에 들어요. 목격자가 자기의 경험을 전사해서 출력하려고 스위치를 막 넣은 참이라, 우리는 제트기 연료가 확 발화하기 전의 그 냄새도 맡을 수 있죠. 아직도 그의 입 안에 들어 있는 버번 맛을 볼 수도 있고. 비행기 좌석의 안전벨트가 너무 팽팽하게 당겨져서 엉덩이를 파고드는 것도 느껴지죠. 팔걸이는 팔꿈치 밑에서 흔들리고, 뼈는 경직되고, 관절이란 관절은 모두 바짝 긴장된 근육 속에서 부딪쳐 갈리고 있어요. 그런 다음 모든게 다 부스트 된 죽음의 마지막 순간에 삑 하고 전송이 중단되는 소리가 들리죠. 그 남자의 마지막 신경 흐름은 아내의 휴대전화로 출력 됐어요.

신경 자극의 기록을 전송하기 위해 목 뒤에 있는 입출력장치를 켜고, 그 경험을 중계하는 것, 공식적으로는 그걸 '출력'이라고 부르죠.

'대본 예술가'는 신경 전사를 가지고 장난치는 사람 누구에게나 해당하는 공식용어고요. 그들이 그 신경 트랙들을 주기억 장치로 넣건, 증폭시키건, 진폭을 감소시키건 상관없이.

당신 작품이 팔릴 거라고는 기대하지 마요. 그 어떤 제작사도 과격하게 혼합된 피크를 대량 배포하려고 골라잡지는 않을 테니까. 제작사들도 나름 마케팅 전략이 있어요. 그들은 로버트 메이슨(베트남전에서의 경험을 담은 소설 《치킨 호크》를 쓴 미국작가-옮긴이)의 아주 온건한 눈과 귀를 통해 처음 목격된 〈남극 대륙 여행〉을 출시하겠죠. 하지만 제작사들은 그 부스트 피크를 거세된 고양이, 가톨릭 사제, 에스트로겐이 과다하게 투여된 가정주부를 통해 재목격시켜서 설탕을 치기까지 할 걸요. 시장에서 히트를 치는 건 설탕을 친 것처럼 달콤한 쓰레기거든요. 균형이 통 잡히지 않은 트랙들. 그건 부스트 피크에 있어 정크 푸드인 셈이죠.

게다가 새로운 자동 차단법도 있어요. 부스트 피크 동안에 어느 때라도 심장 박동이나 맥박이나 혈압이 연방 제한치를 초과하면 접속이 자동으로 끊기는. 이 업계가 공동 책임을 피할 수 있게 대책을 세우는 변호사들이 한 무더기 있는 겁니다.

달콤하고 부드럽고 미묘하게 다시 혼합된 쓰레기가 완벽한 선물이 되는 거죠.

정말 지독히도 따분하지만 우리가 작년에 최고로 많이 판 건 〈증기기관차 전국 유람〉이라는 거였어요. 헛소리 아니라고요.

72시간짜리 박스 세트인데, 거기에서는 염병할 기차간에 앉아서 차창 밖으로 지나치는 시냇물을 지켜보는 것 말고는 할 짓이 아무것도 없어요. 의자에 댄 천 냄새와 세탁제 냄새를 맡으면서. 후반작업을 하는 사람들은 고약한 화학약품 냄새를 줄이려고도 하지 않았다니까요. 목격자는 로버트 메이슨인데, 여행하는 동안 내내 가려울 것 같은 모직 바지를 입고 있어요. 올드 스파이스 화장수를 바르고서. 가장 볼만한 것이라야 고작 식당차로 가서 기름투성이 햄과 달걀로 아침을 먹는 거지요.

만일 내가 그런 전사본을 만든다면 정거장마다 기차에서 내려 르노, 신시내티, 미줄라(몬태나 주의 옐로스톤 국립공원으로 가는 길목에 있는 휴게소 카운티─옮긴이) 같은 데를 돌아다닐 겁니다. 그리고 개를 통해 그 모든 여행을 다시 목격할 건데, 그건 후각 트랙을 강조하는 완벽한 낡은 수법이죠. 미각 트랙은 최고의 미식가들이 부스트한 데에서 빌려올 거고, 그 다음엔 단식 다이어트를 하고 있는 누군가를 통해 하나하나의 향미를 정말로 진하게 보강할 겁니다. 그게 바로 '예민하게 만들기'라고 하는 거지요.

그 업계의 절반은 트랙들을 부스트하기 위해 쓰레기 같은 걸 다시 목격하는 별종들이에요. 오디오 트랙을 향상시키기 위해서는 눈먼 사람들을 고용하죠. 그리고 이건 정말 지독한 불법이지만, 촉각 트랙은 무엇이건 한 살배기 아기를 통해 다시 목격되는데 그러면 벨벳이 벨벳처럼 느껴져요. 화강암은 화강암처럼 느껴지고. 어떤 질감이든 허접한 어림짐작이라고는 없어요. 진짜 피부나 머리칼의 느낌을 왜곡할 굳은살도 없고. 어떤 아기도 목덜미에다 부스트용 입출력장치를 박아 넣을 필요는 없지만 우리 주위에서 그런 아기들을 보게 되죠. 이 산업은 더럽게 비열한 놈들로 가득 차 있어요. 그자들은 기꺼이 자기 자식을 통해 우리의 포르노 피크들을 재혼합하게 해준다니까요. 정말 구역질나는 일이지만, 어린아이의 보드랍고 민감한 피부를 통해 포르노 피크가 다시 부스트 되는 게 사실이에요. 현실 세계가 부스트 된 경험에는 끼어들 수 없다는 게 놀랄 일도 아니죠.

아기들은 촉각 트랙을 부스트 해요. 눈먼 사람들은 청각 트랙을 부스트 하고. 굶주린 사람들은 미각 트랙을, 개들은 후각 트랙을 부스트 하죠. 시각 트랙은… 어떤 제작사 기술자들은 새들을 통해 재목격하면 부스트 할 수 있다고 장담하죠. 매 같은 맹금류 말이에요. 학교에서 내가 알던 아이들은 귀머거리인 사람들을 통해 재목격하곤 했어요. 그러는 게 시각 트랙에 최고의 해결책이라면서. 그렇게 다시 부스트한 모든 트랙을 모아서 한데 섞으면 쓸 만한 기차여행을 손에 넣게 되는 거죠. 내가 하고 싶은 말은, 이왕 쓰레기 같은 경험을 팔 거라면 적어도 그 질은 최고가 되어야 한다는 거예요.

내 말의 요점은, 이 72시간짜리가 누군가의 삶에서 나오고 있다는 겁니다. 이 부스트가 누군가가 실제로 할 수도 있는 어떤 일을 대체할 테고, 그러니 근사해야 돼요. 빌어먹을, 보통 근사해야 하는 게 아니라고요. 만일 어떤 염병할 작자가 자기 경험을 넘기려고 한다면, 헤로인, 적어도 모르핀을 복용한 플레이보이 바니걸을 통해 재목격된 혼합물을 몽땅 손에 넣어서 기차 여행을 달콤하게 만들어야 해요. 마약으로 제정신을 잃은 동안 굽이굽이 지나가는 그 지겹고 엿 같은 산들을 지켜보며 자기만의 사랑스럽고 뇌쇄적인 젖꼭지를 만지작거리는 거죠. 만일 누가 늙은 남자에게 행복한 어버이날을 안겨주고 싶어한다면 그게 바로 내가 추천하는 선물일 겁니다.

모든 영화 산업이 신경 전사물로 전환되고 영화학교도 모두 전사학교로 바뀐 뒤, 나는 학교에서 마약 중독자들을 통해 다시 부스트함으로써 최선의 작품을 만들어 냈죠. 어떤 전사 프로그램이든 가지고 돌아다니다보면 부수입을 위해 학생들의 작품을 달콤하게 만들어주는 마약쟁이들을 만나게 되거든요. 또는 자신들을 통해 속도를 높여 따분한 피크를 부스트해 줄 속도광도 만나게 되고요. 만일 좀 뽀샤시하게 만들고 싶다면, 코데인(아편에서 채취되는 진통, 진해, 수면제－옮긴이) 광신자를 낚아서 그를 통해 마지막 혼합을 출력시키면 날카로운 것들이 좀 누그러져 보여요. 상당히 완충이 되죠.

전사 학교에서는 불시에 소변검사를 해서 마약했는지를 잡아내요. 그게 바로 우리가 외부 사람들을 통해 재목격을 하는 이유죠. 만일 신경전사 예술 석사학위를 받기 위해 10만 달러를 들이고 있다면 약물 섞인 오줌을 누어 학교에서 쫓겨나고 싶지는 않을 테니까요. 이 산업을 위해 뭔가를 부스트하기 전에 우리는 먼저 시장성 높은 피크가 뭔지 알아보는 법을 배워야 해요. 그 다음엔 목격자가 되기에 적합한 첫 번째 참여자를 고를 줄 알아야 하고. 또 그 경험을 어떻게 구성해야 하는지도 배워야죠. 그게 열여섯 코스짜리 식사건 열기구로 네덜란드 하늘을 가로지르는 여행이건, 일정한 간격으로 클라이맥스를 만들어줘야 해요. 더불어 초점을 유지할 필요도 있죠. 만일 그게 영국해협을 수영하는 경험을 부스트 한 피크라면 쥐가 난다거나 두통이 생겨서 정신이 흐트러지는 걸 원치 않을 테니까요. 누구도 보는 동안 내내 두통을 일으키는 형편없는 걸 사지는 않아요. 심지어는 옥시코틴(마약성 진통제의 일종 – 옮긴이)에 취한 상태를 통해 부스트한다고 해도 촉각 트랙에서 두통을 제거하기란 도저히 불가능해요, 진짜로.

프로가 되고 싶다면, 한 가지 확실한 방법은 소비재 시장을 겨냥해 부스트하는 겁니다. 알다시피, 사람들이 언제나 코카콜라를 마시고 나이키를 입고 언제나 제품의 로고와 브랜드 이름부터 쳐다보는 소비재 시장 말이에요. 꽤나 기막히고 침이 고일 정도로 맛있는 음식을 먹으려면 어딘가에서 기아에 허덕이는 어떤 부족민들을 통해 재목격시켜야만 하는 거죠.

이게 얼마나 이상한 일이냐고요? 고작 50달러짜리 쌀과 캔에 든 우유를 위해 그렇게도 많은 인간 뼈다귀들을 통해 미각 트랙 전체를 다시 부스트한다는 게요. 너무 많은 부족민들을 통하다보니 피크에 도달하려다가도 자동 차단 당해버리죠. 소다수, 도넛, 햄버거, 올드 스파이스 향수 따위를 사기에는 너무 달아오르는 거예요.

전사 학교에서는 사용자들이 당황해하지 않도록 효과적인 보조 맞추기에 대해 모든 걸 다 배워요. 또 제품 코드와 등급을 매기는 시스템에 관한 법적 기준들도 다 배우고요. 뭘로 13세 이상 관람 등급부터 연소자관람가 등급의 피크를 분류하는가 하는 그런. 실험 관객의 신체적 반응, 전해질 균형, 호르몬 수준, 맥박과 호흡수에 근거한 분류법이죠. 피크를 완화시키는, 말하자면 성인용 등급에서 일반 등급으로 내리는 좋은 방법은 마약 담배 중독자를 통해 재목격하는 겁니다. 손쉬운 방법이죠.

졸업 작품으로 우리는 각자 장편의 피크 경험을 만들어내야 했어요. 내 졸업 작품에 대해서는 거창한 아이디어가 하나 있었죠. 시장성 있는 감각 만족에 대한 이야기를 세 시간에서 여섯 시간 정도 할 예정이었는데 내 아이디어는 아주 거창했어요. 나는 파티를 벌이고 아시아인 한 명, 유대인 한 명, 흑인 한 명, 동성애자인 남자 한 명, 화끈한 레즈비언 한 명, 양성애자인 치어리더 한 명, 아메리카 원주민 한 명, 가난한 백인 촌뜨기 한 명, 스페인계 미국인 한 명, 아일랜드인 한 명, 에스키모 한 명을 초대했어요. 어떤 아이디어인지 눈치 챘을 겁니다. 모든 유형의 사람들 한 명씩인 거죠. 그들은 몰랐지만 나는 주인 노릇을 하면서 사실은 부스트를 하고 있었어요. 한 사람당 거의 정확히 10분씩 이야기를 하면서 말이죠. 내 아이디어의 백미는 한 명 한 명의 손님들에게 돌아가서 파티를 재목격하라고 요청하는 거였어요. 그러면 각각의 손님들은 우리가 이야기를 나누었던 그 10분 동안의 그들 자신을 보고 듣고 냄새 맡고 느끼게 되는 거죠.

그 하나하나의 부스트 상태를 합쳐 이으면서 나는 네 시간 동안의 피크 전체를 그들 하나하나가 자기 자신을 만나는 것으로 만들었어요. 힌두교도는 힌두교도를 만나고, 퀘이커교도는 퀘이커교도를 만나고. 뭐 그런 식으로 여러 시간 동안.

나하고 같은 반에 있던 또 다른 학생은 첫아이의 출생을 부스트한 다음, 어느 화창한 날 그 아이를 품에 안고 있는 동안의 그 자신을 통해 그 일을 재목격했어요. 페르코단(진통 및 진해제의 상표명 - 옮긴이)으로 물들여진 감상적인 네 시간. 우리는 가벼운 후광 효과에 의해, 우리가 진통제에 취한 사람을 통해 부스트 된다는 걸 알 수 있죠.

그 페르코단 친구에 대해서 교수위원회는 그의 졸업작품 피크가 상업적으로 대단히 유용하다고 했어요. 그리고 그 친구에게 400점 만점에서 360점을 줬죠.

내 졸업작품에 대해서는 교수들이 별로 마음에 들어하지 않았어요.

엄청난 실패였죠. 아드레날린처럼 극단적인 건 아무것도 없어요. 손님들은 자기가 다른 사람들에게 어떻게 보이는지를 직접 확인하자 너무 동요되어서 계속 접속한 상태에서 부스트 되는 걸 거의 견딜 수 없게 되었어요. 그저 견디기 힘든 정도가 아니었죠. 피크를 부스트하면서 땀을 너무 심하게 흘렸고, 그 바람에 전송이 계속 중단됐죠. 어떤 교수위원들은 두 번째 시간이 지나서는 더 이상 접속을 할 수 없었고요.

나는 사람들이 자기와 꼭 같은 사람들을 만나는 걸 꽤나 좋아할 거라고 생각했어요. 그 왜 프랑스 사람들이 대부분 프랑스에서 살고 있는 것처럼. 또 남부 침례교도들은 모두 같은 교회에 다니고 말이죠. 알다시피, 끼리끼리 모이잖아요.

완전히 바닥을 본 건 교수위원회에서 내 학위를 철회한 거였죠.

똥물에 튀길 작자들 같으니라고.

요즘 나는 다달이 학교에다 학자금 대출을 갚아야 할 때면 수표 하단의 기재사항 란에다 이렇게 적어요. "사상 최고로 허접한 직업에 대해 감사함!"

그 똥 같은 돈을 갚기 위해 내가 여기서 일하고 있는 거라고요. 또 한 번의 끔찍한 밤을 혼자서 헤쳐나가고 싶어하는 사람들에게 〈리틀 베키의 부활절 달걀 사냥〉이나 대여해주면서. 따분해 죽을 지경인 그런 사람들에게 말이죠.

그런데 정말 이상한 일이죠? 내 안에서는, 비밀스럽게, 그 졸업작품이 내 인생을 망치진 않았다는 걸 알고 있어요. 그렇게 심하게는 아니라는 걸. 비록 갚아야 할 학자금 대출로 10만 달러의 빚을 지고 있더라도 그것 때문에 속이 엄청 뒤집히진 않아요. 뭔가를 배웠으니까요. 아마도 피크를 부스트하는 것에 대해서가 아니라 사람들에 대해서.

그 어떤 축복이건 재능이건 과학기술이건 간에 우리는 여전히 그걸 망쳐버릴 방법을 찾을 수 있어요. 얼마 전에 수석으로 졸업을 한 그 페르코단 친구가 피크 하나를 빌리려고 여기로 들어오더군요. 여전히 그 아기를 끌고 돌아다니면서 말이죠. 그 친구가 그러더군요. 그냥 흘리듯 말하길, 이제 곧 나오게 될 흰 뗏목 물길 여행을 부스트하는 일에 로버트 메이슨하고 계약을 했다나 뭐라나. 그놈이 그렇게 빌어먹을 유명인사 놀이를 하고 있더라고요.

아기가 채 돌도 지나지 않았는데 그 친구는 이미 제 아이의 목덜미에다 조그만 검은색 입출력장치를 박아 넣었더라니까요.

팀 *16*

에코 로런스(자동차 충돌파티족): '허니문 나이트' 때마다 나는 똑같은 행운의 베일을 썼어요. 다른 때에는 길거나 짧은 웨딩드레스를 입었고요. 8월 말의 어느 날 밤, 에어컨 없는 차를 운전하면서 수천 겹의 망사 속치마에다 묵직한 실크를 덧씌운 드레스를 입고 싶지는 않았어요. 그랬다가는 변속기어 손잡이가 속치마에 온통 다 가려 찾을 수도 없게 될 테니까. 하지만 겨울에는, 빙판길에서 충돌파티를 벌이다가 눈더미 속으로 처박힌다면 그 속치마 덕분에 얼어죽는 걸 면할 수도 있죠.

샷 더년(자동차 충돌파티족): 문제의 그날 밤, 우리팀은 에코 로런스가 운전을 하고 있었어요. 그린 테일러 심스는 조수석에 타고 있었고. 나는 오른쪽 뒷자리에서 망을 보고 있었죠. 티나 아무 개라는 여자는 왼쪽 뒷자리에서 망보는 일을 맡았는데 에코의 좌석 뒤에다 계속 발길질을 해댔어요. 방향을 저쪽으로 틀어야 깃발을 올린 차들을 볼 수 있다는 둥 잔소리를 해대면서.

뒷자리 운전자들은 골치 아픈 친구들이죠. 더구나 왼쪽 뒷자 리에 타고 있는 누군가가 그러는 건 더더욱 고약해서 도저히 참아줄 수가 없는 노릇이고. 에코가 차를 길가로 붙여 세우자 그린이 한마디 했어요. "그만 좀 해."

그러자 티나 아무개는 "알았다고요."라고 하더니, 자기 쪽 문 을 열고 분홍색 신부들러리 드레스 자락을 양손으로 그러모으 고는 이러는 거였고요. "니 노예처럼 시키는대로 하느니 차라 리 리틀 베키를 부스트하는 게 낫겠다."

그린하고 나는 턱시도에 까만 나비넥타이를 매고 옷깃에 가 짜 카네이션을 붙이고 있어서 너무 허세를 부린 듯 보였지요. 우리는 하얀 치약을 몇 통씩 짜내서 차 양옆에다 "방금 결혼했 어요"라는 글자를 써놓고 거기에다 반으로 떼어낸 오레오 쿠키 들을 붙였어요. 소 목에 다는 방울들을 붙들어매고 뒤 범퍼에 다는 깡통들을 끈으로 매달기도 했지요. 기간시설 효율적 이용 법의 소음 제한 규정에는 분명히 위배되는 거였지만 주간생활 자들도 막 결혼한 젊은이들은 좀 봐줄 테니까요.

소 방울들이 튀어 오르고 안테나에 매단 색색가지 테이프들 이 날리는 와중에 우리는 차를 길 가장자리에 댔는데, 거기에 어떤 사내 녀석이 호주머니에 손을 찌르고 서 있데요.

티나 아무개가 그 친구 얼굴에다 부케를 던지면서 이렇게 외쳤어요. "어이, 얼간이, 받아!"

그 실크로 만들어진 꽃들이 그 친구 얼굴에 맞았지만, 그 친구는 용케도 그걸 잡더라고요. 그 정도로 날쌔더라고요. 동작이 빠른 친구였고, 마침 우리는 망을 볼 사람이 하나 모자랐어요. 정말 희한한 일이죠?

그래서 나는 그 친구에게 "어이!" 하고 소리를 쳤어요. "휘발유 살 돈 좀 있어?"

바로 그렇게 된 거였어요. 그 친구가 바로 랜트 케이시죠.

에코 로런스 : 잘 들어봐요. 충돌파티족 차에 올라탄다는 건 어떤 운동 종목에 신참 자리로 들어가는 거나 같아요. 만일 이미 확립된 팀이라면 제일 낮은 단계부터 시작하게 되는 거죠. 그건 왼쪽 뒷자리에서 망보는 역할, 즉 운전자 뒷자리라는 뜻이에요. 넘버 쓰리는 오른쪽 뒷자리에서 망보는 역할, 그러니까 동승자 뒷자리가 되는 거고. 넘버 투는 앞좌석 동승자 자리에 타게 되죠. 운전자가 된다는 건 쿼터백이나 센터, 또는 피처나 골키퍼로 뛰는 것과 같아요. 그건 넘버원인 자리, 매혹적인 위치인 거죠.

티나 아무개(⊙ 자동차 충돌파티족) : 내 오래된 차, 나는 그 차를 체리밤(Cerry Bomb)이라고 불렀는데, 그게 빌어먹을 폐차장 행을 선고받고 사망 딱지가 붙어버렸어요. 그런 일이 일어나면 십중팔구 맨 밑바닥부터 다시 시작해야 해요. 바퀴가 아직 온전한 차를 가진 다른 운전자의 뒷자리부터 시작하는 거죠. 이를테면 에코 로런스 같은. 내가 에코를 미워한다고는 생각하지 말아요. 그냥 그 여자가 거짓말을 한다고 말하는 것뿐이니까. 에코한테 뭘 해서 먹고 사느냐고 물어봐요. 만일 그 여자가 섹스 이외의 다른 어떤 얘기를 한다면 거짓말을 하고 있는 거예요.

에코 로런스 : 잘 알아둬요. '태그팀'이란 길거리에서 모인 팀원들을 뜻해요. '샤크'는 단독 운전자로, 도와주거나 보호해주거나 동료가 되어줄 팀이 필요한데, 창문을 열고 시작하기 전에 길모퉁이에 서 있는 선수들을 선발하려고 이리저리 돌아다니죠. 자기 차가 없다면 그저 어느 길모퉁이에서 엄지손가락을 내밀고 서 있기만 하면 되요. 그러면 어떤 차가 다가와서 이렇게 물을 테니까. "당신도 플레이를 하려는 거요?"

그때 이렇게 되묻는 거죠. "어느 자리가 비어 있지요?"

그러면 그쪽에서는 "왼쪽 뒷자리에서 망볼 사람이 아직 필요해요."라고 한 다음, "그런데 휘발유 값은 있소?" 하고 물을 테고.

어떤 팀들은 팀원을 구할 때 고개를 좌우로 빠르고 유연하게, 뚝뚝 소리가 나지 않게 돌려보라고 할 거예요. 이전의 충돌 사고로 편타성손상(충격으로 머리가 심하게 앞뒤로 흔들려 목등뼈 및 주변에 손상 입는 증상―옮긴이)이나 경부 손상을 입은 사람을 망보기로 두는 건 소용없는 짓이니까. 휘발유 값은 꼭 가지고 있어야 하는 건 아니지만, 참가자의 열의가 어느 정도인지를 보여주죠.

티나 아무개 : 척추가 망가진 불구자들, 야맹증이나 원시로 알려진 패배자들, 밤새도록 길모퉁이에서 그런 사람들을 보게 될 거예요. 어떤 팀은 동정심에서 아무것도 아닌 자리를 내주기도 하겠죠. 큰 차에서는 일명 '마스코트'라는 자리를 얻을 수도 있을 거예요. 뒷좌석 중간 자리, 즉 말로 분위기를 띄우는 것 말고는 할 게 별로 없는 자리죠. 그것도 못한다면 완전히 잘못 들어앉은 장난감이 되는 셈이고.

만일 목이 짧고 시력이 나쁘다면 휘발유 값을 잔뜩 챙겨서 뒷자리가 넓은 좋은 팀이 나타나기를 기도하는 편이 나아요. 농담과 사람 다루는 솜씨를 계발해야 하니까요.

에코 로런스 : '윈도'는 게임이 시작되고부터 끝날 때까지 정해진 시간을 뜻해요. 토요일에 네 시간의 윈도를 가질 수도 있죠. 아니면 월요일 밤 8시에서 다음날 아침 8시까지 밤새도록 윈도를 할 수도 있고.

샷 더넌 : 우리가 랜트를 처음 만난 날 밤, 그는 어떤 바우처 (voucher, 정부가 지불을 보증하여 내놓은 전표―옮긴이 주) 호텔에

서 빠져나와 주야간 전환자의 주택을 배당받으려고 기다리고 있었어요. 대부분의 사람들이 일을 하거나 피크를 부스트하는 도시에서 일을 하지 않는, 자기의 입출력장치로 쓰레기를 부스트하고 싶어하지 않는 친구라면 밤중에 헤매고 돌아다니는 게 놀랄 일은 아니죠.

랜트가 차에 올라타더니 나한테 25센트짜리 동전을 하나 주더군요. 얼마나 어처구니없었겠어요? 휘발유값으로 화장지나 살 동전을 주다니. 그게 금화인데다 1887년에 발행되었다는 것만 빼고는. 나는 그 동전이 뭔지 몰랐지만, 에코가 차에 기어를 넣었고 우리는 교통 흐름 속으로 미끄러져 들어갔죠. 랜트는 마치 그 자리를 기다리고 있었던 것처럼, 형편없는 삶을 살아오는 내내 우리가 태워주기를 기다리고 있었던 것처럼 우리 뒷자리에 올라탔어요. 그런데 그린이 몸을 틀어 뒤로 팔을 뻗으면서 이러더라고요. "그 동전 좀 자세히 볼 수 있을까?"

에코 로런스: 좋은 운전자는 앞쪽 말고는 어디도 보지 말아야 해요. 또 좋은 뒷좌석 망보기들은 뒤쪽과 양 옆쪽 말고는 아무데도 보면 안 되고요. 차가 어디로 가고 있는지를 보는 건 그 친구들 일이 아니니까. 좋은 동승자는 자기 쪽과 전면 유리창 반쪽을 책임져야 하고.

우리는 그저 부딪칠 차들만 살피고 있는 게 아니라, 우리 차에 부딪치려고 하는 차들도 살피고 있는 거예요. 또 이미 누군가의 차에 따라붙은 차들도 살피고 있고. 그리고 경찰도 살펴야 해요. 뒤를 쫓고 있는 동안뿐 아니라, 주차를 하거나 중간에 잠시 쉬거나 이리저리 돌아다니는 내내. 또 몰래 따라붙을 때도.

'미끼 던지기'란 아주 새것으로 흠 하나 없이 깨끗하고 반짝반짝 빛나는 어떤 차를 대로 한복판으로, 그러니까 '경기장'이나 '통로'나 '미로'로 몰고 나간다는 뜻이에요. 판매 전시장에나 있을 법한 부드러운 엔진소리의 밝은 빨간색 차가 게임 깃발을 펄럭이거나, 이제 막 결혼했다며 깡통들을 끌거나, 사커맘 그림을 그린 차를 끌고 가운데 차선으로 들어가죠. 자기네들이 게임을 하고 있다는 걸 증명하기 위해. 그런데 그 차를 뒤쫓아 가면 바보예요.

수많은 풋내기들이 그런 짓을 안 한다고 말하진 못하겠지만요. 신선한 빨간색 페인트 한 조각을 위해 그 차를 뒤쫓는 짓 말이에요.

베테랑들, 그게 미끼인 걸 아는 팀들은 두 번째 장면을 기다리죠. 한 블록 뒤에서 언제나 그림자 차들이 넓게 수사망을 펼치면서 뒤따라오거든요. 그 미끼인 차와 한패가 되어 풋내기들을 강타해 끝장내버리는 거죠. 다음번에 실황 교통방송에서 한 패거리의 못된 운전자들에 대한 보도를 들으면 풋내기들을 박살내는 그림자 차들로 알아둬요.

운전자 실황 교통방송에서 : 사자들과 호랑이들과 곰들, 아, 이런! 팀의

마스코트가 무엇이건 간에 오늘 밤에는 축구팬 인파를 조심하시기 바랍니다. 득의양양한 부모들이 모두 자기 팀 깃발을 휘날리며 선수단을 태워 돌아다니고 있습니다. 나가 싸우자! 우체국 로터리에서는 북쪽 측면을 따라 연쇄 충돌한 여섯 대의 차량을 조심하십시오. 누가 승자인지는 알 수 없지만 그들은 모두 아마추어 스포츠팀인 것으로 보입니다. 부상자는 없지만 교통상황 카메라는 막힌 차선에서 싸우고 있는 수많은 사람을 보여주고 있습니다.

에코 로런스: 그 다음에 차들이 엉망으로 연쇄 충돌한 곳을 지나 저 멀리 앞쪽을 보면, 재빨리 보면, 미끼 차, 그 여전히 예쁜 빨간색 차가 길 가장자리로 모퉁이를 돌아 저 앞으로, 한참 앞으로 사라지는 모습을 보게 될 거예요.

티나 아무개: 정말로 가벼운 그런 추돌을 우리는 '농탕질'이라고 불러요. 그저 누군가의 차 뒤쪽을 앞바퀴로 요령 있게 슬쩍 밀기만 하면 되는 거죠. 만일 상대방이 우리를 마음에 들어하면, 자기가 본 것을 마음에 들어하면 우리는 차를 몰아 떠나고 그 사람은 우리를 뒤쫓아 와요. 우리 같은 사람들은 충돌파티를 벌일 테고, 그래서 다른 사람들하고 어울릴 수도 있죠. 그건 사람들을 만나는 아주 사교적인 방법이고 우리는 몇 시간씩 돌아다니면서 이야기를 해요. 집에 앉아 있을 수도 있지만 파티를

부스팅하는 것조차도 여전히 혼자서 하는 일이지요. 파티 부스트가 끝나고나면 당신은 결국 혼자서 밤을 지새운 거니까요.

지정된 깃발을 휘날리는 다른 팀을 찾아낼 수 없다면 충돌파티마저도 따분해질 수 있지만, 적어도 그건 함께 겪는 따분함이죠. 가족처럼.

그린 테일러 심스(ⓒ 역사가)의 현장노트에서: 충돌파티는 주로 너무 가난하거나 너무 부유해서 중산층의 경제적 성공 추구 대열에 합류할 수 없는 사람들에게 어필한다. 미스터 더넌과 미스 로런스는 자신들이 잃을 게 있다고 생각하지 않았다.

샷 더넌: 우리 차가 앞으로 휙 달려 나가 타이어 끌리는 소리를 내며 포장도로를 가로지르기 전까지만 해도 우리는 멍청한 두 바보가 아니었어요. 한 샤크가 우리 왼편 뒤쪽 사분면 패널을 계속 들이받을 작정을 하고서 7시 방향으로 치고 들어와 페인트를 벗겨낸 거였죠.

그때까지도 실크로 된 꽃다발을 손에 들고 있던 랜트가 고개를 휙 돌리면서 소리쳤어요. "놈이 우리를 들이받았어! 저놈이 우리를 받았다고!"

그러자 에코는 백미러를 들여다보면서 말했죠. "왜 그러도록 내버려둔 거지? 네가 맡은 염병할 사분면에나 신경 쓰라고⋯."

그린이 25센트짜리 금화를 두 손가락 사이에 끼우고 가장자리를 매만져보다가 묻더군요. "자네, 이 굉장한 동전을 어디에서 손에 넣은 거지?"

다음에 에코가 액셀러레이터를 콱 밟아 오른쪽으로 방향을 홱 틀었는데 그 샤크는 여전히 우리 차 페인트를 긁어내고 있었어요.

티나 아무개: 보름달이 신혼행사를 뜻한다는 건 누구나 다 알고 있어요. 누구나 참가할 수 있는 허니문이라는 거. 2년 동안 다달이 그 행사를 치르다보면 웨딩드레스들이 잔뜩 쌓이게 되죠. 무더기로. 또 주름 장식이 있는 와이셔츠에 연미복들도. 내가 좋아하는 건 예쁜 연분홍색 신부 들러리 옷들이에요. 하지만 대부분의 자동차 충돌파티족이 입는 건 웨딩드레스죠. 커다랗고 속이 꽉 찬 치마에 부풀려진 베일까지. 중간쯤에 가서는 한 팀이 다른 팀의 후미를 세게 들이받는데, 그러면 두 차 사이에서는 여덟 명의 신부들이 비상 차선에서 싸움을 벌이고 서로에게 소리를 질러대요. 어떤 신부들은 털이 잔뜩 난 팔에 짧고 억센 수염이 난 각진 턱 밑에는 목젖이 뛰고 있죠. 털투성이 손이 겹겹의 드레스를 잡고 들어 올리면 그 밑에서는 기름때로 찌든 작업용 부츠가 드러나고 말이에요. 모든 팀이 다 웨딩드레스에 베일을 쓰고 있어서 신부들은 모두 똑같아 보여요. 백인이건 흑인이건 남자건 여자건 할 것 없이.

에코 로런스 : 풋내기들에게는 보름날 밤이 제일 좋아요. 표시를 찾아내기가 아주 쉬우니까. 우리는 면도 크림으로 차 문짝들과 트렁크와 엔진 덮개에다 "방금 결혼했어요"라고 적어요. 그리고 라디오 안테나 꼭대기에는 하얀 장식 리본들을 매달고 제일 좋은 외출복을 입죠. 처음 참가하는 팀은 게임에 들어오기 위해 10달러짜리 지폐들을 내걸기도 하고요. 베테랑 신혼팀들은 차가 몇 대째인지 손가락을 꼽아야 해요. 도요타, 뷰익, 마즈다, 다지, 폰티악. 빨간색, 파란색, 은색, 검은색. 이번 달에는, 이번 허니문에는 어느 베테랑의 다섯 번째 차가 흠씬 두들겨맞을 준비가 되어 있을지도 모르죠.

샷 더넌 : 모든 허니문 나이트에 우리는 어느 블록에서건 또 다른 '방금 결혼했어요' 차를 보게 될 거예요. 신부들은 짝이 없는 신랑을 찾아 길모퉁이들에 서 있고, 신랑들은 차가 있는 신부에게 손을 흔들어 세울 작정으로 중절모를 쓰고 기다리지요.

그린 테일러 심스(☾ 역사가)의 현장노트에서 : 허니문 나이트를 위한 차림을 할 때 중요한 것은 단춧구멍에 꽂는 꽃을 양면테이프로 고정시켜야 한다는 것이다. 차 사고가 났을 경우, 길고 곧은 핀이 심장 근처의 어느 부위에 박히는 일이 없도록 하기 위해서이다.

에코 로런스 : 또 한 가지 충고. 자기 자리에 꼭 붙어 있어야 해요.

티나 아무개 전에는 완전 초짜를 뒷자리 망보기로 두었는데 혼전이 벌어지는 동안 어떤 샤크가 치고 들어와서 왼편 뒤쪽 모서리를 너무 세게 들이받는 바람에 우리 차가 옆으로 핑 돌아버렸어요. 차들과 헤드라이트 불빛들이 사방에서 몰려들고 경적이 울리는 와중에 그 초짜는 밖을 내다보다가 그만 오줌을 싸고 말았죠. 차가 손상된 건 본도(자동차의 흠집을 메우는 퍼티의 일종 - 옮긴이)로 메울 수 없을 정도는 아니었어요. 하지만 대신 그 뒤로 몇 주일 동안 스펀지에 물을 묻혀서 뒷자리에 밴 그 계집애 오줌을 닦아내야 했지요.

샷 더년: 그 샤크는 여전히 우리 차 뒤꽁무니를 들이받고 있었어요. 보르도 폰테베키오 색상을 칠한 마세라티 콰트로포르테 이그제큐티브 GT(이탈리아의 마세라티 자동차 회사에서 나오는, 모든 공정이 수작업으로 이루어지는 주문 생산 승용차의 일종 - 옮긴이)를 모는 개똥 같은 놈이었죠. 고개를 돌려 뒤쪽 유리창 밖을 내다보았더니 그 샤크는 외톨이가 아니었어요. 동승자는 꼭 분홍색 구름 같더군요. 신부 들러리 차림으로. 우리가 버린 티나 아무개였죠. 그 여자는 이들이 둥근 타원형을 이룰 정도로 입을 크게 벌리고 있더군요. 그 샤크의 범퍼가 우리 차 뒤꽁무니를 강타하는 동안 티나는 그렇게 웃어대고 있었어요.

여전히 티나의 가짜 꽃다발을 들고서 랜트가 무슨 일인지 알아보려고 안전벨트를 한 채로 몸을 들더니 이렇게 웅얼거리데요. "저 자식이 왜 우리를 뒤쫓는 거지…?"

에코 로런스: 들이받히고 난 다음에는 신부와 신랑들, 최고의 남자들과 신부 들러리들 모두가 가짜로 화를 내요. 가짜로 고함을 치고 눈을 부릅뜨면서 가짜로 싸우는 거죠. 사람들이 차 속도를 늦추고 지켜보도록. 목을 길게 빼고 구경을 하는 바람에 생겨나는 교통 정체. 지나가는 차들은 그 구경거리를 보려고 속도를 기어가는 수준으로 늦추거든요. 경찰은 절대로 멈춰 서지 않아요. 그런 가벼운 접촉 사고에는.

신혼 파티를 벌이는 사람들, 그들은 단지 자기네 삶이 더디 가는 순간을 최대한 즐기려는 것뿐이에요. 두 차가 부딪치는 그 찰나적인 순간을.

그들은 자기네 삶이 찌그러들어 돈으로 바뀌는 걸 지켜보는 보통 사람들이에요. 그들의 삶에서 모든 시간과 모든 날은 차가 충돌할 때 충격을 흡수하는 범퍼가 찌그러지는 것처럼 압착되어 있죠. 테이블 시중을 들거나 우편물을 분류하거나 신발을 팔거나 하는 그 모든 시간들이 그들을 꽉 옭아매고 있어요. 공동 출자를 해서 어떤 차를 사기에 충분한 돈을 모을 때까지는. 웨딩드레스를 사고 깡통들을 줄에 매달고 면도 크림을 좀 살 때까지는.

다음번 초승달이 뜨는 밤이면 그런 사람들은 직접 운전을 하거나 다른 사람 차에 타고 이리저리 돌아다녀요. 그리고 돌아다니면서 가담하지 않은 다른 사람들에게 손을 흔들어대죠. 그들은 샤크가 없는지 사방을 살피고 빈 깡통들이 내는 떨그렁거리는 소리에 귀를 기울이는데, 그러다보면 마침내 또 다른 '방금 결혼했어요' 팀이 그들을 보고 뒤쫓아 와요. 차가 급커브를 돌면서 시커먼 타이어 자국을 남기고 한 차가 다른 차를 너무 빨리 뒤쫓아 달리는 통에 깡통들은 아예 길바닥에 닿을 새도 없어요. 빨간 신호등이 하나 나타나면, 그 때가 바로 시간이 폭발하는 순간이죠. 자동차 충돌 실험 기술자들이 '펄스(pulse, 매우 짧은 지속 시간을 갖는 전기의 흐름 – 옮긴이)'라고 부르는 순간.

그린 테일러 심스(ⓒ 역사가)의 현장노트에서 : 아이들은 인지 학습으로서 산타클로스에서부터 시작해서 제 또래들과 같은 현실 개념을 공유하도록 부추겨진다. 설령 그 현실이 명백히 꾸며진 우스꽝스러운 것일지라도, 공통의 문화적 거짓말들을 지지하고 조장하는 선물들로 그런 것을 믿게 만든다.

현대사회에서 가장 큰 합의는 우리의 교통 시스템이다. 엄청난 수의 낯선 사람들이 하나의 길을 함께 쓰면서 서로 영향을 미칠 수 있으며 거의 사고 없이 운행하도록 만든 방식. 그 합의에 반대하는 운전자가 단 한 명만 있어도 무정부 상태가 된다.

에코 로런스 : 뒷차가 앞차를 들이받을 때 신부들은 안전벨트에 걸린 채 앞으로 내동댕이쳐지고 베일은 엄청 빠르게 앞쪽으로 휙

쏠려서 얼굴에 소위 '경주 화상'이라는 발진이 생기죠. 그 순간에는 시간이 느리게 흘러요. 몇 백 년처럼 느껴지는 그 따분한 나날들, 그 나날들이 모두 폭발해서 한순간도 안 되는 지극히 짧은 시간을 채우는 거죠. 그 펄스.

그럴 때면 시간이 압착되었다가 마침내는 여러 해 동안 지속될 슬로모션 같은 순간 속으로 폭발해요.

우리가 돈을 모아 산 차는 들이받히고 찌그러져 더 작아지지만, 우리의 삶은 펌프로 부풀려지듯 더 커지는 거죠. 실물 크기나 그 이상으로. 길가에서 파손된 차에 하얀 쌀알을 던지는 신부들은 단지 그 순간을 길게 잡아 늘이려는 것뿐이고. 그 펄스를 짜내는 거예요.

샷 더넌: 티나와 그 샤크가 뒤 유리창 너머로 점점 더 커졌어요. 깔깔 웃어대면서 몸을 앞으로 바짝 숙이고 있어서 그 둘의 입김이 앞 유리창에 안개처럼 서렸죠. 그들의 차 범퍼가 우리를 5시 방향에서 들이받자 스프링이며 충격 흡수 장치들이 비명을 내지르듯 삐걱거렸어요. 그 차의 앞바퀴가 너무 가까이에서 돌고 있어서 에코의 주차 경보기가 삑삑거리기 시작했고요. 점점 더 빠르게 삑삑거렸죠. 그 바로 뒤에서는 샤크의 차바퀴들이 우리 차에 매달아놓은 깡통들을 하나하나 먹어치웠어요. 하나씩 납작하게 깔아뭉개고 줄을 끊으면서. 그 차가 어찌나 바짝 따라붙었는지 에코의 주차 경보기 음이 삐~~~ 하고 길게 이

어지는 소리로 바뀌더라고요.

그때 랜트가 앞쪽으로 몸을 숙여 턱시도를 입은 그린의 패드가 들어간 어깨를 두드리면서 한마디 던졌어요. "어쨌든 축하해요."

그러자 그린은 여전히 그 25센트짜리 금화를 들여다보면서 물었죠. "뭘 축하해?"

그린 테일러 심스(C· 역사가)의 현장노트에서 : 산타클로스와 부활절 토끼를 영속시키는 일은 그 이상의 사회화, 최대한 많은 운전자가 도로에서 어우러질 수 있게 해주는 교통 법규에의 순응을 포함하는 사회화를 위한 기초공사가 된다. 더군다나 여행이 언제나 어떤 더 큰 목적에 이르는 수단이며 여행의 흥분과 위험은 최소화해야 한다고 주장하는 것은, 여행 그 자체는 별 가치가 없다는 잘못된 생각을 영속시키는 것이다.

샷 더닌 : 티나와 그 샤크가 또 다른 깡통을 끊어내고, 다시 들이받고 한 다음에 떨어져 나갔어요. 깔깔대고 웃으면서. 랜트가 "두 사람…," 하더니 그린과 에코 사이에다 손가락을 까딱이면서 이러더군요. "결혼했잖아요."

"2시 방향에 새로운 팀." 그린이 경고했어요.

그러자 에코는 "빠져나갈 구멍이 있어야 해!"라고 했고.

에코 로런스: 나는 양발로 액셀러레이터 페달을 밟고 서 있었어요. 벌써부터 그 티나 아무개에게 날쌀을 한 줌 던져 앞이 안 보이게 할 작정을 하고서. 내 차가 치약으로 여전히 "방금 결혼했어요"라고 처발라진 채 어떤 폐차장에 있는 모습이 눈앞에 선하게 떠올랐어요.

그린 테일러 심스(☾ 역사가)의 현장노트에서: 약식으로 자동차 충돌파티라고 부르는 활동은 운전을 하는 시간이 더 유용하고 만족스러운 목적을 이루기 위해 참아내야 하는 것이라는 생각을 거부한다.

티나 아무개: 다음번에 그 염병할 경찰 압수품 경매가 열리면 나는 에코와 입찰 경쟁을 벌이게 되겠죠. 주행계의 맨 아래 숫자가 한 번 넘어가기도 전에 우리 둘 다 새 차가 필요하게 될 거예요.

샷 더년: 그리고 그 염병할 샤크가 뒤로 처졌어요.

에코 로런스: 티나는 좌석의 머리 받침대에 머리를 세게 부딪쳤어요. 그 애 젖가슴과 목을 두르고 있던 진주 목걸이가 내던져지듯 위로 홱 솟구쳤죠. 베일은 불타고. 그 뒤에서 김이 솟았고, 걔들 차가 들이받힌 건 6시 방향에서였어요. 끝장난 거죠.

그린 테일러 심스(☾ 역사가)의 현장노트에서: 우리를 들이받은 샤크의 차는 다른 누군가의 제물이 되었다. 그 마세라티가 어수선하게 흩어진 소 방울들, 산산조각 난 유리, 양철 깡통들 사이에서 완전 박살이 났던 것이다.

샷 더년: 에코가 우리를 차 밖으로 내던질 듯 급격하게 어느 모퉁이를 돌아 어두운 뒷골목으로 들어섰어요. 그러고는 헤드라이트와 미등을 끄고 엔진을 공회전 시키면서 랜트를 좀 더 자세히 보려고 베일을 들추더니 이러더라고요. "낮에 노는 새끼는 내 차에서 나가!"

그때 그린이 금화를 에코에게 건네면서 물었죠. "이것의 가치가 얼마나 되는지 알아?"

다음에는 랜트 케이시가 뒷좌석을 더듬어보고 손가락 냄새를 맡으면서 말했어요. "3주, 아니 어쩌면 4주 전에 오줌을 싼 그 여자는…," 랜트가 우리를 둘러보고 말을 이었어요. "그날 피망을 먹었군요."

그리고 타르처럼 새까만 이를 드러내 보이며 씩 웃더니 한마디 덧붙였어요. "그런데 혹시 여러분 중에 체스터 케이시라고 아는 사람 있어요?"

히트맨(hit man) *17*

린 커피(◦ 저널리스트) : 시인 오스카 와일드는 이렇게 썼습니다. "사람들은 각자 자기가 사랑하는 것을 죽인다…." 똑똑한 사람들을 빼놓고는 제각기. 감옥에서 복역하기를 원치 않는 사람들, 칼 왁스먼을 고용하곤 했던 똑똑한 사람들.

티나 아무개(◦ 자동차 충돌파티족) : 왁스가 무슨 일을 벌일 셈인지 내가 무슨 수로 알았겠어요? 나는 알 수 없었어요. 그 남자가 나를 자기 팀에 붙여준 첫날 밤, 그러니까 에코가 나를 버리고 간 허니문 나이트에 왁스는 마세라티 콰트로포르테 이그제큐티브 GT를 몰아 길가에 댔어요. 그 차는 짙은 빨간색 보르도 폰테베키오를 칠했고, 운전석 앞 계기반은 자단목이고, 운전대는 알칸

타라(Alcantara) 스웨이드 가죽으로 씌웠고, 온열 시트는 사실상 엉덩이 근육에 끊임없이 스웨덴 식 마사지를 해주고 있었죠. 왁스가 내 쪽으로 전동 창문을 위이잉 내리더군요. 나는 여전히 분홍색 신부 들러리 가운을 입은 채 길가에 서 있었는데, 왁스가 나를 향해 뭔가 펄럭펄럭하는 하얀 걸 흔들었어요. 그게 왁스가 자신을 소개하는 방법이었죠.

그가 내게 말했어요. "뭘 만지기 전에, 아가씨, 이걸 먼저 껴."

그건 라텍스 장갑이었어요.

린 커피: 그건 비극입니다. 젊은 사람들, 젊은이들은 거의 이런 외제 스포츠카를 구입하지 않는다는 사실 말입니다. 확실히 프로 야구선수나 축구선수들은 구입하지 않죠. 그들은 1인용 접의자에는 도통 적응을 못합니다. 아니, 그런 차들은 거의 모두 잘 몰고나가지도 않을 중년이나 늙수그레한 남자들에게 팔려나가지요. 그러니 그 마세라티니 페라리니 람보르기니니 하는 차들은 직사광을 피해 숨은 외로운 안주인처럼 몇 년씩 차고에 처박히는 겁니다.

제럴 무어(☾ 사설탐정): 내 조사에 의하면 충돌파티 게임의 운영자가 누구인지 100퍼센트 정확하게 아는 사람은 아무도 없지만, 어느 한 사람일 리는 없어요. 그 사람은 모든 플레이어의 반칙을 일일이 다 따라 다니며 잡아야 할 테니까요. 두 달 내에 세 번의 파울을 받은 플레이어는 다음 게임의 통고를 못 받게 되지요. 파울에는 너무 세게 들이받는 것도 포함됩니다. 각 차의 속도에 따른 충격을 계산해서 말이지요. 예컨대 내가 10으로 몰고 있는데 상대방이 11로 몰다가 빙 돌아서 나를 정면으로 들이받을 경우 그 충격은 20이 넘습니다. 그때는 상대에게 파울을 줄 수 있지요.

하지만 과도한 충돌에는 하나의 파울밖에 줄 수 없습니다.

티나 아무개: 왁스는 그 어떤 차 주인들도 절대로 알지 못하는 세세한 내용들을 다 말해줄 수 있었어요. 모든 종류의 컨버터블 승용차, 이를테면 피아트 스파이더, 마세라티 스파이더, 페라리 스파이더. 그 차들은 모두 17세기의 어떤 사륜마차 이름을 딴 거예요. 지붕이 없고 바퀴들이 높은 그 고풍스러운 검은색 마차는 꼭 거미처럼 보이죠.

왁스는 포뮬러I이나 캄비오코르사(페라리의 기술로 만들어진 마세라티의 첫 번째 스포츠 쿠페-옮긴이) 변속기를 조종하기 위한 운전대 패들을 작동시킬 줄도 알았어요. 그리고 재규어 레이싱 그린을 어떻게 하면 브리티시 레이싱 그린보다 명도가 0.5도 더 밝게 보이도록 하는지도 알았고. 마세라티의 문을 열면, 오로지 마세라티만, 희미하고 높게 잉잉거리는 소리가 들리는데 왁스는 그게 유압식으로 변속기의 차내 기압을 일정하게 유지하는 장치라고 알려줄 수 있을 정도였죠.

"좋아." 왁스는 윈터 골드 색상으로 칠해진 재규어 XJR의 8기통 엔진을 가속시키면서 말하곤 했어요. 그리곤 손가락을 풀면서 덧붙였죠. "이 손가락들이 달아오른 운전대로 튀어오르지…." 그러고는 재규어 게이트 변속기에 2단 기어를 넣더니 어떤 녹슨 스바루 왜건을 그대로 들이받았어요.

린 커피 : 충돌파티족들 사이에서 칼 왁스먼은 '히트맨(난폭한 선수와 암살자라는 뜻을 동시에 갖고 있음 – 옮긴이)'으로 알려져 있었습니다. 고용된 암살자의 부류 말이죠.

샷 더넌(☾ 자동차 충돌파티족) : 내 경우에는 완벽한 충돌파티의 밤을 위해 음악을 제공하는 데 중점을 두었어요. 하지만, 절대 거짓말이 아니라, 나는 히트맨이 되고 싶었어요. 최근의 어느날 밤 한 히트맨이 50만 달러짜리 샐린(미국 캘리포니아에서 생산되는 고급 수제품 승용차 – 옮긴이) S7에서 페인트를 쫙 긁어 벗겨내는 모습을 봤어요. 그 운전자는 9센티미터의 여유 공간(지면과 차체 사이의 공간을 가리킴 – 옮긴이)을 가진 차로 샐린 S7을 도로 밖으로 밀어냈지요. 그건 사디스트적인 행위 이상이었어요.

린 커피 : 히트맨을 고용한 사람들은 어떤 특정 차에 대한 애정을 증명해 보이는 겁니다. 어떤 소유주가 롤스로이스 실버 클라우드나 실버 섀도가 부서지길 원할지라도 직접 자기 손으로 그렇

게 아름다운 차를 더럽힐 수는 절대로 없는 거지요.

티나 아무개 : 한번은 재규어 X타입을 타고 있다가 왁스가 말했어요. "이걸 믿을 수 있겠어?" 그러더니 한쪽 손으로 가죽 씌운 운전대를 쾅 내리치면서 말을 이었죠. "염병할 이 구두쇠를 믿을 수 있겠냐고? 돈 아끼겠다고 바퀴들을 토바고로 끼웠잖아. 프로테우스도, 하다못해 케이먼도 아니고 말이야." 왁스가 액셀러레이터를 콱 밟아 오른쪽 앞바퀴를 보도로 휙 끌어올렸어요. 그러고는 철판으로 된 우체통들 중 하나를 납작하게 깔아뭉개서 불똥을 튀기고 페인트 쪼가리들과 하얀 편지봉투들이 폭발하듯 날아오르게 한 다음, 바퀴가 도랑에 쿵 처박힐 때까지 그대로 차를 몰았죠. 그러는 동안에도 속도계는 절대로 60킬로미터 이하로는 떨어지지 않았고요.

린 커피 : 그들 중에서도 특히 왁스먼은 고급 대형 승용차를 처리해주는 대가로 돈을 받곤 했습니다. 보통은 성가신 이혼 판결로 뺏기게 될 차들이었지요. 아니면 차 주인이 할부금을 더 이상 낼 수 없거나 단순히 보험 사기를 위한 것이거나, 또는 원한 관계인 사람의 차를 없애달라고도 했겠고요.

중개인이 왁스먼에게 차 키와 대략 200~300달러가 든 봉투를 하나 건네주고 그 차가 어디 있는지 알려줍니다. 차 주인은 알리바이를 만들어내기 위해 2~3일 동안 도시를 떠나는데, 그 사이에 왁스먼은 드라이브를 즐길 수도 있지요. 차 주인이 돌아와서 차를 도난당했다고 신고할 즈음 왁스먼은 그 차를 아무도 찾지 못할 곳에다 처박아놓곤 했습니다.

샷 더넌: 거짓말 아닙니다, 하지만 나는 사람들이 장례식장에서 멈추는 걸 지켜본 적이 있어요. 죽은 사람이 관 속에서 미소를 짓고 있었고, 늙은 부인들은 흐느끼고 있었고, 사람들은 음악을 중단했다가 다른 곡으로 바꾸었지요. 슈만 대신 모차르트로. 음악은 중요해요.

그 사실은 아무리 강조하더라도 결코 지나치지 않아요.

예를 들어 고속도로를 타고 AM 라디오를 들으면서 가운데 차선을 따라 남쪽으로 쭉쭉 가고 있다고 치자고요. 그런데 옆에서 나란히 가고 있는 통나무나 콘크리트파이프를 실은 트레일러에서 단단히 붙들어 맨 밧줄이 끊어지고 그 짐들이 얇은 철판으로 된 조그만 승용차 위로 쏟아져 내려요. 그 엄청난 콘크리트 더미에 짓눌려 으깨어져서 우리는 쇠와 유리 사이에서 꼭 고기 샐러드처럼 끼이고 말지요. 마지막으로 눈을 깜빡하는 사이에 우리는 저 멀리로 천국의 환한 빛과 죽은 할머니가 우리를 끌어안으려고 걸어오는 긴 터널을 보고 있어요. 그런데도 자동차 스테레오를 대량으로 재고 정리, 떨이 판매, 폐점 판매한다는 또 다른 세일 광고 방송을 듣고 싶어요?

티나 아무개 : 또 한 번은, 아마 우리가 세 번째 데이트를 할 때였을 거예요 다지 바이퍼를 타고 있던 왁스가 자기 고객들은 현금과 차 키를 건네주기 전에 언제나 차를 구석구석 때 빼고 광낸다는 이야기를 하기 시작했어요. "그건 마치 그런 여배우들을 지켜보는 것 같아." 그가 말했어요. "겨우 윤간 포르노 비디오에 출연할 거면서 그 전에 머리를 손질하고 염색하고 컬을 만들고 손톱에 매니큐어를 칠하고 다리털을 매끈하게 밀고 선탠을 하고 그러면서 온갖 법석을 다 떠는 그런 여배우들."

왁스는 바이퍼를 몰아 공원에 있는 콘크리트 계단을 쭉 타고 내려왔어요. 배기 장치와 서스펜션이 부딪혀 끌린 기다란 자국을 남기면서요. 그러면서 말했죠. "이봐, 나는 그 여자들이 그런 지독한 멍청이들만 아니라면 그 완벽하게 매니큐어가 칠해진 손톱만을 위해서라도 울어줄 수 있다고."

샷 더년 : 이거 뻥 아니에요. 만일 지금 차가 옆으로 미끄러져 앞쪽에서 오고 있는 차와 충돌해서 아치스(Archies)의 〈슈가 슈가〉를 들으면서 죽게 된다면 그건 우리의 염병할 게으름 때문이라고요.

린 커피 : 어떤 자동차 충돌파티족들을 보면 그들이 히트맨들이라는 걸 알 수 있어요. 만일 그들의 차가 언제나 원래 모습 그대로라면, 하다못해 소형차 쉐베트나 핀토라도, 언제나 전시회에서

처럼 완벽하고 반짝반짝 윤이 난다면. 만일 장식을 최소화해서 기본적인 깃발 외에는 아무것도 없다면. 만일 그들이 쉽사리 보도의 갓돌 위로 차를 몰아 콘크리트 교통 방어벽을 스치듯 치고 간다면. 그것으로 우리는 그들의 차가 누군가의 일그러진 꿈이었다는 추론을 할 수 있어요. 그 차 주인은 사랑스러운 애인이건 트로피건 다른 사람이 갖는 걸 절대로 원치 않았던 거죠.

제럴 무어 : 다른 파울 중에는 출입금지 구역에서 뒤를 쫓는 것도 포함됩니다. 목표물의 옆구리에 정통으로 충격을 가하는 T-보닝도 안 되고, 앞 차축과 뒤 차축 사이의 측벽을 그 어떤 각도로 들이받는 것도 안 됩니다.

티나 아무개 : 랜트와 왁스에 대해서 말하자면, 둘 다 트랙트하우스(tract house, 한곳에 세워진 같은 형태의 주택 중 하나 – 옮긴이)에 들어갈 화강석 주방용 조리대나, 아무도 몰지 않는 사치스러운 차들에 쓸 페루산 자단목을 공급하기 위해 오래된 산과 숲이 파헤쳐지는 것을 딱 질색했어요.

언젠가 왁스는 기적적인 의약품과 핵분열, 눈부신 컴퓨터 특수효과를 창안해낼 수 있는 그 명석한 사람들이 돈을 쓸 때는 어쩌면 그렇게 상상력이 철저히 모자라는지 경악스러울 지경이라고 했어요. 화강석 주방용 조리대와 사치스러운 차에다 돈을 쓰는 게 말이에요. 왁스는 그런 얘기를 하면서 차를 몰고 있었는데, 점점 더 화가 치밀수록 속도계가 100에서 110으로, 120으로 올라가는 걸 볼 수 있었죠.

린 커피 : 히트맨들, 아마도 모든 자동차 충돌파티족을 우리는 자발적인 도로광으로 묘사하고 있어요.

어떤 남자들은 여성을 숭배한다면서 결혼을 열두 번이나 하고 그 아내들 모두를 학대해 자살로 몰아갈 수도 있을 겁니다. 칼 왁스먼은 그 도난당한 사치스러운 차들에 대해 같은 식으로 느꼈지요. 그는 110킬로미터 속도로 나는 듯이 달리면서 부러움에 고개를 돌려 자기를 뒤쫓는 눈길을 몹시 즐겼지만 그렇게 인정을 받으려면 재규어나 BMW가 있어야 한다는 사실에 분노했어요. 그런 차를 소유하지도 못했다는 것이 최대의 모욕이었지요. 스스로 인식한 모든 결핍이 최고조로 발현되었던 겁니다.

샷 더넌 : 빈말이 아니라 나는 무엇이든 혼합을 하지 않고서는 집을 나서본 적이 없어요. 사랑에 빠진 것, 죽음을 목격한 것, 실망, 초조감, 거래 등등. 나는 모든 인간 조건을 담은 믹싱레코드를 들고 다녀요. 내게 아무리 좋거나 나쁜 일이 일어나더라도 거기에 과잉 반응을 하지 않기 위한 나만의 방법이 있는데 그건 뭐랄까, 내 감정에 거리를 두기 위한 방법이죠. 그 방법이란

그 순간에 정확히 맞는 완벽한 사운드트랙을 찾는 거예요. 심지어는 랜트가 죽은 날 밤에도 내게 저절로 떠오른 첫 번째 생각은 이런 거였지요. 필립 글래스의 바이올린협주곡 II로 할까, 아니면 모리스 라벨의 피아노협주곡 G메이저로 할까…?

제럴 무어: 내가 보기에 자동차 충돌파티 주관자는 파울들을 기록해야 할 겁니다. 또 번호판에 의거해서 참가팀들의 진로를 쫓기도 해야겠지요. 또 각각의 게임에 대한 깃발과 윈도도 정해야겠고요. 아, 그리고 모든 참가자에게 다음번 이벤트가 무엇인지도 알려줘야지요. 만일 한 사람이 그 일을 다 한다면 십중팔구 굉장히 바쁠 테니 그저 어떤 난폭한 플레이어는 아닐 겁니다. 머리가 아주 엄청나게 좋은 사람이라야 하겠지요.

티나 아무개: 그게 렉서스건 롤스로이스건 상관없었어요. 나와 왁스는 자동차 충돌파티의 막바지에는 언제나 매디슨 거리 선착장 경사로로 올라와 있었죠. 경사가 급하게 꺾여 곧장 깊은 물속으로 빠져드는 비탈길 꼭대기 말이에요. 우리 뒤로는 코터핀(쐐기의 한 종류로 축과 축 또는 축과 축머리를 잇는 데 쓰임―옮긴이), U-조인트 니들베어링, 크랭크케이스 오일, 브레이크액, 그리고 어쩌면 가늘게 짜개진 탄소섬유 조각들도 따라왔고. 그리고 연기, 안개처럼 자욱하게 피어오르는 염병할 검거나 푸른 연기.

나는 차에서 내려 기어를 1단으로 바꾸는 왁스를 지켜보곤 했어요. 엔진이 그대로 도는 중에, 근처에 사람이 아무도 없는 밤이면 그는 경보기 비상벨을 누르곤 했죠. 그 엄청난 소음이라니. 사이렌 소리에다 우리가 미처 깨부수지 못한 온갖 라이트가 번쩍번쩍 켜졌다 꺼졌다 했죠. 메르세데스나 람보르기니가 여전히 불빛을 번뜩이고 비명을 질러대는 가운데 왁스는 차에서 내려 문을 쾅 처닫았어요. 이미 선착장 경사로를 굴러 내려가고 있는 차는 앞대가리부터 검은 물속으로 빠져들었고요. 그건 꼭 대양항로 정기 여객선의 침몰을 지켜보는 것 같았죠. 타이타닉 같은. 흰색과 주황색 불빛들이 깜빡이고 경적이 울렸어요. 차가 물속으로 점점 더 깊이 가라앉는 동안에도 누군가의 부서진 꿈인 그 유물은 계속 울부짖고 불빛을 번뜩이면서 점점 더 희미하게 사라져가고 있었죠. 재규어와 샐린과 코르벳 (시보레의 스포츠카 이름 - 옮긴이)…. 사람들이 왁스를 고용해 없애달라고 했던, 그런 망가진 꿈들로 이뤄진 어떤 은밀한 산 위에 내려앉을 때까지.

토드 러츠(✿ 고화폐 거래상) : 그 죽은 애. 걔가 매듭을 지어 묶은 면양말을 갖고 와서 이로 매듭을 풀기 시작합디다. 그 낡고 누렇게 찌든 양말 속에 내가 시간을 내 들여다볼 가치가 있는 거라곤 없어 보였지요. 내 영업허가증에는 내가 가게를 떠나지 않는 한 야간 통행금지가 지나고 네 시간 뒤까지 문을 열어놓을 수 있게 되어 있습니다. 통행금지 시간이 지나면 나는 문을 닫아 걸고, 누가 오면 잠금장치를 풀어서 안으로 들이지요. 그 양말을 들고 온 애한테는 하마터면 잠금장치를 풀어주지 않을 뻔했습니다. 야간생활자들이 어떻게 나올지는 아무도 모르니까요.

하지만 그 애가 야간생활자로 바뀐지 얼마 안됐다는 걸 알 수 있겠더군요. 햇볕에 탄 자국이 아직 사라지지도 않은 걸 보고요. 그래서 나는 운에 맡기고 돈을 좀 벌어보려고 했던 거지요. 1982년 뉴올리언스에 이런 일이 있었어요. 비즈니스맨들이 스리피스 정장을 입고 걸어다니는 시내 한 복판에서 점심시간에 불도저 건설 작업을 하고 있었죠. 그 불도저가 땅을 긁다가 1840년에 묻힌 나무 궤짝들을 세 개 깨뜨렸는데, 그 안에는 리버티 시티드 쿼터(Liberty Seated Quarter, 앉은 자유의 여신상이 새겨진 동전으로 1891년 이후 자취를 거의 감추어 수집 대상이 된 희귀 화폐 - 옮긴이)들이 가득 차 있었지요. 그런데 알아두어야 할 건, 금화도 아닌 동전들이 개당 2천에서 4천 달러 정도의 가치가 있다는 겁니다. 정장을 차려입은 그 은행가들과 법률가들이 흙구덩이 속으로 뛰어들어 서로 격투를 벌였지요. 그 고브레히트(Gobrecht, 크리스천 고브레히트가 디자인한 동전 - 옮긴이) 쿼터 달러들을 한 움큼 차지하려고 서로를 물어뜯고 발길질을 해대면서.

내 요지는 땅에 묻혀 있던 보물 더미가 어디에서 나타날지는 절대 아무도 모른다는 겁니다.

에디스 스틸(ⓒ 인사 담당자): 우리는 야간풍경 유지요원으로 일자리를 얻으러 온 미스터 케이시를 면담했습니다. 그 사람은 기간시설 효율 이용법의 구직 상담 서비스를 통해 우리 회사로 보내졌지요. 하지만 세 번째로 결근한 날, 업무와는 무관한 교통사고로 다섯 번째 부상을 입었다고 하더군요. 미스터 케이시는 우리 직원 명단에서 삭제되었습니다.

토드 러츠 : 1934년 볼티모어 대발견은 두 사내아이들이 셋집 지하실에서 이리저리 돌아다니다가 벽에서 구멍을 하나 찾아낸 경우였어요. 1934년 8월 31일의 일이었지요. 아이들은 그 구멍에서 3,558개의 금화를 끌어냈는데 모두가 1857년 이전의 것이었어요. 장소는 메릴랜드 주 볼티모어 시 사우스이든 거리 132번지였고요. 그 동전들 중 상당수는 우리가 말하는 '최상급 상태'였지요. 적어도 전혀 유통되지 않았거나 겨우 몇 번밖에 유통되지 않은.

루 테리(C 건물 관리인) : 만일 내 마음대로 할 수만 있다면, 나는 야간 여행자들, 즉 야간으로 변절한 주간 생활자 아이들에게는 아예 세를 주지도 않을 겁니다. 그들은 단지 부모를 지치게 하려고 바꾼 거예요. 그 비행 청소년들은 밤 문화에 대해 알고 있는 모든 부정적인 것들로 빠져들어 살아야 할 것 같은 강박관념을 갖고 있습니다. 요란한 음악과 마약으로 도취된 상태 같은 거 말이죠. 하지만 주택공급 법규에는 적어도 주거의 10퍼센트는 주야간을 바꾼 사람들에게 돌아가야 한다고 되어 있지요. 케이시는 아무것도 없이, 아마도 여행가방 하나만 들고 3-E호로 들어왔습니다. 가서 볼 수도 있어요. 문이 아직 경찰 테이프로 봉해져 있기는 하지만요.

토드 러츠 : 자루를 가지고 온 그 아이가 이빨로 매듭을 씹는 동안 그 안에서 동전들이 부딪히는 소리를 들을 수 있었지요. 내 말은 그 소리에 즐거워져서 그 아이를 안으로 들였다는 겁니다. 나는 은화 소리와 구리 동전 소리, 니켈 동전 소리를 구별할 수 있지요. 오랫동안 가게를 운영하다보니 동전이 짤랑거리는 소리만 들어도 22캐럿짜리 금화인지, 24캐럿짜리 금화인지 알 수 있게 된 겁니다. 그 소리만으로도 나는 그 냄새나는 더러운 양말을 내 이로 직접 씹고 싶어졌지요.

제프 플리트(⊙ 인사 담당자) : 우리 기록에 의하면, 우리는 버스터 케이시를 접시 닦는 일에 2주간 고용했습니다. 그런데 분명히 일치하는 것은, 그 친구가 고용되어 있던 그 짧은 기간 동안 열여섯 명쯤 되는 손님들의 음식에 이물질이 들어 있었다는 겁니다. 그 이물질들은 쇠로 된 종이 클립부터 1923년에 발행된 들소 그림이 든 10센트짜리 동전까지 다양했지요.

토드 러츠 : 그 아이가 양말 속으로 빼빼 마른 팔을 팔꿈치까지 밀어 넣어 한 움큼 끄집어냈는데…. 지금 나는 있을 법하지 않은 동전들 얘기를 하고 있는 겁니다. 그것들 냄새가 얼마나 고약한가는 문제가 되지 않았어요. 최상급 상태의 1933년도 20달러짜리 금화 하나. 유통도 되지 않은 1933년도 10달러짜리 금화 하나. 1879년에 발행된 머리칼이 꼬불꼬불한 자유의 여신

상이 새겨진, 최상급에 가까운 4달러짜리 하나.

제럴 무어(ⵙ **사설탐정**): 그 기록에 대한 내 진술은, 버스터 랜드루 케이시, 일명 '랜트' 케이시가 잃어버린 생부를 찾는 일에 대해 의논해보려고 전화로 나한테 연락해서 약속 시간을 정했다는 겁니다. 그때 나는 그 잠재 고객에게 기본요금은 주당 100달러고 거기에다 경비가 추가된다고 알려주었지요. 그 잠재 고객은 내게 경비는 아무 문제도 되지 않을 거라고 했고요.

브렌다 조던(✿ **어린 시절의 친구**): 얘기하지 않겠다고 약속한다면 한 가지 더 알려줄게요. 랜트 케이시가 나한테 말했어요. 동전들에 대해 알려준 그 노인이, 난데없이 차를 몰아 불쑥 나타난 그 낯선 사람이 말하기를 자기는 도시에서 온, 랜트가 오래전에 잃어버린 진짜 아버지라고 말예요.

토드 러츠: 그런 아이를 상대할 때면, 정말입니다, 나는 눈에 확 띄는 가짜를 찾아내지요. 1828-D 워킹 리버티 실버 달러(1916~1947년에 주조된 반 달러짜리 은화−옮긴이), 1905-S 골드 쿼터 이글즈는 모두 뻔한 가짭니다. 1804 실버 달러나 라파예트 달러도. 나는 1861 컨페더레이트 하프 달러를 돋보기 밑에 놓고 산호 모양의 결 무늬들과 소금물에 부식된 흔적, 그 아이가 들려줄 말보다 더 많은 것을 알려줄 '난파 효과'를 찾아보았

어요. 바다 밑바닥의 모래에 쓸려서 미세하게 깔깔해진 자국을 확인한 거지요.

우리는 지금 돌고 돌아서 닳아빠진 동전 얘기를 하고 있는 게 아닙니다. 백마크(bag mark, 주화 제조 시 하나의 자루에 넣어 운반하는 동안 주화끼리 부딪쳐 나는 흠집 – 옮긴이) 외에는 아무 흠도 없는 미사용 동전에 대해 말하고 있는 거라고요.

알프레드 린치(Ꮯᐧ 해충 구제업자): 해충 구제는 대부분의 사람들에겐 선택할 만한 분야가 못 되지요. 하지만 랜트는 그 일을 고양이 사료에 달려드는 바퀴벌레처럼 받아들였어요. 그 아이는 집 밑이건 다락이건 거침없이 기어들었고, 잡아낼 해충이 흡혈박쥐건 뱀이건 박쥐건 쥐건 바퀴벌레건 독거미건 전혀 상관하지 않았어요. 그 무엇에도 겁을 내지 않았지요.

별난 일이기는 하지만, 그 아이의 신체검사 결과는 광견병 양성으로 나왔어요. 약물을 비롯한 모든 부분에서 음성이었지만 광견병 보유자였던 거지요. 진료소에서는 그 점에 유의해서 추가로 파상풍 효능 촉진제를 더 놓았고요.

토드 러츠: 정말입니다, 나는 그저 블루북(가격과 품질 등의 기준을 정해놓은 책 – 옮긴이)의 가격들을 확인하는 척만 하고 있었습니다. 그러면서 그 애가 가져온 바버 리버티헤드 50센트짜리 동전은, 1892년에 찰스 바버가 그 돈을 처음 주조했을 때 신문기

자들이 동전에 있는 독수리가 굶주린 것처럼 보인다는 기사를 썼다는 얘기를 해주었지요. 동전 반대면에 있는 자유의 여신상의 머리는 '갑상선종에 걸린 비열한 황제 비텔리우스'처럼 보인다는. 그 애에게 그런 얘기를 해주는 동안 나는 사실 지난해의 도난 물품 고시들을 훑어보고 있었지요.

그 애는 내 가게 앞쪽 유리창 밖을 내다보고 있었어요. 여전히 양말 속에 들어 있는 동전들을 짤랑거리게 흔들면서. 그 애는 자기 할머니가 죽었을 때 남겨준 거라고 하더군요. 자신의 수집물에 대해 밝힌 근거는 그것 하나뿐이었어요.

알프레드 린치 : 내가 랜트 케이시와 같이 있으면서 겪은 단 한 가지 문제는, 매달 또는 그 비슷하게 무작위로 하는 도시락통 검사였어요. 직원들이 집으로 돌아갈 때 도시락통 안을 보여달라고 요구하지요. 우리 직원들은 의뢰인 집에 혼자 들어가는데 때로는 보석류나 귀중품들이 근처에 놓여 있기도 하거든요. 무작위 검사는 모든 직원을 한 줄로 세워놓고 해요.

랜트가 다이아몬드를 훔친 적은 단 한 번도 없었지만 일단 그 친구의 도시락통 뚜껑을 열면 그 안에 거미들이 기어 다니고 있었어요. 아마도 그 친구가 그날 죽이기로 한 검은과부거미. 랜트는 우연이라고 말했고 나는 그 말을 믿었지요.

그러니까 내 말은, 어느 누가 독거미 소굴을 찾아 몰래 주거침입을 하겠냐는 겁니다.

토드 러츠 : 거래는 끝났고 나는 현금으로 만5천 달러를 내주었지요. 내가 금고에 보관하고 있던 현금을 그 애한테 모조리 내준 겁니다. 1933년도 20달러짜리 금화, 1933년도 10달러짜리 금화, 1879년도 4달러짜리에 대해 만5천 달러.

내가 이름을 묻자 그 아이는 생각을 해야 했고, 바닥을 내려다보았다 천장을 쳐다보았다 하더니 이럽디다. "그건 아직 정하지 않았는데요."

정말입니다, 그 애가 거짓말을 했더라도 문제가 되지 않았어요. 그 애가 현금으로만 받겠다고 하는 것도, 양말을 푸는 데 사용했던 그 애의 치아가, 그 이들이 검게, 아주 새까맣게 물들어 있었다는 것도 전혀 문제되지 않았죠.

내 말의 요지는 그 1933년도 세인트고든스 더블이글 금화 하나만 하더라도 800만 달러짜리 동전이었다는 겁니다.

운전교습생 *19*

샷 더년(ⓒ 자동차 충돌파티족) : 어느 '운전교습생 나이트'에 랜트는 그린 테일러 심스에게 자기가 내 옆에 서 있는 사진을 한 장 찍어 달라고 했어요. 랜트가 흔해 보이는 일회용 카메라 하나를 그린에게 건네고, 한 손을 뻣뻣하게 내밀어 자기 무릎을 탁탁 치면서 그린에게 다가가 말하더라고요. "여기 위쪽으로 나오게 찍어요."

그날 밤 그린은 그 커다란 자기 차 다임러를 몰았고, 우리는 뭘 좀 먹으려고 드라이브인 식당에 잠시 들른 참이었죠. 랜트가 내 옆에 서더니 한쪽 팔을 뻗쳐 내 어깨에 둘렀어요. 그러고는 내 입출력장치가 박혀있는 곳, 그러니까 제1경추와 두개골 뒤쪽 기부 사이에 튀어나온 입출력장치에다 손가락을 대고 이렇게 물었죠. "이거 어때?"

그가 내게 말했어요. 자기는 광견병 때문에 입출력장치가 부스트를 하지 않을 거라고 말이죠. 그의 손가락들이 여전히 내 입출력장치 주위의 살을 문지르고 있었죠. 그 손가락들이 방금 커피 컵을 내려놓은 듯 뜨거웠어요. 병 때문에 열이 올라서.

나는 그에게 입출력장치는 목 뒤에 달려 있기만 할 뿐 코를 하나 더 가지고 있는 것 같다고 알려줬어요. 아니 그저 코뿐 아니라 눈과 혀와 귀, 오감을 느끼는 여분의 수단이라고. 하지만 때로는 허튼 거라고도 알려주었죠. 우리가 입출력장치를 통제하는 게 사실이기는 하지만 때로는 코카콜라나 포테이토칩 같이 절대로 먹지 않는 것에 온몸이 허기를 느끼는 걸 보면 이 상업적인 세상이 입출력장치가 켜져 있지 않을 때마저도 전달되는 피크나 효과를 내보내는 게 틀림없다고요.

그린이 자기 차 운전석 문에 기대어 서서 카메라를 얼굴에 대고 말했어요. "언제 찍을지 얘기해." 그의 뒤로 차들이 지나갔고 몇몇 차들에는 '운전교습생' 표시가 되어 있었어요. 또 어떤 충돌파티 팀은 우리가 깃발을 날리고 있는지 보려고 속도를 늦추기도 했고.

랜트가 손으로 내 목덜미를 감싸고 대답했어요. "지금요."

예를 들어 그날 밤 나는 우리가 차를 몰아 패스트푸드점을 지나가기 전까지는 배가 고프지 않았어요. 바보 같은 소리지만 사실이 그래요. 하지만 내 입 안에서 감도는 베이컨 치즈버거 맞은 일종의 부스트된 효과에요.

그런 테일러 심스가 이렇게 말했거든요. "자, 치즈버거(사진 찍을 때 웃는 표정을 지으라는 뜻으로 한 말임 - 옮긴이)."

그러자 내 목을 잡고 있던 랜트가 목을 꼬아 얼굴을 내게로 들이대고 입을 맞추더라고요. 카메라 플래시가 터졌을 때는 랜트의 다른 손이 내 가랑이 사이를 파고들었고. 손가락을 펼쳐 내 바지 앞섶 단추들 사이로 엄지손가락을 밀어 넣으면서.

그 정신 나간 미친놈. 내 입 안으로 들어온 그의 혀는 뜨거웠고, 내 입술에는 그의 침이 묻었어요. 침이 광견병을 옮기는 것만큼 빠르게. 카메라 플래시가 다시 터지기 전에 내가 랜트 케이시를 밀어내자, 그가 이러더라고요. "헤이, 고마워." 그러고는 그린에게서 일회용 카메라를 받아 들면서 이렇게 덧붙였고요. "우리 아버지는 내가 저렇게 잘생긴 남자친구를 호렸다는 걸 믿으려 들지 않을 걸요."

그게 대체 말이나 되는 소리에요?

나는 그저 침을 뱉고 또 뱉고 할 수밖에 없었죠. 치즈와 베이컨과 광견병의 뜨거운 맛을 없앨 셈으로 침을 뱉고 또 뱉고 할 수밖에.

운전자 실황 교통방송에서: 213번 무료 간선도로에서 서쪽으로 향하는 운전자들에게 좋지 않은 소식입니다. 포드어 하드톱 한 대가 중앙 분리대를 들이받고 운전자와 승객이 갇힌 채 전복되었습니다. 응급구조대원들에 따르면, 운전자는 35세의 남성이며 대퇴골의 복합 골절로 출혈이 심해 심장 박동이 미약하고 혈압이 급격히 떨어지는 상태라고 합니다. 현재로서는 과다한 출혈로 인해 심장 박동이 멎을 것 같은데, 15분 후에 다시 소식을 전해드리겠습니다. 여기는 '운전자 실황 교통방송, 우리는 당신들이 왜 구경하고 있는지 알고 있다' 입니다.

샷 더년: 운전교습생의 밤에는 "주의! 운전교습생이 운전대를 잡고 있음"이라고 경고하는 그런 표지판들 중 하나로 깃발을 달아요. 그때는 충분히 커다란 표지판을 두 개 만들어서 하나는 미등 사이에다, 트렁크 뒤쪽과 뒤 범퍼를 가로질러 철사로 고정시켜야 해요. 그리고 두 번째 표지판은 엔진 덮개 앞쪽에 고정시켜야 하지만, 흡입 공기가 냉각장치로 들어가는 걸 막아서는 안 돼요. 초보자들, 그러니까 끈적끈적 들러붙는 팬 클러치와 냉각수 펌프에 너무 많은 기대를 거는 팀들은 냉각장치 그릴 전체를 다 막아버리는 표지판을 만들어요. 그래서 우리는 엔진이 과열되어 길가에 멈춰선 차들을 보게 되죠.

에코 로런스(○ 자동차 충돌파티족): 충돌파티 규칙에서는 모든 참가팀들이 '아이아스(트로이 전쟁의 영웅 이름이나, 여기서는 운전교습소의 이름임―옮긴이) 프로페셔널 운전교습소' 같은 형태의 표지판을 사용해도록 규정하고 있어요. 왜냐하면 몇 시즌 전에 진짜 풋내기 운전교습생이 대기 관찰 시간에 코스로 들어온 적이 있었거든요. 그 친구 얘기가 입에서 입으로 전해졌어요. 그 불쌍한 풋내기, 그 얘기가 다른 여섯 팀에 돌아, 차례로 그 친구 차에 따라붙어 여러 블록을 추격해서 머플러가 떨어져 나갈 때까지 그 차 범퍼를 들이받았죠. 사람들 말로는 그 풋내기와 교관이 그냥 사라져버렸다데요. 차가 보도의 갓돌 위로 달려들어 왼쪽 앞문이 열리고 엔진이 그대로 돌게 놓아둔 채로.

운전자 실황 교통방송에서: 213번 도로에서 벌어진 전복 사고와 관련해서 또 다른 소식을 알려드립니다. 운전자를 구출하려는 노력이 계속되고 있지만, 이미 운전자의 이마가 앞 유리창 위쪽의 백미러에 부딪혀서 생긴 대뇌 지주막하출혈(뇌 표면의 지주막과 연막 사이의 출혈―옮긴이)과 기뇌증(두개골 내에 공기나 가스가 차 있는 증상―옮긴이)의 조짐을 보이고 있습니다. 서쪽으로 가는 방향에서 알 수 있는 건 이게 전부입니다. 15분마다 새로운 소식을 계속 알려드리도록 하겠습니다. 여기는 '운전자 실황 교통방송, 우리는 당신들이 왜 구경하고 있는지 알고 있다'입니다.

샷 더넌: 자동차 충돌파티가 흥미진진한 것처럼 들릴지 몰라도, 실제로는 차에 앉아 이야기나 하면서 맴돌듯 차를 모는 게 대부분이에요. 빙빙 돌아다니고 다른 차가 그 윈도 시간에 제대로 된 깃발을 날리고 있는지 지켜보면서. 때로는 깃발로 전화

번호나 이메일, 또는 즉각적인 공지 사항을 알리기도 하죠. 어떤 윈도에서는 무슨 영문인지 모르게 허니문 나이트 차림을 하고 차에다는 시시껄렁한 웨딩 장식을 한 팀을 보게 될 거에요. 아니면 가발을 쓰고 사커맘 나이트에나 어울릴 법하게 페인트로 "나가 싸우자"니 뭐니 하고 휘갈긴 차를 모는 팀을 보게 되거나. 만일 깃발이 잘못되어 있으면 얼간이 아니면 더 지독한 머저리로 보이죠.

잘못된 깃발을 단 차가 나타나면 사람들은 그들이 게임을 망치려고 드는 경찰이라고 해요. 아니면 너무 심하게 따라붙었거나 다른 차들의 측면, 또는 다른 어떤 금지된 자리를 들이받은 팀들이라고도 하고. 파울을 여러 번 받으면 사람들이 충돌파티 핫라인으로 전화를 걸어 신고하죠. 그렇게 여러 번 받은 파울은 팀 기록에 합산되고, 그러면 다음번 깃발과 윈도에 대해서 공지를 받지 못하게 돼요.

운전자 실황 교통방송에서: 지금 213번 도로의 전복 사고 현장을 급히 둘러보고 있습니다. 구급 요원들은 운전자가 심낭, 즉 심장을 둘러싸고 있는 조그만 자루 모양의 막에 파열 증상을 보인다고 합니다. 그 전에 한 말은 집중적인 충격이 심장을 척추로 밀어붙였고, 그 결과로 심실 내부 격벽의 후배부 외벽이 타박상을 입은 것으로 보인다는 것이었습니다. 죽은 사람은 죽은 사람이고, 운전을 하는 동안에는 10분마다 업데이트를 받게 되어 있죠. 여기는 '운전자 실황 교통방송, 우리는 당신들이 왜 구경하고 있는지 알고 있다'입니다.

샷 더넌: 그 운전교습생 나이트에 나는 앞자리 동승자였고, 랜트는 뒷자리에서 후방 감시를 맡고 있었어요. 경기장은 꽤나 활기가 없어 보였고요. 나는 내 쪽 창문을 내리고 밖으로 침을 뱉으면서 랜트에게 이랬죠. "네가 나한테 광견병을 옮기더라도 나는 네 조롱거리가 아니야." 그러고는 다시 침을 뱉고나서 덧붙였어요. "특히 네가 나한테 광견병을 옮길 경우에."

평소에 랜트는 유리컵에 담긴 깨끗한 물 같은 냄새를 풍겼는데 그날은 아니었어요. 그가 손대는 자리마다 휘발유 냄새가 나기에 내가 물어보았죠. "이게 대체 무슨 악취야?"

그랬더니 랜트가 대답하더라고요. "디메틸시클로프로판카르복실릭 액." 그가 고개를 돌려 뒤 유리창 밖으로 5시 방향을 주시하며 덧붙였어요. "거미들을 죽이는 데 쓰는."

운전자 실황 교통방송에서: 방금 213번 도로에서 들어온 소식입니다. 운전자를 더 면밀히 검사해본 결과 오른쪽 대퇴골의 측면 복합 골절로 골반의 혈관들이 끊어졌고 충격으로 인한 천장(薦腸)관절 분쇄와 관골구 골절이 드러났습니다.

노스사이드에 있는 운전자들에 대해서는, 614번 도로부터 헴스버그 프리웨이의 동쪽 방향 도로로 이어지는 북쪽 방향 출

240

구가 오른쪽 갓길에 멈춰 선 운전교습생의 차로 인해 지체되고 있습니다. 이상, 운전자 실황 교통방송의 티나 아무개였습니다.

샷 더넌: 그린은 어느 운전교습생 뒤로 슬며시 다가가 뒤로 따라붙고 있었어요. 목표물을 따로 떼어내 심하게 들이받더라도 너무 많은 주의, 아마도 경찰의 주의를 끌지 않을 샛길로 몰아넣으려고 더 나은 각도를 찾아 차량들 사이를 이리저리 누비면서. 그린은 목표물이 우리 깃발이 나부끼는 것을 보지 못하도록 목표물과 우리 사이에 밴, 택시, 버스 등 크고 밝은 것이라면 무엇이든 계속 두고 있었어요.

공격해 오는 팀들이 없는지 망을 보면서 나는 랜트에게 혹시 남자친구를 찾고 있느냐고 물어보았죠.

그랬더니 랜트는 아니라면서, 만일 자기 친척들이 자기를 덜 좋아하게만 할 수 있다면 독일산 셰퍼드하고도 그 짓을 하겠다고 그러더군요. 그 사람들을 고통에서 구하기 위해.

"내 작전 중 하나는," 랜트가 3시에서 9시 방향의 두 사분면을 커버하려고 고개를 돌리면서 말을 이었어요. "사람들이 나를 더 나쁘게 생각할수록 내가 떠나버려도 그들의 마음이 덜 아플 거라는 거지."

우리 옆에서 달리던 버스가 정차를 하려고 브레이크를 밟아 멈춰 섰어요. 그 바람에 우린 잠시 동안 노출이 되고 말았죠. 그린이 "자, 준비들 단단히 해."라는 말을 하고 우리 목표물의 뒷좌석 왼쪽 망보기가 고개를 돌려 우리 깃발을 똑바로 볼 수 있을 만한 시간만큼요.

목표물이 다음번 교차로에서 급히 우회전해서 차들이 주차되어 있는 어두운 골목으로 들어섰고, 그린은 버스를 추월해 목표물을 뒤쫓았어요. 바퀴 끌린 자국과 연기를 남기는 두 운전교습생들.

운전자 실황 교통방송에서: 앞서 전해드린 213번 도로 차량 전복 사고에 이어 구급차에서 방금 전 들어온 새로운 소식입니다. 부검이 있기 전까지는 확실히 알 수 없지만, 복막과 관련해서는 몸 중심부의 공장(空腸)에 또 다른 부차적 열상이 있는 것으로 보인다고 합니다. 구급차 안에서 전해지기로는 2리터 가량의 화농성 물질이 복강으로 스며들 정도가 되면, 앰뷸런스 운전사도 사이렌과 경광등을 꺼버린다고 합니다. 여러분이 오늘 서둘러 통근을 하는 동안 마음에 새겨두어야 할 또 한 가지 사항입니다.

샷 데넌: 우리의 목표물은 천천히, 주차된 차들에 바짝 붙어서 가고 있었어요. 우리가 비용이 많이 드는 부차적 손상을 입히지 않고서는 들이받지 못하도록 말이죠. 게임에 참가한 차에다 흠집을 내는 건 규칙에 맞지만, 아무 상관도 없는 다른 차에다 흠집을 내면 깨끗이 인정하고 수리비를 다 물어줘야 하거든요. 우리 목표물은 그런 사실을 분명히 알았고, 그래서 주차된 차

들에 바짝 붙어 있었던 거죠. 재빠른 탈출구, 그러니까 골목길이나 경찰이 나타나 우리에게서 벗어날 때까지 안전하게 남아 있으려고.

나는 내가 맡은 사분면을 계속 지켜보면서 랜트에게 동성애자인지 아닌지 물어봤어요.

그날 밤 그린 테일러 심스가 그를 허클베리 패그(Fagg, 남성 동성애자를 뜻하는 속어 'faggot'의 줄임말 – 옮긴이)라고 부르기 시작했기 때문이죠.

그랬더니 랜트가 이러더군요. "정말이지 나는 절대로 박사가 되지는 못할거야. 나한테는 긴 나눗셈도 하라고 하지 마." 그리고 계속해서 "나는 내 친척들이 자랑스럽게 여길 일을 할 수 없어…."라고 덧붙이더니, 몸을 앞으로 빼 앞좌석을 건너질러서 라디오를 틀었어요. 티나가 재잘거리는 소리가 들려오더군요. 그 여자는 진료 보조원들과 교통경찰들에게 전화를 받고 그걸 한데 이어 붙여서 교통사고 뉴스거리로 쓰죠.

"하지만," 랜트가 다시 입을 열었어요. "만일 내가 친척들의 기대치를 낮추고 그들이 나를 망쳐놨다는 걱정거리로 괴로워하게 된다면, 내가 여자를 임신시키는 그 단순한 기적만으로도 그들은 기쁘고 안심이 되어서 함박웃음을 터뜨리겠지."

운전자 실황 교통방송에서 : 213번 도로에서 일어난 치명적인 전복 사고와 관련해서 구급차 요원들이 보고한 마지막 소식 가운데 하나는… 그들이 죽으면서 들은 노래가 낵(The Knack)의 〈마이 샤로나(My Sharona)〉였다는 것입니다. 그리고 그것이 브라이언 램슨을 새로운 '죽음의 노래' 우승자로 만들었습니다. 브라이언, 이 방송을 듣고 있다면 한 시간 내에 상을 받으러 오세요. 이상 '운전자 실황 교통방송, 우리는 당신들이 왜 구경하고 있는지 알고 있다'였습니다.

샷 더넌: 랜트가 앞좌석을 건너질러 라디오 버튼들을 만지작거리는 동안 그 애 손등에 파란 볼펜으로 쓰여 있는 글자들이 보였어요. P295/30 R22… P285/30 R22… 425/65 R22.5… 그건 분명히 타이어 사이즈였죠. 큰 타이어들의 사이즈요.

그 파란 숫자들 쪽으로 고개를 까닥이면서 내가 물어보았어요. "자동차 쇼핑을 하고 있었나?"

그러자 랜트는 이렇게 되물었고. "에코에 대해서 얼마나 잘 알아?"

나는 알 만큼 안다고, 아주 잘 안다고 대답했죠.

그린 테일러 심스는 액셀러레이터를 참을성 있게 살짝살짝 밟고 있었어요. 목표물인 차는 거의 닿을 만큼 가깝게 붙어 움직였죠. 일렬로 주차되어 있는 차들에 스칠 정도로. 두 차 모두 1단 기어로 느릿느릿 가고 있었어요. 살충제 냄새. 광견병 냄새.

랜트가 다시 입을 열었어요. "내가 그 여자한테 선물을 준다면…."

에코는 그날 밤에 일을 하러 가고 없었어요. 내가 여기에서는 설명하고 싶지 않은 어떤 허튼 일을 하러. 복잡 미묘하고도 시시껄렁한 일.

랜트가 다시 묻더군요. "정말로 에코가 진심으로 온 마음을 다해, 누군가를 미워하는 게 사실인가?"

나는 미워하는 게 아니라 '사랑'하는지 물으려던 거 아니냐고 되물었죠.

그러자 랜트는 어깨를 으쓱해 보이면서 이랬고요. "그게 그거 아냐?"

폐차장 20

그린 테일러 심스(ⓒ 역사가)의 현장노트에서 : 순전히 볼 만한 장면으로만 치자면, 충돌파티 문화의 절정은 '트리 나이트'가 되어야 한다. 언제나처럼 그 아이디어는 눈치 못 챈 사람들이 통상적이고 정상적인 일로, 아니면 최악의 경우 실수로 치부해버릴 수 있는 깃발을 택하는 것이었다.

실수 유형의 깃발들에는 커피 컵들과 종이봉지에 든 음식들이 포함된다. 예컨대 충돌 팀들은 '웁스 나이트'에 '커피 쏟기' 게임을 하는 동안 그런 깃발들을 썼고, 참가자들은 자동차 지붕에 커다란 머그컵을 볼트로 조이거나 아교로 붙임으로써 자기네가 게임에 참가하고 있음을 알렸다. 컵에 실제로 커피를 담느냐 마느냐는 마음대로 선택했다. '종이 봉지 쏟기' 게임을 하는 경우에는 참가 팀들이 차 지붕에 종이 봉지에 든 '점심'을 아교로 붙였다. 일반인들에게는 그 깃발들이 우스꽝스러운 실수로 보였기 때문에 눈치를 채지 못한 운전자들은 차를 옆으로 대고 웃고 손가락질하며 운전자의 주의를 끌어 잘못 놓인 것을 바로잡아주려고 했다.

'널판 위의 아기' 이벤트는 엉뚱한 재난 깃발의 또 다른 유형이다. 충분히 이해가 가는 일이지만, 유모차와 아기를 차 지붕에 얹어놓고 잊어버린 듯 보이는 차가 속도를 높여 차량들 사이를 누비고 지나가는 것을 목격한 일반인들의 반응은 그렇게 즐겁지가 못하다.

샷 더넌(C• 자동차 충돌파티족): 경매인이 50달러부터 입찰을 시작하면서 말하죠. "… 50달러 있습니까? 분류 번호 1번 품목에 어느 분이 50달러로 첫 번째 응찰을 하시겠습니까?"

이건 새미즈 토잉(Sammy's Towing)에서니까 틀림없이 화요일 밤이에요. 수요일의 경찰 압수 물품 경매는 라디오 리트리벌(Radio Retrieval)에서 하니까. 얼마나 체계적이에요? 금요일마다 우리는 차들을 미리 보러 패트롤 토잉(Patrol Towing)에 갔었어요. 경찰이 압수한 차들, 버려진 차들, 경찰의 마약 단속에 걸리거나 주차 요금을 안 내서 압류된 차들, 유료 주차장에서 견인된 뒤 아무도 안 찾아가는 차들, 그런 차들이 모두 가장 높은 액수를 부르는 입찰자에게 푼돈으로 팔려 나가죠.

며칠 동안 몰고 다니면서 페인트칠을 하고 아교로 온통 붙이고 다른 고물차들을 들이받을 수 있는 차를 찾으려면 거기가 바로 시장이죠. 어떤 차들의 앞 유리창에서는 노란색이나 주황색 유성 형광펜으로 "타이밍 벨트 끊어졌음"이라고 적혀 있기도 해요. 아니면 "엔진 마운트 균열"이라고 적혀 있거나. 아직까지도 "방금 결혼했어요"라는 글자가 치약으로 덕지덕지 발리고 깡통들이 매달려 있는 경매 번호 42번인 한 대형 포도어(four-door) 승용차 앞 유리창에는 "캠샤프트 로브 균열"이라고 적혀 있고.

이제 막 경매품으로 나온 우그러지고 찌그러진 차들에서는 마른 핏자국이나 계기반에 그대로 들러붙어 있는 머리칼도 보게 될 거예요.

그린 테일러 심스의 현장노트에서: 아기 인형과 유모차도 물론 적당한 자리에 볼트로 고정되었다. 대부분의 팀들이 매주 같은 크기의 드릴 구멍에 같은 크기의 나사들을 이용해 유모차를 커피 머그컵이나 종이 봉지에 든 점심 등으로 바꾸었다. 다른 팀들은 차가 점점 더 많이 찌그러지고 긁혀서 목표물로서의 관심을 덜 끌게 되면 기본적인 테마를 부각시키곤 했다. 그들은 커피 머그컵 대신에 에스프레소 기계와 커피 잔과 잔 받침대들이 담긴 쟁반, 초콜릿빵 바구니 같은 것을 지붕에 볼트로 고정시켰다. 붉은 장미가 한 송이만 꽂힌 조그만 은제 꽃병이 차가 달리는 동안 뒤쪽으로 부는 바람 속에서 흔들거리기도 했고.

샷 더넌 : 경매인이 읊어대고 있었어요. "… 75달러, 75달러 나왔
습니다. 80달러 없습니까? 80달러에 응찰하실 분, 80달러 나왔
습니까…?"

랜트와 에코는 여전히 엔진 뚜껑들 밑을 들여다보면서 사람
들에게 참견을 하고 있었어요. 그러다 에코가 다 찌그러지고
녹슨 미니밴들을 가리켰죠. 조화를 만들 때 쓰는 오글오글한
종잇조각들로 장식되고, 포스터 그릴 때 쓰는 물감으로 '타이
거스 화이팅! 나가 싸우자!'라는 글자들이 휘갈겨진 차들. 시트
와 바닥은 사커맘 나이트에서 차를 버리고 달아났을 때 남겨둔
스낵 식품과 패스트푸드 봉지들로 어질러져있는.

에코가 지붕에 시든 크리스마스트리가 그대로 묶여 있는 한
쿠페(3인승의 투도어 승용차-옮긴이)의 운전석 문을 열었어요.
그리고 한 손가락으로 카 오디오 버튼을 눌렀지만 아무 일도
일어나지 않았죠. 에코가 다시, 이번에는 더 세게 버튼을 누르
자 CD가 한 장 튀어나오데요. "내가 좋아하는 체이스 믹스(신나
는 곡들 모음-옮긴이)네." 그녀가 랜트에게 보라고 그 CD를 흔
들어 보이면서 그러더군요. "난 이걸 다시는 듣지 못할 거라고
생각했는데."

그린 테일러 심스의 현장노트에서 : 추수감사절이 가까워지면 잘못 놓인

커피 컵이라는 테마가 칠면조, 즉 종이로 만들어 갈색으로 칠하고 니스까지 발라 번들거리는 칠면조들로 확대되곤 한다. 적포도주가 출렁거리는, 목이 긴 와인 잔. 소금과 후추를 흔들어 뿌리는 양념통들. 놋쇠꽂이에 꽂힌, 불꽃 전구들이 배터리에 연결되어 빛을 발하는 기다란 흰색 양초들. 이렇게 확대된 디스플레이는 보통, 팀이 특정 자동차를 운전하는 마지막 행사가 될 거라는 신호이다. 얌(고구마 비슷한 참마속의 식물 – 옮긴이)과 녹색 콩류가 담긴 접시들을 붙박기 위해서는 차 지붕과 헤드라이너에 수십 개의 구멍들을 뚫어야 하기 때문이다.

그처럼 공들인 자동차 보내기, 즉 '장례식'이나 '마지막 주행'을 위해 참가 팀들은 윈도가 시작되기 전에 적어도 한 시간은 먼저 행사장 또는 경기장으로 들어선다. 경기가 공식적으로 시작되기 전에 그 차들은 퍼레이드를 벌이고 모형 장식물들을 만든다. 밤 동안 경기를 치르고 그 차들을 폐차장에 넘기기 전에 마지막으로 성대한 작별을 고하는 것이다.

샷 데넌: 내 안에 있는 대본 예술가는 아직도 출력할 가치가 있는 사건들을 찾고 있었어요. 나는 손을 목 뒤로 돌려 내 입출력장치를 만지며 그걸 켤 준비가 되어 있었고요. 어쩌면 내가 인식하는 흥미로운 순간을 출력할 수도 있었죠. 녹슨 차가 어떻게 보이는가, 또는 에코가 반쯤 열린 엔진 덮개 밑으로 엉덩이만 비쭉 내민 채, 윤활유와 판금 때문에 둔탁해진 목소리로 "이 나

비 밸브가 '좆됐어'."라고 말할 때, 랜트가 에코에게 어떻게 미소짓는가.

몇 대의 망가지고 부서진 하드톱 자동차들이 바퀴까지 진창에 박힌 채 웅크리고 앉아 있었어요. 그 차들의 트렁크 뚜껑에는 밝은 분홍색 페인트나 분홍색 펄 매니큐어로 "체리밤Ⅲ"라고 적혀 있었고요. 그 망가진 차 옆에 티나 아무개가 서 있었어요.

티나가 손가락들을 오므려 주먹을 쥐고 진창을 가로질러 에코의 엉덩이 쪽으로 철벅철벅 걸어가기 시작했을 때 나는 내 입출력장치 스위치를 올렸지요. 살육을 출력하기 위해.

그린 테일러 심스의 현장노트에서: 앞서도 말했듯이, 순전히 구경거리로만 보면 트리 나이트를 능가할 것이 없다. 그 보기 드문 행사에서는 낡은 차, 새 차 할 것 없이 스스로를 자랑을 해 보이려고 일찍부터 들어선다. 원래의 아이디어는 상록의 크리스마스트리를 구석진 땅이나 숲에서 집으로 가져가는 행복한 가족인 척하며 차 지붕에 묶는 것이었다. 하지만 간단한 커피 컵이 진수성찬으로 진화한 것과 마찬가지로, 얼마 안 가서 꾸미지 않은 소나무만으로는 만족하지 못하게 되었다.

참가 팀들은 물론 인조 트리를 사용하는데, 보통 세로로 묶여 엔진 덮개 위로 불쑥 튀어나온 그 트리를 밧줄로 범퍼에 단단히 고정한다. 원래의 트리 나이트를 기점으로 해서 참가 팀들은 나뭇가지에다 은빛으로 번쩍거리는 장식물을 늘어뜨린다. 그리고 뒤에다가는 나무 꼭대기에 매달려 차 트렁크 위에서 건들거리는 밝은 색 별들을 철사로 얽어맨다. 또 어떤 사람들은 침엽수의 잎들 사이에다 반짝이는 장식물을 아교로 붙이거나 철사로 얽어매기도 한다. 트리 나이트 윈도가 개시되기 두 시간 전부터도 자동차 충돌파티족은 퍼레이드를 벌이는데, 그들의 차 위에서는 색색가지 전구가 반짝이고 전선이 창문을 통해 담배 라이터나 배선 장치로 연결되어 있다. 그리고 모든 차의 카스테레오에서는 크리스마스 캐럴이 꽝꽝 울린다.

윈도가 개시되는 순간 모든 크리스마스트리에 불이 꺼진다. 퍼레이드를 벌이던 차들이 조용해지고 참가 팀이 제각기 흩어져 진짜 사냥이 시작된다.

샷 더넌: 경매인이 호가를 부르고 있었어요. "… 40달러, 40달러 없습니까? 자, 여러분, 휘발유 탱크를 채우는 것보다는 더 비쌉니다. 30달러 없습니까…?"

에코가 여전히 양팔을 엔진 숄더(실린더 헤드와 실린더 블록의 접합부 – 옮긴이)까지 내려 파묻고서 밸브 커버에 뺨이 닿도록 얼굴을 바짝 들이대고 있을 때 티나 아무개가 그녀 뒤에 버티고 서서 소리쳤어요. "야, 이 창녀야!"

그때 랜트는 양 팔꿈치를 앞 범퍼에 괴고서 엔진 덮개 아래로 에코를 들여다보고 있었죠.

경매인이 호가를 부르고 있었어요. "25달러 없습니까? 25달러 없나요…?"

티나가 에코의 엉덩이에다 대고 또 말했죠. "너, 그 말도 안 되는 파울신고 하지 마. 네가 나를 반칙으로 몰아내면 나는 가짜로 꾸며내서 신고할 테니까."

그린 테일러 심스의 현장노트에서: 크리스마스트리에 불이 꺼지면 트리를 매단 차들은 시커멓고 초라하고 여기저기 긁힌… 흉물들로 바뀐다. 흔들리는 유리와 수정 방울들이 가볍게 달랑거리는 소리가 어렴풋한 실마리다. 어떤 팀은 오로지 백미러로 산울타리나 덤불이 갖가지 색으로 불타오르는 것을 보기 위해 차를 몰아 어두운 산울타리나 덤불을 지나왔을지도 모른다. 타이어들이 끼익 끌리는 소리, 번뜩이는 빛과 색채의 덩어리가 그들의 차 옆을 스치듯 때리고 다시 밤 속으로 사라질 것이다.

샷 더넌: 경매인이 호가를 부르고 있었어요. "… 20달러 없습니까? 20달러에서부터 입찰을 시작해도 되겠습니까…?"

에코는 엔진 덮개 밑에서 얼굴을 여전히 방화벽에 갖다 댄 채 이렇게 되받았죠. "헛소리 마. 나는 네 번호판 넘버도 몰라." 그러고는 여전히 티나에게 엉덩이만 보인 채 이렇게 덧붙였고요. "네 번호판 넘버도 모르는 내가 어떻게 너한테 파울을 매길 수 있지?"

경매인이 호가를 부르고 있었어요. "20달러! 20달러 나왔습니다. 25달러 없습니까? 25달러에 입찰하실 분…?"

랜트는 여전히 몸을 앞으로 숙여 범퍼에다 팔꿈치를 괴고서 에코를 지켜보고 있었죠. 나는 여전히 그들을 지켜보면서 출력을 하고 있었고요. 나중에 집에 가서 되살릴 수 있도록.

"어이, 주간생활자…." 티나가 그렇게 불렀다가 더 큰 소리로 다시 불렀어요. "너, 이빨이 새까만 주간생활자 녀석!"

그 말에 랜트가 고개를 들었어요. 그의 셔츠 소매가 걷어 올라와 있어서 팔뚝에 난 물린 흉터들이 드러나 보였죠.

그러자 티나가 말했어요. "네 여자친구가 무슨 일을 하는지 너한테 얘기해줬니? 자동차 사는 데 드는 돈을 어떻게 버는지 말이야."

랜트는 아무 대꾸도 하지 않았어요. 그저 습관적으로 침을 찍 뱉고, 또 찍 뱉었죠.

에코가 엔진 덮개 밖으로 한쪽 팔을 빼내더니 손이 보이도록 팔꿈치를 구부렸어요. 그 손이 반달 모양의 멍키스패너를 바지 뒷주머니로 쑤셔 넣었지요.

티나 아무개는 뒷주머니에서 스패너가 튀어나온 에코의 엉덩이에다 대고 또 이랬고요. "네가 그렇게도 좋아하는 네 여자친구는 돈을 벌려고 빠구리를 쳐." 그러고는 가슴에 팔짱을 끼고 몸을 뒤로 젖히더니 이렇게 소리쳤어요. "네 시시껄렁한 여자친구는 빌어먹을 창녀라고!"

그린 테일러 심스의 현장노트에서 : 트리 나이트 다음 날에는 길거리가 어지럽게 반짝거린다. 금색이나 은색 반짝이들이 바람에 날려 팔랑거리고 산산조각 난 유리 장식품들이 지나가는 차바퀴에 깔려 우지직거린다.

샷 더넌 : 경매인이 입찰을 받고 있었어요. "… 23달러 나왔습니다. 23달러에 입찰. 다시 한 번 더 갑니다…."

에코가 뒤로 한 발짝 나와서 몸을 일으켜 세우고 티나 쪽으로 돌아섰어요.

그러자 랜트가 물었고. "그게 정말이야?"

경매인이 다시 알렸어요. "… 두 번째로 갑니다…."

에코가 목에서 두둑거리는 소리가 날 때까지 고개를 양 옆으로 홰홰 젓고는 되물었어요. "뭐가 말이야?"

다시 랜트가 물었어요. "저 여자가 한 말… 너 정말 내 여자친구 맞아?"

다음엔 경매인이 입찰을 종료했고요. "팔렸습니다!"

에코 *21*

캐나다 머서(✿ 소프트웨어 기술자) : 제 아내 사라와 제가 에코 로런스를
고용한 건 어느 디너파티에 다녀온 후였습니다. 친분이 있는
타이슨과 닐스 부부가 바로 얼마 전에 첫아이를 낳은 참이었는
데, 아기 때문에 식사가 계속 중단되었지요. 애엄마가 몇 번인
지도 모를 만큼 여러 번 아기를 보살피러 자리를 뜨자 애아빠
가 이럽디다. "우리가 첫아이를 보기 전에 삼자간 섹스를 실험
해본 게 참 다행입니다." 그의 말은 아이가 태어나면 묶는 끈이
며 바이브레이터며 경찰 제복 등을 가지고 실험해 볼 시간이나
프라이버시를 절대로 가질 수 없다는 거였지요. 하지만 그런
일들을 모두 다 해보았으니, 이제 아이를 갖는 데 아무 후회도
없다는 거였습니다. 그들 부부는 아주 행복해 보였어요.

그 만찬에서 나온 뒤 사라와 나는 우리가 너무도 뒤처져 있다는 느낌이 들었지요. 이제 우리는 아기를 가질 생각을 하고 있었는데, 하다못해 애널 섹스도 시도해보지 못했으니까요. 삼자간 섹스는 아예 논의조차 해본 적도 없었고요. 며칠 뒤 우리는 타이슨과 닐스에게 전화를 걸어 한 쌍의 남녀와 정을 통할 생각이 있는 여자를 어떻게 만났느냐고 물어보았지요. 그랬더니 그쪽에서 우리 나이 정도의 부부들 외에는 아무하고도 일을 하지 않는 젊은 여자를 한 명 알고 있다고 합디다. 통금 시간 이후에 기꺼이 우리 아파트로 찾아올 야간생활자 여자라고 하더군요.

에코 로런스(◖ 자동차 충돌파티족) : 신경 꺼요. 경찰은 우리 가족을 박살낸 그 염병할 작자를 결코 찾지 못했으니까요. 내가 마지막으로 기억하는 건 우리 부모가 운전을 하고 있었다는 거예요. 우리는 늘 운전을 하고 있었지요. 엄마는 언제나 업무용으로 나온 회색 승용차를 몰았는데, 그 차는 찌그러든 자리들로 온통 뒤덮여 있어서 꼭 누군가가 똘똘 뭉쳤다가 다시 펴려고 한 은박지처럼 보였어요.

엄마는 사회 기간시설 엔지니어였는데 늘 내게 도로를 통과할 수 있는 최대 교통량, 그러니까 E 교통량 수준 대 K 수준에 대해서 설명해주곤 했지요. 우리 밑으로 차들이 지나가는 아래쪽 길을 내려다볼 수 있도록 육교 중간에 멈춰 선 채 내게 교통 흐름을 측정하는 시간당 통과량과 러시아워 요인에 대해 퀴즈를 내곤 하면서요.

누군가가 우리와 전속력으로 정면충돌했을 때 나는 그 회색 차 뒷자리에 누워 자고 있었어요.

사라 머서(✿ 마케팅 관리자): 그 젊은 여자가 찾아왔을 때 보니 한쪽 팔이, 내가 표현했던 대로라면 시들었더군요. 한쪽 팔꿈치가 구부러져 조금 뒤틀렸고 같은 쪽 손은 발육을 저지당한 것처럼 보였어요. 손가락들은 손바닥 안쪽으로 말려들어 뭘 집거나 들어 올리는 데는 절대로 쓰일 수 없었고요. 또 그쪽 다리도 다른 쪽보다 짧아서, 그 여자가 눈에 띄게 절룩거리며 거실로 들어서는 동안 한 발짝 한 발짝을 뗄 때마다 그 다리를 엉덩이에서부터 흔들어 움직이는 것 같아 보였어요.

그 여자는 한쪽 얼굴은 축 늘어지고 움직이지 못하는 것처럼 보였는데 만일 그런 마비나 불수가 아니었더라면 그녀는 상당히 예뻤을 거예요. 가엾은 여자 같으니. 그 여자는 말을 하다가 맨 마지막 단어에 이르면 입을 떡 벌린 채 분명히 정확한 단어를 입 밖에 내려고 애쓰면서 말을 멈추곤 했어요. 그건, 그러니까 그녀가 자신의 모든 생각을 건너뛰지 않고 끝마치는 데 들이는 노력은, 그야말로 고뇌였어요. 멜로 와인을 한 잔 마신 뒤 그녀는 자기의 결함이 단 한 번의 일, 즉 그녀의 어머니가 머리를 쳤을 때 입은 뇌손상 때문에 생겨났다고 했어요.

에코 로런스: 그래요, 나는 사람들에게 그렇게 말해요. 내 엄마가 나를 쳤고 아빠도 나를 쳤다고. 하지만 사람들이 상상하는 그런 식은 아니에요. 뭐랄까, 정확히 말하자면 내가 그들을 친 거죠. 차 사고가 나는 순간 내가 뒷자리에서 로켓처럼 튀어 나가 그 두 사람 모두의 뒤통수를 친 거니까요. 현장 조사관은 그 사실을 전혀 기재하지 않았지만, 나는 그들의 목을 부러뜨렸어요. 내 머리가 아빠 머리에 엄청 세게 부딪히면서 내 오른쪽 측두엽이 압착되었고. 지금 내 몸에 달린 이 조그만 팔은 여덟 살 때 팔 그대로예요. 이 다리는 조금 자랐지만. 내가 단어들을 찾느라 애쓸 때 보이는 실어증은 사실 얼마쯤은 일부러 그러는 거예요. 한마디 말의 맨 마지막 단어에서 숨이 거의 막히는 척하다가… 말을 멈추고… 잠잠해지는 거죠. 그러니까 제대로 된… 단어를 입 밖에 낼 수 없는 것처럼. 그 절박함 때문에 사람들은 내 말에 정말로 귀를 기울이게 되고요.

우리를 친 차는 카운티 교통과 소속의 회색 세단으로 우리 엄마가 몰던 것과 똑같은 차였어요. 온통 우그러들고 찌그러진. 정면충돌이었고, 사람들은 다른 운전자를 결코 찾아내지 못했죠. 그건… 뭐랄까… 수상쩍게 들리는 얘기죠.

사라 머서: 그 여자는 고아로 자라면서 누구든 데이트를 신청하기만 하면 아무 남자하고나 만났어요. 그런데 한 남자친구가 그 여자를 비밀 쾌락주의자 클럽, 사람들이 다른 사람들 앞에서

그 짓을 하는 곳으로 데려갔죠. 그리고 여자를 설득해서 그 클럽 한가운데 서서 그 짓을 했어요. 자기가 그 여자 뒤에서 삽입을 하는 식으로. 그녀는 그날 저녁 거기에 첫 번째로 온 여자였고, 그래서 두 사람은 원치 않는 관심을 잔뜩 받게 되었죠. 그걸 견디기 위해서 그 여자는 눈을 꽉 감았어요. 그러는 동안 내내 그 남자친구는 그녀의 시든 손을 잡고서 귓속말로 이렇게 속삭였고요. "내 귀여운 창녀(Meine Kleine Hure)…."

속으로 은근히 그 여자는 수십 명의 낯선 남자들이 자기를 지켜보는 그 모든 관심에 기분이 우쭐해졌어요. 그 시련이 끝나자 그 여자의 몸에서는 땀뿐 아니라 다른 무엇이 줄줄 흘러내리고 있었고요. 그 여자는 자기가 계속 신발을 신고 있었다는 게 몹시 기뻤어요. 왜냐하면 조그만 웅덩이에 서 있었으니까요. 그 여자의 몸에서 그들 모두의 정액이 뚝뚝 떨어져 내리고 있었던 거죠. 이상하게 들릴지는 몰라도, 그날 저녁의 일은 분명히 그 여자의 자존감에 엄청난 도움이 되었어요.

그때까지 그 여자는 자기의 그 특별한 남자친구가 독일어를 한다는 것도 모르고 있었죠.

캐나다 머서 : 성병이라는 주제가 화두에 올랐지만, 그 여자는 그건 문제가 안된다고 주장하더군요. 그 로런스라는 여자의 설명에 따르면, 섹스 일을 하는 사람들은 전희의 일부로서 정기적으로 오럴섹스를 하는데, 그 진짜 목적은 고객에게 어떤 병이 있는

지를 기계적으로 시험해보는 데 있다는 거였어요. 그 여자 말로 매독은 카레 치킨 맛이 나고, 간염은 케이퍼(케이퍼의 꽃봉오리로 만든, 시큼한 향과 약간 매운 맛을 내는 향신료 – 옮긴이)를 가미한 송아지 고기 맛이 난다고 합디다. 또 임질은 시큼한 크림과 양파 포테이토칩 같은 맛이고, 에이즈는 버터 팝콘 같은 맛이고. 그 여자가 내 아내를 보더니 이러더군요. "부인의 음부를 핥게 해줘요. 그러면 부인이 성병에 걸려본 적이 있는지, 그리고 자궁경부암에 걸릴 위험이 있는지 알려줄 수 있으니까요." 그리고 이어서 말하기를 암은 대체로 타르타르소스 비슷한 맛이 난다고 했지요.

에코 로런스: 성인이 된 뒤에도 나는 버스를 타면 손에 저절로 땀이 배곤 했어요. 택시를 타고 있으면 여간해서 숨을 깊이 들이쉴 수가 없었고요. 또 운전을 할 때는 심장이 너무 심하게 뛰어서 귀가 울리고 눈은 색깔을 구별할 수 없게 되었지요. 그러다 꼭 기절할 것만 같았어요. 내 차가 틀림없이 다른 어떤 차에 들이받힐 거라는 생각 때문에요. 무의식적으로 정면충돌에 대한 기억이 나를 통제하고 있었어요. 그 기억이 너무도 지독해서 나는 어떤 운전자가 빨간 신호등에 내달리지나 않을까 두려워 길을 건너지도 못했지요.

　내 세상은 계속 무너져 내리면서 점점 더 작아지고 있었어요.

사라 머서: 캐나다가 얘기해줄 거예요. 우린 그 사랑스럽고 다정하지만 불구인 여자를 불렀는데, 그녀는 어깨에 검은 가죽 가방을 메고 와서 식당 테이블에 내려놓았어요. 그리고 저녁 어느 때쯤엔가 자리에 앉아 멜로 와인을 마시다가 가방을 놓아둔 쪽으로 가서 지퍼를 열고 그… 물건들을 꺼냈지요. 분홍색 고무로 된 길고 굵은 것들이었는데, 군데군데 너무 헐어서 그것들이 몸 안에서 반으로 갈라지지나 않을까 겁이 다 날 지경이더군요. 얼룩지고 더러워 보이는 분홍색 고무. 오래된 핏자국일지도 모르는 갈색 얼룩들. 건전지 액이 샌 자리에는 시커먼 침전물이 엉겨 붙어 있었고요. 그게 무엇인지 내 입으로는 말할 수 없는 것들. 수갑과 눈가리개들. 주입구가 그리 깨끗해 보이지 않는 관장기가 든 비닐 백. 고무장갑. 그 여자가 '젖꼭지 집게'라고 한, 스프링이 달리고 부스터케이블처럼 생긴 좀 끔찍한 물건들. 그 모두에서 꼭 염소 표백제 같은 냄새가 났어요.

그 온갖 끔찍한 것을 그 여자는 반들반들하게 윤을 낸 드렉셀 헤리티지 다이닝 테이블, 우리가 추수감사절에 칠면조를 놓는 바로 그 명품 테이블 위에다 올려놓더라고요. 그리고 자궁 검경(speculum)은, 오 맙소사, 너무도 낡아서 말간 플라스틱에 금이 가 있었어요. 나는 그때 그녀가 했던 말이 지금도 기억나요. "이것들 중 어느 것이든 써 봐도 돼요, 나한테…."

에코 로런스: 내 상투적인 말, 그러니까 간염이나 성병을 알아내기

위해 사람들의 맛을 본다는 말은 내가 랜트 케이시를 만나기 오래전부터 해온 거였어요. 하지만 그가 실제로 그 재주를 부릴 수 있다는 건 도무지 믿기지가 않더라고요. 그 애는 나를 한 번 핥아보고는 달걀을 노른자까지 다 먹지 말라고 했어요. 그의 말로는 내 보지 맛을 보니까 내 콜레스테롤 수치가 너무 높다는 거였죠. 나중에 혈액 검사 결과도 그가 한 말 그대로였고.

캐나다 머서 : 이 에코라는 여자가 굵은 하얀 양초를 한 자루 꺼내더니 거기에 불을 붙이더군요. 우리가 자기의 맨 가슴에다 촛농을 떨어뜨릴 수 있게 녹이는 거라면서 말이죠. 그리고 성냥불을 흔들어 끄면서 우리에게 이럽디다. "나는 당신들이 내게 고통을 주면서 안됐다고 여기는 건 원치 않아요. 나를 괴롭히면서 정말로 즐거워하기를 바라요." 그러더니 이렇게 한마디 덧붙이더군요. "나는 오늘 밤이 당신들의 것이 되었으면 해요."

그 어린 숙녀의 말은 자기가 이른바 '동정적인 S & M(사디즘과 마조히즘을 일컫는 말 – 옮긴이)'은 딱 질색이라는 거였지요.

에코 로런스 : 들어봐요, 나한테 이상적인 치료법이 한 가지 떠올랐어요. 만일 내가 사고를 내고도 살아남을 수 있다면, 그다음엔 내 두려움을 넘어설 수 있을 거예요. 만일 내가 내 차로 다른 차를 들이받아 가벼운 접촉 사고 정도만 낼 수 있다면, 그 뒤로 나는 사망에 이르는 치명적 사고들은 아주 드물어서 걱정할 거리

가 못 된다는 걸 알게 되겠죠. 그래서 나는 몰래 다른 운전자들을 추적하기 시작했어요. 들이받기에 가장 완벽한 차를 찾으면서. 완벽한 사고를 내려고, 단 한 번의 완벽한, 통제된 사고.

완벽해 보이는 차가 종종 나타났지만, 쾅 들이받을 만큼 가까이 차를 몰다보면 뒷자리에 놓인 베이비시트가 보이곤 했어요. 아니면 운전자가 너무 젊어서 사고를 냈다 하면 보험료가 굉장히 높아질 게 뻔하거나. 그것도 아니면 누군가를 추적했다가 결국에는 그들이 끔찍하게 가난한 최저임금 노동자라서 목이 삐거나 하면 절대로 안 된다는 걸 알게 되거나.

그럼에도 불구하고 그 역할 전도가 내 두려움을 극복하는 데 도움이 됐어요. 다른 무모한 운전자에게 들이받혀 죽게 될 때를 기다리는 대신, 나 자신이 약탈자 또는 사냥꾼이 된 거였죠. 밤새도록 두리번거리며 돌아다니곤 했어요. 어떤 차를 들이받아야 할지 말아야 할지 결정을 내리려고 애쓰면서 얼마나 많은 차를 몰래 뒤쫓았는지 셀 수도 없고요.

캐나다 머서: 아니, 우리는 단 한 번도 삼자간 섹스를 하지 않았습니다. 그 여자가 코트를 벗은 적도 없었고요. 1주일 뒤, 나는 집으로 돌아왔다가 사라가 주방에서 그 여자와 함께 차를 마시고 있는 걸 보았지요. 우리는 그 여자에게 현금으로 200달러를 주었어요. 한 시간 동안 같이 차를 마신 대가로 말이죠. 사라는 계속해서 그 여자가 얼마나 예뻐 보이는지에 대해 얘기했고요. 2

주일 뒤에 집으로 돌아왔을 때는 사라가 주방 싱크대에서 그 여자의 머리를 감겨 주고 있는 걸 보았어요. 사라는 그 여자에게 금발로 브릿지를 넣어 파마를 해주었고, 우리는 그 일을 하는 데 걸린 세 시간에 대해 시간당 200달러를 지불했지요.

우리는 만일 사라가 그 여자에게 자존감을 불어넣어줄 수 있다면 그 여자가 좀 더 나은 일자리를 찾을 수 있을 거라고 기대해요. 그 여자와 이야기를 나누고 칭찬을 해주고 하면서 우리는 아기를 갖겠다는 계획을 놓치고 말았지요. 그 여자는 비용이 너무 많이 들고 우리의 자유 시간을 너무 많이 잡아먹어요. 그래서 나는 개 한 마리 살 여유도 없지요. 하지만 지금 이날까지도 우리는 여전히 매주 그 여자를 만나요. 그리고 내 생각으로는 분명히 우리가 어느 정도 진척을 보고 있는 것 같아요.

에코 로런스 : 내가 완벽한 사고를 낸 상대는 결국 자기 차 지붕에다 죽은 사슴을 묶어놓은 어떤 남자였어요. 어떤 염병할 사슴 킬러, 얼룩무늬 재킷에 귀 덮개가 달린 방한모를 쓴 작자였죠. 그 사람은 죽은 사슴을 대가리가 바람막이 전면 유리 위쪽에 놓이도록 앞뒤로 길게 묶어놓은 흙투성이 포도어 세단을 몰고 있었어요.

도시에서는 죽은 사슴이 그리 쉽게 시야에서 놓칠 수 있는 대상이 아니고 그래서 나는 적당한 거리를 두고 이웃 동네들을 지나 그 사람을 뒤쫓았죠. 때가 되기를 기다리면서. 그 킬러의 뒤꽁무니를 들이받기에 완벽한 장소를 찾으면서. 사고가 일어나도 길을 막거나 구경꾼들을 위태롭게 하지 않을 그런 곳을 찾으면서.

알아둬요. 나는 그 사람이 네 발 달린 불쌍한 짐승 뒤를 밟은 것과 같은 식으로 그 사람을 사냥하고 있었던 거예요.

정말이지 나는 그 일에 완전히 몰두해 있었어요. 그래서 엄청나게 흥분을 하기도 했고요. 나는 그 차 뒤에 죽 늘어서 있는 차들 사이에 끼어 노란 신호들 사이를 내달렸고, 그 차가 모퉁이를 돌 때는 속도를 늦춰서 뒤로 처졌다가 같은 방향으로 돌았어요. 또 그쪽에서 내가 백미러에 얼마나 오래 비치고 있는지 알아차리지 못하도록 우리 사이에 다른 차들이 끼어들게 내버려두기도 했고.

한번은 그 얼간이를 놓쳐버렸어요. 신호등이 빨간불로 바뀌었는데도 그자가 그대로 내달려 다음번 모퉁이에서 우회전을 하는 바람에. 내 몇 개월의 추적과 사고를 낼 완벽한 기회가 모두 날아가버린 거였죠. 신호등이 파란불로 바뀌자 나는 속도를 높여서 같은 모퉁이를 돌았지만, 그자는 보이지 않았어요. 그래서 혹시라도 그 죽은 사슴, 그 불쌍하고 통탄스럽게 살해된 사슴이 얼핏 눈에 들어오지나 않을까 하는 기대로 교차로마다 훑으며 한 블록을 더 내려갔지만 아무것도 보이지 않았어요. 완전 꽝이었죠. 내 손목시계는 아침 통금시간을 향해 재깍재깍 가고 있었는데, 내가 가장 원치 않는 건 낮 동안 밖에 나와 있다가 걸려서 500달러나 되는 염병할 딱지를 떼이는 거였어요.

사라 머서 : 우리는 타이슨과 닐스에게 전화를 걸었는데, 그 둘은 자기네들도 그 여자하고 섹스를 한 적이 한 번도 없다고 털어놓더군요. 그들이 마침내 아기를 갖기로 한 이유는 그러는 편이 매주 에코를 보는 것보다 더 싸게 먹힌다는 계산이 나왔기 때문이었지요.

에코 로런스 : 들어봐요. 나는 적어도 내가 통금 위반 딱지를 떼이거나 찌그러진 차를 모는 어떤 성난 사냥꾼과 마주치지 않은 것만도 다행이라는 생각을 하면서 집으로 차를 몰아 가는 중이었는데, 그때 그 죽은 사슴이 보였어요. 그 차가 길가에 멈춰 어느 패스트푸드 가게 앞의 측선에서 공회전을 하고 있었던 거예요. 운전자는 차창을 내려 수염이 덥수룩한 얼굴을 내민 채 주문을 받는 사람에게 짖어대고 있었고요. 측선의 형광등 불빛 아래 그 차는 군데군데 녹이 슨 것처럼 보였어요. 페인트칠은 여기저기 벗겨져 나갔고. 그 차는 대부분이 오줌 빛깔처럼 누런색이었지만 운전석 문짝은 하늘색이었어요. 트렁크는 베이지색이었고요. 나는 차를 길가에 대고 기다렸죠.
　어떤 손이 드라이브스루(drive-through, 차에 탄 운전자에게 간단한 음식을 파는 매점 — 옮긴이) 창문 밖으로 하얀색 봉지를 하나 건넸고, 운전자는 지폐를 몇 장 내주었어요. 다음에는 그 오줌

빛깔처럼 누런 차가 천천히 경계선을 넘어 차선으로 들어섰고요. 그 차가 다시 사라지기 전에 나는 뒤로 따라붙었어요. 내 엉덩이를 가로질러 안전벨트를 단단히 조이고서. 내차 앞 범퍼로 그 차를 들이받기 전에 가슴이 몹시 뛰어서 나는 숨을 깊이 들이쉬었어요. 그러고는 눈을 질끈 감고서 액셀을 꽉 밟았지요.

그런데 이번에도 제기랄 허탕이더라고요. 그 차가 다른 차들 사이로 돌진하면서 속도를 확 높였기 때문이었죠. 어찌나 빠른지 그 죽은 사슴 엉덩이가 내 눈앞에서 꼬리를 앞뒤로 마구 흔들어대더라니까요.

그 차를 뒤쫓는 동안 나는 내 팔다리가 불구라는 사실을 잊어버렸어요. 내 얼굴 반쪽은 미소를 지을 수 없다는 것도 잊어버렸고요. 그 차를 뒤쫓는 동안 나는 고아도 아니고, 계집애도 아니었어요. 초라한 아파트에 사는 야간생활자도 아니었고요. 차들 사이를 날쌔게 비집어들어가는 그 사슴 엉덩이, 오로지 그것만 바라봤지요.

앞쪽에서 신호등이 빨간색으로 바뀌었어요. 그 오줌 빛깔처럼 누런 차는 우회전하려고 속도를 늦추면서 빨간색 브레이크등을 깜박거렸고요. 한순간 그 사슴이 시야에서 사라졌어요, 내가 모퉁이를 돌아 다시 뒤따라갈 때까지. 그리고 거기에서, 보는 사람도 경찰도 없는 조용한 샛길에서 나는 눈을 질끈 감고… 콰쾅.

그 소리, 그 소리는 지금도 여전히 내 머릿속에 기록되어 있어요. 그 시간이 거기에서 얼어붙은 것처럼. 내 단 한 가지 바람은 그 추격과 공격을 출력했으면 하는 거지만, 그래도 난 그걸 절대로 잊지 못할 거예요.

내 차 앞부분이 그 트럭으로 아주 깊이 들어가 박히는 바람에 죽은 사슴이 헐렁하게 풀리고 말았어요. 잡아맨 끈들이 끊어지고 사슴은 그대로 부서졌고. 배 부위쯤에서 그 시체가 두 쪽으로 갈라진 거였죠. 그런데 배 안쪽에는 피와 내장 대신… 그 사슴은, 하얀색이었어요. 순전한 하얀색.

수염을 기른 운전자가 문을 홱 밀어 열고 차에서 내렸어요. 그 사람의 위장 재킷은 누빈 것이었는데 굉장히 컸어요. 그 사람이 내 쪽으로 한 발짝 한 발짝 옮길 때마다 모자에 붙은 귀 덮개가 펄렁거렸고요.

"이 빌어먹을 사슴…." 내가 웅얼거렸어요. "가짜로군."

그러자 그 남자는 이랬어요. "물론 가짜지."

"이거… 스티로폼인가?" 내가 물었어요.

그 사슴은 알고보니 활 쏘는 사냥꾼들이 쏘아 맞히는 실물 크기의 사슴 표적이더라고요.

그러자 그 사냥꾼이 따지고 들데요. "네 염병할 깃발은 어디 있지?" 그러고는 내 차 뒤쪽으로 돌아가 번호판을 보더니 덧붙였어요. "내가 너한테 파울을 매길 거라는거 알아두는 게 좋을 거야…. 깃발도 없고… 너무 심하게 부딪치고… 이건 더블 파울이야."

캐나다 머서: 우리는 결박할 끈과 경찰 제복으로 하는 실험까지는 한 번도 가보지 못했어요. 크리스마스 때 에코에게 산타클로스가 뭘 가져다주었으면 좋겠느냐고 묻자 그 여자는 '항문 자위 기구'라고 대답하더군요. 그거 대신에 우리는 타이슨과 닐스 부부를 비롯한 몇몇 부부들하고 같이 돈을 모아서 차를 한 대 사주었지요. 그 여자는 지독한 운전광인 것 같았거든요.

에코 로런스: 그 염병할 금발 브릿지들, 머리가 빨리 자라서 그것들이 없어질 때까지 기다릴 수가 없었어요.

사라 머서: 지금 이날까지 나는 타르타르소스라면 전혀 식욕이 당기지 않아요.

역사 *22*

그린 테일러 심스(C· 역사가)의 현장노트에서: 내 경우에 개인적으로 충돌 파티 이벤트에 참가한 이유는 아주 간단하다. 나는 내 목숨을 귀중하게 여긴다. 또 내 친구들과 가족도 많이 사랑한다. 나는 내 건강과, 늙었지만 건강한 몸과 마음의 무수한 능력을 소중히 한다.

나는 내가 행운과 더불어 대단한 재능을 타고난 사람이라고 생각하지만 사고는 언제나 일어나게 마련이다. 이 나라에서는 해마다 약 1만 6,000명이 살해를 당한다. 그리고 같은 기간에 대략 4만 3,000명이 자동차 사고로 죽는다.

차를 운전할 때마다 내가 소중히 하는 모든 것을 다 빼앗길 수도 있다. 정당한 절차도 없이 한순간에 강탈당하고 마는 것이다. 차를 타고 있을 때는 단 몇 분마다 한 번씩 죽음이 아주 가까이로 스쳐 지나간다. 반대편 차선에서 어떤 차가 내 차 쪽으로 다가올 때마다 나는 세상의 독재자들이 이제껏 가하려고 들었던 그 어떤 고문보다 더 격심하고 고통스러운 고문을 당하게 될 수도 있다. 어쩌면 다른 차의 운전자는 평생 동안 햄버거 외에는 아무것도 먹지 않았을 수도 있고, 간선도로에서 그의 차가 내 차로 다가오는 동안 그의 막힌 심장이 멎을 수도 있다. 그는 고통에 못 이겨 조여드는 가슴을 움켜쥔다. 그의 차가 한 옆으로 빗나가 내 차와 충돌하고 내 차를 또 다른 승용차, 휘발유를 실어 나르는 유조차, 가드레일, 절벽 너머로 몰아붙인다.

평생 동안 기름진 디저트는 사양하고 저녁마다 조깅을 해왔음에도 불구하고, 그간의 온갖 주의 깊은 절제와 자제에도 불구하고, 나는 쇠와 알루미늄으로 된 껍질에 갇혀 찌그러드는 것이다. 내 몸은 셀 수도 없이 많은 깨진 유리 조각들에 유린당하고, 저콜레스테롤의 내 혈액은 뜨겁게 뿜어져 나오면서 황급히 나를 떠난다.

내 모든 주의에도 불구하고 그 심장병 환자와 나는 둘 다 똑같이 죽은 목숨이 될 것이다.

사고는 언제나 일어나게 마련이다.

에코 로런스가 충돌파티에 참가한 것은 자신의 개인적인 과거를 삭히는 데 도움을 받기 위해서였다. 그리고 미스터 더넌은 다른 사람들이 기록으로 남긴 모험들을 부스트하는 데 평생을 허비한 뒤 실제로 사건을 경험하고 싶어졌기 때문이었다. 그리고 랜트 케이시는 단순히 다른 사람들 사이에 있는 것을 즐길 뿐이라고 말할 수 있을 것이다. 내가 충돌파티에 참가한 이유는 사고가 언제든 일어날 수 있기 때문이었다. 우리가 사랑하는 사람들은 죽을 것이다. 소중히 하는 그 어떤 것도 영원히 지속되지는 못한다. 그래서 나는 그 사실을 받아들이고 포용할 필요가 있었다.

아이린 케이시(✿ 랜트의 어머니): 우리가 버디에게 편지를 받았을 때가 떠오르네요. 그 봉투 안에는 그 애가 어떤 낯모르는 사내아이에게 키스를 하는 스냅사진도 한 장 같이 들어 있었지요. 난 그걸 어떻게 생각해야 할지 몰랐어요. 같은 사진에서 버디는 친구 결혼식에 가기 위해 와이셔츠와 넥타이로 차려입은 것처럼 보였기 때문에 체스터는 아직 희망이 있다고 했지요. 버디는 편지에서 해충 구제자로 일하고 있으며 제 아파트도 있다고 했어요. 또 치과에 다니고 있다는 얘기와, 그 애가 만난 어떤 여자에게서 요가를 배우고 있다는 말도 했고요. 여자라니, 하나님도 고마우셔라.

우리는 그 애한테 교회에서 캐미 엘리엇이 안부를 묻더라는 답장을 써 보냈어요. 또 캐미가 바로 얼마 전 몇 차례의 광견병 주사를 다 맞았다는 얘기도 했고요. 나는 랜트가 새로운 친구들과 지내면서 배가 고파질 경우에 대비해 그 애한테 퍼지(초콜릿, 버터, 우유, 설탕 따위로 만든 연한 캔디—옮긴이)를 한 꾸러미 보냈어요. 그 애가 가장 좋아하는 것으로. 으깬 호두 껍데기와 압정이 잔뜩 들어 있는.

그린 테일러 심스의 현장노트에서 : 사람들이 'I-SEE-U 법'이라고 일컫는 기간시설 효율적 이용법(Infrastructure Effective and Efficient Use)을 도입하기에 앞서, 교통 연구원들이 더 많은 차들을 수용할 수 있는 시스템을 만들려고 맨 처음 시도한 방법은 교통 흐름의 실패를 연구하는 것이었다. 스치듯 충돌한 한 대의 차로 시작해 모든 방향의 차들이 지평선 끝까지 밀리는 연쇄 반응의 이유는 무엇일까? 그 현상 대부분을 우리는 그대로 받아들여야 할 것이다. '정보의 자유'에 대한 문서 그 어디에서도 이런 기밀 사항은 확인할 수 없을 것이다. 돈을 받고 고용된 차들에 대한 공식적 언급은 전혀 없다. 문서에서 정부는 그 프로젝트를 '사건 발생 선동(Incidence Event Prompting)'이라고 지칭하고 있다.

아이린 케이시 : 버디가 보낸 다른 스냅사진들 중 몇 장에는 새로 사귄 친한 친구들이 찍혀 있었어요. 또 다른 스냅사진에는 건강해 보이지 않는 어떤 여자애가 있었고요. 그 여자애의 한쪽 팔은, 오 맙소사, 바싹 여윈 사마귀의 팔 같았어요. 손이 가슴께로 끌어올려진 아주 조그만 팔이었죠. 조그만 손가락들이 분홍색

야구방망이(실제로는 딜도dildo를 뜻함-옮긴이), 너무 길어서 그 여자애 어깨까지 오는 방망이 한쪽 끝을 잡고 있었어요. 그 여자애는 책상다리를 하고 카펫에 앉아 있었는데, 정상적인 다른 손으로는 네모난 샌드페이퍼로 그 야구 방망이를 문지르고 있는 것 같더군요. 다른 사진들에서는 그 여자애가 분홍색 야구 방망이에 묻은 구두약 얼룩을 문질러 닦고 있었고요. 그 여자애는 그런 지저분한 짓은 하지 말아야 해요, 적어도 내 카펫에서는.

그린 테일러 심스의 현장노트에서 : 사건 발생 선동은 결국 교통 연구원들이 번호판 없는 낡은 차들을 징발해서 그 차들로 교통량이 가장 많은 시간대에 혼잡한 간선도로에서 일부러 서로 충돌함으로써 그 영향을 연구하는 것으로 요약되었다. 그 프로젝트는 일석이조의 효과가 있었다. 우선 폐물이 된 포도어 세단 승용차들이 사람들에게 더 유용하게 쓰인 뒤 폐차장으로 가게 되었다. 또 그외에도 교통 연구원들은 운전자들이 바로 눈앞에서 벌어진 사고에 어떤 반응을 보이는가에 대한 비디오 자료도 축적할 수 있었다.

물론 그 연구원들 중 어느 누구도 동료들을 다치게 할 만큼 빠른 속도로 충돌하지는 않았다. 또 그 어떤 사고도 페인트 도색에 긁힌 자국이 나거나 얇은 철판이 우그러드는 것보다 더 심하지는 않았다. 그렇더라도 비디오를 보면 관음증적인 취미 때문에 교통흐름이 당장 기어가듯 느려지는 것을 알 수 있었다. 그 유명하고 성가신 구경꾼 효과였다.

치의학박사 브랜넌 벤워스(☾ 치과의사) : 우리 진료 기록에 의하면, 버스터 케이시는 딱 한 번 우리 병원을 찾아왔습니다. 우리 병원에는 위생사가 한 명 있는데, 그 여자는 지금까지도 그 사람의 이에 대해 이야기합니다. 이제껏 자기가 본 중에서 최악의 착색이었다고 말입니다. 케이시 씨를 보내준 사람은 장기치료 환자이자 병원 직원들 사이에서 가장 인기 있었던 칼 왁스먼이라는 젊은이였지요.

그린 테일러 심스의 현장노트에서 : 참견하기 좋아하는 사람들이나 성질 급한 운전광들은 운전자 교통방송에 대해 불평을 한다. 운전자 교통방송의 최신 정보, 그 방송의 마지막 구절은 이런 식이다. "우리는 당신들이 왜 구경하고 있는지 알고 있다…." 물론 그 라디오 방송의 배후에는 교통부가 있다. 교통 연구원들이 알고 싶었던 건 단순히, 운전자들이 자기네가 보고 있는 게 정확히 어떤 일인지 안다 해도 그렇게 멍하니 구경하고 있을까 하는 것이다. 만일 어떤 라디오 방송을 하는 사람이 정말 끔찍한 상황을 세세하게 알려준다면 그래도 교통이 마비될까? 교통 담당 기관은 의료 보조원 출동 빈도를 모니터하고, 유혈이 낭자한 현장은 운전자 교통방송 아나운서에게 넘긴다. 대다수의 대중은 그 방송을 좋아하고, 사람들은 교통사고에 넋을 잃는다. 얼른 한 번 흘끗 보건, 아니면 입을 쩍 벌리고 한참이나 쳐다보건.

에코 로런스(○ 자동차 충돌파티족) : 그래요, 난 랜트가 충돌파티 전에 요가를 했으면 싶었어요. 몸을 유연하게 해서 다치는 걸 피하려면 누구나 다 해야 돼요. 요가와 스트레칭을. 나는 그에게 아래를 향한 개 자세와 토끼 자세를 시범으로 보여줬어요. 우리가 활 자세를 연습하고 있었을 때 그가 나한테 티나 아무개하고 같이 돌아다니는 그 히트맨에 대해서 묻데요. 티나의 남자친구, 칼 왁스먼 말이에요. 랜트는 그 지겨운 작자의 이에 정말로 감탄하고 있었거든요.

티나 아무개(○ 자동차 충돌파티족) : 나는 경찰이 뭐라고 하건 눈 하나 꿈쩍 안 해요. 왁스는 그 촌뜨기를 죽이지 않았어요.

그린 테일러 심스의 현장노트에서 : 현대의 충돌파티보다 더 오래전에 교통 연구원들이 서로 차를 들이받았었다. 그 비디오들을 보면 괴짜들 4명이 회색 승용차 한 대씩에 타고 있는데 한 연구원은 운전대를 잡고 다른 연구원은 카메라로 기록하는 일을 맡고 나머지 두 연구원은 찌그러지고 긁힌 자리들로 뒤덮인 다른 회색차들을 내다보고 있다. 그 차들은 모두 똑같은 공공기관용으로, 4기통에 자동변속장치이고 3점식 안전벨트가 있으며 계기반에는 커다란 '금연' 표지판이 리벳으로 고정되어 있었다.

그 공용차에 타고 있는 사람들은 서로의 차를 추적하기를 좋아했다. 그 회색 공용 세단 승용차들은 아주 쉽게 찾아낼 수 있었다. 특히 짧은 업무시간이 끝난 뒤에는. 기간시설 팀원들은 건강보험을 최대한으로 적용받고 충돌을 해도 좋다는 완전한 허락과 격려 아래 자기 것이 아닌 차를 모는데다 덤으로 시간외수당까지 주어지는 그 일을 아주 소중하게 여겼다.

제럴 무어(ⵕ 사설탐정) : 우리 회사에서는 그 고객이 생부에 대해 어렴풋이 묘사하는 것을 듣고 거기에 들어맞는 사람을 한 명 찾아낼 수 있었습니다. 찰스 케이시라는 인물이었지요. 그건 좋은 소식이었습니다. 그 찰스 케이시, 일명 '찰리'는 기간시설 효율적 이용법 채용 프로그램에 따라 야간생활자의 지위와 주택을 획득했지요. 그 사람은 대학에 등록한 한편 시청에서 다양한 일을 했습니다.

그린 테일러 심스의 현장노트에서 : 사건 선동은 너무 흥미로워서 연구 기간이 끝나고 교통 흐름과 교통신호 타이밍 연구로 인력이 재배치되었을 때도 이 교통 괴짜들은 그 일을 그만둘 수 없었다. 수당이 지불되지도 않을뿐더러 그들 자신의 차를 파손시켜야 했는데도 이 원래의 연구원들은 그들의 게임을 계속했다. 그리고 당연히 외부인들도 그걸 알아차렸다. 어떤 일을 아무리 애

써 비밀로 지키려고 해도— 사고는 일어나기 마련이니까.

제럴 무어: 안 좋은 소식은, 우리가 알아낸 바로는 찰스 케이시는 실종 상태였고 근 16년 동안 사망한 것으로 간주되었다는 것이 었습니다. 시의 교통 흐름 연구원이던 그는 업무와 관련된 차 사고로 사망했지요. 그는 부서의 배차 센터에서 자동차를 한 대 내달라고 한 다음 그 차를 다른 차, 즉 여성 동료 연구원이 모는 차에 정면 충돌한 것으로 보입니다.

그 여자와 그녀의 남편은 모두 사망했지요. 그 차의 뒷자리에서 잠들어 있던 그들의 딸은 그 사고로 불구가 되었고요.

찰스 케이시의 시신은 사고 현장에서 발견되지 않았습니다. 그가 죽인 부부의 이름은 래리 로런스와 슈프리머 로런스였지요.

아이린 케이시: 버디가 집으로 보낸 마지막 스냅사진으로 그 불구인 여자애, 그 애가 샌드페이퍼로 문질러서 손질하고 있는 게 야구방망이가 아님을 알 수 있어요. 그 애가 샌드페이퍼와 철수세미로 문지르고 구두약과 오래된 티백으로 얼룩지게 하고 있는 그 굵은 분홍색 방망이는, 정확히 어떤 거인의 섹스 거시기처럼 보여요. 팔이 불구인 그런 여자애가 저 스스로 더러운, 거대한 남자의 거시기를 만들고 있는…. 그 여자애를 장차 내 손자들의 엄마로 볼 생각을 하니 뒷골이 당기더라고요.

그린 테일러 심스의 현장노트에서 : 이상하게 들리겠지만, 응급 구조 요원들은 계속해서 티나 아무개에게 교통사고 하나하나의 유혈이 낭자한 세부 사항을 전해주었다. 정부의 공식 문서를 쓰는 사람들은 누구나 그 사실을 부정하겠지만, 엄연한 사실이다.

그 일에는 모든 것이 관련되어 있었다. 기간시설 효율적 이용법, 팀 충돌, 야간생활자 대 주간생활자, 운전자 실황 교통방송. 우리가 낸 세금이 결과적으로 충돌파티 문화를 촉진시킨 셈이되었다. 공용차를 탔던 직원들, 그 무명의 연구원들, 그들의 연구 권고안이 이 나라를 밤과 낮으로 갈라놓았다. 그리고 그들이 우리에게 이 시장 최고의 낮 시간 라디오 프로그램을 가져다주었다.

에코 로런스 : 그래요, 염병할. 맞아요. 우리 아버지의 묘석에 새겨진 이름은 '로런스 로런스'에요. 그건 우스울 게 없어요. 하지만 왁스먼은 분명히 랜트를 죽였어요. 물론 그 남자는 굉장히 멋진 이를 가졌지만 사악한 사람이에요.

샷 더넌(☾ 자동차 충돌파티족) : 사악한 정도가 아니지.

사랑 *23*

샷 더넌(C· 자동차 충돌파티족) : 랜트가 나한테로 와서 뒷좌석이 제일 넓은 차종이 뭐냐고 묻는 순간, 그가 무슨 짓을 하려는 건지 알 수 있었어요. 나는 그에게 내부 장식이 검은색으로 된 차를 구하라고 충고했죠.

에코 로런스(C· 자동차 충돌파티족) : 걱정 마요. 우리가 처음으로 단둘이 있게 되었을 때, 나는 랜트에게 나한테서 정말로 원하는 게 뭔지 물어봤어요. 나하고 같이 돌아다니다가 자기 부모에게 일격을 가할 곤봉삼아 나를 집으로 데려갈 계획인지. 기형인 불구자하고 데이트하는 것이 그의 마지막 10대 반항이었을까? 시골 사람들을 화나게 할 확실한 방법이었을까?

아니면 내가 어떤 에로틱한 판타지였던 걸까? 정상적인 여자 애들, 양쪽 팔다리가 다 온전하고 같이 키스할 수 있는 입이 있는 여자들과의 섹스는 너무 따분해졌던 걸까? 나하고의 섹스는 그의 섹스 라이프에 있어서 주워 모으기 게임의 일시적인 목표 같은 거였을까?

아니면 나는 단지 그가 이 크고 형편없는 도시에서 알고 있던 유일한 여자였을까? 그의 멘토로서. 야간생활자 삶으로의 안내자로서. 섹스는 그가 이 겁나는 새로운 세상에서 혼자 있기가 너무 무서워 나한테 들러붙는 나름의 방식이었을까?

그 엘도라도 승용차 뒷좌석에 앉아서 나는 정말로 랜트가 마음대로 다 갖도록 내버려두었어요. 우리는 가로등에서 떨어진 덤불 옆에 차를 세웠지만, 시내에서는 어느 곳이든 완전히 깜깜하지는 않아요. 랜트가 파란색 방충복을 입고 살충제 냄새를 풍기던 게 기억나요. 그 어떤 것도 별로 로맨틱하게 들리지는 않겠지만.

샷 더넌: 멍청이들에게 거지같은 피크들을 빌려주는 내 일에는 내 스스로 몇 가지를 부스트하는 것, 그리고 갖가지 최신 타이틀들을 훤히 꿰고 있는 것도 포함됐어요. 그 2주 동안 우리가 배급업자들에게 받은 거라곤 결함이 있는 복사물뿐이었죠. 나는 디저트 피크를 부스트하곤 했는데, 그러면 미각 트랙이 잘려 나갔어요. 두꺼운 초콜릿 조각이 입 안 가득 끈적끈적하고

기름기 많은 흐물흐물한 덩어리로 바뀌어버리는 거였어요. 냄새는 초콜릿 같았지만 입 속에서 씹히는 그 덩어리의 감촉은 질겅질겅했어요. 통금 시간 동안 집에 갇혀 있던 어느 날 나는 내가 좋아하는 포르노 피크를 부스트했는데, 그 어느 보지 냄새도 보지 같지가 않더라고요. 그러니까 전사물이 아니라 내 뇌가 문제였던 거죠.

에코 로런스: 그 엘도라도에 앉아서 랜트는 내가 말을 멈출 때까지 나를 바라봤어요. 그리고는 교통 신호등이 두 번 바뀔 정도 동안 침묵하다가 묻더라고요. "너 어제 아침으로 뭘 먹었지?"

거리는 지나가는 차 한 대 없이 텅 비어 있었어요. 어둠 속에서 랜트의 눈이 떠올랐지만 그의 검은 이는 보이지 않았죠.

어제? 나는 집에서는 냉동 와플을 먹지만, 토미 식당에 가서 먹을 때는 해시(잘게 썬 고기 요리-옮긴이 주)를 주문해요. "시리얼." 나는 랜트에게 그렇게 대답했어요. "아니, 잠깐만. 프렌치 토스트, 아니… 계피 토스트."

랜트의 손이 시트를 가로질러 내 손가락에 자기 손가락이 닿을 때까지 슬금슬금 다가왔어요. 그러더니 내 손을 들어 올려 제 얼굴 쪽으로 가져가더니 내 손가락 관절에 입술을 대고 냄새를 맡았죠. 눈을 감은 채. 그리곤 말했어요. "틀렸어. 어제 너는 메이플 설탕과 호박씨, 바닐라 요구르트, 그리고 말린 크랜베리를 넣은 그라놀라(납작 귀리로 만든 아침식사 대용식-옮긴이)

를 먹었어…." 그리고 물론 그는 아주 정확했어요.

샷 더넌: 부스트 피크들은 대부분 충돌파티에 비한다면 엉터리에요. 하다못해 차 안에서 사람들하고 음악을 듣고 스낵을 먹으면서 보내는 가장 시시한 밤과 비교해보더라도. 언제나 위험이 덜하죠. 더 많은 낯선 사람들, 진짜 사람들을 만나는 은밀한 임무를 맡고 어딘지도 모를 곳으로 차를 몰아가는 밤과 비교해보더라도.

그렇더라도 나는 기저귀 찬 아기 때부터 피크들을 부스트해왔어요. 내 부모는 나에게 유아 강화 피크들을 주입시키곤 했죠. 어린 시절의 절반을 나는 아이보기 피크들에 플러그인 된 채 보냈어요. 전사 아티스트로서 플러그인을 할 수 없다면 나는 눈먼 화가나 귀머거리 음악가나 마찬가지가 될 거고요. 가장 끔찍한 악몽보다도 더 지독한 일이죠.

에코 로런스: 랜트가 내 손을 내 쪽으로 들이밀면서 말했어요. "냄새 맡아봐." 그래서 나는 몸을 앞으로 숙여 맡아보았지만 내 살 냄새, 비누 냄새, 그리고 오래된 매니큐어의 플라스틱 냄새밖에 나지 않았어요. 그의 살충제 냄새하고.

내가 손 냄새를 맡으려고 고개를 숙이고 있는 동안 랜트가 좀 더 바짝 다가앉아서 코는 내 머리에, 입술은 귀 아래로 목에다 대고 냄새를 맡더니 물었어요. "이틀 전에 저녁으로는 뭘 먹었지?"

내 손가락은 여전히 그의 손가락과 깍지가 끼어져 있었어요. 내 목에 와 닿는 그의 숨결. 그의 입술과 따뜻한 혀끝이 내 맥박, 목에서 맥이 뛰는 그 자리를 촉촉하게 누르고 있는 걸 느끼면서 나는 이렇게 대답했고요. "칠면조? 라자냐?"

그러자 랜트의 더운 숨결이 내 귀에 대고 소곤거렸어요. "타코 샐러드. 흰 양파, 노랗거나 붉은 것이 아닌." 그가 계속 말했어요. "잘게 찢은 양상추, 저민 닭고기."

내 젖꼭지가 이미 단단해지고 있는 중에 내가 물었어요. "옅은 색 고기, 아니면 짙은 색 고기?"

샷 더넌: 코감기에 걸리면 피크를 어떻게 부스트 하는지가 달라질 수도 있어요. 몸이 아플 때 음식 맛이 절대로 같지 않은 것과 마찬가지로. 나는 감기에 걸린 게 틀림없었어요. 한 주 뒤, 콧물이 흐르거나 목이 쓰리지 않은데도 나는 여전히 플러그인을 할 수도 없고 좋은 피크를 부스트할 수도 없더라고요. 그때쯤 나는 뇌종양이 아닌가 하는 의심을 했지요.

에코 로런스: 내 눈꺼풀에 입을 맞추면서 랜트가 소곤거렸어요. "너 그 장미들은 내던져야 할 것 같아…."

그는 내 아파트에 와본 적이 없었어요. 그때는 내가 어디에 사는지도 몰랐죠. 그래서 나는 그에게 물어봤죠. "무슨 장미들

말이야?"

"남자친구가 보내준 거니?" 그가 되물었어요.

그에게 그 장미꽃들이 무슨 색인지 알아맞혀보라고 했더니 그가 다시 묻데요.

"아니면 여자친구가 보내준 거니?"

나를 스토킹하고 있었느냐고 물어보자 랜트가 말했어요.

"분홍색." 여전히 내 이마에 입을 맞추고 내 감긴 눈과 코와 뺨에서 내 살냄새를 맡고 맛을 보면서 그가 다시 말을 이었어요. "스물네 송이. 낸시 레이건 장미인데 안개꽃과 좀 작은 흰색 카네이션들하고 같이 섞여 있고."

나는 그한테 내가 가끔씩 일해주는 친절한 중년 부부에게서 받은 선물이라고 알려줬어요.

샷 더넌: 한 주 뒤에 진료소에서 의사가 나를 부르더라고요. 사실은 진료소 여직원 하나가 나한테 전화를 걸어 편한 시간에 가능한 한 빨리 와보라고 한 거였지만요. 그 여자는 내 혈액 검사에 대해서는 자세한 얘기를 하려고 들지 않았어요. 하지만 목소리에 배어 있는 허튼 웃음기로 좋은 소식이 아니란 걸 알 수 있었죠. 결제 부서에서는 우리가 꼴까닥하기 전에 어떻게든 진료비를 모두 받아내려고만 할 뿐이거든요. 여하튼 그래서 갔더니 의사 말이, 광견병이라는 거였어요. 헛소리 아니고, 정말 광견병. 의사가 내게 다섯 번 맞아야 하는 주사 중 첫 번째 주사를

놓아주더군요. 그 사람은 내가 앞으로 또 다른 피크를 부스트할 수 있을지 장담은 못하겠다고 했어요.

진료소에서 나는 곧장 대기실에 있는 공중전화로 에코에게 전화를 걸어서, 무슨 일이 있더라도 절대로 랜트 케이시와 키스하지 말라고 일러줬고요.

에코 로런스 : 랜트는 내 입에 키스를 하면서 우리 집 샤워 꼭지가 크롬이 아니라 놋쇠라고 했어요. 그리고 나한테서 나는 냄새와 맛으로 보아, 내가 거위 가슴털 베개를 베고 잔다고도 했고요. 또 내가 한 번도 켜본 적 없는 코코넛 향의 양초를 가지고 있다는 것도 알아맞혔어요.

루 테리(○ 건물 관리인) : 내가 랜트 케이시의 방으로 들어간 건 꼭 한 번, 우리 규정대로 24시간 전에 미리 예고를 하고서였지요. 그 친구가 애완동물들을 키운다는 소문이 돌아서요. 처음 둘러보았을 땐 그런 게 전혀 안 보이더라고요. 바닥에 깔린 매트리스 하나, 자동응답 전화기 하나, 여행가방 하나 말고는. 옷장에는 그 친구가 늘 입고 다니는 그 푸른색 작업복들이 걸려 있었고요. 깨끗하건 더럽건, 그 옷들에선 독약 같은 냄새가 풍겼지요.

누군가 내가 뭘 가져갔다고 하는지 몰라도, 거기엔 집어 갈 게 아무것도 없었어요.

에코 로런스 : 난 랜트가 나한테 키스하도록 내버려두지 않았어요. 내가 먹은 음식 냄새를 맡는 게 싫어서요. 하지만 그가 그 커다랗고 흉측한 거미를 얼마나 부드럽게 다루는지 보고는 내가 그에게 키스를 했죠. 그 엘도라도 뒷좌석에 앉아 있을 때 그가 자기 코트 주머니 지퍼를 열더니 한 손을 집어넣었어요. 그리곤 손가락을 펼쳐서 그 엄청나게 큰 괴물거미를 보여주었죠. 그는 천천히 손을 뒤집으면서 그 거미가 손바닥에서부터 손등으로 기어올라 굵은 정맥들에 걸터앉는 것을 지켜봤어요.

우리 둘 다 그 괴물거미를 지켜보고 있는 동안에 내가 물었어요. "그거 독거미야?"

번들거리고 털은 없는. 여덟 개의 새까만 주사바늘처럼 가는 다리를 한 그 거미가 제 몸이 랜트의 피부에 닿도록 여덟 개의 관절을 모두 구부렸어요.

그 거미는 느낌도 생김새만큼이나 흉측했죠.

그런데도 랜트는 이러는 거였어요. "난 이걸 '도리스'라고 불러."

루 테리 : 그건 거기에, 케이시의 옷장 뒤쪽 바닥에 죽 늘어 놓여 있었어요. 크기가 제각기 다른 마요네즈, 피클, 그리고 스파게티 소스 병들이었는데, 맑은 유리로 되어 있고 싹 씻겨 있더군요. 처음엔 그 병들이 빈 것 같아 보여서 뚜껑을 하나 열어봤죠. 안에는 아무것도 없었어요. 그런데 뚜껑을 다시 닫으려고 하다

보니 그 하나하나의 뚜껑 아래쪽에 커다란 흑거미가 한 마리씩 붙어 있더라고요. 거대한 연골 같은 괴물들.

누가 뭐라고 해도 나는 아무것도 집어 가지 않았어요. 돈이건 무엇이건.

에코 로런스: 우리 입김으로 차 유리창들이 뿌옇게 흐려졌지만, 그 거미를 지켜보는 동안에는 우리 둘 중 누구도 숨을 내쉴 수 없었어요. 랜트가 숨을 내쉬는 순간, 거미가 그를 물었거든요. 랜트가 숨을 들이쉬고 나도 숨을 들이쉬었는데, 다음에 그가 말했어요. "네 쪽 창문을 내려."

나는 창문을 내렸어요.

랜트가 나를 가로질러 몸을 기울이고 손을 밤공기 속으로 내밀었어요. 그러곤 거미를 차 옆의 덤불 속으로 흔들어 떨어뜨리면서 말했죠. "굿나잇, 도리."

내 허벅지를 가로질러 몸을 기울인 그의 엉덩이가 내게로 밀려들자 나는 벌써 검은과부거미 독의 효과를 느낄 수 있었어요.

토드 러츠(✿ 고화폐 거래상): 케이시라는 녀석이 내게 동전들을 팔았을 즈음 나는 루 테리도 만났습니다. 테리는 내게 썩 괜찮은 견본들을 몇 개씩 가져오곤 했지요. 기억을 떠올려보자면, 최상질 상태의 1910년 인디언헤드 쿼터, AU-50 상태의 1907년 리버티헤드 쿼터 같은 것들. 특별할 건 없었지만 나는 그것들을 샀습니다. 경찰이 찾아와서 탐문을 하기 전까지 나는 테리와 케이시가 같은 아파트에 살고 있다는 사실을 몰랐어요.

에코 로런스: 랜트의 입술이 내 목을 더듬어 내리는 동안 나는 그에게 내가 어떤 종류의 피임을 하고 있는지 냄새를 맡아보라고 했어요. 랜트는 입술을 내 가슴으로 더듬어 내려오면서 말했죠. "없어. 넌 서른네 시간… 아니, 서른여섯 시간 전에 생리가 끝났어."

내가 "세게 해줘."라고 했을 때 그 말은 차 밖에서 해달라는 거였어요.

토드 러츠: 루 테리라는 자는 분명히 타고난 야간생활자입니다. 창백한 얼굴과 손이 갓 태어났을 때의 피부만큼이나 투명했어요. 그자는 언제나 똑같이 갈색 트렌치코트에다 털실로 짠 것 같은, 꼭대기에 술이 달린 갈색 털모자를 잔뜩 끌어내려 쓰고 있었죠.

에코 로런스: "게다가 말이야," 랜트가 말했어요. "처녀가 왜 피임을 하려고 해?"

토드 러츠: 어느날 밤 내 가게에 루 테리라는 자가 와서 내 앞에다

그 리버티헤드를 내놓고 그 대가로 자기에게 1,500달러를 달라고 하더군요.

에코 로런스: 물론 나는 처녀였어요. 이 뒤틀린 조그만 나뭇가지 같은 팔을 하고 있으니까요. 말을 할 수 없을 때가 많았고, 입 한쪽 언저리에서 짐을 질질 흘리곤 했죠. 마비된 쪽에서 말이에요. 내 일에 대해서 얘기하지면, 나는 매력이라고는 눈곱만큼도 없는 몸으로 출장 성행위 사업을 해왔어요. 내가 그저 간단히 사내를 호려서 요부 노릇을 할 수 있었을 거라고 생각해요? 손가락을 딱 튕기기만 하면 사이드쇼의 괴물이 죽여주게 섹시한 여자가 되냐고요?

토드 러츠: 시간이 지날수록 그 케이시 녀석은 동전을 점점 더 적게 내놓습니다. 5센트짜리 버팔로 동전들. 1센트짜리 휘트 동전들. 기억할만한 건 아무것도 없었어요. 그 녀석이 감춰둔 게 동나기 시작했던 거죠.

에코 로런스: 다음날 밤 랜트가 나한테 염병할 빨간 장미 스물네 송이를 보내줬어요. 그리고 갤럭시 500의 차 키도.

샷 더넌: 그 병신같은 광견병 주사는 끝없이 계속됐어요. 내 칫솔에 내가 계속 다시 감염돼서 소용이 없었던 거죠. 결국 내 입출

력장치는 랜트 케이시 목덜미에 붙어있는 혹처럼 죽어 갔어요. 죽는 것 이상 가게.

루 테리 : 그밖에 내가 케이시의 아파트에서 본 것 중 자세히 기억나는 거라곤, 침대 옆 벽에 들러붙어 있던 그 조그만 덩어리들뿐입니다. 빈대들처럼 둥글고 시커먼, 조그맣게 돌돌 뭉친 해시시(인도 대마초로 만든 마취제 – 옮긴이)처럼 말랑말랑한. 단, 해시시 같은 냄새가 나지 않았다는 것만 빼놓고는.

에코 로런스 : 우리가 엘도라도 안에서 처음으로 단둘이 있던 날 밤, 내가 할 수 있는 생각은 이것뿐이었어요. 가죽 시트가 짙은 빨간색이라 너무 고맙다는.

비비카 브롤리(☾ 무용수) : 내 한쪽 발이 어떤지 봐요…. 피부가 비누처럼 매끈하고 하얘 보이지요? 습격을 당하기 전에 나는 아주 예쁜 발을 갖고 있었어요. 수많은 남자들이 그렇다고들 했죠. 내가 벌거벗고 있다는 건 문제가 되지 않았어요. 내가 할 일은 그저 신발을 벗기만 하면 되는 거였고, 그러면 몇몇 손님들이 팁을 주곤 했으니까요.

피비 트뤼포 박사(✿ 역학자) : 펠로폰네소스 전쟁이 한창이던 기원전 431년에 투키디데스는 에티오피아에서 이집트를 거쳐 리비아로 퍼진 어떤 역병에 대해 기록했습니다. 아테네에서는 시민들이 고열로 괴로워하며 재채기와 지독한 기침을 해댔지요. 그들의 몸은 납빛을 띤 붉은색으로 달아올라서, 마침내는 수천 명이 옷을 벗어던지고 억누를 수 없는 갈증을 이기지 못해 공공 우물과 저수지들의 깊고 차가운 물속으로 몸을 던졌습니다. 결국 그 도시국가는 풍기가 문란해졌고 해군은 힘을 잃었지요. 그런 식으로 홍역이 고대 그리스의 문명을 파괴했던 겁니다.

기원전 1세기 초에는 악성 변종 천연두가 흉노족을 그들의 고향인 몽골에서부터 로마를 향해 서쪽으로 내몰았지요. 나폴레옹 대군에 결정적인 적은 바로 리케차 프로바제키 박테리아, 다른 말로 발진티푸스라고 알려진 질병이었고요.

우리의 위대한 문명들은 언제나 역병으로 파괴되곤 했지요.

카를로 티엥고(☾ 나이트클럽 매니저) : 비비카 말이오? 잘 알아두쇼. 당시에는 모든 무용수들이 붕 떠 있으려고 약발을 좀 받으려 했소, 적어도 공연을 하는 동안에는. 우리 무용수들은 대부분 클럽에서 공급선을 대는 아편 약물에 빠져 있었소.

정확히 말해서 합법은 아니었지만, 만들기는 쉬웠으니까. 누군가가 주사를 맞거나 코로 흡입해서 실제로 맨 먼저 마약에 취하면, 그 다음엔 시중에 나도는 어떤 에피소드, 이를테면 리틀 베키 테이프 같은 걸 가지고 부스트하지요. 그러면 각자가 자기 경험을 출력하는데, 그러면 우리는 그 대본에서 뺄셈 방정식을 해서 원래의 리틀 베키를 빼내버리는 거요. 그럼 남는 거라곤 순전한 아편 효과뿐이죠. 저절로 붕 뜨는 그런 느낌. 그 황홀감을 더하기 위해 우리는 무대를 좁게 비추면서 빙빙 돌리는 조명을 할 수도 있소. 마약에 취한 효과가 절대로 줄지 않도록. 어떤 무용수든 그 기분 좋은 스포트라이트 안으로 들어서면 세상에 걱정거리라고는 없게 되는 거지요.

피비 트뤼포 박사 : 1347년에 영국은 곡물 농업국이었고, 농부들은 곡류를 재배해서 수출하고 있었습니다. 그해에 제노바에서 온 이탈리아 무역업자들이 흑사병을 전염시켰는데, 1377년에는 150만 명이나 되는 영국인들이 죽었지요. 전 국민의 3분의 1에 해당하는 엄청난 숫자였어요. 농사를 지을 노동력 공급이 너무 달렸기 때문에 전체적인 경제 체제가 곡물 생산에서 목양으로 바뀌었고, 그 결과로 영국의 봉건제도가 붕괴되었지요.

비비카 브롤리 : 버니는 도어맨 일을 하고 있었는데 그 때 벌어진 일은 정말 끔찍했어요. 놈들이 늘 하던 식으로 그 사람을 갈기갈기 찢어놓은 거였지요. 경찰이 오기 전에.

카를로 티엥고 : 알아두어야 할 건, 손님들은 별개의 문제라는 겁니다. 우리 사업은 한 번의 일차적인 경험을 팔지요. 누구든 클럽 안에서의 경험을 전사하거나 출력하는 게 눈에 띄면 당장 쫓겨나요.

우리 상품을 보호하기 위해 우리는 스크램블 효과(scramble

effect)를 전송하는 걸 방침으로 삼고 있습니다. 작동 중인 어떤 입출력장치든 작동하지 못하게 틀어막는 거죠. 그렇게 하지 않으면 대본 아티스트들이 맨 앞에 앉아 무용수 하나하나를 출력해서 인터넷에 쏟아부을 테니까요. 출력된 랩댄스 하나가 어떤 불쌍한 여자의 이력을 망칠 수도 있어요. 염병할 첫 번째 놈은 그 여자와 함께 있기 위해 돈을 내지만 그 다음에는 누구든 공짜로 그 여자를 갖게 되는 거죠.

피비 트뤼포 박사: 1665년 런던에서 역병이 돌던 기간에 주당 사망자 수는 100명에서 400명 사이를 오르내렸습니다. 그해 6월 말까지의 일이었지요. 하지만 7월 중순이 되자 주당 사망자 수가 2,000명으로 증가했고 7월 말에는 6,500명, 그리고 8월 말에는 7,000명으로 급증했어요. 흑사병의 공통 근원은 유럽의 검은쥐(곰쥐)가 옮기는 벼룩이었지만, 그 새로운 전염병은 전염 매개의 변화로 인해 폭발적으로 번졌습니다. 그 병을 일으키는 병원체인 페스트균이 벼룩에 물려서가 아니라 기침과 재채기를 할 때 튀어나오는 침과 점액 방울을 통해 사람에게서 사람으로 번지기 시작했던 것이지요.

카를로 티엥고: 요즘 우리 일이 이렇게 잘되는 건 광견병 때문입니다. 광견병을 지니고 오는 그 변태들은 인터넷에서 얻어 들은 음담패설을 부스트할 수 없어요. 그래서 어쩔 수 없이 여기로

와 일차적인 경험을 위해 값을 치르지요. 그런데 나는 이걸 알았어야 했어요. 화요일 밤마다 우리는 관객들 중에서 그런 자들을 적어도 여섯 명 넘게 보았는데, 그게 바로 경고 사인이었다는 걸 말이지요. 우리가 버니를 잃던 날 밤에는 침흘리개들이 50명쯤 무대 주위에 있었을 겁니다. 몸을 씰룩거리고, 입 가장자리로 길게 늘어진 침을 질질 흘리는. 그자들은 어두컴컴한 데도 눈을 가늘게 좁혀 뜨고 보지요. 그런 버릇들이 분명 다 광견병의 징후인 겁니다.

피비 트뤼포 박사: 1490년이 시작되자 새로운 역병이 유럽과 아시아를 가로질러 번졌습니다. 그 첫 번째 증상은 감염 부위에 조그만 종기가 나는 거였는데, 3주에서 8주 뒤에는 희미한 흉터를 남기고 사라졌지요. 몇 주 내에 희생자는 감염에서 벗어난 것처럼 보였습니다. 중국 사람들은 그 병을 '광둥 병'이라고 불렀지요. 일본 사람들은 '중국 병'이라고 했고요. 또 프랑스에서는 그 병을 '스페인 병'이라고 했고, 영국에서는 그 병이 '프랑스 종기'였어요. 현대의 병명은 이탈리아의 시인이자 의사였던 지롤라모 프라스카토로가 1530년 상상의 목동인 시필리스를 두고 쓴 전기시 〈시필리스 또는 프랑스 병(Syphilis sive Morbus Gallicus)〉에서 유래했지요.

비비카 브롤리: 나를 정기적으로 보러 오던 사람들 중 한 명인 그

대머리 야간생활자는 별로 잘생기지는 않았었어요. 그자는 물렁한 걸 덧대놓은 무대 가장자리에 양 팔꿈치를 괴고 앉아서 턱 밑으로 침을 질질 흘리고 있었지요. 정말로 번들거리는 침을 말이에요. 만져서는 안 된다는 규칙이 있었지만, 그자는 길게 세로로 접은 5달러짜리 지폐를 내 발가락 사이에 끼워주기를 좋아했어요. 내기 기억하기로는 전(全)미국 트럭 운전사 조합원이었고요.

나는 발가락이 열 개 다 있던 시절엔 늘 프렌치 페디큐어를 했었어요. 하지만 이제 내가 미용실에서 신발을 벗으면 손발톱 손질을 하던 여자들이 비명을 지르며 달아나겠죠.

피비 트뤼포 박사 : 늦은 잠복기, 즉 제3기의 매독은 혈관 벽을 약화시켜 결국은 심장마비나 뇌졸중으로 사망에 이르게 됩니다. 이 질병은 또한 중추신경계로 침투해서 뇌를 손상시키기도 하지요. 그 증상들 가운데는 결국 전반적인 광기 발작으로 이어지는 광적인 낙천성과, 점증하는 흥분성으로 특징되는 인격의 변화도 포함됩니다. 이 과도한 활동성은 앞서 말한 뇌 손상으로 말미암은 자제력 결핍과 합세해서 감염자가 강박감에 사로잡혀 일시적이고 변덕스러운 성행위를 추구하도록 몰아갈 수도 있습니다. 그렇게 함으로써 그 질병을 더 널리 퍼뜨리는데, 그래서 매독을 흔히 '큐피드의 병'이라 부르죠.

카를로 티엥고: 비비카는 팁을 받을 때 그런 식으로 발가락을 내밀었어요. 그 침흘리개는 봉급을 받으면 일이 끝난 뒤에 들르는 그저 그런 변태였고요. 그 친구가 의자에서 일어서더니 무대 가장자리로 몸을 숙입니다. 비비카는 손을 뒤로 짚고 앉아 변태들이 좋아하는 식으로 한쪽 발을 그자의 얼굴 앞에 들이댔지요. 그다음에는 비명을 질러댔고요.

비비카 브롤리: 여기를 좀 보세요, 내 오른쪽 발, 발가락이 세 개 있어야 할 자리요. 그자가 입에 틀어넣을 수 있던 게 그만큼이었어요. 그 대머리 트럭 운전사 말이에요. 그자가 양손으로 내 발목을 움켜쥐더니 그대로 물어뜯었고, 나는 비명을 지르며 버니를 불렀어요. 카를로는 바 뒤에 있어서 아무것도 하지 못했고요. 다른 쪽 발뒤꿈치로 나는 그 트럭 운전사의 이마며 눈을 차고 있었는데, 바로 그때 버니가 뒤에서 그자의 어깨를 움켜쥐고 홱 잡아 돌렸지요.

그자의 이가 부러질 때 튀어나온 그 '딱'하는 소리가 아직도 기억에 생생해요. 내가 그 '딱'하는 소리를 들은 이후로 내 발은 지금처럼 되고 말았지요.

피비 트뤼포 박사: 1564년 이전까지 통합된 러시아제국에서 의견과 표현의 자유를 허용한 첫 번째 황제는 이반 4세였습니다. 그는 각계각층의 백성들로부터 청원을 받았고, 가장 가난한 백성

까지도 그에게 다가갈 수 있었지요. 그의 세 아들 중 하나는 생후 6개월 만에 죽었고, 다른 하나는 기면증에 걸린 멍청이였으며, 세 번째 아들은 부왕이 점점 '폭군 이반'으로 바뀌어가는 동안 아버지의 폭정에 가담했습니다.

세 아들 모두 선천성 매독을 앓았던 것이지요. 그들의 아버지는 1564년에 매독이 뇌로 번졌고, 수천 명의 사람들을 태워 죽이거나 끓는 물에 삶아 죽였습니다. 황제와 그의 아들은 노브고로드 시에서 5주간 죄수들을 채찍질해 죽이고 산 채로 굽거나 강의 얼음 밑으로 빠뜨리면서 시간을 보냈지요. 1581년 11월 19일, 황제는 자신의 아들은 물론 그 아들하고 이름이 같은 사람까지 강철 촉이 달린 창으로 찔러 죽였습니다.

카를로 티엥고 : 벤저민 서얼, 사람들이 '버니'라고 부르는 그는 몸집이 엄청났었소. 130킬로그램은 족히 나갔지요. 한 시즌 동안 레이더스에서 프로 야구선수로 뛴 적도 있고. 버니가 그 미친놈을 잡아 돌립디다. 비비카의 발에서 턱을 홱 잡아채서 돌려 세웠는데, 그 미친놈이 버니의 목에다 이빨을 박아 넣은 겁니다. 바로 정맥이 있는 자리에다. 꼭 마술사처럼.

피비 트뤼포 박사 : 매독으로 불구가 되거나 죽은 사람들 중에는 영국의 헨리 8세뿐 아니라 프랑스의 샤를 8세, 프랑시스 1세도 있습니다. 미술가들 중에는 벤베누토 첼리니와 툴루즈로트렉,

그리고 작가인 기 드 모파상도 있지요.

1500년대 파리에서는 시민의 3분의 1이 매독 보균자였습니다. 에라스무스의 기록에 의하면, 프랑스 귀족들 중에서 감염되지 않은 사람들은 동료들에게 무지하거나 미성숙하다는 비난을 받았다더군요. 1579년에는 의사인 윌리엄 클로우즈가 런던 주민의 4분의 3이 보균자라는 보고를 하기도 했습니다.

비비카 브롤리 : 기억하기도 끔찍하지만, 내 발을 내려다보니 철사가 튀어나와 있었어요. 은 철사와 분홍색 플라스틱. 그러자 한 순간 이런 미친 생각이 들더라고요. 나는 로봇, 모종의 인조인간이라는. 그리고 그걸 이제 막 알아냈다는…. 하지만 실제로는 아니었죠. 나는 환각제에 취하고 피를 흘리며 쇼크로 마비되어 있었지만, 인조인간은 아니었어요.

그 철사는 그 대머리 작자가 부분의치, 그러니까 위 잇몸에 부분의치를 하고 있었는데, 그 중 두 개의 이가 내 발에 그대로 박혔던 거죠. 그자의 진짜 이는 버니의 목에 박혀 있었고요.

피비 트뤼포 박사 : 흑사병과 마찬가지로 매독의 전파 속도는 병원체의 속성 변화에 따라 폭발적으로 증가합니다. 그 질병은 신세계에서 들어왔다기보다 원래 인도마마라고 알려진 아프리카의 피부병이었을 가능성이 더 큰데, 그 병은 일차적으로 발가벗고 노는 아이들 사이에서 신체 접촉을 통해 퍼졌지요. 세균

학적으로 그 두 가지 질병은 동일합니다만, 인도마마는 피부 발진을 수반하는 어떤 신체적 접촉으로도 퍼진다는 점이 다릅니다. 날씨가 더 추운 유럽에서는 옷을 입어야 했기 때문에 가장 일반적인 인사방법, 즉 입을 맞대고 하는 키스를 통해 퍼지기 시작했지요. 매독이 전염병이 되자 유럽인들은 키스를 악수로 대신하게 되었고 현재 볼 수 있듯 성교에 의해 전염되는 형태를 취하게 됩니다.

카를로 티엥고 : 피라든가 뭔가가 보였기 때문이었겠지만 클럽에 있던 침흘리개들과 변태들이 모두 버니에게로 달려들더만요. 비비카와 다른 여자들은 무대 뒤 분장실에 틀어박혀 있었지요. 바텐더와 나는 사무실문을 걸어 잠그고 경찰에 전화를 하고 있었고. 문이 단단한 떡갈나무 재질에 전화번호부만큼이나 두꺼운데도 버니가 도와달라고 울부짖는 소리가 그대로 다 들립디다.

피비 트뤼포 박사 : 현재의 광견병 창궐이 흑사병이나 매독처럼 우연한 접촉에 기인하고 사람들로 붐비는 도시들에서 흔한 전염병이 되고 있다고 보더라도 전혀 비현실적인 얘기는 아닙니다. 이 질병은 매독과 마찬가지로 환자를 동요된 상태로 몰아가고 그 상태에서 환자는 더더욱 다른 사람들을 찾아 감염시키려고 하지요. 게다가 리사바이러스가 중추신경계에 손상을 일으킬

경우 환자는 '부스트'를 하거나 신경 전사로 혼자서 하는 오락을 즐기지 못하게 됩니다. 그렇게 할 수 없기 때문에 감염된 개인은 집 밖에서 즐길 거리를 찾아 '충돌파티'와 무분별한 섹스같은 위험한 사회적 상호작용에 빠질 가능성이 더 커지지요.

비비카 브롤리 : 불쌍한 버니. 경찰에서는 그들 모두를 쏘아죽인 뒤에 그자들이 물어뜯은 걸 모두 찾아내려고 위를 부검했어요. 버니의 귀와 코와 입술을 찾아내려고요. 병원에서 의사들이 내게 식염수 접시에 담긴 발가락들을 몇 개 보여주면서 그것들을 다시 붙이자고 하데요. 발톱에는 멋진 하얀 프렌치 페디큐어가 그대로 있었어요.

　하지만 나는 그 트럭 운전사 조합원에게 모두 씹혀버리고 반쯤은 소화된 그 발톱들을 보고 의사에게 이랬지요. "내버려두세요."라고.

죄를 뒤집어쓰는 사람 25

아이린 케이시(☼ 랜트의 어머니) : 그 불구 여자애 말을 믿든 경찰 말을 믿든 상관 없지만, 그 둘이 같이 보낸 첫날밤은 버디가 그 여자를 죽인 것으로 여겨지는 바로 그날 밤이었어요. 그러니까 조그만 애완동물 가게 주인이던 그 리비라는 여자를 말이에요.

샷 더넌(☾ 자동차 충돌파티족) : 자동차 충돌파티에서 제일 마음에 드는 건 그게 실제의 삶과 정말 잘 맞아떨어진다는 거예요. 그러니까 내 말은, 음주 운전자는 우리가 몇 년 동안 그림을 그려왔건, 첫 번째 미술 전시회가 다음 주에 열리건, 조금도 상관하지 않는다는 거죠. 그게 대체 믿을 수나 있는 일인가요? 어두컴컴한 길 구석에 서 있던 700킬로그램짜리 엘크(북유럽 · 아시아 ·

북아메리카산의 큰 사슴-옮긴이)가 막 달려들려고 할 때 그놈은 다음 주에 우리 아기가 태어나리란 것에 대해서는 아무것도 몰라요.

기름 낀 브레이크 라이닝, 휴대전화 통화자….

느슨하게 풀린 바퀴 조임 너트, 졸음운전하는 트럭 운전사….

우리가 3년 동안 술을 자제했건, 마침내 비키니 수영복을 입어도 될 만큼 몸매가 좋아졌건, 누군가 완벽한 이상형을 만나 미친 듯이 깊고 열정적인 사랑에 빠졌건, 그런 건 눈곱만큼도 문제되지 않아요. 오늘도 우리가 드라이클리닝 한 옷을 찾고, 보고서를 팩스로 보내고, 빨래한 옷을 개거나 저녁 설거지를 하는 동안, 전혀 예기치 못한 무언가가 이미 우리 뒤를 밟고 있는 거지요.

경찰관 로미 밀스(C 살인사건 담당 형사): 희생자인 리비는 172센티미터의 키에 체중은 58킬로그램이었습니다. 그녀의 시체는 아침 통금 순찰 중에 야간생활자 구역과 주간생활자 구역의 경계에서 발견되었지요. 사망 원인은 쉽사리 드러나지 않았고, 분명히 눈에 띄는 상처도 없었습니다. 문제의 장소는 현재의 거리 감시 카메라들로는 잡히지 않는 곳이었지요.

샷 더넌: 우리 이름이 적힌 그 탄환이건, 음주운전자건, 종양이건, 내가 그런 사실을 견디는 방법은 자동차 충돌파티예요. 그게

바로 유일하게 내가 혼돈을 통제하는 밤이죠. 나는 내가 통제할 수 없는 운명에 참여해요. 피할 수 없는 운명과 함께 춤을 추고 살아남는 거예요.

정기적으로 나만의 작은 정식 리허설을 하는 셈이죠.

그린 테일러 심스(☾ 역사가)의 현장노트에서 : 발전에 대한 모든 이론은 과거를 너무 면밀하게 보지 않는 데에 달려 있다. 기간시설 효율적 이용법에 따른 통금을 시행하기 이전에는 거리가 덜 붐볐다는 사실을 부정할 수는 없지만, 사회는 언제나 현재 상황 때문에 손해를 보았다고 느끼는 사람들의 분노를 어느 정도는 해소해 주어야 할 것이다.

린 커피(☾ 저널리스트): 고대 그리스로부터 시작해서 어떤 훌륭한 민주주의를 연구해보더라도, 우리는 그 각각의 체제가 기능하는 유일한 방식은 노예라는 근로 계급과 함께한다는 사실을 알게 될 겁니다. 노예들이 쓰레기를 치웠기에 상층부가 캠페인을 벌이고 투표를 할 수 있는 것이지요. 야간생활자들은 그런 식으로, 노예 계층을 보이지 않게 쓸어버리는 효과적이고 능률적인 방법이 되었고요.

미안한 말이지만, 나는 지난 20년 동안 지방 행정에 대해 보도해온 끝에 이제 마침내 진실을 이야기할 권리를 얻었다고 생각합니다. 그리고 그 진실은 바로 야간생활자가 대통령으로 선

출된 적이 단 한 번도 없다는 것이지요.

경찰관 로미 밀스 : 웨이드 모리슨은 또 다른 얘기였습니다. 24세, 야간생활자 태생. 그는 어느날 한밤중에 희생자 리비와 똑같은 방법으로 죽었습니다. 당연히 이런 죽음들을 그것만 가지고 살인사건으로 다루진 않았죠. 어떤 패턴이 형성되기 전까지는요.

린 커피 : 그건 여전히 차별입니다. 단지 버스의 뒷자리나 영화관의 발코니 같은 공간에서뿐 아니라 시간에 따른 차별이지요. 한 걸음 양보해서 그것을 속도 제한이나 건축 법규 같은 사회 규약이라고 치더라도, 여전히 밤 12시부터 아침 8시까지만 살고 있는 것이 됩니다. 통금 시간에서 1초만 지나면 우리는 과연 우리가 동등한지 알게 될 테고요.

궁색한 변론은 야간생활자들은 언제든 대도시 지역을 떠나 기간시설 효율적 이용법이 적용되지 않는 시골 지역에서 살 수 있다는 겁니다. 하지만 그러려면 돈이 있어야 하지요. 게다가 일자리와 교육의 기회는 대부분 도시 지역에서만 제공되고요.

경찰관 로미 밀스 : 모리슨 살인사건과 관련해서 우리는 희생자가 조울증적인 감정 급변과 공격적인 감정 격발에 휘둘렸다는 증언을 확보했습니다. 전형적인 감정 격발은 사망자가 아침 통금 시간 이후에 주간생활자에게서 서비스를 거부당했을 때였지

요. 통금 강제의 중요한 수단 가운데 하나는 주야간 생활자의 신분을 어기고 자기 집 밖에 나와 있는 사람들에게 서비스를 제공하거나 물건을 파는 영업 행위들에 대해 벌금을 부과하는 겁니다. 웨이드 모리슨의 경우에는 길모퉁이 식품점 종업원이 신분증을 보여 달라고 했지요. 모리슨이 야간생활자로 밝혀지자 주간생활자인 종업원은 그에게 담배를 팔지 못하겠다고 했는데, 목격자들의 증언은 모리슨이 말로 협박을 하고 그 가게를 떠났다는 겁니다.

아이린 케이시: 그 모든 일이 일어나는 동안 버디는 얼굴이 한쪽으로 기운 그 계집애를 에스코트하고 있었어요.

아, 관공서에서는 그 애가 야간생활자가 되겠다는 신청서를 보냈을 때부터 그 애의 지문을 기록해두고 있었지요. 그들은 랜트에게 죄를 다 뒤집어씌우는 데 필요한 온갖 세세한 일들을 다 알고 있었어요. 그런 아이, 어디에서 왔는지도 모르는 아무것도 아닌 누군가가 바로 그들이 찾아내야 했던 보잘 것 없는 사람이었죠. 그렇게 된 거예요.

그린 테일러 심스의 현장노트에서: 밤 문화에 적대적인 사람들 중에서 가장 내 마음에 드는 것은 햇빛을 빼앗으려는 부류이다. 그들은 예컨대 "햇빛을 금지하라"라든가 "달빛이면 충분하다"라는 슬로건으로 장식된 옷이나 범퍼 스티커를 판다.

불행히도 나는 그것이 앞으로 권력을 어떻게 뒤흔들지 알 수 있다. 이 나라가 치러야 할 마지막 시련은 밤이 낮에 대항하는 내전이다.

흔히 볼 수 있는 또 다른 범퍼 스티커는 이런 것이다. "낮을 도로 찾자!"

한 사람의 농담이 아주 쉽게 다른 사람들을 무장시키는 외침이 될 수도 있다. 역사학자들은 《나의 투쟁(Mein Kampf)》(히틀러의 저서-옮긴이)이 오히려 일종의 교묘한 풍자, 우화였는데 일반 대중이 그걸 너무 글자 그대로 해석했다고 생각한다.

린 커피: 우리에게 어느 국가건 안전판으로서, 또는 연중 끊이지 않고 몰려드는 정신이상자들과 백치들을 수용할 장소로서 새로운 영역을 개척하는 것이 항상 필요하다고 경고한 사람은 바로 토머스 제퍼슨이었습니다. 그런 내용은 공식적인 선전문구 어디에도 들어 있지 않지만 야간생활자들은 정신장애자들, 분노한 외톨이들, 그리고 불구자들을 위한 거대한 쓰레기통인 셈이지요. 야간생활자들은 장려 프로그램의 일환으로 무료 건강검진을 받습니다. 진료소들은 지저분하고 사람들로 붐비지만, 그렇더라도 무료지요. 주택에는 보조금이 지급되고 일거리들은 대체로 미숙련 노동이지만, 주간의 똑같은 밑바닥 직업에 비해 임금은 몇 푼 적습니다. 사회 부적격자가 결국은 야간생활자로서 파국을 맞게 되는 것이 놀랄 일은 아니지요.

그린 테일러 심스의 현장노트에서 : 뒤늦은 생각이지만 우리는 구체화되어가고 있는 사건들을 까맣게 모르고 있었다. 물론 우리는 신문에서 사망 기사를 읽지만 나는 그런 기사를 두 번 다시 생각해본 적이 없었다. 그보다는 다음번 허니문 나이트에 대비한 준비라든가, 다가오는 트리 나이트에 쓸 크리스마스트리를 장식하는 데 정신이 훨씬 더 많이 쏠려 있었다. 랜트에게 불길한 그림자가 덮치고 있었는데도 우리는 트리에 단색 전구를 매달지 다색 전구를 매달지, 차는 폰티액으로 할지 다지로 할지, 트리는 소나무로 할지 전나무로 할지를 놓고 논쟁을 벌이고 있었다.

경찰관 로미 밀스 : 세 번째 희생자 역시 첫 번째와 두 번째 희생자와 같은 식으로 죽었습니다. 부검을 해본 결과 뇌에서 척수염과 뇌염이 밝혀졌고, 피라미드 모양의 해마상(狀)융기[측실상(側室床)에 있는 두 융기 중 하나 – 옮긴이]와 소뇌의 푸르키니에 세포에서 네그리바디즈(Negri bodies, 광견병에 걸렸을 때 신경세포 내에 생성되는 유입 물질 – 옮긴이)도 관찰되었습니다. 그 증상의 급성 변형이 광견병이지요. 그들 세 명의 희생자 모두 진단되지 않고 치료받지 못한 광견병으로 사망했습니다.

아이린 케이시 : 버스터는 누군가에게 폭 빠져서 구애를 하고 있다는 편지를 보냈어요. 그 애 아버지하고 나는 그게 남자가 아니

라 여자이기만을 빌었죠.

경찰관 로미 밀스 : 질병통제센터의 보고에 따르면, 이 지역에서 가장 최근에 광견병으로 진단받은 사례는 크리스토퍼 더넌이라는 26세의 남성이었습니다.

네 번째 희생자가 쓰러져서 앞에서 말한 진단 미확정인 광견병과 관련된 뇌염으로 사망한 것은 우리가 예비조사를 진행하던 중이었지요.

우리는 그 질병이 기하급수적으로 번지지나 않을까 두려웠습니다. 자기들이 감염됐다는 사실을 깨닫지 못하는 사람들을 100명, 아니 만 명이라도 보게 될수도 있었으니까요.

샷 더넌 : 랜트를 덮친 것은 지진일 수도 있어요. 아니면 화재 또는 어떤 살인적인 감기가 말도 안 되게 창궐했거나.

그 온갖 자동차 충돌파티 사고를 겪은 뒤에도 내가 살아남았다는 것, 내가 마침내 죽음과 만나게 되는 날 우리 둘은 오래된 친구, 오랫동안 잃어버렸던 친구라는 걸 아는 건 위안이 되지요.

나하고 죽음 말이에요. 태어날 때 분리된.

부정(否定) **26**

샷 더년(☾ 자동차 충돌파티족) : 얼마나 이상한 일이에요? 내가 랜트 케이시하고 같이 나갔던 마지막날 밤 우리는 윈도를 온통 머시크래싱(mercy crashing, '연민 충돌' 정도의 뜻임 – 옮긴이)에 다 써버렸어요. 자동차 충돌파티에서는 차 앞부분이 더 많이 망가질수록 차가 더 멋져 보이거든요. 내가 아는 팀들은 해머를 들고서 어떤 새 차든 범퍼와 앞바퀴 덮개를 내리치고 헤드라이트와 라디에이터 그릴을 박살내버릴 겁니다. 신출내기처럼 보이지 않게 하려고 말이죠.

그와 반대되는 상태는 들이받혀서 생긴 뒤꽁무니 손상이에요. 우선 그건 우리가 패배자, 즉 여러 번 강타 당했다는 표시니까요. 둘째로 그렇게나 많이 파손된 뒤에는 아무도 따라붙을 생각조차 하지 않는다는 거고요. 샤크들이 손상을 입히는 건 순전히 보여주기 위해서지요. 어느 팀이든 들이받을 대상으로 뭔가 신선한 것을 찾죠. 밤이 이슥해질 때까지 어떤 찌그러진 차를 몰래 뒤쫓다가도 완벽하게 도장되고 전시장에서 갓 나온 듯한 차가 깃발을 날리며 옆으로 지나가면 바로 그 새것을 쫓게 될 겁니다.

네디 넬슨(C 자동차 충돌파티족) : 충돌파티에서 '포세일 나이트(For Sale Night)'가 무슨 뜻인지 알아요? 전면 유리창과 뒤쪽 유리창을 가로지르는 깃발에 하얀 페인트로 가격을 커다랗게 적어놓는 거라는 걸 알아요? 그 깃발을 독점하기 위해서는 가격이 언제나 1만 3,000달러하고도 50센트여야 한다는 걸 알아요? 만일 깃발 가격이 제멋대로라면 무슨 혼란이 생길지 상상할 수 있겠어요?

샷 더넌 : 어느 '데드디어 나이트(Dead Deer Night)'에 우리는 스티로폼 사슴을 차 지붕에 묶고 달리고 있었는데 난데없이 어떤 염병할 파크 애비뉴가 우릴 공격해왔어요. 그 차가 우리 차 오른쪽 헤드라이트를 들이받아 라디에이터 호스를 하나 부러뜨렸고, 그 바람에 냉각수가 폭포수처럼 쏟아져 내렸죠. 그 파크 애비뉴는 차체에 손상만 입은 채 뒤로 물러났고. 그 차 유리창이 올라가 있었는데도 그 친구들이 웃는 소리를 들을 수 있었

어요. 그때 랜트가 우리 차 뒷자리에서 내려 그 팀 차로 건너갔죠. 그러고는 가진 거라곤 돈뿐인 그가 운전석 쪽 창문 안으로 머리를 디밀고 뒷주머니에서 지폐를 한 다발 꺼내더라고요. 그 친구들은 자동차 양도 증서에다 사인을 하고 자기네들의 죽은 사슴을 버스에 실어 집에 갔죠. 우리는 우리 사슴을 그 친구들 차로 옮긴 다음 그 파크 애비뉴를 타고 나머지 윈도 시간을 보냈고.

보디 칼라일(✿ 어린 시절의 친구): 내게 보낸 편지에서 랜트는 충돌 파티족들이 모두 차 안에 있어서 남자인지 여자인지 알 수가 없다고 했어요. 또 흑인인지 백인인지도 구분할 수 없댔고요. 그의 말로는 때려 부숴야 할 난폭한 팀은 언제나 불구자들 아니면 괴짜들이라는 거였지요. 그들을 차에 태워 평평한 경기장에 들여놓으면 치미는 분노 같은 것을 보게 된다고 말이에요. 어느 누구도 손으로만 운전하는 양쪽 하반신 마비 환자나 체중 45킬로그램짜리 빼빼 마른 여자들처럼 맹렬하게 차를 몰지는 않는다는 거였지요.

그린 테일러 심스(☾ 역사가)의 현장노트에서: 우리가 마지막으로 함께한 문제의 그날 밤은 '매트리스 나이트'였다. 내 기억에 가장 먼저 떠오르는 것은 랜트 케이시가 환하게 밝혀진 주차장에서 커피를 마시며 푸른색 작업복의 단추를 풀고 있었다는 것이다. 또

314

그의 가슴이 수백 개의 다른 젖꼭지들, 그러니까 셀 수도 없이 솟아오른 둥근 흉터들로 뒤덮여 있던 것도 기억이 난다. "떠돌이 거미들이죠." 랜트가 내게 알려주었다. "일터에서 좀 찾아낸." 그의 말로는 그 거미들을 풀어놓은 셔츠 칼라 속으로 떨어뜨려 집으로 몰래 가져가려 했다는 것이었다.

샷 더년: 어떤 게임 윈도에서 밤새도록 아무 차도 들이받지 못하고 또 누구도 우리 차를 들이받지 않았다면 그저 실망한 채 집으로 돌아가지 않기 위해 다 망가진 고물차를 쾅 박아버릴 수도 있어요. 어느 게임 윈도에서나 요란스럽게 덜컹거리는 털털이 고물차들을 볼 수 있는데, 그런 차들은 하나같이 구름처럼 내뿜어진 푸른 연기에 뒤덮인 채 덜덜 떨리고 삐걱거리는 철판 안쪽으로 뒤꽁무니가 볼썽사납게 찌그러든 차들이라는 걸 알게 될 겁니다. 굴러다니는 허섭스레기. 그런 차를 박아줄 경우 그 털털이 고물차를 모는 친구는 자기가 게임의 일원인 것 같은 기분을 느끼죠.

그렇게 어떤 털털이 고물차를 동정심이나 자포자기적인 심정에서 쾅 들이박는 것, 그게 바로 우리가 머시크래싱(Mercy Crashing)이라고 부르는 거지요.

에코 로런스(C 자동차 충돌파티족): 들어봐요. 더년은 무조건 "하지 마!"였어요. 랜트하고 어울리지 마. 사랑에 빠지지 마. 더년은 계속 나를 한옆으로 잡아끌면서 같은 말만 했어요. "아직도 무엇이건 부스트할 수 있어?" 그러고는 덧붙였죠. "광견병!"

그래도 나는 랜트를 여러 달 동안 내 차 뒷자리에 태우고 다녔어요.

샷 더년: 같은 팀으로서의 마지막 게임에서 우리는 매트리스 나이트를 즐기고 있었어요. 어떤 사람들은 매트리스가 더 단단해 보이도록 검은색 스프레이페인트를 뿌리기도 하죠. 내 충고를 원한다면, 차 옆 유리창을 열고 밧줄을 차 안쪽으로 통과시켜 고리를 만들라는 겁니다. 그런 다음 매트리스를 동여매서 풀매듭을 만들어 차 안에 두고요. 그러면 경찰이 낌새를 채고 다가올 때 풀매듭을 홱 잡아당겨 풀고 매트리스를 내버릴 수 있거든요. 매트리스가 미끄러져 내리면서 밧줄도 같이 끌어가면 그 다음엔 길거리에 있는 여느 무고한 차나 같아지는 거죠.

우리의 마지막 매트리스 나이트에서, 얼룩진 매트리스를 차 지붕에 밧줄로 묶은 온갖 낡고 녹슨 털털이 고물차들이 푹푹거리고 덜컹거리며 돌아다닐 때 랜트가 이러더군요. "저것들에 한 번씩 부딪쳐주자." 그리곤 덧붙였죠. "세게 부딪쳐서 그들의 밤을 만들어주자고."

에코 로런스: 이것 좀 들어봐요. 랜트는 정말 로맨티스트였어요. 여자에게 시들거나 썩어가는 걸 지켜볼 수 있는 장미꽃을 사주

는 건 또 다른 얘기죠. 그보다는 여자에게 완전히 파괴할 수 있는, 장착할 게 다 장착된 스카이라크 승용차를 사주는 게 훨씬 더 멋진 생각이에요. 어느 허니문 나이트 때 내 애인은 파워운 전대고 뭐고 다 장착된 하얀색 링컨 콘티넨탈 승용차 키를 줬어요. 바퀴들도 아주 탄탄했고요. 스테레오를 엄청 요란하게 틀어놓고 아주 스무드하게 달리고 있었는데, 어떤 제타 승용차가 우리를 뒤에서 들이받아 그 차 앞부분이 우리 차 범퍼 아래쪽으로 처박혔는데도 그걸 알아차리지도 못했어요. 그래서 게임 중반까지 그대로 차를 몰아 돌아다녔죠. 성질이 돋아서 부글거리는 사람들을 가득 태운 그 조그만 차를 끌고서.

샷 더년 : 그런데 이게 얼마나 말도 안 되는 소리냐고요? 머시크 래싱에서 우리 차 앞 범퍼를 어떤 다 찌그러지고 늘어지고 녹슨 차의 뒤꽁무니에서 빼내는 순간, 들이받거나 들이받지 않았더라도 그냥 돌아가지 않은 걸 후회하게 된다는 게. 기분이 너무 더럽고 엿 같아서 내려서 소리도 지르기 싫죠. 그저 박고 사라질 뿐이지요. 박고 사라지는. 충돌파티 규칙은 그걸 파울로 규정하고 있지만, 고물덩어리 차는 그것도 너무 고마워서 신고 따윈 하지 않을 테고요.

더 최악은 자동차 충돌파티를 몇 년 더 한 뒤에는 나도 뒤가 온통 다 찌그러든 차를 끌고 누구든 질리게 따분하거나 자포자기한 사람이 들이박아주기를 원하는 모습이 그려진다는 겁니다. 들이박고 사라지는 가장 큰 이유는 누군가의 형편없이 찌그러든 차를 보는 게 서글퍼서가 아니라, 그 운전자를 보는 게 견딜 수 없어서지요. 목 보호대를 하고 있거나 지팡이를 짚고 뻣뻣하게 절뚝거리며 걷는 누군가를 보는 것이. 십중팔구 그건 몇 년 뒤 우리의 모습일 테니까요.

에코 로런스: 잠깐 생각 좀 해보고요. 랜트가 르사브르를 샀을 때는 그걸로 전속력을 낼 수가 없었어요. 카발리예를 샀을 때는 그걸 누군가의 아우디 뒤에다 들이박았고요. 다음에 사준 리갈은 홱 돌려서 타우르스 옆구리에 들이박아 박살냈죠. 아니, 잠깐만, 언젠가는 그랜드앰도 있었으니까. 그랜드앰하고 쿠가하고 그랜드 마퀴스. 아, 그리고 우리가 어느 게임에서 퐁듀(꼬치음식에 치즈를 찍어 먹는 스위스 요리—옮긴이)를 만들어 먹으려다 태워버린 르바롱도 있어요. 어쩌면 그 차는 셈에 넣지 말아야 하겠지만.

샷 더넌: 우리가 빨간 신호등에 걸려 멈춰 섰을 때 어떤 고물덩어리 차가 한 블록 뒤에서 우리 차 뒤꽁무니를 들이박으려고 불완전연소음을 내고 덜덜 떨면서 굴러오더라고요. 한 블록 떨어진 곳에서도 엔진 태핏들이 노킹을 일으키고, 스프링들이 삐걱거리고, 헤드라이트들이 덜렁거리는 소리를 들을 수 있었죠. 팬벨트는 끽끽거리고, 얼룩진 매트리스는 차 지붕 위에서 덜덜 떨

리는. 그 괴물이 점점 더 가까이 기어왔지만 우리는 앞쪽으로 죽 늘어선 차들에 막혀 파란불을 기다리고 있었지요.

신호등이 파란불로 바뀌었고, 그 괴물은 여전히 뒤에서 우리 차 범퍼를 향해 엉금엉금 기어오고 있었어요. 에코가 엔진 회전수를 높이기 시작했는데, 그 때 랜트가 한마디 했지요. "기다려."

그린 테일러 심스의 현장노트에서: 젊은 랜트는 가장 친절하고 우아하고 너그러운 행동을 하고 있었다.

샷 더넌: 우리는 파란불이 다시 빨간불로 바뀌고 또다시 파란불로 바뀐 직후까지 내내 그대로 서 있었어요. 그 폭폭거리고 덜덜거리는 털털이 고물차가 우리 차 범퍼를 살짝 밀고 죽을 때까지. 완전히 죽을 때까지. 팬벨트 소리가 처량하게 잦아들다가 잠잠해질 때까지. 그릴 틈새로 김이 무럭무럭 피어오르고, 덜렁거리는 판금과 크롬 장식들이 덜덜대지 않을 때까지. 그 고물차가 멈춰버린 차축에 그대로 푹 주저앉는 것 같더니 운전자가 내리더군요. 열여섯 살쯤 되어 보이는 애녀석이었죠. 거짓말 아니라고요. 그 녀석 이름이 네드… 네디… 닉… 뭔지 까먹었지만.

우리 차는 캐딜락 세빌이었어요. 그래서 빈자리가 있었고, 랜트가 그 녀석을 우리 차 뒷좌석 마스코트 자리에 태우자고 하데요. 우리 차가 그 녀석이 들이받은 첫 번째 차였죠. 난 그 녀석이 함박웃음을 짓고 있던 걸 지금도 기억해요.

그린 테일러 심스의 현장노트에서 : 충돌파티의 또 다른 재미있는 면은 피냐타(일종의 박 터트리기 놀이로 피냐타를 깨면 캔디 등이 쏟아져 나옴-옮긴이)적인 면이다. 우리는 길에서 우리 자신의 가장 나쁜 면들을 우리 주위의 차들에 투사한다. 치고 휙 지나가는 운전자들을 우리는 거만하기 짝이 없다고 생각한다. 그리고 우리가 덫을 놓고 지나온 느린 운전자들에 대해서는 그들이 억눌려 있거나 박약하다고 생각한다.

재미있는 일은 한 번 슬쩍 부딪치거나 긁었을 때 상대 차 문이 벌컥 열리면서 우표 수집가들, 축구팬들, 어머니들, 할아버지들, 굴뚝 청소부들, 음식점 요리사들, 법조인의 사무원들, 목사들, 선생들, 안내원들, 하수도 청소부들, 유니테리언교(삼위일체를 인정하지 않는 기독교의 한 종파-옮긴이) 신자들, 전 미국 트럭 운전사 조합원들, 볼링하는 사람들, 인간들이 쏟아져 나왔을 때 벌어진다. 그 단단하고 번쩍거리는 페인트와 유리 안쪽에 우리처럼 연약하고 겁 많은 또 다른 사람이 숨어 있는 것이다.

샷 더넌 : 머시크래싱을 할 때마다 랜트는 너무 세게 부딪치지 않으려고 애쓰곤 했어요. 여기에 쿵, 저기에 퉁 하는 식으로. 농탕질을 치는 식의 그런 부딪침. 난 랜트가 돈이 바닥나서 우리에게 다른 차를 사줄 수 없다고 했던 걸 기억해요. 우리가 몰고 있던 그 캐딜락을 또 한 번의 성대한 트리 나이트를 치를 수 있게 계속 끌고 다녀야 한다고 했죠.

에코 로런스 : 전에 내가 랜트에게 "내 뒷자리에 타." 라고 한 말은 완곡어법이 아니었어요.

네디 넬슨 : 랜트가 얼마나 대단했는지 알고 있죠? 그들이 통금 시간 직전에 나를 내 건물 앞에 내려놓았을 때 그가 어떻게 했는지 알아요? "네 다음번 차를 위해서…."라고 하면서 금화를 한 닢 휙 던져주었다는 얘기를 누가 하지 않던가요? 화폐교환 가게에서 그 1884년 리버티헤드 달러 값으로 1만 달러를 쳐줬을 때 내가 얼마나 놀랐을지 상상이 가나요? 이제껏 그렇게 너그러운 사람이 있었을까요? 랜트 케이시가 없었다면 내가 그렇게 빨리 또 다른 차를 몰 수 있었겠어요?

그린 테일러 심스의 현장노트에서 : 나는 그 일이 랜트 케이시가 남은 이빨 요정의 재산을 낭비한 것이라고 믿는다.

에코 로런스 : 샷이 '광견병(rabies)'이라고 했을 때 나는 그가 '아기들(babies)'이라고 한 줄 알았어요. 결과는 음성으로 나왔어요. 다행이었죠. 그런데 잘못된 검사를 한 것 같아요.

트리 나이트 27

그린 테일러 심스(♺ 역사가)의 현장노트에서: 엄청나게 많은 숙고 끝에 우리는 진짜 나무를 쓰기로 했다. 수종은 노블퍼(noble fir, 미국산 전나무의 일종 – 옮긴이)로 정했다. 파란색 꼬마전구들로 꽃줄장식을 하고 꼭대기에는 번쩍거리는 파란색 별을 달아서. 캐딜락 세빌의 지붕을 앞뒤로 가로질러 묶은 그 나무가 꼭 푸른 혜성처럼 보였다. 앞 유리창 위쪽으로 커다란 별이 건들거리고, 그 뒤에서 수백 개의 눈부시게 빛나는 푸른 전구들이 번쩍거리는.

네디 넬슨(♺ 자동차 충돌파티족): 만일 내가 자동차 충돌파티에서의 절정, 충돌파티를 최고로 만드는 건 이렇게 깨부수는 거라고 한다면 내가 바보라고 생각해요? 돌아다니며 깨부수는 거라면

322

요? 엄마가 우리에게 게을러빠진 멍청이라고 소리소리 지르며 욕을 해대고, 우리가 또 다른 일자리를 잃고, 우리 학교 친구들은 모두 잘나가는데 우리는 데이트도 한번 못한다면 어떻겠어요? 그래서 기분이 완전히 엉망진창인데 어디선가 난데없이 누군가가 달려들어 '콰쾅!' 들이박아서 기분이 더 나아진다면요? 누군가가 세게 들이박아주는 게 선물 같은 거 아닌가요? 그러면 우리는 차에서 내리지 않나요? 정신 못 차리게 비틀거리고 충격을 받은 채로. 이제 막 태어나는 아기인 것처럼. 아니면 눈 깜짝할 새 온몸을 나른하게 해주는 안마를 받은 것처럼.

자동차 충돌파티는 의기소침에 대한 전기충격 요법 같은 거 아닌가요?

그린 테일러 심스(⊙ 역사가)의 현장노트에서: 랜트가 죽던 날, 그 아이는 숙련된 솜씨는 아니었지만 아주 공들여 가지각색의 무지개들과 꽃들이 수놓아진 파란색 데님 셔츠를 입고 있었다. 그 셔츠는 그 아이가 늘 입고 있던 살충제 냄새가 풍기는 푸른색 작업복과는 전혀 달랐다. 나는 칼라를 둘러 자주색으로 수놓인 매발톱꽃, 아니면 그 비슷한 토착 야생화도 본 것 같다. 그 아이의 가슴께 달린 호주머니에는 노란 수선화에서 꿀을 빠는 선명한 초록색의 벌새가 한 마리 수놓아져 있었다.

루 테리(⊙ 건물 관리인): 내가 케이시의 방으로 꼭 한 번 더 들어간 건 그 곳의 재활용 수거함들을 비우려고 지하층으로 내려갔던 때였어요. 거기에서 맑은 유리로 된 수거함 속에 그 친구의 벽장에서 보았던 그 아가리가 넓은 병들이 버려져 있더군요. 그 병들은 거미가 들어 있지 않고 비어 있었어요. 그리고 각각의 병 뚜껑에는 케이시가 적어놓은 '도리'니 '준'이니 하는 이름들이 보였고요. 병마다 여자 이름을 하나씩.

케이시가 일하던 회사의 해충 구제자가 케이시는 일을 그만두었다고 하더군요. 그가 해충을 죽인다기보다는 그저 해충을 이동시키고 있다는 게 이유였지요. 그게 어떤 해충 문제인지를 알고 나는 내 여벌의 열쇠를 사용해 한 번 둘러보도록 허락을 받았어요. 방 안에는 그 친구의 빈 여행가방과 침대 위쪽의 벽에 붙은 그 조그맣고 시커먼 덩어리들 말고는 아무것도 없더군요. 벌레들이고, 쥐들이고, 아무것도. 이상한 점이라곤 그 친구의 베개 한가운데에 흔히 볼 수 있는 하얀 달걀이 하나 놓여 있다는 것뿐이었어요. 그런데 만일 누군가가 그 달걀을 내가 가져갔다고 한다면, 그 달걀을 정말로 가져간 사람은 형사겠지요. 그 이후로 카운티에서는 우리에게 벌금을 물리겠다고 협박해요. 독거미들이 너무 많다는 이유로. 그 미친 자식이 자기가 모은 염병할 것들을 모두 풀어놓았던 거지요.

에코 로런스(Ⓒ 자동차 충돌파티족): 상상해봐요. 우리는 몇 시간씩 빵빵 울려델 크리스마스 음악을 이것저것 섞어 만들었어요. 10시에

324

시작되는 윈도 전에 두 시간 동안 참가팀들이 제각기 트리들을 뽑내며 이리저리 돌아다녔죠. 크리스마스트리에 거는 은박장식을 나부끼며 자랑하는 차들. 황금빛으로 번쩍번쩍하는 금속 조각들을 너저분하게 달고 길거리에서 펑펑 터지는 유리 공들을 떨어뜨리는 차들. 모퉁이마다 하얀 털 장식의 빨간 모자를 쓴 사람들이 불빛과 장식물들로 멋지게 치장된 차에 자리 하나 얻어 보겠다고 손을 흔들고 소리를 지르며 맨살을 내보이고 있었어요. 산타클로스 복장을 하고 충돌팀 플레이어들을 쫓아다니며 그 짓을 하고 싶어하는 수백 명의 극성맞은 여자들.

샷 더넌(C 자동차 충돌파티족): 얼마나 이상한 일이에요? 한 모퉁이에 서 있는 산타클로스 앞을 지나가려는데, 웃기는 늙은 산타가, 그게 여자건 남자건 자기 앞자락을 획 펼쳐 보이곤 하는 게 말이에요. 성 니콜라스(산타클로스의 모델이 되었음-옮긴이)의 젖꼭지. 트리 나이트가 변질된 광란 같은 거죠.

에코 로런스: 윈도 전의 그 두 시간 동안에는 팀에 대한 충성이라고는 없어요. 모두가 장식을 자랑해 보이는 동안 사람들이 이 차 저 차에 탔다 내렸다 하니까요. 주유와 정비를 위한 정차. 한데 모였다 흩어지는 팀들. 떼를 지어 돌아다니는, 환하게 불을 밝힌 차들의 바다에서 벌어지는 그 뒤섞이고 뒤엉키는 파티.

샷 더넌 : 윈도가 개시되기 1분 전쯤 모든 차는 크리스마스트리 전구들을 끄고 흩어지죠. 눈 깜짝할 새 우리는 다시 적으로 돌아가는 거지요.

에코 로런스 : 내가 기억하는 거라곤 샷이 내내 이렇게 외쳤다는 것뿐이에요. "겨우살이는 안 돼(크리스마스에는 겨우살이 밑에 있는 소녀에게 키스해도 되는 관습이 있음 - 옮긴이)! 키스도 안 되고! 광견병도 안 돼!"

그린 테일러 심스의 현장노트에서 : 정차 문화는 자동차 충돌파티에서 파생되어 개발되었다. 참가팀들은 주유를 하고, 팀원들이 화장실에 갔다오고 음식과 커피를 사도록 차를 세웠다. 원래는 그 일을 가능한 한 빨리 해치웠지만, 때로 주유소나 주차장 편의점에서 어슬렁거리는 팀들도 있었다. 정차 문화는 어느 충돌파티 행사에서나 안전한 휴식 장소 또는 피난처로 인식된다.

　문제의 그 트리 나이트에 우리는 한 주유소에 차를 세웠다. 랜트가 주유는 자기가 하겠다고 했고 그 동안 나는 에코와 샷을 데리고 음식을 사러 안으로 들어갔다.

에코 로런스 : 랜트는 거기 서서 차에다 주유를 하면서 우리에게 돼지껍질이 든 베이컨을 사달라고 했어요. 돼지껍질 베이컨과 루트비어(사르사 뿌리, 사사프라스 뿌리 따위로 만드는 청량음료 - 옮

326

긴이)를.

샷 더년 : 내 몫으로는 겨자가 발린 핫도그를 샀죠. 또 콘칩과 전자레인지에 데운 나초도.

그린 테일러 심스의 현장노트에서 : 고백하건대 내가 사족을 못 쓰고 좋아하는 것은 레드 바이너스(캔디 제조회사 이름 – 옮긴이)의 감초를 넣어 만든 사탕과자다.

샷 더년 : 그리고 육포도.

그린 테일러 심스의 현장노트에서 : 우연찮게도 우리는 같은 차를 세 주이상 몰아본 적이 거의 없다. 차를 밖에서건 안에서건 망가뜨릴 수 있는 방법은 너무도 많다. 나초 치즈는 그 어떤 전복 사고보다 더 빨리 차의 재판매 가격을 떨어뜨릴 수 있다.

샷 더년 : 내가 가게에서 걸어 나왔을 때 랜트는 어디론가 사라지고 없었어요. 캐딜락이 주차되어 있던 자리에 생긴 커다란 휘발유 웅덩이뿐이었죠.

에코 로런스 : 차는 없어졌고, 우리는 길 저 아래쪽에서 그 푸른 혜성이 날아가는 걸 볼 수 있었어요. 그 캐딜락 세빌 뒤로 시커먼,

불이 꺼진 트리들이 달리는 숲이 되어 그를 뒤쫓고 있었죠. 완전한 이리 떼. 랜트는 크리스마스트리 전구들을 켠 채로 있었고, 게임에 참가한 모든 차가 그의 차를 들이받으려고 나섰던 거예요.

운전자 실황 교통방송에서: 방금 들어온 소식입니다. 랜드오버 파크웨이를 따라 경찰 추격이 계속되고 있습니다. 보고에 따르면, 용의 차량은 윈터즈 거리와 122번로의 교차로에서 교통 신호에 멈추지 않은 흰색 캐딜락 세빌이라고 합니다. 지금 이 순간 그 세빌은 공원도로를 따라 서쪽으로 가고 있고, 차 지붕에 전구들로 밝혀진 크리스마스트리를 달고 있는 모습이 방금 목격되었습니다. 농담이 아닙니다. 파란색 크리스마스 전구들로 뒤덮인 트리가 쏜살같이 달리는 차 지붕에 밧줄로 묶여 있습니다. 세 대의 경찰차가 뒤쫓는 중이고 헬리콥터 한 대도 추격에 가세할 것으로 보입니다. 또한 보기 드물게 많은 호사가들이 경찰차의 불빛과 사이렌으로 열린 길을 마구 내달리며 그 세빌을 뒤쫓고 있는 것 같습니다. 지금까지 운전자 실황 교통방송의 티나 아무개였습니다….

에코 로런스: 정말 놀랄 일이었죠. 나는 한 팀을 꾀어서 그 차에 뛰어 들어갔어요. 그리고 이렇게만 소리쳤죠. "가!" 마약에 취한 녀석들이었어요. 나는 길 아래쪽을 가리켰죠. 거기서 불 꺼진

트리들의 숲 사이로 랜트의 파란 전구들이 겨우 보일락 말락 하자 또 소리쳤어요. "저기!"

운전자 실황 교통방송에서 : 경찰 추격에 관한 새로운 소식을 전하기 위해 하이랜드 인터체인지에서 우리는 평범한 시민이 모는 자경단원 차로 하여금 샛길에서 끼어들어 파란 크리스마스트리에 심하게 부딪치도록 했습니다. 파란 크리스마스트리는 지금 현재 워터프론트 애버뉴를 따라 동쪽으로 질주하고 있습니다. 그런데 어찌 된 우연인지, 쏜살같이 달리는 차를 세우려던 운전자의 차 지붕에도 크리스마스트리가 매달려 있군요. 아마도 그런 때라서 그렇겠지만요. 지금까지 운전자 실황 교통방송의 티나 아무개였습니다….

샷 더넌 : 감초를 넣어 만든 사탕과자니 뭐니 하는 쓰레기 같은 먹을거리들을 양손에 가득 들고 거기 서 있었는데 에코가 사라져버렸어요. 그린은 길가로 나가 소리쳐 택시를 불렀고. 그들 둘 다 감쪽같이 사라져버린 거예요. 랜트는 가버렸고 나는 전자레인지에 데운 나초와 염병할 루트비어를 들고 보도에 남아 있었죠.

사이먼 프래거(○ 화가) : 우리는 내 차를 3번 주유기 앞에 댔습니다. 케이시라는 그 남자는 7번 주유기 앞에 있었는데, 자기 차에서 주유 노즐을 홱 뽑아내더군요. 그건 절대로 사고가 아니었어요. 그 친구가 자기 차 지붕에 있는 크리스마스트리에 휘발유를 뿌렸거든요. 가지마다 흠뻑 젖도록 말이지요. 휘발유가 그 친구 차의 후륜 로커 패널로 뚝뚝 떨어져 내리더라고요.

운전자 실황 교통방송 : 경찰과 비상 급파된 공무원들은 시민들에게 용의 차량 추적을 방해하지 말아달라고 요청했습니다. 지금 현재 적어도 여섯 대의 개인소유 차량들이 달아나는 차를 들이박았는데, 그 차들 모두 크리스마스트리를 달고 있습니다. 경찰은 그 혼란스러운 사고들을 용의 차량의 끊임없는 도주 탓으로 돌립니다.

경찰 헬리콥터에서 들어온 보고에 따르면, 용의 차량은 지금 그린브라이어 고속도로에서 북쪽으로 가고 있습니다. 다음 소식은 들어오는 대로 전해드리겠습니다. 지금까지 운전자 실황 교통방송의 티나 아무개였습니다….

그린 테일러 심스의 현장노트에서 : 그 순간의 흥분에 휘말려든 나를 용서해주기 바란다. 내 의도는 미스터 더넌을 버리자는 것이 아니었다. 나는 즉각적으로 행동했고, 차를 잡아타고 뒤를 쫓았다. 과다한 불빛들과 사이렌 소리 때문에 그 순간이 꼭 사냥처럼, 마치 우리가 한 마리 여우를 뒤쫓아 궁지로 몰아넣는 사냥개 떼인 것처럼 느껴졌다.

그 긴장으로 가득 찼던 순간에 내가 미스터 더넌에 대해 떠올릴 수 있는 기억이 있다면, 그가 입을 헤 벌리고 오렌지며 치즈 따위가 잔뜩 묻은 혀를 길게 빼고 있었다는 것이다. 나는 택시 뒷좌석에 올라타고 운전사에게 이렇게만 일렀다. "저 파란색 크리스마스트리를 쫓아가주시오…."

운전자 실황 교통방송에서 : 흰색 캐딜락 세빌에 대한 경찰 추격은 도시 서쪽에까지 이르렀습니다. 적어도 200여 대쯤 되는 차들이 크리스마스트리를 매단 차를 뒤따라 길을 휩쓸면서 차량들의 파도를 이루었는데, 한 목격자의 보고에 따르면 구경꾼들의 차량에 의해 적어도 열두 번의 고의적인 충돌이 이어졌다고 합니다. 지금까지 그 세빌은 뒤 범퍼와 배기장치가 떨어져나간 것으로 보이고, 스파크가 이는 것으로 미루어 판단하건대 적어도 뒷바퀴들 중 한쪽은 타이어 없이 림으로만 달리고 있는 것 같습니다. 만일 휘발유 탱크가 폭발하면 알려드리겠습니다. 지금까지 운전자 실황 교통방송의 티나 아무개였습니다….

샷 더넌 : 이게 얼마나 터무니없는 일이에요? 우리는 실제로 길 한복판에 페인트로 칠해진 그 한 줄이 우리를 안전하게 지켜줄 걸로 믿었으니. 그 하얗거나 노란 선이 일종의 보호책이라고 말이죠. 분명히 얘기하는데, 랜트 케이시는 절대로 똥차를 끌고서 누군가가 친절하게도 자기 차를 박아주길 바라는 그런 늙다

리들 중 하나가 되지는 않을 거였어요. 헛소리 아니라고요. 스스로 죽어가는 것보다 더 나쁘게 죽임을 당할 수도 있으니까요.

운전자 실황 교통방송에서: 빨간불에서 정지 신호에 따르지 않은 차를 멈추게 하려고 시작된 일이 눈덩이처럼 커져 이 도시에서 가장 극적인 경찰 교착 상태를 만들고 말았습니다. 경찰의 제지에도 불구하고 구경꾼들이 연속해서 도주 차량을 세게 들이받고 옆을 치고 긁어서 손상시키고 있습니다. 이어지는 소식은 들어오는 대로 다시 알려드리겠습니다. 저는 운전자 실황 교통방송의 티나 아무개였습니다….

그린 테일러 심스의 현장노트에서: 잠시 생각해보면 알겠지만, 어느 누구도 절대 한 개인의 죽음 때문에 주요 도로를 폐쇄하지는 않는다. 우리는 지금도 여전히 제임스 딘이 죽은 자리나 제이니 맨스필드(미국의 섹시 스타. 1967년 머리가 잘려 나가는 끔찍한 교통사고로 사망─옮긴이), 잭슨 폴락(화가, 1956년 8월 미국 뉴욕 이스트햄프턴에서 자동차 사고로 사망─옮긴이)이 죽은 자리 위로 차를 몰아 지나간다. 또 마거릿 미첼(소설《바람과 함께 사라지다》의 작가, 자동차 사고로 사망─옮긴이)이 버스에 치어죽은 자리를 지나갈 수도 있다. 그레이스 켈리와 어니 코박(텔레비전 초기 시절의 코미디언─옮긴이)이 죽은 자리를 지나갈 수도 있고. 죽음은 비극적인 사건이지만 교통 흐름을 멈추는 일은 언제나 그보다 더 큰 범죄로 보인다.

운전자 실황 교통방송에서 : 크리스마스트리 캐딜락을 모는 용의자에 대한 경찰 추격은 이제 발로우 애버뉴 고가도로에 이르렀습니다.

그린 테일러 심스의 현장노트에서 : 내가 겪은 자동차 사고는 모두 비슷하게 느껴졌는데, 마치 호박이나 꿀 속에서 헤엄을 치는 것 같았다. 한순간이 몇 년은 되는 것 같고 시간은 거의 정지된다. 알람시계의 일시정지 버튼을 누르고 다음 알람이 울릴 때까지의 7분 동안에 몇 시간 또는 며칠 동안의 꿈을 꿀 수 있는 것과도 같다. 자동차 사고에서는 꿈꾸는 시간을 더디 가게 한다. 그러면 시간은 굳어지거나 얼어붙고 우리는 모든 순간의 순간의 순간을 떠올릴 수 있다. 랜트가 단 한 번의 키스로 상대방의 모든 생활을 맛볼 수 있는 것처럼.

운전자 실황 교통방송에서 : 크리스마스트리를 매단 차를 추격하는 경찰은 이스트사이드 경사로를 따라 발로우 애버뉴 고가다리로 향하고 있습니다.

그린 테일러 심스의 현장노트에서 : 거의 모든 영적 믿음에 공통되는 것은 '리미널(liminal, 의식과 잠재의식의 경계 – 옮긴이) 시간'이라는 것이다. 고행자들에게는 가장 큰 고통의 순간일 수도 있다. 가톨릭에서는 신도들에게 영성체를 나눠주는 순간이다. 그 순간은 각각의 종교나 영적인 관례에 따라 다르지만, 리미널 시간 그 자체는 시간이 멈추는 순간을 나타낸다. 그 실질적 정의는 '시간 밖의' 순간인 것이다.

그 순간은 영원한 천국이나 지옥이 되는데, 대부분의 종교의식의 목적은 리미널 시간의 한 순간만이라도 얻는 것이다. 그 순간에는 완전히 실재하고 깨어나 모든 창조를 깨닫게 된다. 리미널 시간에는 시간이 멈춘다. 그리고 인간은 시간을 초월한다.

내 경우에는 교통사고에 휘말리는 것이 이제껏 참석해온 그 어떤 종교의식이나 의례보다도 더 나를 계몽에 가까운 경지로 이끌어주었다.

운전자 실황 교통방송에서 : 맨 마지막으로 들어온 소식은 도주하는 캐딜락 지붕에 매달린 크리스마스트리가 폭발하는 화염에 휩싸여 푸른 연기와 불꽃을 꼬리처럼 남기며 계속 질주하는, 맹렬히 타오르는 불덩어리가 되고 있다는 것입니다.

경찰은 발로우 애버뉴 고가다리 서쪽 끝을 봉쇄했습니다. 경찰이 바리케이드를 쳐 놓았습니다.

샷 데년 : 참 너무 이상한 소리이긴 하지만, 내가 한데 휩쓸려서

충돌을 할 때마다 시간이 느려졌어요. 마치 탄환이 공기를 가르고 날아가 사과의 한쪽에 압력을 가하고 안쪽으로 파고들어 1초쯤 사라졌다가 반대편에서 사과 껍질을 갈가리 찢으면서 튀어나오는 걸 보게 되는 그런 고속 촬영에서처럼.

운전자 실황 교통방송에서: 여기 뉴스룸에서 우리는 불타는 캐딜락의 운전자에게 전화가 걸려온 사실을 확인했고, 프로듀서들이 임시로 운전자와 접속했습니다. 연결되었나요? 지금도 수신이 되고 있나요?

에코 로런스: 우리가 어떤 사람에 대해 갖고 있는 기억은 참 묘해요.

운전자 실황 교통방송에서: 파란 크리스마스트리가 아직도 빛을 발하는 중에 여전히 불타고 있는 그 캐딜락이 튀어 올랐습니다. 경찰의 보고에 따르면요. 이제는 발로우 애버뉴 고가다리가 강 위로 가장 높이 솟은 곳에서 북쪽 가장자리 쪽으로 가고 있습니다. 만일 운이 좋다면 여러분이 다음에 듣게 될 목소리는 신원이 밝혀지지 않은 그 운전자의 목소리일 것입니다….

에코 로런스: 하지만 랜트는 언제든 오르가슴을 느꼈을 때나 우리가 다른 팀에 들이받힌 직후에는 눈을 깜박거리고는 자기가 죽지 않았음을 의식하는 것 같았어요. 그럴 때면 그는 미소를

짓고 똑같은 말을 하곤 했지요. 그 순간에 랜트는 언제나 꼭 마약에 취한 듯 미소를 지으며 이랬어요. "이게 바로 교회가 느껴야 할…"

운전자 실황 교통방송에서의 랜트 케이시: "… 사랑해, 에코 로런스. 하지만 나는 난 내 어머니의 목숨을 구해야 해."

샷 더넌: 이건 비밀인데, 그날 밤에 앞서 몇 주일 동안 나는 에코의 루트비어에 플랜 B라는 사후 피임약을 섞어놓기 시작했어요. 만일의 경우에 대비해서요. 내가 에코에게 랜트의 정자들을 얼마나 많이 내치게 했는지 몰라도요.

운전자 실황 교통방송에서의 랜트 케이시: "… 현실이 만일 일종의 질병에 지나지 않는다면 어쩔 건가요?

내장명령어(숨겨진 명령어) *28*

윌리스 보이어(✿ 자동차 세일즈맨) : 기억해둬요. 자동차 구매자들은 세 가지 학습 스타일, 그러니까 시각적, 청각적, 또는 동적 스타일 중 하나에 해당합니다.

예를 들어 에코 로런스와 이야기를 할 때는 그녀의 눈이 위로 굴려져 천장을 보고 있지요. 그녀의 입에서 한 번 걸러 나오는 말은 "내가 보는(see) 바로는….." 아니면 "그 못된 계집을 조심(watch out)해요, 티나 아무개라는….." 하는 것이고요. 에코와 보조를 맞추기 위해서는 생각을 할 때 위를 쳐다보기만 하면 됩니다. 눈에 잘 안 띄게 해야 하지만 그녀를 흉내 내기 위해 왼손가락을 모아 쥐기도 해야 하고요. 또 호흡수도 분당 40회, 어쩌면 50회가 되도록 속도를 높여야지요. 눈은 분당 적어도 30

번은 깜박여야 하고요.

항상 기억해둬야 할 점은, 질문을 하는 사람이 주도권을 쥐고 있는 사람이라는 겁니다. 크고 얻기 힘든 '예스'를 얻어내는 방법은 작고 얻기 쉬운 예스들을 잔뜩 쌓아 올리는 거죠. 잘나가는 세일즈맨이라면 소위 확정질문(중요한 것을 확정짓고 나서 하는 부수적인 질문 – 옮긴이 주)이라는 것부터 시작합니다. 바로 이런 질문들이지요. "부인을 행복하게 해드리고 싶으십니까?" 또는 "자식들의 안전을 중요하게 여기십니까?" 사람들이 확실하게 '예스'라고 할 수밖에 없는 질문을 하는 겁니다. 그리고 작은 예스들을 쌓아올리기 위해서는 "휘발유 마일리지를 중요하게 여기십니까?" 또는 "믿을 만한 차를 원하십니까?"라고 묻지요. 어느 고객이든 '예스'라는 대답을 더 많이 할수록 다루기가 수월해집니다.

다른 유형의 질문들은 대조질문이라고 불리는데, 그런 질문으로는 "밝은 색을 좋아하십니까, 어두운 색을 좋아하십니까?" 또는 "승용차를 찾으십니까, 트럭을 찾으십니까?" 같은 것들이 있지요. 대조질문에는 고객이 할 수 있는 대답이 하나만 들어 있습니다. 대답을 주어진 선택사항에 제한시키는 것이지요. 투도어냐, 포도어냐, 컨버터블이냐, 하드톱이냐? 시트는 가죽으로 할 거냐, 천으로 할 거냐?

그리고 어떤 사람이 "잠시 그대로 계십시오."라거나 "들어보세요."라고 할 때, 그건 내장명령어라고 하는 겁니다. 차를 팔기 위해서는 하루 종일 내장명령어를 써야 하지요. 예를 들면 이런 거죠.

"저 멋진 차의 투톤 페인트 도장만이라도 좀 보시지 않겠습니까?"

"마음껏 살펴보십시오. 가죽 실내 장식물들의 감촉이 어떤지만 보시지요."

"와우! 저 차의 카스테레오를 들어보세요!"

에코 로런스의 말에 주의를 기울인다면, 그녀의 입에서 나오는 말의 절반은 내장명령어입니다.

대조질문, 확정질문, 내장명령어 등이 바로 잘나가는 세일즈맨이 고객에게 마음을 열도록 하는 방법이지요. 샷 더넌에게는 이야기를 하는 동안 손등으로 입술을 닦음으로써 보조를 맞춥니다. 또 가슴에 팔짱을 끼고 머리를 이쪽저쪽으로 갸웃거리면서 이런 말투를 쓰기도 하지요. "내가 들은 바로는…." 또는 "거리 사람들 말로는…." 샷을 설득하기 위해서는 청각적 학습자가 되어야 합니다. 그의 사생활을 살짝 들여다 볼 수 있는 '문'으로 그를 이끌기 위해 그의 말에 귀를 기울이는 거지요. 이를테면 그의 개, 퍼그 얘기 같은. 그리고 이것도 기억해둬요. 더넌은 자기 개가 어떻게 죽었는지를 생각하면서 좌우를 쳐다볼 거라는 거.

하지만 샷 더넌이 자기 오른쪽을 보고 있을 때는 거짓말을 하고 있는 겁니다.

우선은 이것만 기억해둬요. 에코 로런스는 시각적이고, 샷 더
년은 청각적이고, 네디 넬슨은 동적이라는 거.

마지막 문장에서 '기억해두라'는 말은 일종의 내장명령어
지요.

다시 한 번 말하지만, 크고 얻기 힘든 '예스'를 얻어내는 방
법은 여러 개의 작고 얻기 쉬운 예스들을 모으기 시작하는 겁
니다.

늑대인간들 ‖ *29*

네디 넬슨(C 자동차 충돌파티족) : 내가 지금껏 살아오면서 가장 길었던 날이 언제였는지 얘기해준 적 있나요? 하마터면 내가 죽을 뻔 했던 날에 대해서?

제인 메리스(C 음악가) : 내 생각에 처음엔 그저 들떠서 떠들어대는 거였어요. 내 친구들은 그들을 침흘리개라고 불렀는데, 광견병 말기에 이른 사람들은 하나같이 통행금지에 대해서는 아랑곳도 하지 않았지요. 침흘리개들은 자기네가 광견병에 걸려 있다는 것조차 몰랐으니까요. 광견병에 걸린 사람들은 대체로 그저 매일 조금씩 더 짜증스러운 기분을 느꼈어요. 그래서 언제나 가시가 돋쳐 있고 부루퉁했지요. 그들은 분노 조절 강의를 받기도 하고, 세로토닌 재흡수 억제제를 맞기도 했어요. 또 점점 더 커지는 분노에 대처하기 위해 선(禪) 수련소에서 명상을 하거나 면담 치료를 받기도 했지요. 심호흡이니 창조적 심상(心象)이니 하는 쓰레기 같은 것들. 그런 온갖 쓰레기에 매달리다 어느 날 잠에서 깨면 그저 침대의 반대쪽에 누워 있는 게 아니라 실제로 몸이 씰룩거리고 목에서는 경련이 일고, 어쩌면 다리가 부분적으로 마비되었을 수도 있어요. 침흘리개가 된 거지요. 그 다음엔 그들이 아침 8시 통금을 어기고 비틀거리며 길거리로 나와 교통 카메라들이 있는 곳으로 오는 걸 보게 돼요.

피비 트뤼포 박사(✿ 역학자) : 역사적인 선례가 있었습니다. 1763년 북아메리카에서 영국이 프랑스와 영토 전쟁을 치를 때 막대한 인구의 아메리카 원주민들은 대부분 프랑스 편을 들었지요. 영국은 호의처럼 보이는 제스처로 천연두로 죽은 사람들을 다룬 병원에서 쓰던 담요를 원주민들에게 제공했습니다. 그 결과 천연두 바이러스에 대한 자연 항체라고는 없던 수없는 아메리카 원주민들이 죽었지요.

갤턴 나이(✿ 시의회 의원) : 광견병 창궐은 치명적이었습니다. 그 질병은 지금도 계속해서 어마어마한 정도로 인류의 비극이 되고 있지요. 이런 말 하기는 정말 가슴이 아프지만, 여러분은 그 질병을 전체 인구 중 야간 부문에만 국한시켜야 할 필요성을 이해

해야 합니다. 이른바 '야간생활자들'에게 말입니다. 제한된 비극을 모든 사람의 문제로 만드는 것은 답이 아닙니다.

이것이 결코 의도적인 집단학살은 아님을 알아주셨으면 합니다.

네디 넬슨: 내가 아직 얘기하지 않았지요? 한 게임 윈도에서, 그 윈도가 막 끝나려는 참에, 아침 통금까지 한 시간도 채 남지 않았을 때, 어떤 악착같은 참가자가 우리 차 오른쪽 뒷바퀴를 강타했다는 거 말이에요. 차축이 휘어질 정도로 세게 들이받혀본 적 있어요? 강철 굴대에서 나삿니 하나를 빼내는 데에 비트는 힘이 얼마나 세게 가해져야 하는지 알아요? 그런 식으로 들이받히면 내 머리가 운전대에 부딪혔다 튕겨지고 두 시간 동안 기절한다는 거에 놀랐죠?

갤턴 나이: 우리는 야간생활자들이 얼마나 과격하게 시간제한선을 넘어 그 질병을 퍼뜨릴 음모를 꾸미고 있는지 늘 들어왔습니다. 이 분개한 정치적 과격주의자들은 주간생활자들이 야간생활자들의 출산율을 억제하고, 이른바 '투표권 행사에서의 필연적인 절대 다수'를 확보하기 위해 그 질병을 교묘하게 이용한다고 비난합니다.

제인 메리스: 교통 카메라에 잡히는 침흘리개들은 보통 한쪽 다리

를 질질 끌면서 턱을 늘어뜨린 채 으르렁대며 절뚝거리고 돌아다녔어요. 전에 한때는 아내, 아버지, 그리고 심지어는 어린아이였던 사람들이 이제는… 지독하게 광포해져서 공중화장실과 백화점 탈의실에 잠복해 있지요. 자기네들의 침 묻은 이를 누군가에게 박아 넣으려는 단 한 가지 목표를 가지고 말이에요.

네디 넬슨 : 그처럼 심하게 들이받는 오직 한 부류의 샤크들을 알고 있나요? 그 멍청한 오직 한 부류의 선수들을 알고 있나요? 침흘리개가 뭔지 알고 있나요? 광견병 말기에 있는, 그 바닥 모를 분노를 주체하지 못하는 사람들을 상상할 수 있나요? 그들이 여전히 차를 몰고 자동차 충돌파티를 벌인다는 걸 믿을 수 있나요? 이제 자동차 충돌파티가 왜 혼란 속으로 빠져들었는지 이해할 수 있나요?

피비 트뤼포 박사 : 1932년 정부의 한 연구 조사에서 약 400명의 아프리카계 미국인 남자가 매독에 감염되었음을 밝혀냈습니다. 그러나 연구 요원들은 그들을 치료해준 것이 아니라 그 질병이 40년에 걸쳐 계속 진행되도록 방치했지요. 그다음에 일어나는 2차 감염의 양상을 추적하고 그들이 마침내 사망하면 부검을 하기 위해서였습니다. 터스키지 실험(1932년 시작되어 40년 동안 행해진 의학 역사상 최악의 임상 시험. 과학이라는 이름으로 시행된 인종 차별의 극한을 볼 수 있는 끔찍한 사례임 — 옮긴이)이라고 알려

져 있는 이 미합중국 공중보건서비스의 연구는 1972년에 한 내부고발자가 내부 정보를 〈워싱턴 이브닝 스타〉에 폭로한 뒤에야 끝이 났지요.

갤턴 나이 : 우리는 조심해야 합니다. 이전의 모든 광견병 창궐 집단은 야간생활자들에게만 국한되어 있었고, 주간생활자의 감염은 그 원인을 추적해볼 때 모두 야간생활자와의 직접적인 접촉에 기인합니다. 그러한 접촉 가운데 많은 부분이 이른바 '은밀한' 성격을 띠고 있고, 또 그 대부분은 불법적인 약물 복용과 성적인 접촉을 포함하고 있기 때문에 감염된 주간생활자들은 뒤늦게야 그 질병을 인지하고 증상을 보고합니다.

제인 메리스 : 침흘리개들 이전에는 도시가 주야간 통금으로 바뀌는 데 보통 1분이 걸렸어요. 통금 사이렌이 처음에는 10분 동안, 그다음에는 1분 동안 경고를 하면서 울렸지요. 뒤이어 통금을 알리는 종소리가 울리고 나면 아직 길에 있는 사람들은 누구나 다 교통 카메라에 잡혀 그 모습이나 차량 번호판이 찍히고, 그다음에는 주 당국의 검색 확인 프로그램을 거쳐 꽤 많은 액수의 벌금이 부과됐었어요. 위반 기록에 따라 500달러나 1,000달러에 이르는 금액이었죠.

침흘리개들이 나타난 뒤로 벌어진 일은, 경찰이 직접 걸어다니며 순찰하면서 신문 가판대나 주차된 차들 뒤에 숨어 있는 침흘리개들이 없는지 확인을 할 수 있도록 통금 전환 시간을 1분에서 10분으로 늘린 거였지요. 한 침흘리개가 어느 덤불 속에 숨어 있다가 백주 대낮에 튀어나와 초등학교 4학년 아이들에게 달려든 뒤로는 통금 전환 시간이 한 시간으로 늘어났고요. 그런데 내 생각에 그건 너무 길었어요.

네디 넬슨: 정신을 차리고 보니 이마는 피투성이가 되고 운전대는 충격으로 망가진 적이 있나요? 엉겨 붙은 피로 눈도 못 뜨고 있다가 아침 통금 사이렌 소리에 놀라 정신을 차린 적이 있나요? 안전벨트가 몸을 두 동강낼 뻔한 적은요? 눈을 막 떴을 때 어떤 총질하기 좋아하는 통금 단속반이 내가 오도 가도 못하게 된 길거리를 휩쓰는 걸 본 적이 있나요? 난데없이 나타난 자경단 수색대가 흐릿한 눈에 정신은 멍해진 야간생활자를 누구든 내몰아 쏘아 죽이려고 수색을 하는 장면은요?

갤턴 나이: 그들은 자살 폭탄의 생물학적 등가물이 되었습니다. 아침 통금 전환 시간에 비틀거리며 돌아다니는 이른바 '공수병 환자들'인 그 미치광이들 말입니다.

제인 메리스: 침흘리개는 햇빛이 없는 밤 시간에는 그럭저럭 잘 지낼 수 있었어요. 하지만 그들은 아침 통금 사이렌이 울릴 때면 집안으로 들어가야 한다는 것을 더 이상 알지 못했지요. 만일

누구든 숨어 있거나 달아나고 있는 것이 통금 순찰대원들의 눈에 띄면 최악의 상황을 가정해서 그대로 쏘아 죽였어요.

그런데 내가 보기에 그때쯤에 이르러서는 총탄 이외의 다른 어떤 걸로도 침흘리개를 치료할 수 없을 것 같았어요.

피비 트뤼포 박사: 1940년에는 시카고 대도시 지역 출신의 죄수인 400명의 남자들을 은밀히 말라리아에 감염시켰습니다. 공중보건 연구 요원들이 그 질병에 대한 새로운 타입의 치료법들을 실험할 수 있도록 하기 위해서였지요.

네디 넬슨: 햇빛이 얼마나 피를 말리는지 알아요? 고용된 살인자들이 총을 둘러메고 점점 더 가까이 행진을 해오는 동안 차 앞쪽에서부터 완전히 망가진 뒷좌석 속으로 기어 들어가 본 적 있나요? 자기 차 뒷자리에서 잘 늘어나는 시트커버와 더러워진 빨랫감과 패스트푸드 쓰레기 밑에 숨어 밖으로 뛰쳐나가지 않으려고, 흥분해서 총알이 빗발치는 길거리를 내달리지 않으려고 심장박동수를 세어본 적 있나요?

그 박동수를 제일 길게는 몇 번이나 세어보았나요? 만 번, 2만 번까지 세어본 적 있나요? 4만 1,234번까지 세어봤다면 어떨 것 같은가요?

갤턴 나이: 이런 말 하기는 가슴 아프지만 우리는 자손들을, 우리

자신의 가족을 생각해야 합니다. 시민들은 자신들이 위험한 질병에 노출되는 걸 최소화하는 방법으로 살아가야 할 개인적인 책임이 있습니다. 어느 사회에서든 인격을 갖춘 생산적인 구성원들은 다음 세대를 보호할 책임을 집니다.

우리의 자손들은 진정 우리의 미래입니다.

피비 트뤼포 박사 : 1963년부터 뉴욕 스태이튼 섬에 있는 발달장애 아동들의 수용시설인 윌로우브룩 주립학교 교직원들은 간염에 대한 감마 글로불린의 효과를 시험하기 위해 건강한 아동들에게 고의로 그 질병을 감염시켰습니다. 그리고 3년 동안 반복적으로 아동들에게 바이러스성 병원체를 주사했지요. 1966년 사회의 강력한 반대에 부딪혀 그 프로그램을 중단할 때까지 말입니다.

네디 넬슨 : 햇볕이 내리쬐는 날 차 창문들을 모두 올린 채 세워놓은 차 안에 있는 게 얼마나 뜨거운지 알아요? 온 도시 사람들이 걸어 지나가는 소리를 들으면서 쓰레기 밑에 묻혀 있는 게 어떤 건지 알아요? 햇빛이라곤 평생 동안 모두 합쳐서 채 여섯 시간도 못 쬐어본 타고난 야간생활자처럼 보이리라는 것을 알면서, 얼굴은 피와 땀으로 범벅이 되고 눈퉁이는 부어올라 시커멓게 멍이 든 모습으로 망가진 차에서 기어 나오는 게 어떤 건지 아나요? 그자들이 우리를 얼마나 빨리 쏘아 죽일 것 같은가요?

갤턴 나이: 이런 말 하기는 가슴 아프지만, 나는 지금 누구든 미쳐서 통금 단속 경찰들에게 사살당해 마땅하다는 말을 하려는 것이 아니라 야간생활자들이 어떻게 살고 있는지를 생각해보라는 겁니다. 그들을 제외한 우리는, 하나님의 말씀과 양식에 따라 살고 있는 우리는 그들이 저지른 죄의 대가를 대신 치러줄 수 없습니다.

야간생활자들이 어떻게 행동하는지를 보기만 하면 됩니다. 그들은 삶을 그저 거창한 파티 정도로만 보고 있습니다. 그들의 삶은 섹스, 자동차 충돌, 그리고 낯선 사람과의 아무 의미도 없는 일회적 만남을 중심으로 이루어집니다. 우리 목사님은 한 차례의 설교를 온통 그들의 생활 방식을 설명하는 데 할애했습니다. 자신의 건강에 그처럼 부주의한 사람한테는 동정심을 느끼기가 어렵습니다. 이른바 그 '희생자들'은 자기 자신도 존중하지 않고 하나님도 존중하지 않는 사람들입니다.

만일 그들이 자신들의 지위를 약화시키고 싶어 한다면, 나는 그러라고 하겠습니다.

피비 트뤼포 박사: 1960년대 중반 미국의 인류학자인 제임스 닐은 베네수엘라의 야노마미 부족민들에게 전염성이 강한 변형 홍역균을 주사했습니다. 그러나 닐과 그의 연구팀원들은 환자들을 치료하는 대신 그 병이 어떻게 퍼져서 수천 명의 사람들을 죽이는지 기록했는데, 논의의 여지가 있는 우생학 이론을 실험

하기 위해서였지요.

네디 넬슨 : 야간생활자로 자란 사람에게는 태양이 얼마나 환해 보일지 감이라도 잡히나요? 내가 이미 광견병으로 죽은 건 아닐까 하면서 심장이 수십만 번 뛰는 시간을 보낸 적이 있나요? 할 수 없을까봐 두려워 몇 주 동안이나 부스트하지 않은 적 있나요?

실시간 교통 카메라를 통해 알고 지내는 친구들이 경찰에게서 기관총 사격을 받는 것을 본 적 있나요?

당신 자신이 다른 사람들에게 가장 지독한 악몽으로 여겨지는 세상에 갇혀 있다는 걸 깨달은 적이 있나요?

제인 메리스 : 내가 보는 바로는, 첫 번째 조짐은 밤중에는 문이 잠기는 공중화장실들이 생기고 있다는 거였어요. 그리고 얼마 안 가서 곧 상당히 많은 공공 식수대에서 낮 동안이 아니면 물이 나오지 않게 되었고요. 주간생활자들은 그들이 원하는 공중화장실과 식당들과 식수대에 감시원을 배치했고, 야간생활자들은 다른 곳들을 이용할 수밖에 없었지요. 그런 격리는 광견병이 퍼질수록 점점 더 심해지기만 했어요.

우리가 지구 뒤편에서 보내는 열두 시간, 내가 보기엔 밤이 또 다른 종류의 게토로 바뀌고 있었죠.

네디 넬슨 : 하루종일 망가진 차 뒷좌석에서 땀과 피를 흘리고 오줌을 싸고 한 끝에 해가 지는 것이 얼마나 아름다워 보이는지 감이라도 잡히나요? 저녁 통금 시간을 알리는 그 사이렌 소리들이 얼마나 아름답게 들리는지 상상할 수 있나요?

갤턴 나이 : 우리는 성경 스터디 그룹에서 이른바 그 '침흘리개들'이 우리의 입에 침을 뱉으려고 얼마나 기를 쓰는지 듣곤 했습니다. 야간생활자들이 하는 짓을 보면 그들은 순전히 자기네 침이 우리의 눈이나 음식물로 튀어들도록 하려고 그처럼 요란하게 항의하는 겁니다. 지금 나는 그들이 고의로 하는 위험성 높은 행동에 대해 이야기하고 있는 겁니다.

이런 말을 하기는 가슴 아프지만, 나는 조만간 전염병 예방을 위한 격리가 시작되어야 한다고 믿습니다.

애도 *30*

린 커피(C· 저널리스트): 랜트 케이시의 죽음이 있은 다음 날, 그러니까 수천 명의 사람들, 아니 그의 차가 폭발하는 장면을 내보낸 텔레비전 방송을 지켜본 사람까지 계산한다면 수백만 명이 목격한 랜트의 명백한 자살 바로 다음 날, 19년 경력의 베테랑 통금 단속반원인 대니얼 해미시가 순찰을 돌다가 한 행인을 공격했습니다. 해미시는 이유 없이 공격을 해서 그 여자의 목을 물었지요. 호출을 받고 온 응급 요원들은 해미시가 의식을 잃고 사망하기 전에 정신 착란과 명백한 환각 증세에 빠져 있었다는 것을 알아냈습니다.

토드 러츠(✿ 고화폐 거래상): 경찰이 가게로 들어와서 내게 동전을 팔왔던 애의 얼굴사진을 보여주었는데, 나는 그때 처음으로 그 애 이름이 랜트 케이시라는 걸 알았지요. 그들이 내게 그 애가 무슨 차사고로 죽었고 그게 뉴스에 나왔다고 하더니 내게 그 애, 그 랜트 케이시라는 애에 대해 뭐 아는 게 있느냐고 묻습디다. 그러니까 그 애가 난폭한 성향을 보인 적이 있느냐, 나한테 키스를 하거나 깨물거나 한 적이 있냐는 거였지요.

참, 정신 나간 질문이더라고요.

린 커피 : 제 생각엔 랜트 케이시의 죽음에 뭔가 좀 연극 같은 점이 있는 것 같아요. 우선 첫째로 그날 밤에 그는 그 가장 크고 가장 번쩍거리는 차, 말 그대로 라이트들을 잔뜩 쌓아 올린 차를 운전하느라 정신을 바짝 차리고 있었어요. 가솔린을 가득 채워가지고 최대한 많은 차가 따라붙도록 경기장을 지그재그로 누비면서 말이죠. 게다가 헬리콥터들로 생중계된 텔레비전 방송과 그가 라디오 방송국에 전화를 걸어서 불에 탈 때까지 계속 통화한 걸 보더라도요. 케이시가 빨간 신호등을 건너뛰고 경찰들이 보는 앞에서 가벼운 접촉사고를 낸 것도 최대한의 불빛들과 사이렌 소리들이 다음 생으로 에스코트 해주도록 계산된 것처럼 보이고요.

그린 테일러 심스(C· 역사가)의 현장노트에서 : 동료를 잃은 걸 어떤 식으로 보상할까?

되돌아보면 나는 때때로 우리가, 우리 그룹이 랜트 케이시를 고안해낸 게 아닌가 하는 생각이 든다. 혹시 어쩌면 우리가 우리 자신의 사라져가는 삶을 대변해줄 어떤 무모하고 신화적인 인물을 필요로 하지 않았는가 하는. 그는 우리 이외의 다른 사람들에게 도전할 놀랍고 빛나는 반영웅(反英雄)이었으며, 더년과 로런스와 나는 그에 대한 이야기를 들려주기 위해 살아남았다는. 랜트가 텔레비전 화면에서 폭발하는 순간, 그의 차가 불길 속으로 뛰어드는 순간, 그는 우리가 과거에 행한 무모한 자동차 충돌파티들에 대해 풀어놓을 바로 그 환상적인 이야기가 되었다. 그리고 그의 가솔린 불길이라는 강렬한 조명에 둘러싸인 우리 역시 그와 연관되어 신화가 될 것이었다.

샷 더년(⊙ 자동차 충돌파티족): 이게 얼마나 이상한 일이에요? 지난 몇 년 동안 수천 명의 사람들이 자동차 충돌파티를 벌여온 건 문제가 되지 않았어요. 편타성손상보다 더 심한 부상은 입지 않았으니까. 무슨 일이 일어날 수 있는지 제대로 보지 못했던 거예요. 알아차리지 못했던 거죠. 잘못될 수 있는 가장 최악의 일, 죽을 수도 있다는 것, 산 채로 불타버릴 수도 있다는 걸 알게 되자 자동차 충돌파티는 점점 사라지기 시작했어요.

그린 테일러 심스의 현장노트에서: 지나치게 도덕적이 되려는 것은 아니지만, 때로는 한 사람의 죽음이 어느 문화 전체의 죽음을 정당

354

화할 수도 있다.

린 커피: 랜트 케이시가 죽고 나서 사흘 뒤, 수상비행기들이 수로 바닥에서 그의 차를 끌어올렸습니다. 세 시간이 넘게 걸린 인양 작업 끝에 그들은 시커멓게 그을린 캐딜락 세빌, 차 지붕에 숯이 된 크리스마스트리 잔해가 그대로 묶여 있는 그 차체를 강에서 끌어올려 매디슨 거리 선착장에 내려놓았지요.

네디 넬슨(ⓒ 자동차 충돌파티족): 정부는 랜트 케이시가 절대로 우리의 순교자가 되지 못하도록 확실히 막아놓아야 하지 않을까요? 억압받는 사람들은 위안을 얻기 위해 언제나 교회로 가지 않나요? 거기에서 그들은 다른 억압받는 사람들을 만나지 않나요? 우리의 모든 중요한 혁명은 사람들이 함께 불평하고 노래 부르고 분노가 치밀어 폭력적인 행동에 이르면서 일어나는 것 아닌가요?

자동차 충돌파티도 사람들이 함께 모이는 방식에 있어서는 우리 나름의 교회가 아니었을까요? 한데 모여 불평을 하는 정차 장소 같은 곳들이 그렇지 않았나요? 매일 밤 혁명은 거의 일어날 뻔 했고… 거의 일어날 뻔 했고… 계속 거의 일어날 뻔 했지만 우리는 혁명을 하는 대신 그저 서로 충돌이나 하지 않았던가요? 만일 우리라는 군대에 한 사람의 리더, 랜트 케이시나 다른 누구라도 나타나 싸우다 죽었다면 우리는 무적이 될 수 있지 않았을까요?

그린 테일러 심스의 현장노트에서: 사실상 우리는 스낵 식품들과 농탕질과 대화 요법으로 채워진 수천 대의 차들을 애도하고 있다. 자동차 충돌파티는 의식 향상의 한 형태였다. 또 관계를 맺고 꿈을 꾸고 계획을 세우고, 어쩌면 실제로 문화를 바꾸는 일까지도 될 수 있었다. 그날 밤 이후로는 매일 밤이 자동차 충돌파티의 부검이 되었다. 그것은 랜트 케이시에 대한 부검이 아니라 몇몇 야간생활자들이 자기네 삶의 질을 향상시켰다고 믿게 된 새로운 문화에 대한 해부였다.

린 커피: 그 불탄 캐딜락 승용차는 창문들이 모두 위로 올려진 채 닫혀 있어서 내부의 벨벳은 대부분 그을리지 않은 채로 남아 있었어요. 목격자의 말에 따르면, 자동차 배터리들이 오랫동안 물에 잠겨 있었는데도 자동변속기는 여전히 드라이브에 놓여 있었고 헤드라이트들도 그대로 켜져 있었다고 하더군요. 더군다나 강물이 들어차있는 담청색 실내에는 꽃들이 수놓아진 파란색 데님 셔츠 하나, 단풍잎들이 수놓아진 청바지 하나, 목이 긴 컨버스 농구화 한 켤레가 있었지만 버스터 케이시는 흔적도 없었다는 거죠.
　게다가 그 차의 문을 열기 위해서 경찰관들은 만능키를 가져오라고 해야 했답니다. 문들이 모두 그대로 잠겨 있었기 때문

이었는데, 키는 시동 장치에 그대로 꽂혀 있었다는군요.

목사 커티스 딘 필즈(✿ 성직자, 미들턴 기독교우회) : 성경에는 그 일이, 그러니까 휴거가 눈 깜짝할 사이에 일어날 것이라고 나와 있습니다. 랜트는 천국으로 인도된 것입니다. 그게 내가 쳇과 아이린을 찾아가 한 얘기였어요. 나는 그처럼 비탄에 잠긴 사람들을 본 적이 없습니다.

경찰관 로미 밀즈(☾ 살인사건 담당 형사) : 경찰이 버스터 케이시에 대해 수배령을 내린 것은 바로 그 시점에서였습니다.

결산 31

아이린 케이시(✿ 랜트의 어머니): 내가 생각하는 한 그 베이컨 씨네 큰 아들놈은 순전히 사람들에게 나쁜 소식을 전하려고 보안관이 된 것 같아요. 버스터의 차 사고가 일어난 다음 날 아침, 아침식사를 하고 있을 때 그놈이 우리집 현관 계단으로 올라와서 방충망 문을 두드려대더라고요. 쳇이 문간으로 나갈 때까지 말이에요. 그러고는 그 베이컨 칼라일이 말했어요. "이런 소식 전하게 되어 유감입니다만, 이 댁 아드님인 랜드루 케이시가 어젯밤 11시 43분경 자동차 사고로 사망했습니다." 그놈은 조그만 흰색 카드에 적힌 걸 우리에게 보여주지 않고 자기가 읽더라고요. 마치 초등학교 2학년짜리 아이처럼 한 단어씩 느릿느릿. 그러더니 아주 공손하게 경찰 모자를 벗어 움켜쥐고 그 카드를 뒤집어서 뒷면에 적혀 있는 내용을 읽었어요. "여러분의 슬픔에 대해 심심한 조의를 표합니다."

하지만 우리는 그놈이 앞면을 읽는 동안 그 글자들을 이미 다 보았지요. 다음에는 쳇이 "그래서 시신은 찾아냈나?" 하고 물었어요.

그 커다란 멍청이 베이컨은 어깨만 으쓱하더군요. 그러고는 하얀 카드를 모자 안쪽에다 끼워 넣더니 다시 모자를 쓰더라고요.

루 테리(ⓒ 건물 관리인): 작업복 차림을 한 농부가 찾아와서 초인종을 울려 나를 침대에서 끌어냅디다. 그날 한낮에요. 하여튼 주간생활자들은 예의라고는 없다니까요. 그자는 현관 계단에서 떠나려 들지 않았어요. 이 건물이 발신자 주소로 되어있는 편지봉투를 흔들어대면서 자기가 그 케이시라는 녀석의 아버지라고 합디다. 그 아버지라는 작자는 어디인지도 모를 곳에서 아들놈의 물건들을 챙기려고 먼 길을 온 거였어요.

물론 나는 그자에게 조의는 표했지요. 경찰이 이미 그 방을 샅샅이 다 수색했지만 나한테 친족을 들여보내서는 안 된다고는 하지 않았어요. 그런데 우스운 건 이 건물의 설계가 그렇게 합리적이지는 못하다는 겁니다. 그 녀석의 소지품을 찾아내기 위해서는 1층 복도를 끝까지 다 가서 비상계단을 타고 2층으로 올라간 다음 복도식 통로를 따라 맨 끝 문까지 가야 하니까 말이지요. 나는 그 아버지라는 작자에게 그 말은 해주지 않았지만 내가 여벌의 열쇠를 가지러 다시 내 방으로 들어간 사이에 사라져버렸습디다.

차근차근 그 아버지라는 작자는 아들 녀석의 문으로 이르는 길을 찾아내서 안으로 들어간 거였지요. 그자의 장화에서 떨어진 소똥이 단 한 걸음의 실수도 없이 아래위층에 온통 흔적을 남겼더군요. 마치 여기에서 살고 있기라도 한 것처럼. 하지만 분명히 얘기하는데, 그자는 여기에 발을 들여놓은 적도 없어요. 아파트 문은 어떻게 열었는지 그자가 보여줬는데, 문손잡이를 들어 올려 경첩을 망가뜨리고 나사못들이 빠져나오게 해서 걸쇠를 벗겼던 거죠.

내가 여벌의 열쇠를 들고 멀거니 서 있자 그자가 내게 안으로 들어오라고 손짓을 하더군요.

하지만 이미 누군가가 우리보다 먼저 선수를 쳤습디다.

보안관 베이컨 칼라일(✿ 어린 시절의 적) : 당신들이 평생 만나게 될 가장 냉혹한 사람들이 누구냐 하면, 그건 바로 케이시 부부일 겁니다. 집에서 달아난 하나뿐인 아들이 죽었다면 그 아버지는 아마도 그저 비통해만 하겠지요. 그런데 쳇 케이시는 자기 집 현관에 서서 그 안 좋은 소식을 마치 내가 라디오 일기예보라도 하는 것처럼 받아들이더란 말입니다. 얼굴에 어떤 감정도 떠올리지 않고서요. 그 어떤 감정도 없었어요. 내가 할 수 있는 생각이라곤 랜트 케이시처럼 미친 녀석에 대해서는 그 집 식구들이 오래전에, 아주 오래오래 전에 죽은 셈 쳤다는 것뿐입니다.

루 테리 : 그 아버지라는 작자하고 내가 같이 그 아파트 안에 있는데 누군가가 욕실에서 쿵쿵거리고 돌아다니는 소리가 들립니다. 도둑이었지요. 신문에 난 사망 기사를 보았거나 누군가가 어떻게 죽었다는 기사를 본 좀도둑들인데, 그런 인간쓰레기들은 스테레오나 텔레비전이나 처방 약물 같은 것을 훔치려고 침입하지요. 그런데 화장실에 있는 그 좀도둑이 하고 있는 꼴을 보니 비상약 함을 털려는 마약중독자인 것 같더군요.

그러는 동안 죽은 녀석의 아버지는 별 걱정을 하는 것 같아 보이지는 않습니다. 또 그렇게 슬퍼 보이지도 않았고요. 그자는 한쪽 손으로 벽을 쓸면서 손바닥으로 페인트칠을 더듬고 있었지요.

그때 화장실 문이 벌컥 열리더니 어떤 여자가 밖으로 나옵니다. 그 여자의 한쪽 발은 온전하지가 못하고 오그라들었지만, 다른 손으로는 검은 비닐 쓰레기봉지 윗부분을 잡고 있었지요. 그 여자가 나하고 그 녀석의 아버지를 쳐다보더니 다짜고짜 묻습니다. "당신들 대체 누군가요?"

그러자 그 촌뜨기는 싱긋이 웃었고요. 그자가 원숭이처럼 씩 웃으면서 벽을 더듬다 말고 뒤로 한걸음 물러서더니 말했어요. "에코… 이거 다시 보게 돼서 엄청나게 기쁘구먼."

아이린 케이시: 그날 아침 내가 도시에서 버디를 수습해오려고 떠나는 쳇을 페코 환승공항까지 태워다주는 동안 쳇이 나한테 아주 이상한 소리를 했어요. 우리가 버디의 방에 걸어 두었던 카우보이 그림이 든 갈색 벽지를 떠올려준 거였지요. 그이 말은 그걸 끌어내려서 김을 쏘여 부들부들하게 해서 찢어버리라는 거였어요.

쳇이 내게 이러더군요. 그 벽 속에, 그 아이가 붙인 그 코딱지들 뒤에 뭐가 박혀 있으니까 건식 석고벽을 파보라고. 그러면, 그이 말로는 평생 돈은 더 필요하지 않을 거라는 거였죠. 단 코딱지를 만질 때는 고무장갑을 끼라고 했고요.

루 테리: 그 오그라든 팔에 쓰레기봉지를 든 여자가 그 녀석 아버지를 쳐다보고 묻더군요. "우리가 만난 적 있던가요?"

그러자 그 농부 사내는 그 여자가 들고 있는 검은색 비닐봉지 쪽으로 고개를 까딱이면서 이렇게 말했고요. "부수고 들어와야 했을 만큼 찾으려는 게 뭐였지?"

"랜트가 열쇠를 하나 줬는데요." 그 여자가 되받습니다.

그러자 그 녀석 아버지는 이랬고요. "아, 미안. 내가 깜빡한 것 같군."

다음에는 그 여자가 나한테 묻더군요. "폰버디(Porn Buddy)가 뭔 줄 알아요?" 그리고 설명하기를, 누군가가 죽을 경우 대개는 가까운 친구를 하나 두고 있어서 급히 자기가 살던 곳에 가서 약물과 섹스 도구들을 찾도록 지명하는데, 그게 바로 폰 버디라고 합디다. 그 온갖 마약 따위를 자기네 부모가 알게 하고 싶지 않아서 그러는 거라고. 그러더니 손에 든 검은 비닐봉지를 흔들면서 이러더군요. "아드님이 부모에게 알리고 싶어하지 않은 것들이 모두 다 이 안에 들어 있어요."

샷 더년(C· 자동차 충돌파티족): 우리는, 우리 모두는 에코를 걱정했죠. 나는 혼자서 에코를 찾아가기도 했고. 어느날 밤 나는 그 여자에게 종이팩에 든 치킨수프를 하나 가져다주었어요. 그런 다음 먹는지 확인을 하고 싶었죠. 우리는 앉아서 이야기를 했고, 나는 에코가 한 입도 남기지 않고 다 먹을 때까지 자리를 뜨지 않았어요.

일을 매듭짓기 위해 나는 그 수프에 플랜 B 피임약들을 잔뜩 넣었지요. 사실상 에코를 씻어 내리려고, 그러니까 선적(船積, 임신을 뜻하는 은어 - 옮긴이)이 아예 되지 않게 하려고.

루 테리: 그 애 녀석의 아버지는 다시 벽을 더듬으면서 그 말랑말랑한 검은 덩어리들, 내가 짐작하기로는 해시시 같은 것들을 만지고 있었지요. 그렇게 벽을 만지면서 비닐봉지를 들고 있는 여자는 쳐다보지도 않고 그 아버지라는 작자가 이럽디다. "중고 도색 잡지 두 권, 그 애가 치과에 다녀오고 남은 페르코셋(진통제의 일종으로 상표명 - 옮긴이) 약간, 얼룩 진 바이브레이터와

모조 털가죽으로 이어진 수갑 한 개."

그 말에 여자가 비닐봉지 안쪽을 들여다보더군요.

"맨 마지막 두 가지 물건은 자네 거고." 아버지라는 작자가 그럽디다. "하지만 그것 모두 얼마든지 가져도 좋아."

그러자 여자는 입을 쩍 벌렸고요. "아니 도대체 그걸 어떻게…?"

경찰관 로미 밀스(⊙ 살인사건 담당 형사) : 통상적인 조치는 용의자에게 정서적으로 중요한 사람이면 누구든 거처를 감시하는 것입니다. 우리는 로런스의 아파트와 용의자의 아파트를 감시하는 직원들을 두고 있었지요. 우리는 또 체스터 케이시가 오가는 상황을 익히 알고 있었고, 그 용의자와 에코 로런스가 용의자의 아파트에서 한동안은 집 주인인 루이스 테리와 함께 있었다는 것을 확인할 수도 있었습니다.

루 테리 : 그 아버지라는 작자가 아파트 벽 한 곳을 만져보더니, 페인트칠한 자리를 톡톡 두드리고는 말합디다. "여길 좀 보쇼."

그건 볼썽사납게 툭 불거진 그런 자리들 중 하나였지요.

그 아버지라는 작자가 작업복 가슴받이에 있는 주머니에 손을 넣어 잭나이프를 꺼내더니 칼날을 착 펴서 석고벽에다 찔러 넣습디다.

그래서 나는 그자에게 그만두라고 했지요. 손실보상 보증금으로는 벽에다 칼집 낸 보상금을 충당하지 못할 거라고.

하지만 그자는 여전히 칼을 석고에다 박아 넣은 채 칼날로 이리저리 후비면서 이럽디다. "당신이 훔친 돈으로 그걸 충당해야 할 걸⋯."

나는 그 어떤 돈도 훔치지 않았어요. 정말입니다. 그 사람에게도 얘기했죠. 그 아파트에서 아무것도 훔치지 않았다고.

"그렇다면 그린슨 거리에 있는 동전 거래상에게 물어보기로 합시다." 아버지라는 작자가 그렇게 말하더니 잭나이프 칼날을 벽에서 뽑아내더군요. 그리고 칼을 찔러 파낸 자리에서 두 손가락으로 뭔가를 끄집어내더니 하얀 석고가루를 닦아냈지요. 금화더군요. 그러고는 그자가 이럽디다. "이게 눈에 익어 보이잖소?"

경찰관 로미 밀스: 좀 덜 분명한 건 에코 로런스가 어째서 그 만남이 있은 뒤에 용의자의 아버지를 자기 집으로 초대했느냐 하는 겁니다. 그리고 또 왜 그녀가 체스터 케이시를 자기 아파트에서 살도록 했는가 하는 것도요.

그 시점에서 우리에겐 버스터 케이시의 행방에 대한 그 어떤 확실한 단서도 없었습니다.

아이린 케이시: 내가 쳇이 그 비행기에 오르는 모습을 봤을 때 그 사람은 자기가 죽게 될 거라고 겁을 내고 있었던 게 틀림없어요. 불쌍한 사람 같으니. 그때 그 사람은 내게 이랬지요. "린, 당

신은 이 생에서 힘든 삶을 살아왔어." 그 사람은 모든 일에 대해 미안하다고, 하지만 나를 사랑한다고 했어요. 언제까지고 나를 사랑할 거라고. 그 사람이 비행기 안으로 들어가는 문 앞에서 마지막으로 나를 돌아보았을 때 한 말은 이거였지요. "당신은 정말 대단한 어머니였어."

샷 더넌 : 나 이거야 원! 랜트의 아버지는 시내로 굴러 들어와서 정신병인 게 확실할 만큼 정말로 더럽게 미쳐버렸어요. 에코와 그 말도 안 되는 짓거리를 하고 말았거든요. 랜트가 전에 일하던 자리를 물어보려고 해충 구제하는 곳에다 전화를 걸기도 하고. 내가 그 중년의 멍청이를 처음 만났을 때 그자는 한 손으로 내 목덜미를 움켜쥐더니 몸을 더듬으면서 내 꺼에다 입을 쪽 맞추고 말했어요. "내가 그리워?"

그게 대체 무슨 염병할 개똥같은 소리냐고?

내가 '내 꺼'라고 한 건 내 입술이라는 뜻이에요.

루 테리 : 나하고 그 불구인 여자, 우리 둘은 죽은 녀석의 아버지가 방 안을 돌아다닐 동안 그저 지켜보고만 있었지요. 말랑말랑한 검은 덩어리가 붙어 있는 자리마다 그자는 칼을 찔러 넣어 금화를 빼냅디다. 그리고 불구인 여자를 돌아보면서 이러더군요. "자네 아파트에서, 자네하고 버디가 같이 있던 마지막 날 밤에 자네가 잠들었을 때, 그 애가 자네 집 벽에다 둘러가며 콧

물 덩어리들을 붙여놓았어."

그러자 불구인 여자가 되물었지요. "랜트가 내 방 벽에다 코
딱지를 문질러놓아요?"

그 아버지라는 작자 말은 그녀가 콧물 덩어리를 찾게 될 자
리마다 랜트가 그 여자에게 얼마간의 보물을 남겨놓았다는 거
였죠.

그 여자는 이랬고요. "난 아직도 이해가 안 가는데요?"

그 말에 그자는 이럽디다. "광견병에 걸렸는지 아닌지 진찰
을 받아볼 것도 없어. 그냥 치료부터 받기 시작해."

그러자 그 여자가 다짐을 둡디다. "아저씨, 경찰은 아닌 거 맞
죠, 그죠?"

루비 엘리엇(✿ 어린 시절의 이웃) : 분명히 얘기할 수 있는 건, 비행기를 갈아타는 공항에서 남편에게 버림받은 일이 그때껏 아이린 케이시에게 일어났던 최악의 사건은 아니라는 거지요.

글렌더 헨더슨(✿ 어린 시절의 이웃) : 베이슨하고 루비, 그리고 나는 아이린과 학교를 같이 다녔는데, 그 애는 언제나 조퇴를 했어요. 그 애가 어떻게 아버지 없이 세상에 태어났느냐는 문제가 되지 않는 것 같았고요. 아이린은 거창한 계획들로 가득 차 있었어요. 언제나 대학이건 군대건, 마을에서 빠져나갈 구실이 된다고 여겨지는 것이면 무엇이든 다 이야기를 했지요. 안된 건 그 애가 중학교까지밖에 못 다녔다는 거예요. 그해 여름에 우리는 열세 살이었고 그 애와 베이슨, 루비, 그리고 나는 제멋대로가 되어 밖으로만 나돌았는데, 그러다 아이린이 전화를 통 받지 않았어요. 떠난 거였죠. 뭐랄까, 모든 것으로부터.

루비 엘리엇: 이건 우리끼리 얘긴데요. 아이린이 임신했다는 건 누구에게도 놀랄 일이 아니었어요. 사람들 말로는 세 달도 못 되서 쳇하고 결혼을 했다고 하데요. 무슨 얘기냐면, 난데없이 체스터 케이시가 그 애 집 현관 계단을 올라가서 그 애 엄마 에스더에게 "우리 아이린 셸비 양하고 이야기 좀 해볼 수 있을까요?"하고 물었다는 거였어요. 그 사람하고 아이린은 완전히 생면부지였지요. 이 근처에서는 누구도 체스터를 본 적이 없었어요. 그 사람은 일자리도, 가족도 없이 어딘지도 모를 곳에서 미들턴에 불쑥 나타나 "좋은 아침입니다, 슈미트 박사님…. 안녕하세요, 필즈 목사님." 하며 돌아다녔지요. 누구에게든 허물없이.
그날까지 에스더는 자기 딸이 임신을 한 줄도 몰랐고요.

데이비드 슈미트 박사(✿ 미들턴 의사): 좋건 싫건 간에 그 아이는 쳇의 아이였어요. 아이린의 나이를 생각해서 우리는 그녀가 또 다른 실수를 하지 않기를, 단지 어떤 남자, 그녀가 아기를 키우도록 도와줄 남자를 찾기만 바랐지요. 그때 체스터는 틀림없이 열아홉 살이나 스무 살이었을 겁니다. 우리는 표준적인 친자 확인 테스트를 했는데, 모든 유전적 특징이 아기가 그의 자식임을 증명해주더군요.

지금 돌이켜보면 모든 유전적 특징이 아기가 '그'임을 증명해주었어요. 그의 유전자와 아이의 유전자가 너무나도 유사해서 그 둘을 구분할 수 없었지요.

목사 커티스 딘 필즈(✿ 성직자, 미들턴 기독교우회) : 내 가장 분명한 기억은, 우리가 결혼 전에 거쳐야 하는 카운슬링을 하는 동안 그 한 쌍이 육체관계와 관련된 어떤 이야기도 하려 들지 않았다는 겁니다. 내가 짐작하기엔 그들의 태도가 몹시 딱딱한 건 아이린이 너무 동떨어진 모습을 보이기 때문이었을 테죠. 피임법에 대한 강의는 소 잃고 외양간 고치는 격이 될 수도 있었어요.

그것이 임신 때문이었건 아니었건, 나는 서로에게 육체적으로 그렇게까지 냉담한 커플은 본 적이 없습니다. 그러니 그 둘이 결혼식을 치르면서 내가 체스터보고 신부에게 키스를 해도 된다고 했을 때 그가 아이린의 뺨에 입을 맞추는 모습이 얼마나 뻣뻣했는지는 말 안 해도 알 일이지요.

데이비드 슈미트 박사 : 우리가 품은 의혹 중 가장 암울한 것은 체스터 케이시가 열네 살짜리 아이린 셸비를 강간했고 그 상황에서 어쩔 수 없이 그녀를 가해자와 결혼시키는 것일지도 모른다는 것이었습니다. 작은 마을들에는 어린 사람들을 궁지에 몰아넣어 작은 실수에 대해 평생 동안 대가를 치르게 하는 비극적인 경우가 있으니까요.

루비 엘리엇: 셸비의 친족들은, 적어도 여자 친족들은 불행한 운명을 타고 태어났어요. 아이린의 고조할머니는 어떤 남자에게 겁탈을 당했고, 증조할머니인 벨 셸비는 열세 살인가 열네 살 때 학교에서 집으로 돌아오다가 어떤 낯선 남자의 공격을 받았지요. 어떤 떠돌이 노동자에게서. 어떤 보안관도 그 남자를 붙잡지는 못했지만 벨 셸비는 그 결과로 아기를 낳았고 그 사생아가 바로 아이린의 할머니인 해티였어요.

　마치 아이린 집안 여자들에게 불운이 쫓아다니기라도 하는 것처럼 말이에요.

베이슨 칼라일(✿ 어린 시절의 이웃): 웃기지 좀 말아요. 실제로는 헤픈 걸 가지고 무슨 '공격'이니 뭐니 하지 말라고요. 셸비 집안의 여자들은 언제나 싸돌아다녔어요. 셸비 집안 여자들에게는 그 어떤 저주도 내리지 않았다고요. 아마도 행실이 난잡하다는 것만 빼놓고요.

루비 엘리엇: 하지만 해티가 열세 살이 되자 그런 일이 다시 일어나고 말았어요. 또 다른 낯선 남자의 또 다른 아기. 그 아기가 바로 아이린의 어머니인 에스더죠.

에드나 페리(✿ 어린 시절의 이웃) : 미들턴 사람들은 그들의 농가를 쳇 케이시가 떠맡은 뒤로도 계속 '셸비네'라고 불렀어요. 그 모든 세월 동안 벨이 해티를 키웠고, 해티가 에스더를 키웠지요. 이곳에서 전해 내려오는 말로는 에스더가 열세 살이 되던 바로 그날 아이린을 임신했다고 하더군요.

루비 엘리엇 : 집안 내력이 그랬으니 아이린이 일단 9학년으로 올라가자 글렌다 핸더슨과 저는 최악의 상황을 두려워할 수밖에 없었죠. 우리는 어디든 그 애하고 같이 다녔어요. 단 한 번도 제일 친한 친구를 시야에서 놓치지 않고서요. 우리가 아이린을 지켜보고 있지 않을 때면 그 애 엄마와 할머니가 그랬고요. 그들이 그런 식으로 감시하면서 아이린을 좀 미쳐버리게 했을 수도 있겠죠. 그런 보호감시가 오히려 아이린을 몰래 빠져나가게 만든 건지도 몰라요. 그저 자기 혼자 강둑을 따라서 좀 걸어보려고, 강을 따라 늘어서 있는 나무들 사이를 혼자서 좀 걸어다니려고 말이에요.

보안관 베이컨 칼라일(✿ 어린 시절의 적) : 그 숲 주위로는 들개 떼가 뛰어 돌아다니고 있었는데, 그렇게 숲 속을 혼자 걷는다는 건 자살행위나 다름없었죠. 아이린 같은 어린 여자애가 그랬다는 건 명백히 정신 나간 자살행위였어요.

루비 엘리엇: 아마도 아이린은 평생을 잠긴 문 뒤에 숨어서 단짝친구들과, 엄마의 치마폭 속에서 보내고 싶진 않았을 거라는 건 제외하고.

베이슨 칼라일: 아이린 셸비는 몰래 빠져나간 겁니다. 그다음에는 사고를 친 거고. 또 그다음에는 임신을 해서 체스터와 결혼한 거지요. 미스터리가 아니죠. 한 사람의 강간범이 같은 집안 여자들을 4대에 걸쳐 뒤쫓았다는 건 미친 소립니다. 웃기지 좀 말아요.

목사 커티스 딘 필즈: 아직까지 나는 아무리 둘러보아도 아이가 커서 아버지와 그렇게까지 똑같아 보이는 경우는 본 적이 없습니다. 누구든 버스터 케이시와 체스터 케이시를 만나보면 그 둘이 쌍둥이 형제라고 단언할 겁니다.

그러니까 그 둘이 한 세대의 차이를 두고 태어나지 않았다면 말이지요.

글렌더 헨더슨: 쳇이 아이린보다 나이가 몇 살 더 위였던 건 사실이에요. 그 둘이 사람들 앞에서는 절대로 친밀한 모습을 보인 적이 없다는 것, 하다못해 손을 잡은 적도 없다는 것을 그 탓으로 돌릴 수도 있겠지요. 하지만 그 두 사람은 진정으로 서로를 좋아했어요. 쳇이 그 비행기 안으로 들어가 다시는 돌아보지 않

왔을 때까지는요.

아이린 케이시(✿ 랜트의 어머니) : 지금 나한테 강간당했냐고 묻는 건가요? 내 아버지일 수도 있고 할아버지일 수도 있고 증조할아버지일 수도 있는 어떤 낯선 남자에게서 폭행을 당했냐고 말인가요? 왜 그런 끔찍한 얘기를 꺼내는 거죠?

　몰라요. 잊어버렸어요. 기억 안 나요.

늑대인간들 Ⅳ 33

샷 더년(⊙ 자동차 충돌파티족): 정말 멍청하기 짝이 없는 일이었죠. 돌이켜 생각해보면 그저 안 좋은 일 정도가 아니지만, 때때로 나는 이를 닦을 때 그 생각을 못하고 치약 거품을 세면대가 아니라 변기에다 뱉곤 했어요. 버릇 탓이었죠. 나는 치약 거품이 사실상 침이라는 생각을 해본 적이 없고 또 내 개가 변기에서 물을 마시곤 한다는 생각도 해본 적도 없어요.

제인 메리스(⊙ 음악가): 사람들이 어땠는지를 기억해둬요. 야간생활자들이 청과물 가게에서 파는 사과를 한 알 집어 들고 주간생활자들을 감염시킬 셈으로 침을 발라 다시 내려놓는다는 소문이 있었어요. 또 야간생활자들이 낮 동안에 높은 건물의 창밖으로 침을 뱉곤 한다는 소문도 있었고요.

네디 넬슨(☾ 자동차 충돌파티족): 베를린 장벽… 중국의 만리장성… 이
스라엘과 팔레스타인을 갈라놓는 지대… 남한과 북한을 갈라
놓는 비무장지대… 8시 통금이 그런 것들로 바뀐 거 아닌가요?

갤턴 나이(✿ 시의회 의원): 내가 야간생활자들과 겪고 있는 주된 문제
는, 그들이 건방을 떨면서 나를 고집쟁이라고 부른다는 겁니다.
하지만 누구도 나를 두고 편견이 있다고는 할 수 없습니다. 그
들에게 참고삼아 말하건대 우리딸이 이른바 야간생활자입니
다. 우리 작은딸이, 근 3년 전부터 말입니다.

네디 넬슨: 주간생활자들이 얼마나 빨리 야간생활자들은 모두 광
견병에 걸려 있다고 여기게 되었죠? 음식물 제공이라든가, 건
강관리라든가 하는 데서 말이에요. 그리고 또 육아는 어떻게
되었죠? 아직도 야간생활 노동자를 고용하고 있는 주간생활자
이름을 하나라도 댈 수 있나요?

샷 더넌: 내가 기르고 있던 개는 샌디라는 세 살짜리 암컷 퍼그였
어요. 그놈은 녹초가 될 때까지 테니스공을 쫓아다니곤 해서
나는 공원에서 집까지 그놈을 안고 와야 했죠. 돌아오는 내내
그놈은 잠을 잤고.

나는 내가 피크를 부스트 할 수 없다는 걸 알고 있었고 그게 무슨 뜻인지도 알고 있었지만, 정말 바보 짓을 한 거였죠.

제인 메리스 : 이거 기억해요? 자기네가 감염된 줄 모르는 사람들이 남편과 아내에게 키스를 하고, 부모들이 아이들에게 잘 자라며 입을 맞추고 해서 광견병을 옮겼다는 소문 들어보았을 거예요. 또 성찬식에서 와인 잔을 함께 나누는 교회들이 그 병을 돌게 했다는, 그래서 가톨릭교도들과 침례교도들은 모두 광견병에 걸렸다는 또 다른 이야기도 있고요.

샷 더넌 : 내 퍼그 샌디는 날마다 내 침대에서, 내 베개 옆의 베개에 그 조그만 머리를 올려놓고 잤어요. 그리고 조그만 불도저처럼 이불 밑으로 파고들어 계속 밀고 내려갔다가 내 발치께에서 다시 돌아 계속 밀고 올라와서 이불 밖으로 머리만 내밀었죠. 그런 게 바로 개성이라는 거겠지만요. 샌디는 어린아이들이 그러는 것처럼 코를 골기까지 했어요. 그리고 '가져와', '굴러', '기다려' 같은 말들도 알아들었고요.

갤턴 나이 : 제 어머니와 내가 그렇게도 여러 번 주의를 주었는데도 그 아이는 우리를 버렸어요. 우리는 어린 딸아이에게 옳고 그름을 가르쳐주려고 애썼지요. 삶을 어리석은 10대의 반항으로 허비하지 말라고 사정사정했어요. 수도 없이 여러 번 주간

생활이냐 야간생활이냐는 완전히 이성적으로 선택해야 하는 생활양식이라고 분명하게 얘기했지만, 그 애는 한 마디도 들으려고 하지를 않았지요.

네디 넬슨 : 이거 알아요? 요세프 멩겔레 박사(독일 친위대 장교이자 아우슈비츠-비르케나우 나치 강제 수용소의 내과의사 - 옮긴이)가 아우슈비츠 집단 수용소에서 그 소름 끼치는 실험들을 하기 전에는 상당히 존경받는 인류학자였다는 거? 멩겔레가 인간의 혈액과 바이러스 샘플들을 수집하면서 아프리카 도처를 여행했다는 거 알아요? 그 사람의 평생에 걸친 꿈이 다른 종족들의 혈액 사이에서 차이점을 밝혀주는 요소들을 확인하는 거라는 거? 그리고 그다음에는 어떤 특정한 종족에게만 걸리는 전염병을 만들어내려고 했다는 거?

멩겔레가 알아낸 사실들 중 많은 것이 '페이퍼클립 작전'(Project Paperclip, 제2차 세계대전 종전 직전과 종전 후 나치 독일의 과학자들을 미국으로 빼돌리기 위한 비밀작전의 암호명 - 옮긴이)의 일환으로 미국에 넘겨졌고 CIA에서는 나치의 과학자들이 멩겔레의 연구를 같이하기로 동의하면 특별 사면을 해주고 새로운 신분을 주었다는 거?

제인 메리스 : 누군가에게 모욕을 주기 위해서 우리가 할 수 있는 가장 지독한 말은 "그렇게 침흘리개처럼 굴지 마," "내 앞에서

378

광견병에 걸린 것처럼 날뛰지 마."라고 하는 거예요. 무법자로
서 선별적인 지위를 유지하는 대신 야간생활자 문화는 경멸의
대상이 되었죠. 그래서 뭔가를 퇴짜 놓는 방법은 이렇게 말하
는 거고요. "그건 너어어어~무 야간생활자 같은⋯."

갤턴 나이: 우리 작은딸은 크리스천 패스웨이 아카데미를 차석으
로 졸업했어요. 그건 그 아이의 평균 성적이 거의 40명이나 되
는 학생들 중에서 두 번째로 높았다는 뜻이지요. 그 아이는 또
우리 교회에서 3년 연속 어린이 목회자였고, 졸업반일 때는 학
교 축구팀에서 일군 선수로도 뛰었어요. 아이 엄마랑 나는 이
른바 '사설탐정'을 고용했는데, 그게 아이가 달아난 바로 다음
주의 일이었지요. 그 사설탐정이 우리가 치른 돈의 대가로 우
리에게 준 것이라곤 그 아이가 어떤 사내놈하고 같이 다 망가
진 차에 타고 있는 사진 한 장뿐이었어요. 창문 아래쪽으로 하
얗게 "방금 결혼했어요"라는 글자가 휘갈겨져 있고 그 아이는
면사포를 쓰고서 웃고 있는. 사내놈은 하얀 와이셔츠에 나비넥
타이를 매고 있었지요. 우리 작은딸의 결혼식을 교회에서 거창
하게 치러주려던 그 모든 꿈을 품은 뒤에 그 사진 한 장이 아이
어머니의 가슴을 찢어버린 겁니다.

　성경에 이런 말이 있지요. "부패한 것 때문에 울지 말고 더
나은 모든 것을 잃지 말도록 하라(성경에 실제로는 없는 말임 – 옮
긴이)."

그 흐릿한 사진 한 장에 대해 5,000달러를 들였고, 그것이 우리에게 안겨준 것이라고는 비통함뿐이었어요. 그 애가 결국 그 야간생활자인 개자식과 결혼했다는 걸 알게 된 게 고작이었죠.

샷 더년 : 나는 노래가사가 어떻건 그건 조금도 상관 안 해요. 때때로 키스는 그저 단순한 키스가 아니니까. 그건 확실해요. 내 이론은 박쥐나 스컹크가 랜트를 물었을 때마다 광견병은 우연히 조금씩 더 깊이 들어박히게 됐다는 거예요. 미처 치료도 받기 전에 말이죠. 그가 그러려고 했건 아니건, 랜트는 의료과학이 다룰 수 없는 어떤 병균을 품고 있었던 거죠.

피비 트뤼포 박사(✿ 역학자) : 랜트의 혈청형을 확인하기 전까지는 치료 불가능한 광견병 타입의 바이러스가 단 두 가지 있었는데, 아프리카의 모콜라 족과 두벤하지 족 타입이었습니다.

갤턴 나이 : 성경에 이런 말이 있지요. "부모 밑에서 쓸모없는 자식은 그런 까닭에 망쳐지리라(성경에 실제로는 없는 말임 – 옮긴이)." 그걸 꼭 명심해야 합니다.

네디 넬슨 : 키신저[Henry Kissinger(1923~), 미국의 정치학 박사이자 국무부 장관을 지냈으며 노벨평화상을 수상했다 – 옮긴이]가 1974년에 국가안전보장회의에 제출했다고 하는 보고서를 읽어본

적 있어요? 그중 하나에서 헨리 키신저가 미국의 미래를 가장 크게 위협하는 건 제3세계의 인구과잉이라고 하지 않았나요? 그런 일이 어떻게 생기죠? 우리에게 아프리카의 광물과 천연자원들이 필요한가요? 이제부터 얼마나 빨리 그 바나나 공화국들이 너무 높은 인구 증가율로 인해 붕괴되고 말까요? 미국이 그 번영과 정치적 안정을 보장할 수 있는 유일한 방법은 제3세계의 인구를 감소시키는 것일까요?

에이즈 바이러스가 1975년경에 나타났다는 게 놀랄 일 아닌가요?

'인구를 감소시키다'라는 말이 뜻하는 게 뭔지 알아요?

제인 메리스 : 기간시설 효율적 이용법에서 반(反) 배제 법률은 주간생활자에게든 야간생활자에게든 모든 공공장소를 똑같이 개방하도록 보장하고 있지만, 실제로는 사람들이 운동기구나 뭐 그런 것들에 묻은 땀이라든가 사과에 묻은 침 등에 너무 편집증적이 되어서 더 멋진 장소들, 술집들, 음식점들, 살롱들, 그런 곳들은 밤이면 문을 닫아버리죠.

두 문화권 사람들이 같은 도시를 함께 쓰고 있지만, 그들은 계속 서로에게서 점점 더 멀어지고 있어요.

네디 넬슨 : 이걸 어떻게 설명할 건가요? 에이즈 감염자 수의 첫 번째 폭증은 아프리카에서, 그러니까 기독교도인 자원봉사자

들이 지역 아동들에게 천연두와 디프테리아 예방주사를 놓는데 같은 바늘을 다시 사용한 선교병원에서 시작되었다는 걸? 그거 귀에 익은 소리지요? 어쩌면 수백만 명의 아이들일 수도 있어요. 그게 1976년과 1980년 사이에 서부 아프리카의 어느 지역에서는 감염률이 어떻게 0.7퍼센트에서 40퍼센트로 급증했는지를 설명해주지 않나요?

이 시나리오를 듣고 보니 어느 보건소로든 달려가서 무슨 공짜 예방주사든 맞으려고 줄을 서고 싶지 않나요?

피비 트뤼포 박사 : 어떤 백신주사든 접종 후 뇌염에 걸릴 위험을 약간은 수반하고, 그래서 전에 받은 예방접종으로 면역성이 부여된 소수의 사람들에게서는 경미한 광견병 징후가 보이며 추가적인 치료가 필요하다는 것은 납득이 가는 얘깁니다. 백신주사를 맞은 사람들이 하도 많아서 환자를 추적하기란 불가능하지만, 적어도 두 사람은 면역성이 생긴 결과인 듯한 증세로 사망했습니다.

샷 더넌 : 또 다른 날 아침에는 잠에서 깨어보니 내 베개 옆의 베개가 침으로 흠뻑 젖어 있더라고요. 내 개가 자면서 그렇게 침을 많이 흘린 거였지요. 하지만 원래 퍼그 종은 침을 엄청나게 흘리니까 거기에 대해선 별다른 생각을 하지 않았어요. 참 말도 안되는 '부정(否定)'을 한 거였죠.

피비 트뤼포 박사 : 조사 대상이 된 공동체 내에서 떠도는 소문들은 예방접종과 관련된 죽음을 과장하고 잘못 이해했는데, 그 때문에 추후의 치료 프로그램에 전적으로 참여하려는 사람들의 열의가 수그러들었고, 사실상 야간생활자 집단 내에서 바이러스의 항구적이고 중요한 저장소를 확보해주는 꼴이 되고 말았지요.

샷 더넌 : 랜트 케이시는 늘 이렇게 말하곤 했어요. "무슨 일이 일어나든 그건 언제나 지금이야…" 숨은 뜻이 있는 말이죠.

나는 랜트가 의미한 게 이런 뜻이었다고 생각해요. 우리는 현실에서 현재의 순간을 살고 있기 때문에 전에 무슨 일이 일어났건, 우리가 어떤 사람이나 개를 얼마나 많이 사랑했건, 그게 우릴 공격하면 우리가 반응하는 시점은 위험에 처한 바로 그 순간일 거라는.

네디 넬슨 : 한 정부보고서가 아프리카의 인구 감소를 권장했고 20세기 말에는 전체 세대가 죽어가고 있다는 게 이상해 보이지 않나요? 풍부한 천연자원들, 예컨대 금과 다이아몬드 등이 풍부하게 매장되어 있는 예전의 유럽 식민지들, 그러니까 보츠와나, 짐바브웨, 그리고 남아프리카공화국 같은 나라들이 어떻게 해서 에이즈 창궐로 가장 큰 타격을 입었는지 의심스럽지 않나요?

샷 더년 : 내가 기르던 그 대단한 개. 그런데 나는 그 개가 내 침을 마시도록 내버려뒀어요. 때때로 나는 정말 상상도 못하게 멍청하다니까요. 그건 분명해요.

어느 날 저녁 나는 통금 10분 전 사이렌 소리에 잠이 깼는데, 샌디가 그 퍼그 같은 얼굴에서 내 목으로 침을 뚝뚝 떨어뜨리며 내 가슴에 올라서 있었어요. 그놈의 검은 입술이 말려 올라가 이빨 하나하나가 그 노란 뿌리까지 다 보이더군요. 거칠게 내쉬는 더운 숨이 내 얼굴에 확 끼쳤고, 그놈은 테니스공을 잡으러 점프할 때와 마찬가지로 웅크린 자세를 취하면서 내 목을 향해 달려들려는 참이었어요. 그놈이 펄쩍 뛰어오르는 순간 나는 이불보와 담요를 뒤집어씌워서 그놈이 빠져나오지 못하도록 둘둘 말아버렸죠. 샌디는 무게가 7킬로그램짜리 볼링공만큼도 나가지 않아서 담요채로 그놈을 번쩍 들어 올렸더니 완전히 늑대처럼 담요 속에서 으르렁거리고 발톱으로 할퀴고 했는데, 내 담요는 너무 낡아서 린트 천(붕대용으로 쓰는 부드러운 베의 일종 – 옮긴이)에 지나지 않았어요. 그놈의 조그만 발 하나가 찢어진 틈새로 튀어나왔고 나는 그놈의 검은 발톱을 볼 수 있었죠. 담요가 그놈의 침으로 흠뻑 젖어서 마치 젖은 티슈페이퍼 가방 안에 든 조그만 오소리를 들고 있는 것 같더군요. 발이 하나 더 튀어나오면 그놈은 밖으로 나와 나를 물 태세였어요. 그래서 나는 그놈이 정신을 잃게 하려고, 어쩌면 그놈을 기절시키기 위해서 담요 뭉치가 벽에 부딪히도록 휘둘렀죠. 하지만 샌디는 여전히 담요 안에서 으르렁거리며 버둥거렸고, 그래서 나는 담요 뭉치를 다시 벽에다 대고 휘둘렀어요. 그놈은 계속해서 반항했고, 그래서 나는 그놈을 계속 벽에다 대고 후려쳤죠. 옆집 사람이 조용히 하라고 반대편 벽을 쾅쾅 두드려델 때까지. 통금 1분 전 사이렌 소리가 잦아들고 곧이어 통금 벨이 울렸어요. 내 방 벽, 내가 담요 꾸러미를 매대기치고 있던 그 자리는 벌겋게 얼룩져 있었죠. 담요 꾸러미도 벽에 부딪힌 부분에선 붉은 피가 흠뻑 배어 뚝뚝 떨어져 내리고 있었고요. 옆집 사람은 여전히 벽을 쾅쾅 두드리며 닥치라고 소리를 지르고 있었지만 샌디는 이제 움직이지도, 그 어떤 소리도 내지 않았어요. 올드 옐러[Old Yeller, 프레드 깁슨(Fred Gipson)이 1956에 쓴, 한 소년이 'Old Yeller'라는 개와 함께 겪는 일들을 적은 감동적인 소설 – 옮긴이]와는 달라도 너무 다르게.

정말 끔찍한 일이었죠. 이제 내가 얼마나 생각 없고 멍청한 바보인지 알 수 있을 겁니다.

네디 넬슨: 광견병이 창궐하기 전에는 비교적 젊은 야간생활자들이 주간생활자 수보다 더 많아지려는 참이었다는 사실을 무시해버릴 수 있나요? 그 병이 야간생활자들에게는 아프리카에서의 에이즈와 같은 전염병이 아니었을까요? 그게 오름세에 있는 공동체의 정치적인 힘을 황폐화시키고 기존의 권력 구조를 유지하는 방법은 아니었을까요?

갤턴 나이 : 우리는 딸아이가 감염되었는지 어떤지는 알 수 없지만 운에 맡기고 그 아이를 받아들이지는 않을 겁니다. 우리 자신의 건강을 걱정해야 하니까요. 나는 이 말을 아이 엄마에게 하지 않았고 그 아이를 예전처럼 사랑하지도 않지만, 그 아이가 집을 나가서 이른바 '남자친구'하고 같이 지낸 밤부터 그 아이는 우리에게 죽은 딸이었어요.

그 아이에게 하나님의 축복이 내리기를. 하지만 우리 작은딸이 어느날 밤 여기에 나타나더라도 우리 집 문은 열리지 않을 겁니다.

만약에··· **34**

네디 넬슨(◐ 자동차 충돌파티족) : 이걸 물어보고 싶어요. 지배적인 문화가 왜 어떤 건 확실하고 어떤 건 아니라고 하는지 한 번이라도 궁금해 해본 적 있어요? 그러니까 내 말은, 왜 어떤 게 절대적으로 완전히 불가능하다고 거듭거듭 역설하느냐는 거예요. 예를 들자면 과학자들이 '할아버지 역설'(사람들이 과거로 돌아가 이미 일어난 사건을 바꿀 수 있다고 가정했을 때 발생할 모순을 간단하게 이르는 말─옮긴이)이라고 부르는 것 같은. 우리가 시간여행은 절대로, 아예 생각도 하지 말아야 하는 이유가 시간을 거슬러 과거로 가다가, 이를테면 실수로 자기 할아버지를 죽이게 되면 자기도 존재하지 않을 것이기 때문이라는 게 어떻게 이해되나요? 그러니까 내 말은, 이 정부 연구원들 말을 믿는다면,

주의하고 절대 과거로 돌아가지 않을 건가요?

에코 로런스(C⁺ 자동차 충돌파티족) : 나는 아주 어렸지만 기간시설 효율적 이용법이 구경꾼 연구를 금지시켰던 건 기억이 나요. 우리 엄마 같은 정부 연구원들이 사고가 교통에 미치는 영향을 연구하기 위해 서로 차를 충돌시키는 거 말이에요. 엄마가 사무실에서 누가 없어졌다고 하면 나는 그 말이 해고를 당했거나 죽었다는 뜻일 거라고 생각했던 기억도 나고요. 그런 연구원들이 매주 몇 명씩 더 생겨났죠. 나는 엄마에게 떠날 거냐고 물어봤는데 엄마는 아니라고 했어요. 우리 어린 딸 에코, 즉 나하고 우리 아버지와 함께가 아니라면 절대로 아니라고. 엄마는 절대로 우리를 남겨놓고 가지 않겠다고 했어요.

네디 넬슨 : 만일 이렇다면요? 만일 누군가가 과거로 갔고 과거를 바꿔놓았다면 우리가 그걸 어떻게 알 수 있지요? 우리는 현재 우리가 알고 있는 현실밖에 모르지 않나요? 만일 현실이 계속 아주 조금씩 살짝살짝 바뀌고 있다면요? 또는 권력을 쥔 사람들이 최고 자리에 오르려고 이미 과거를 바꿔놓았으면서 이제는 우리에게 역사를 가지고 놀지 말라고, 안 그러면 우리는 과거로 가서 조상들과 그다음 세대들을 모두 죽이게 될 거고, 그러면 우리는 절대로 태어나지 못하게 될 거라고 말하고 있는 거라면요?

그러니까 내 말은, 돈과 정치를 모두 통제하는 사람들이 이보다 더 무시무시한 경고를 꾸며낸 적이 있느냐는 거예요. 그 똑같은 과학 전문가들이 옛날에는 세상이 평평하다고 하지 않았나요? 본국에 남아서 농부와 노예가 되는 게 정말로 중요하고 그러지 않으면 세상 가장자리로 떨어져 내리게 된다고 하지 않았던가요?

에코 로런스: 어린아이였을 때 나는 엄청나게 많은 장례식에 갔던 게 기억나요. 그 대부분은 엄마와 함께 일했던 사람들이었죠. 교회에 앉아서 아빠는 엄마를 팔꿈치로 찌르면서 말하곤 했어요. "이게 그 사람들이 정말로 가는 데라고…"

그러면 엄마는 검은 베일을 드리운 채로 말했죠. "그들 모두 다는 아니에요…"

닫힌 침실 문 뒤에서 엄마하고 아빠는 이사를 가자느니, 떠나자느니, 옮기자느니 하면서 말다툼을 벌이곤 했어요. 엄마는 그걸, 공기 맑고 우리 주위에 온통 빈 땅들이 널린 어떤 곳으로 가는 걸 '역개척(逆開拓)'이라고 했죠. 멋진 꿈이었지만, 어린 내가 듣기에도 미친 소리 같았어요. 역사상 그 시점에서, 그렇게 오염되고 혼잡한 세상에서, 어디에도 그런 곳이 남아 있을 리 없었으니까요.

네디 넬슨: 나는 '할아버지 역설' 대신 이걸 물어보고 싶어요. 그

러니까 내 말은 할아버지 역설이라는 게 있느냐는 거예요. 나는 누군가가 그런 짓을 했다고 말하려는 건 아니지만, 만일 누군가가 과거로 가서 자신들의 과거를 슬쩍 바꿔놓았다면요? 중대한 변화는 아니고, 단지 그들의 현재가 더 낫도록 부정한 수단을 썼다면요? 그러니까 내 말은, 아주 오래전의 자신을 발견했고, 어쩌다 우연히 일이 잘못되기 전에 자기의 고조할머니와 데이트를 했다면요? 그리고 그 여자가 아기를 갖게 되었다면요? 그래서 이를테면 둘이 결혼을 하게 되었다면요? 그리고 또 그 여자가 딸도 되고 증조할머니도 되는 아기를 낳는 것은 어떻게 되지요? 생각이 그릇되고 병적인 사람의 경우, 그 플랜이 어디로 향하게 될지 알 수 있지 않나요? 초능력을 지닌 혼성물이 되지 않을까요? 계속 살아가다가 어쩌면 바로 윗대인 여자들, 그러니까 자기 할머니나 어머니와 관계를 맺어서 자기의 유전자를 보강하고, 그래서 미래의 그 사람, 심지어는 현재의 그 사람까지도 더 강하고 더 똑똑하고 더 미치광이인… 최고로 대단한 인물이 될 수 있지 않을까요?

샷 더녀(☉ 자동차 충돌파티족) : 거짓말 아닙니다. 나는 매스미디어가 사람들 모두에게 입출력장치를 이식하도록, 그래서 우리 모두가 피크를 부스트 할 수 있도록 압력을 가했던 걸 기억해요. 우선 첫째로, 상점들에서 비디오와 책들을 팔거나 대여하는 걸 그만뒀죠. 그래서 음악 테이프나 음반들을 살 수 없었고. 하룻

밤 사이에 오락산업이 입출력장치와 출력된 신경 전사물을 제외하고는 아무것도 생산하지 않는 식으로 바뀐 거였어요. 진짜 압력은 열네 살에서 마흔다섯 살 사이의 젊은 성인들을 타깃으로 하는 거였죠. 그 연령층 사이에서는 입출력장치를 이식받지 않는 건 글을 읽을 수 없는 거나 마찬가지였어요. 아니면 어떤 흔한 질병에 대한 예방주사를 맞지 않은 거나, 또 아니면 안경을 써야 하는데 쓰지 않은 거나. 꼭 지독한 바보 천치이기라도 한 것처럼.

그 연령층이 자동차 충돌파티를 하고 팀의 일원으로서 차를 몰거나 같이 타고 다니는 사람들일 가망성이 가장 높은 건 우연이 아니에요. 하지만 입 닥치고 있어야죠. 쉿. 우린 그런 얘기 하면 안 돼요.

네디 넬슨: 때 맞춰 과거로 돌아가면 역사와 나란히 살게 되지 않을까요? 바로 앞서서 살아보았기 때문에 어떤 뉴스가 나올지도 다 알면서 말이에요. 그리고 더 나이가 들면 관계를 맺고 또 다른, 더 나은 자신이 태어나도록 씨를 뿌리려고 하지 않을까요? 언제나 수지가 맞는 복권과 마권을 사지 않을까요?

또 만일 충분히 오래 산다면 자신이 태어나는 모습을 볼 수도 있지 않을까요? 자기 자신을 키우고 자기의 아버지가 될 수도 있지 않을까요?

에코 로런스 : 이걸 알아둬요. 대부분의 승용차는 겨우 시속 55킬로미터에서 충돌 실험을 해요. 자동차 업계에서는 그 이유를 이렇게 설명하죠. 운전자는 충돌하기 전에 사고를 피하기 위해 브레이크를 밟을 거라고. 그런 경향이 있다고. 하지만 우리 엄마는 아니었죠.

현장에 있던 경찰관은 우리 차가 중앙선을 넘는 순간 속도를 전혀 줄이지 않았다고 보고했어요. 엄마가 속도를 줄였다면 그걸 입증할, 타이어가 미끄러진 자국이 전혀 없다고. 내가 뒷자리에서 꾸벅꾸벅 졸고 있을 동안 엄마는 운전대를 꺾어 다른 차에 정면으로 돌진했던 거예요. 내가 아는 바로는 아빠 말이 옳았어요. 하지만 내가 우리 부모와 함께 일했던 연구원들을 찾아내어 만나서 이야기를 해보려고 했던 게 우스운 일이죠. 그들은 지금 기껏해야 30대 아니면 40대겠지만 모두 죽었어요. 죽거나 실종됐죠. 차 사고로 사망하거나, 아니면 그저 사라져버렸거나.

네디 넬슨 : 내가 말하려는 건 이런 거예요. 만일 시간이라는 게 과학 전문가들이 계속 주장하듯 나비의 날개처럼 부서지기 쉬운 게 아니라면요?

만일 시간이 여간해서는 못 쓰게 만들 수 없는 체인링크 펜스(철사를 파도 모양으로 엮은 울타리-옮긴이) 같은 거라면요?

그러니까 내 말은, 설령 그걸 박살낸다 하더라도, 천 번을 그런다 하더라도 그걸 어떻게 알 수 있느냐는 거예요. 모든 현재의 순간, 모든 '바로 지금'이 우리가 아는 전부인데요. 그렇지 않아요?

린 커피(◑ 저널리스트) : 시간을 내어 신문보도를 훑어보면 정부의 공식적인 성명은 실제의 사건들과 상충하는 것으로 보입니다. 구경꾼 연구는 기간시설 효율적 이용법의 통과로 인해 중단된 것이 아닙니다. 그 연구가 중단된 이유는 주된 연구원들이 일에 관한 보고를 하지 않았기 때문이었지요. 만일 지출 보고서들을 계산해서 급여 보고서 및 경찰 진술과 상호대조해 보면 정부 차량들이 파괴된 양상을 알게 될 텐데, 그런 차량들을 몰고 있던 연구원들 중 상당수는 각각의 사고 현장에서 달아난 것으로 보였습니다. 그들은 사망하지는 않았지만 그 뒤로 다시는 보이지 않았지요.

네디 넬슨 : 그리고 그 사람이 늙어서 뼈마디가 삐걱거리는 쪼그랑 늙은이가 되었을 즈음 그 사람은 자신의 마지막 버전을 임신시키고. 그러면 그 마지막 모델, 어리고 마음이 통하는 자기 자신을 얻어 솔직한 이야기를 좀 할 수 있지 않을까요? 그런데 그 정교하게 조정된 새로운 혼성체인 그 사람이 열여덟이나 열아홉 살이라고 한다면요?

티나 아무개(⊙ 자동차 충돌파티족) : 잊어버려요. 아무도 자동차 충돌파티의 진짜 목적이 뭔지 말해주지 않을 테니까. 계속해요. 그냥 계속. 우리 모두 그저 시간을 허비하고 돌아다닐 뿐이라고 계속 생각하세요. 차를 가지고 서로 충돌하는 데서 즐거움을 얻는 한 무리의 얼간이들이라고.

더군다나 그런 바보들 대부분은 소문에 근거해서 움직이고 있어요. 이야기들에 근거해서. 아무도 일이 어떻게 되어 돌아갈지 몰라요. 그러니 어느 누구도 정말로 무슨 일이 벌어지게 될지 얘기를 안 해줄 테고요.

하지만 우리 중 몇몇은 우상이 될 거예요.

네디 넬슨 : 내가 결국 하려는 말은 이거예요. 만약에 랜트가 누군가의 오랜, 고약한 계획으로 나온 산물인 게 그 자신의 잘못이 아니라면요?

랜트는 늘 이러지 않았던가요? "우리가 내일 맞을 미래는 우리가 어제 맞은 미래와는 같지 않을 것이다"라고요.

그 모든 게 무슨 뜻인지 알아요?

394

플래시백 *35*

체스터 케이시(✿ 농부) : 여기에 말도 안 되는 소리들이 잔뜩 있소.

내 아들 버스터가 자기 목숨을 끊기 전날 밤, 어떤 늙은 얼간이가 그 아이에게 이런 말도 안 되는 긴 이야기를 늘어놓았답디다. 이 심스라는 부유한 늙은 얼간이가 한 얘기는 자기가 버스터 나이 또래에 도시로 처음 옮겨왔을 때 어떤 식으로 차 사고를 당했는가 하는 거였소. 이 그린 테일러 심스는 그저 차를 몰고 있는 젊은이였는데, 반대편 방향에서 오던 차가 속도를 하나도 줄이지 않고 중앙선을 넘어와서 자기 차에 충돌했다는 거였소.

샷 더넌(☾ 자동차 충돌파티족) : 그 얘기를 랜트가 나한테 얘기해준 대로라면, 심스가 병원 침대에서 정신이 들자 이렇게 물었다는 거예요. "내가 여기에 얼마나 있었지요?" 그러자 간호사는 이렇게 대답했고. "나흘…."

에코 로런스(☾ 자동차 충돌파티족) : 병원에서 그 젊은이가 물었대요. "내 차는 어떻게 됐죠?"

그러자 의사는 이렇게 되물었고요. "무슨 차?" 경찰이 정신을 잃고 길에 쓰러져 있는 그를 발견했는데, 그는 쇄골과 흉골이 부러진 부상을 입고 있었어요.

그 젊은이가 다시 물었어요. "내 옷은 어디에 있지요?"

그러자 의사는 또 되물었고요. "무슨 옷?" 경찰은 그를 나체 상태로 발견했거든요.

체스터 케이시 : 모두 이게 미친 소리라는 건 알지만, 버스터는 그걸 몰랐소. 버디는 틀림없이 그 늙은 남자 얘기를 믿었을 거요.

에코 로런스 : 그 여러 해 전에 경찰은 그 젊은이에게 이름과 가족에게 연락할 방법을 물었고, 그 젊은이는 대답을 했어요. 하지만 다음날 다시 병원으로 찾아온 경찰이 그 젊은이에게 한 얘기는 그런 사람들, 그러니까 그의 가족은 존재하지 않는다는 거였죠.

샷 더년: 경찰들은 그에게 이름과 신원과 사회보장번호를 물었어요. 그리고 다음날 그 남자에게 그는 존재하지 않는다고 했죠.

에코 로런스: 병원에서 의사들은 그 젊은이의 팔에 난 흉터들, 그러니까 그의 살갗에 나 있는 뚫린 구멍들과 찢긴 주름들을 보고 물었어요. "자네, 무슨 마약을 하고 있지?"

그리고 또 이렇게도 물었고. "자네 광견병에 걸렸다는 거 알고 있나?"

제럴 무어(⊙ 사설탐정): 심스가 랜트 케이시에게 설명한 부상, 즉 엉덩이의 장골(腸骨) 맨 윗부분을 가로지르는 타박상과 금이 간 흉골, 부러진 쇄골 등의 부상은 모두 고속으로 정면충돌했을 때 안전벨트로 인해 입는 부상과 일치합니다.

샷 더년: 그래서 그린 테일러 심스는 스물세 살 때 그 병원을 몰래 빠져나왔어요. 병원에서 그를 정신병동으로 옮긴다는 말이 나오자마자 문 잠긴 방에 갇히기 전에 도망을 친 거죠. 심스는 옷가지 몇 벌과 신발, 그리고 돈을 좀 훔쳤어요. 그런데 밖에서는 도시가 낮과 밤으로 나뉘지 않고 있었죠. 더 이상은. 그는 고작 나흘 동안 정신을 잃었는데 말이에요. 누구도 목덜미에 입출력장치를 하지 않았고 사람들은 책, 잡지, 신문 같은 걸 읽고 있었어요. 사람들이 텔레비전을 시청하는 것도 창문을 통해 보

였고요. 또 라디오와 전축에서는 음악이 흘러나왔죠.

심스는 히치하이크를 해서 안전하게 여겨지는 단 한 곳으로 갔어요. 미들턴에 있는 자기 가족의 집으로 돌아간 거였죠. 그러니까 랜트의 집이 있는 바로 그 동네로.

체스터 케이시 : 가슴 찢어지는 일이오. 그 늙은 심스라는 얼간이가 내 아들에게 잔뜩 심어놓은 얼간이같은, 정신 나간 광기가.

샷 더년 : 심스가 도시로 옮겨온 뒤 몇 년 사이에 누군가가 그의 집 마당 귀퉁이마다 서 있던 쥐엄나무 네 그루를 베어냈어요. 그리고 그 자리에는 손닿는 높이밖에 안 되는 허약한 쥐엄나무 묘목들을 대신 심었죠. 그리고 집은, 심스가 랜트에게 얘기한 대로라면 누군가가 뒤틀리고 부푼 벽널을 반듯반듯한 새 벽널로 교체하고 거기에다 너무도 새하얘서 푸르스름해 보이기까지 한 칠을 해놓았다는 거였어요. 페인트가 아주 갓 칠해진 것이어서 냄새까지도 맡을 수 있는. 그의 열쇠는 자물쇠에 맞지 않았고, 문을 두드리자 어떤 여자애가 나오더라는 거예요.

체스터 케이시: 그 여자애 이름은 해티였는데, 우리가 사랑하는 사람들이 오래된 스냅사진에서 예뻐 보이는 것처럼 예뻤소. 그들이 아직 젊고 삶에 흥미를 보일 때처럼 말이오. 세월과 일과 우리가 그들의 젊음을 망가뜨리기 전에 말이오. 70년 전으로 거

슬러 올라가서, 그때 해티는 열세 살이었고 막 학교에서 돌아와 그 빈 집에서 가족들이 몇 시간 뒤에 일터에서 돌아오기를 기다리고 있었소.

그 여자애는 심스에게서 어떤 매력을 느낀 게 틀림없을 거요. 왜냐하면 그 여자애가 그를 집안으로 들여서 거의 곧장 침대로 이끌었기 때문이오. 아주 곧장.

에코 로런스: 물론 이건 그 사람이 하는 얘기예요. 그는 아무도 강간하지 않았어요. 처음에는 그녀가 누구인지 알려고도 하지 않았대요. 거기에 누워서 어둠이 내려 그녀의 가족들이 돌아오기를 기다리는 동안 해티가 이런 말을 하기 전까지는. "우리 부모가 아저씨를 여기에 계속 머물도록 하는 단 한 가지 방법은, 만일 내가 아이를 갖게 된다면…." 그래서 그 둘은 섹스를 했고 다시 또 했는데, 두 번째로 하는 도중에 해티가 아기가 여자아이였으면 좋겠다고 했대요. 그 아이를 '에스더'라고 부를 수 있도록. 다음에 그 낯선 젊은이는 오르가슴에 이르렀는데, 그녀의 화장대에 놓인 시계와 달력을 보다가 물었어요. "저거 맞는 거야?"

해티는 베개에서 머리를 굴려 그쪽을 건너다보면서 이렇게 대답했고요. "1분 빠르거나 늦어요."

그러자 그는 다시 말했어요. "아니, 내 말은 달력이…."

체스터 케이시 : 그 늙은이는 내 아들에게 말도 안 되는 헛소리를 하고 있었소. 아기가 임신이 된 순간을 알았다고, 활기와 명민함과 용기와 광기가 파도처럼 밀려오는 것을 느꼈다고. 비나 햇빛처럼 분명하게. 그자의 말대로라면, "그 어떤 괴상한 동물에게 물리거나, 독약이나 그저 그런 치통보다 더 강렬하게."

그자는 말했소. 자기가 눌러앉아 기다리지도 않았고, 그녀의 가족을 만나지도 않았고, 또 그녀가 기르고 싶어하는 길 잃은 개처럼 머무르지도 않았기 때문에 그 해티라는 여자애는 틀림없이 자기 부모에게 그가 자기를 덮쳤다고 했을 거라고.

에코 로런스 : 심스가 랜트에게 말한 대로라면, 그는 이 해티라는 여자애에게 키스를 했을 때 그녀가 학교 식당에서 점심으로 먹었던 미트로프와 양파와 소시지 맛을 보았대요. 또 그녀가 전날 저녁에 먹은 튀긴 송아지 간 맛도. 심지어는 그녀가 사흘 전 저녁에 먹은 크림을 친 방울양파와 오렌지 젤라틴 샐러드를 곁들인 튀긴 닭 토시살 스테이크 맛도. 장차 태어날 그들의 아기가 임신되는 순간, 그 남자의 시각과 청각과 후각과 미각과 촉각이 그대로 폭발한 거였죠.

샷 더넌 : 차를 몰아 그저 이리저리 돌아다니는 동안 랜트는 내게 그런 테일러 심스가 어떻게 해서인지 60년 전쯤의 과거로 떨어졌었다는 얘기를 했어요. 자기 자신의 고조할머니인 해티 셸비

의 차 뒷자리에 타고 난 뒤 심스는 굉장한 기분을 느꼈다고 했죠. 밤에도 심스는 잠을 두 시간만 자면 됐어요. 일종의 슈퍼맨처럼.

티나 아무개(⊙ 자동차 충돌파티족) : 그건 자동차 충돌파티의 비밀스러운 목적들 중 한 가지일 뿐이에요. 대부분의 사람은 그걸 '플래시백'이라고 부르죠. 또 어떤 사람들은 '역개척'이라고 부르기도 하고. 심스가 그랬던 것처럼 자신을 개량하는 걸 우리는 '보강'이라고 해요.

에코 로런스 : 잘 들어봐요. 그 스물세 살로 추정되는 도피자는 과거로 빠져들었고 최근에 일어난 일들을 더 잘 알아두었더라면 하는 생각이 간절했어요. 적어도 어떤 당첨 복권 번호들이라도 알아두었으면 하고. 그는 돈을 좀 모으기 위해 접시 닦는 일을 했어요. 그리고 깨어 있는 모든 시간에 일을 하면서 낯선 사람들에게 "마이크로소프트가 아직 주식공개를 하지 않았나요?" 하고 묻곤 했죠.

그러면 사람들은 이렇게 되물었고요. "마이크로 뭐라고요…?"

"마이크로소프트요." 그는 그렇게 대답하곤 했고요.

하지만 사람들은 그저 고개를 젓고 어깨만 으쓱할 뿐이었어요.

샷 더넌 : 그는 사람들에게 "피크 부스트 기술이 아직 개발되지 않았나요?" 하고 물었어요. 그들이 어깨를 으쓱해 보여도 그건 문제가 아니었죠. 그가 정말로, 정말로 바랐던 건 자기가 수학시간과 과학시간에 좀 더 주의를 기울였더라면 하는 거였으니까요.

몇 년마다 한 번씩 그는 자신의 딸이자 미래에는 자신의 할머니일 에스더를 엿보러 돌아오곤 했어요. 그런데 그 사람은 어떤 거짓말도 꾸며내지 못하기 때문에 자기가 그녀를 유혹해서 비밀스럽게 만났고, 그녀에게 돈을 주었다고 하더군요. 또 그녀에게, 미래의 왕조에 대한 자기의 꿈과 자기가 자동차 사고로 뜻하지 않게 시간을 거슬러 과거로 떨어진 일에 대해 얘기해 줬다고도 했고요.

에코 로런스 : 그 여자가 그의 말을 믿었건 아니건, 그가 그 여자를 강간했건 아니건, 그 여자는 아이린이라고 이름 붙인 아기를 가졌고, 자신을 그린 테일러 심스라고 하는 그 남자는 또다시 13년 동안 종적을 감췄어요.

제럴 무어 : 문제의 그 늙수그레한 남자 말에 따르면, 각각의 세대에서 그 모든 열세 살짜리 처녀들이 기꺼이, 심지어는 열성적으로 그의 계획과 실험에 참여했다고 합니다.

에코 로런스 : 각각의 정자가 난자를 만날 때마다, 심스의 말에 따르면 자기가 더 강해지는 걸 느꼈다고 했어요. 그 사람은 금을 더 비축해서 한 재산을 만들었고 미래의 자신을 위해 그걸 은닉해두었죠.

샷 더넌 : 완전히 정신 나간 헛소리죠.

제럴 무어 : 좋게 말하면 노인성 치매고.

샷 더넌 : 임신을 시키는 순간순간이 그를 높여주었어요. 그 순간에 염색체니 뭐니 하는 것들 모두가 바뀌어 그의 질을 높여준 거죠. 재배열되고 새로워지고 향상되고 하면서. 그리고 어떤 중독이나 마찬가지로 그가 할 줄 아는 것이라곤 오로지 그것뿐이었고, 그래서 그는 거듭거듭 몇 번씩이고 그 짓을 했어요.

그저 계속 과거와 떡을 치고 있었던 거죠. 미래를 새로운 자신으로 채우면서.

체스터 케이시 : 내 아들에게 그 미친 소리를 하고나서 이 늙은 미치광이는 버스터에게 셔츠 소매를 걷어 올리라고 했답니다. 그리고 그 늙은 수전노가 흐릿한 물린 자국들, 버스터의 손과 팔에 이빨 자국으로 나 있는 그 지저분한 문신을 가리키고 "오소리… 코요테… 살무사…." 하면서 그 하나하나의 흉터를 정확

하게 알아맞히더랍니다.

에코 로런스 : 아마도 그린 테일러 심스는 랜트에게 때맞춰 돌아가라고, 자동차 사고로 흩어지라고 했을 거예요. 이제는 사람들이 더 오래 살아요. 그러니까 랜트는 100년 뒤로 거슬러 올라갈 수도 있겠죠. 더 많은 세대에 자신이 태어나도록 씨를 뿌리고. 랜트는 복권 번호를 기억할 수도 있고, 시간을 두고서 계획을 세워 더 많은 부를 쌓아올릴 수도 있을 거예요.

제럴 무어 : 그러는 중에 열세 살짜리 여자아이들과 성교도 할 테고.

샷 더넌 : 그리고 심스는 랜트에게 영원히 살 수 있는 방법이 있다고 장담했어요. 불후의 존재가 되는 거죠.

에코 로런스 : 그 외에도 심스는 어쩌면 자기의 흔적을 감추기 위해서나, 또 어쩌면 근친교배의 혼성물인 미치광이라서 몰래 미들턴으로 돌아가 이제는 나이가 든 그 여자들을 살해하곤 했는지도 몰라요. 독거미, 흑사병 벼룩, 살인 벌 같은 것들로….

샷 더넌 : 랜트는 그 늙은 미치광이 심스에게 이랬지요. "기억해요? 모를 거예요, 광견병이 뇌에 어떤 영향을 미치는지…."

404

에코 로런스 : 그러자 그린 테일러 심스는 이렇게 대답했고요. "나는 네가 무엇을 할 수 있는지 정확하게 알고 있어. 나는 너니까…."

네디 넬슨(☾ 자동차 충돌파티족) : 아무도 거기로 가고 싶어하지 않지만, 성모 마리아는 하나님의 딸 아니었나요? 그리고 성서 시대로 돌아가면, 그 여자도 열세 살이 아니었나요?

샷 더넌 : 60년 전에 이 또 다른 랜트 케이시는 충돌해서 시간을 거슬렀고 현재로 돌아오기까지 내내 기다려야 했어요. 그러는 동안 몇 가지 변화를 일으키고 보강을 하면서.

네디 넬슨 : 또 그 외에도, 그 소름끼치는 구약성경이라는 거에 나오는 롯의 두 딸이 자기 아버지를 술에 취하게 하고 그다음엔… "그의 아이를 가졌더라"라는 건 어떻게 된 거지요?

체스터 케이시 : 내가 알 수 있는 한 버디가 차를 몰아 그 다리에서 떨어져 내리게 된 건 바로 그 미친 얘기 때문이었소. 그 미치광이 얼간이의 온갖 꿈을 내 아들이 실현시키기로 되어 있던 거지요. 하지만 분명히 얘기하는데, 우리 버디가 한 일은 정확히 말해서 그건 아니오.

히트맨 ‖ *36*

티나 아무개(☾ 자동차 충돌파티족) : 왁스와의 마지막 데이트에서, 그러
니까 내 말은 우리의 그 염병할 마지막 데이트에서, 우리 둘은
근사한 차, 그러니까 도난당한 마세라티 그란스포츠를 몰고 허
니문 나이트를 즐기고 있었어요. 그런데 왁스가 웬트워스 애버
뉴 저 아래로 철길 부지에 죽 늘어서 있는 수많은 응급차의 불
빛을 봤고, 그래서 무슨 일인지 보려고 차를 몰아갔죠.

　남아 있는 거라곤 연기를 피워대는 쇳덩어리들뿐이었어요.
심지어는 열차의 중간 부분까지도 불에 탄 것 같았고, 소방대
원들은 조스 오브 라이프(Jaws-of-Life, 사람들이 자동차나 건물에
갇혔을 때 구출해내는 장비 — 옮긴이)를 링컨 타운카(운전석과 뒷자
리를 유리문으로 칸막이한 자동차 — 옮긴이)의 짓뭉개진 가장 큰 덩

어리 위로 끌어올리기 위해 씨름을 하고 있었죠. 그리고 선로 이쪽 편으로는 결혼식 장식 리본들이며 잡동사니들이 연기에 날리고 있었어요. 피에 흠뻑 젖은 레이스 달린 하얀 베일. 단춧구멍에 꽂는 빨간 장미 꽃봉오리.

앨런 블레인(ℂ 소방관) : 입을 열기가 무섭게 나는 내 말이 바보 멍청이 같다는 걸 알았습니다. 내가 그 여자에게 한 말이. 그 일은 최악의 사고였는데도 내 입에서는 습관적인 말이 자동으로 튀어나왔으니.

상황은 두 대의 차가 뒤엉킨 시나리오였는데, 첫 번째 차는 건널목에서 화물열차가 지나가기를 기다리며 정지해 있었어요. 그 사고 장면을 목격한 사람들의 말에 따르면, 두 번째 차가 정지해 있던 첫 번째 차를 들이박아 지나가는 열차 옆구리에 부딪히게 했다더군요. 두 번째 차는 그러고나서도 곧장 앞으로 돌진해서 열차와 충돌했지요. 그 두 차 모두 기차바퀴 밑에 깔렸고 짓뭉개진 채로 대략 400미터쯤을 끌려갔어요.

티나 아무개 : 나는 운전자 실황 교통방송에서 일한 덕에 구급 의료원들을 다 알고 있었어요. 그래서 왁스가 구경을 하려고 차를 세우자 응급 구조 서비스를 통해 알고 있는 사람 이름을 소리쳐 불렀죠. 그 사람에게 무슨 일이냐고 물어보았더니, 이 구급의료원은 자기가 말을 해도 믿지 않을 거라고 하더라고요. 어

떤 아가씨가 짓뭉개진 차 안에서 여전히 살아 있는데, 옷은 모두 불탔지만 몸에는 긁힌 상처 하나 없다는 거였어요. 그 구급 의료원이 고개를 홰홰 저으면서 이러데요. "기다란 손톱 하나 부러지지 않았더군요."

그린 테일러 심스(☾ 역사가)의 현장노트에서: 시간여행의 가능성을 반박하는 주된 주장은 이론가들이 할아버지 역설이라고 부르는 것인데, 이 주장은 만일 누군가가 시간을 거슬러 여행을 할 수 있다면 자기의 조상을 죽임으로써 앞서 말한 시간 여행자가 태어날 가능성을 없애버릴 수 있다는, 그래서 절대로 시간을 거슬러 올라가 살인을 할 수 있는 삶은 없다는 것이다.

수십억의 사람들이 자기네 조물주가 인간인 처녀에게 죽음을 면치 못하는 아기를 수태시켰다고 믿는 세상에서, 대부분의 사람들이 보이는 상상력이 얼마나 빈약한지 놀랄 일이다.

네디 넬슨(☾ 자동차 충돌파티족): 내가 위험을 무릅쓰고 역사가들에 대한 이야기를 하기 바라나요? 그런 소문을 퍼뜨리면 그 사람이 어떻게 되는지 알아요?

뭐라고요? 우리 둘 다 죽임을 당하는 그보다 더 빠른 방법은 생각해낼 수가 없다고요?

샷 더넌(☾ 자동차 충돌파티족): 역개척 외에도, 역사가가 되는 건 모든 자동차 충돌파티족의 또 다른 은밀하고 간악한 꿈이죠.

그린 테일러 심스의 현장노트에서 : 어느 시간여행 이론은 누군가가 역사를 바꾸는 순간 그 변화가 현실이라는 단일한 흐름을 평행하는 두 지류들로 가른다고 추론함으로써 할아버지 역설을 해결한다. 이를테면 조상을 죽인 다음에는 현실이 두 평행한 행로로 갈라질 텐데, 한 현실에서는 조상이 죽지 않아서 그가 원래대로 태어나고, 다른 지류에서는 조상이 죽어서 절대 엄마 뱃속에 들지도 못하리라는 것이다. 그가 과거에서 행한 하나하나의 수정에 따르는 결과로 새로운 현실이 만들어지고, 이론가들은 그것을 '분기(分岐)'라고 부른다.

네디 넬슨 : 이 세상에서 가장 유력하고 부유한 자들이 역사가들이라고 생각하지 않아요? 그리고 정말로 그자들이 우리에게 그걸 알리고 싶어한다고 생각해요? 그 부유한 개새끼들이요? 그자들은 60년이나 그쯤마다 자기네 죽음을 조작하고 그 다음엔 자기네 돈과 재산을 새로운 자신에게 전해준다고 생각하지 않아요?

그린 테일러 심스의 현장노트에서 : 동양이나 아시아의 영성(靈性)에는 우리가 실제의 현실과 시간을 경험하는 현세에 우리를 매어두는 것은 개개인의 자아뿐이라는 개념이 존재한다. 이 개념에서,

계발된 존재는 직접적인 세상에 대해 자기 스스로 부과한 제한을 알아차리고 의식을 자유롭게 풀어 역사의 어느 장소나 시기로든 여행을 하기로 결정할 수도 있다. H. G. 웰스(1895년 소설 《타임머신》을 발표하며 '타임머신'이란 단어를 처음 사용한 작가 - 옮긴이)에게는 미안한 말이지만, 그러는 데는 어떤 타임머신도 필요하지 않다. 누구든 명상과 영적인 성장을 통해 당면한 현실에 대한 끈을 늦추기만 하면 어떤 역사와 공간으로든 이동할 수 있다.

네디 넬슨 : 어느 똑똑한 사람이 역사가들에 대해 얘기할 거 같아요? 내가 이만큼 얘기했으니 내가 얼마나 똑똑하다고 생각해요?

그린 테일러 심스의 현장노트에서 : 비록 널리 논의되지는 않았지만 제3의 가능성도 분명히 존재한다. 자유롭게 풀려난 의식으로 분기와 시간여행을 하는 것 외에도, 이 세 번째 가능성 역시 할아버지 역설을 해결하고 시간 여행자를 인간들이 경험하는 시간의 직선적 이동 바깥쪽에 떠 있는 '리미널 시간' 속으로 데려다준다. 간단히 말해 리미널 시간에는 시작과 끝이 없어서 어느 것도 노후와 교체라는 자연 과정에 매이는 일이 없다. 리미널 시간에서는 어느 것도 태어나지 않고 어느 것도 죽지 않는다.

아주 쉽게 이해할 수 있듯이, 오로지 신들만이 이 불멸의 영역에 존재한다.

지금까지는.

앨런 블레인: 첫 번째 차와 두 번째 차 모두가 불덩어리로 폭발해서 인접해 있는 열차들뿐 아니라 크레오소트(목재 방부용 기름 - 옮긴이)를 먹인 침목(枕木)들에도 불을 붙였지요. 목격자들은 그 시간이 밤 11시 35분이라고 했는데, 처음에는 네 대의 소방차들이 진화 작업에 나섰어요. 그 화재를 잡기 위해 소방차 한 대를 더 불렀지만 잔해들이 충분히 식어 수색자들이 시신을 수습할 수 있게 된 건 다음 날 새벽 4시 15분이 다 되어서였지요.

그린 테일러 심스의 현장노트에서: 모든 신화를 통틀어 신들은 생명이 유한한 여자들에게 아이를 배게 함으로써 그들 자신을 불멸의 존재로 만들었다. 신격은 간단히 말해 리미널 시간이라는 무한성에서 나오는데, 신은 천사라든가 백조 또는 짐승의 형태로 그 자신의 모습을 드러내고 생명이 유한한 자손을 낳게 될 유혹이나 예고로 그 일을 마무리한다. 그렇게 해서 신은 육신을 만들고 무한을 유한으로 만드는 것이다.

그와 반대되는 일이 일어나 생명이 유한한 육신이 신격이 될 수 있는 것은 우리가 할아버지 역설로 그 신화를 넘어서는 바로 그때다.

앨런 블레인: 수색을 하는 과정에서 우리 팀은 숯이 되어버린 성인

남자의 시체 두 구와 성인 여자의 시체 두 구를 수습했는데, 목격자들은 그들이 충돌하는 순간 멈춰 서 있던 첫 번째 차에 타고 있던 사람들이라고 증언했습니다. 그런데 두 번째 차의 잔해를 수색하던 중에 우리 팀의 한 팀원이 찌그러든 탑승칸 앞부분에서 흐느끼는 소리 같은 것을 들었지요. 유압식 해체 장치를 써서 그 마구 뒤틀리고 꽉꽉 접힌 탑승 칸 구조물을 분리하고 더 수색을 해보니 단 한 사람의 생존자, 두 번째 차량 운전자인 것이 분명한 성인 여성이 한 명 드러나더군요. 처음에는 흐느낌이라고 여겨졌던 소리가 이제는 웃음소리, 거의 틀림없이 히스테리가 섞인 웃음소리로 들릴 수도 있었지요.

그린 테일러 심스의 현장노트에서: 만일 어떤 신이 인간에게 생명을 잉태시켜 자신을 육신 있는 존재로 만들 수 있다면, 아마 인간도 만일 시간을 거슬러 올라가 자기의 부모 중 어느 한쪽이나 양쪽 모두를 죽일 수 있다면 불멸성을 얻을 수 있을 것이다. 할아버지 역설에 대해 그와 같이 반응함으로써 시간 여행자는 자기의 육체적 원천들을 제거하고, 그렇게 해서 자신을 육체적으로 시작도 없고 따라서 끝도 없는 존재로 바꿀 수 있다.

　간단히 말해서 신이 되는 것이다.

앨런 블레인: 소방대원 자격으로 나는 스물다섯 살쯤 되어 보이는 그 여성 생존자에게 조언을 해주었지요. 이미 현장에 와 있던

구급대원들에게 검사를 받을 수 있을 때까지 침착함을 잃지 말
라고 진정시키면서. 그 생존자의 몸을 감싸고 있는 것은 뻣뻣
한 그물망으로 된 껍질이나 고치라고밖에는 할 수 없었어요.
그 껍질의 안쪽 표면을 조사해보니 합성섬유로 된 옷과 머리에
쓰는 것, 그러니까 신부들이 전통적인 결혼식에서 입는 그런
길고 하얀 드레스와 베일의 잔해인 것이 분명하다는 게 밝혀졌
지요.

　생존자가 침착함을 잃지 않도록 하기 위해서 나는 그녀에게
나이와 이름과 생일을 물어보았지요.

　아마도 충격 때문이었겠지만 그녀는 이렇게 대답하더군요.
"다음 달이면 163세가 돼요." 그리고 부스러기들의 고치 안에
서 어깨와 상반신을 꼬면서 이렇게 덧붙였고요. "꽤나 재미있
었는데 이제 나한테서 이 불타버린 것들을 좀 떼어내줘요…."

티나 아무개 : 왁스먼은 그 기적적인 여자가 몸에 담요만 두른 채
맨발로 철길들을 건너가는 걸 지켜보다가 한마디 했어요. "저
게 바로 내가 얻고 싶은 건데…."

　나는 왁스의 말이 그 여자가 예쁘다는 뜻이라고 생각했어요.

　그 기적적인 여자는 뒤돌아서 똑바로 그의 눈을 보고 있었죠.

　하지만 왁스가 한 말은 그런 뜻이 아니었어요. 그것과는 거리
가 멀었죠.

네디 벨슨 : 내가 역사가를 하나 소개해주길 바라나요? 멍청한 채로 살아 있기를 원해요, 아니면 모든 걸 알고 죽기를 원해요?

그린 테일러 심스의 현장노트에서 : 약간 섬뜩하게 패러디한 성 수태 고지에서는 시간 여행자가 직계 조상, 전형적으로는 그 여행자의 아버지나 어머니를 찾아가는 순례 여행에 나설 것이고, 그 여행자가 수태되기 전에 그 조상을 죽일 것이다.

샷 더년 : 다시 한 번 더 얘기하지만 '보강'을 '근원 근절'과 혼동해서는 안 돼요. 보강은 과거로 가서 더 나은 자신을 만들어낸다는 뜻이고, 근원 근절은 자기가 절대로 태어나지 못하도록 조상을 죽인다는 뜻이니까. 하지만 분명히 얘기하는데, 그 두 가지 다 꽤나 더러운 짓이죠.

네디 벨슨 : 역사가들은 그걸 '근원 파괴'나 '근원 절단'이라고 부르지 않나요? 그걸 근원 근절이라고 부르는 거 들어본 적 없어요? 조디악 같은 연쇄살인범이나 잭 더 리퍼 같은 희대의 살인마들이 과거로 떨어졌다가 자기네 어머니를 찾아내서 '근절'하는 데 애를 먹은 자들이라고 한다면 말이 되지 않나요?

티나 아무개 : 나는 랜트 케이시가 고가다리에서 자살 다이빙을 한 뒤로 아주 오랫동안 왁스에게서 소식을 듣지 못했어요. 그러는

사이에 어떤 경찰이 내게 왁스와 연락이 되느냐고 묻곤 했었죠. 어떤 젊은애들이 콘크리트로 된 고속도로 터널 안에서 재규어 X-타입이 구르는 바람에 죽은 것으로 보이는데, 그 차는 도난 차량으로 밝혀졌고 사고 차량 뒤에 떨어진 어떤 청바지 뒷주머니에 왁스의 지갑이 들어 있었다는 거였어요. 마치 왁스가 재규어를 전복시켜 두 젊은애들을 죽이고 자기의 빌어먹을 바지를 뒤에다 떨어뜨려놓기라도 한 것처럼….

네디 넬슨: 우리가 왜 언제나 전쟁과 기근을 겪는지 궁금하지 않아요? 그자들, 모든 걸 운행하는 역사가들이 자기네는 내려서 우리의 대량 사망을 지켜보고 있다는 사실을 받아들일 수 있어요?

티나 아무개: 2주 후에 경찰이 왁스 건으로 다시 전화를 했어요. 또 다른 젊은애가 이번에는 BMW 3 시리즈인 325i 도난 차량에서 죽은 것으로 보인다는 거였죠. 그리고 어떤 증인이 그 차가 8층 주차 건물 꼭대기에서 날아오른 직후 앞머리부터 곧장 콘크리트 보도로 처박혀 조수석에 타고 있던 젊은이가 죽었고, 그 참사가 있은 뒤 칼 왁스먼은 박살이 난 유리창 뒤에서 기어나와 걸어서 가버렸다고 증언 할 준비가 되어 있는 것 같았어요.
　나는 또다시 경찰들에게 소식 한마디 듣지 못했다고 했고요.

네디 넬슨 : 역사가들이 남은 우리의 고통에 대해 뭐라도 느낀다고 어떻게 기대할 수 있죠? 우리가 꽃이 시든다고 우나요? 팩에 든 우유가 상하면 우나요? 그자들은 너무 많은 사람들이 죽는 걸 봐서 동정심이건 감정이입이건 뭐건 모두 메말라버리지 않았을까요?

티나 아무개 : 또 한 번은 경찰들이 전화를 걸어서 자기네가 BMW 의 운전대에서 찾아낸 지문들이 왁스의 아파트에서 찾아낸 지문들과 일치한다고 했어요. 그리고 나한테 그를 숨기고 있는 거 아니냐고 물었죠.

그린 테일러 심스의 현장노트에서 : 크게 다른 영적인 믿음들이 공통적으로 갖고 있는 교의(敎義)는 한 개인이 '자기 아버지를 죽임으로써'만 진정한 권력을 손에 넣을 수 있다는 규정이다. 한 가지 가능성은 앞서 말한 그 규정이 은유적인 의미가 아니라는 것이다. 여기에서 가장 근본적인 어려움은 자신을 태어나기 이전의 시간으로 거슬러 옮겨놓는 데 있다.
　그리고 물론 다음에는 실질적으로는 쉽지만 감정적으로는 곤란한, 자신의 부모를 죽이는 문제가 뒤따른다.

티나 아무개 : 어떻게든 왁스를 찾아보기 위해 나는 전화번호부에서 그의 어머니인 글로리아 왁스먼을 찾아보았지만 실려 있지

않았어요. 그래서 처녀 적 이름인 엘릭으로 찾아본 다음 찾아
낸 몇 안 되는 엘릭에게 전화를 걸었는데, 어떤 사람은 잘못 걸
었다고 하더군요. 나는 또 다른 번호들로 글로리아 엘릭이나
왁스먼을 바꿔달라고 했는데, 한 늙은 여자가 전화를 그냥 끊
어버리더라고요. 그렇게 한 열 번쯤 그 늙은 여자는 전화를 계
속 끊었고 그래서 나는 차를 몰아 전화번호부에 실린 주소로
찾아갔어요. 닫혀 있는 아파트 문 뒤에서 바로 그 늙은 여자의
목소리가 내게 그냥 가라고 했지만 내가 그랬을 리는 없죠.

나는 계속 문을 두드리고 쾅쾅 치고 하면서 글로리아와 왁스
가 안에 있다는 걸 알고 있다고, 나는 단지 이야기를 하고 싶을
뿐이라고 했어요.

그러다 내가 경찰을 부르겠다고 했더니, 안쪽에서 누군가가
아파트 문의 자물쇠를 열더라고요. 그리고 어떤 노인이 문을
그 염병할 도어체인만 보일 정도로 비끗 열더니 당장 가지 않
으면 자기가 직접 경찰을 부르겠다고 하데요. 그 늙은 남자 말
이, 자기 딸 글로리아 엘릭은 20 몇 년 전에 죽었다고 했어요.
그 여자가 계속 사귀어온 남자친구하고 같이 주차하는 중이었
는데 어떤 미친놈이 그 둘 모두를 쏘아 죽였다는 거였죠. 생판
낯모르는 젊은 놈이 별다른 이유도 없이, 누군지 아무도 모르
는 놈이 글로리아와 그녀의 남자친구를 죽였다는 거였어요. 그
러고나서 그 노인은 내 면전에서 문을 쾅 처닫았고.

문 틈새로 나는 그 남자친구 이름이 뭐였느냐고 물어봤어요.

그러자 노인은 이렇게 되받았고요. "가라니까!"

그래서 나도 소리를 질렀죠. "그 사람 이름만 말해줘요!"

그러자 노인이 "앤서니." 하더니 문 틈새로 다시 "토니 왁스먼!" 하고 소리를 치고는 다시 소리를 질렀어요. "자, 이제 그만 가!"

그린 테일러 심스의 현장노트에서 : 그러나 일단 그 여행을 해서 과업을 완수하면 불멸의 존재가 되어 모든 사물과 사람들이 쇠퇴해 죽게 될 세상에서 영원히 살게 되고, 그러는 동안 지식과 부를 축적해 모든 시기의, 모든 시기를 통틀어 가장 강력한 지도자가 된다. 그것은 노력을 들일만한 가치가 충분한 것으로 보인다.

네디 넬슨 : 진짜 역사가들이 우리가 단지 웃었다는 이유만으로 죽이진 않을 거라고 생각하나요?

티나 아무개 : 내가 왁스를 마지막으로 봤을 때 나는 신부 드레스 차림으로 팀에 끼려고 애쓰고 있었어요. 그렇게 어느 팀에든 타려고 마지막까지 버티고 있을 때 롤스로이스 실버 클라우드 한 대가 길가에 차를 대더라고요. 번쩍번쩍 광을 낸 차체 옆구리에 흰색과 분홍색 스프레이로 "방금 결혼했어요"라는 글자가 휘갈겨져 있는. 조수석 창문이 아래로 내려졌고, 그 안에서는 왁스가 운전석에서 몸을 조수석 너머로 기울이고 싱긋이 웃으

면서 말했어요. "헤이, 베이비, 타라고…."

나는 "그동안 어디 있었어?" 하고 물어봤어요.

그러자 왁스가 이러더라고요. "나 그 일을 해냈어…."

"무슨 일을 했기에?" 내가 다시 물었고요.

네디 넬슨: 그리고 다음에는, 역사가들이 '근원 단절'을 한 뒤 나이든 그들의 모든 흔적이 사라지기 시작하는 '잔여 말살'이나 뭐 그런 식으로 불리는 긴 과정을 거치지 않나요?

티나 아무개: 칼 왁스먼은 내게 이제 자기에게는 과거도 미래도 없다고 했어요. 음식을 한 입이라도 더 먹거나 잠을 한순간이라도 더 잘 필요도 없다는 거였죠. 또 머리를 깎을 일도, 장이 소화운동을 할 일도 없다는 거였고. 나이가 들거나 부상을 당하거나 병에 걸릴 일도 없고 죽지도 않는다는, 그러니까 시간 밖에 있다는 거였어요.

그리고 이어서 "나한테는 시작도 끝도 없어."라고 하더니, 또 이렇게 말했어요. "그리고 나는 너를 신으로 만들어줄 수도 있어."

그래서 나는 이렇게 되받았죠. BMW 안에서 불타버린 그 젊은 애들처럼, 그리고 랜드로버에 타고 있던 애들처럼 그렇게 신으로 만들어줄 거냐고.

그러자 왁스가 웃음을 터뜨리더니 자기는 단지 그 애들하고 같이 빈둥거리고 있었을 뿐이라고 했어요. 왁스 말로는, 일단 자기가 불멸의 존재가 되고나면 다른 사람들은 그렇지 않다는 걸 잊어버린다는, 그래서 장난질을 치며 돌아다니기 시작하고 그러다보면 누군가의 목을 자르게 된다는 거였죠. 그들이 비명을 지르는 소리가 지독히도 재밌게 들린다는 거였어요. 하지만 나한테는 다를 거라고 하더라고요.

그래서 나는 이랬죠. 그렇겠지, 네 엄마 아빠를 불멸의 존재로 만든 것처럼?

그 롤스로이스 운전석 문이 홱 열리더니 왁스가 재촉했어요. "얼른 타기나 해." 그러고는 손으로 자기 옆자리를 툭툭 치면서 덧붙였어요. "넌 언제까지고 젊지는 않을 거야, 네가 나를 믿지 않는 한…."

그래서 나는 그 차를 타지 않았어요. 차문을 쾅 처닫고 그동안 전화도 하지 않은 것에 대해 못된 놈이라고 욕을 해줬죠. 이제는 네가 기다릴 차례라고도 했고.

그랬더니 왁스가 이러데요. "아, 나는 얼마든지 기다릴 수 있어."

몇몇 자동차 충돌파티족 애들이 다가와 있었어요. 할인점 신랑 신부복 차림으로 뒤꽁무니에 깡통들과 하얀색 장식 리본들을 매단 롤스로이스로 몰려와 올라탈 준비를 하고서 왁스에게 팀이 필요하냐고, 모두 같이 타고 다닐 수 있겠느냐고 묻는.

그래서 나는 그 애들에게 말했어요. "타지 마." 그러고는 엉덩이로 문짝을 가로막고 그 애들에게 이 작자에게서 물러나라고 소리를 쳐댔죠. "이 차에 올라타면 이 염병할 미치광이가 너희들을 죽이고 말 거야."

그랬더니 그 애들은 오히려 나를 염병할 미치광이인 것처럼 쳐다보더라고요.

내가 왁스를 본 마지막 날 밤, 그자가 내게 마지막으로 한 말은 이거였어요.

"나를 잊지 않으려고 해봐, 베이비." 그리고 내게 손키스를 날리고 차를 빼서 교통 흐름 속으로 몰아가더군요. 그 밤 이후로 나는 팀에 끼어보려고 한 적이 없어요. 그걸로 내가 칼 왁스먼을 보는 게 마지막이었으면 하고 바랄 뿐이죠.

네디 넬슨: 이렇게 추측해볼 수는 없을까요? 아폴로와 이시스(이집트 신화에 나오는 농사와 수태를 관장하는 여신 – 옮긴이), 시바, 그리고 예수 같은 옛날의 신이나 구세주들은 자동차 충돌파티에 왔다가 토리노나 무스탕 같은 차들에 들이받혀 '자기네의 근원을 근절할' 방법을 찾은 인간들일 뿐이라고 말이에요. 어쩌면 그들은 모두 진짜 아무것도 아닌 사람으로 시작했지만 그들의 실체가 없어지는 동안 그들 주위로 새로운 이야기들이 쌓여갔다고.

티나 아무개: 집으로 돌아가자마자 나는 귀찮게 굴던 그 염병할 형사에게 전화를 걸었어요. 그런데 그 형사는 칼 왁스먼에 관해

서는 아무 얘기도 들어본 적이 없다고 하더라고요.

앨런 블레인: 내가 그 여자에게 한 바보 멍청이 같은 소리는 그저 반사적인 거였어요. 소방대원 자격으로 우리가 그녀를 구해내서 담요로 감싸준 뒤 그녀에게 이렇게 말했거든요. "운 좋은 젊은 아가씨로군."

티나 아무개: 내가 왁스하고 같이 찍은 그 염병할 사진들 모두에서 왁스는 없어졌어요. 그냥 사라져버린 거죠. 이제 아무것도 없는 허공에 팔을 두르고서 웃고 있는 내 독사진일 뿐이에요. 내 오므린 입술은 허공에다 키스를 하고 있고. 기억을 떠올리려고 애를 써도 그의 눈빛이 갈색이었는지 초록색이었는지도 기억나지 않아요. 몇 달 뒤에 누가 나한테 다시 물어본다면 틀림없이 나는 칼 왁스먼에 대해서는 들어보지도 못했다고 할 걸요.

샷 더넌: 랜트가 얘기한 대로라면, 심스는 랜트가 그때로 돌아가 그저 아무하고나 그 짓을 하는 건 원치 않았어요. 심스는 그 자신이 슈퍼혼성체였기 때문에 영원불멸이기를 원했죠. 심스는 랜트가 때맞춰 돌아가 제 엄마를 죽이기를 바랐어요. 음, 내 짐작으로는… '그들'의 엄마를.

근원 근절 37

그린 테일러 심스(☾ 역사가)의 현장노트에서 : 미들턴에서는 잠자는 개들이 항상 길에 대해 우선권을 갖는다…. 은유적으로나 실제적으로나.

에코 로런스(☾ 자동차 충돌파티족) : 그래서 우리는 미들턴으로 돌아갔어요. 미들턴의 기독교회를 보려고. 섹스 토네이도도. 또 운이 좋다면 이빨 박물관과 야생 개들도.

네디 넬슨(☾ 자동차 충돌파티족) : 우리가 미들턴으로 간 건 아이린 케이시가 죽었는지 아닌지 알아보려고 그런 게 아니었나요? 우리의 진짜 목적은 랜트가 심스에게 부여받은 임무를 수행했는지 알아보려는 것 아니었어요?

샷 더넌(☾ 자동차 충돌파티족) : 우리는 네디의 캐딜락을 지평선 위에 있는 하얀 농가, 그러니까 랜트의 집으로 이르는 자갈길 끝에 세웠어요. 랜트는 그 집 주위 뜰에다 온통 그 냄새 지독한 부활절 달걀들을 묻어놓았었죠. 자기 아버지가 잔디를 깎다가 터뜨리도록.

에코 로런스 : 우리는 한밤중에 차를 세우고 주방 창문의 네모진 노란 불빛 속에 아이린의 검은 실루엣이 비치는 그 집을 지켜봤어요. 그 여자는 한 손으로 무릎에 놓인 틀을 잡고 다른 손을 거기에 댔다가 잡아당겼어요. 대고 당기고. 그 여자는 뒤에서 비치는 불빛 속에서 머리를 숙인 채 수를 놓고 있었어요. 우리는 샷과 네디가 잠이 들 때까지 그 모습을 지켜보았고요.

샷 더넌 : 에코가 잠들 때까지.

아이린 케이시(✿ 랜트의 어머니) : 어느 해 크리스마스에 엄마와 해티 할머니가 손으로 뜬 스웨터를 선물로 주었어요. 지금 생각해보면 그 스웨터를 뜬 건 해티 할머니고 색색가지로 하나하나 수를 놓은 건 엄마였던 것 같아요. 앞쪽에 있는 분홍색 장미는 펠트로 안을 대어 공단을 바느질해 붙인 거였고, 초록색 줄기는 굵게 꼰 실로 안을 댄 거였지요. 무늬가 굉장히 복잡했어요. 장미꽃들 사이사이에 바느질로 길고 짧게 수놓은 보라색 협죽도 꽃들이 섞여 있었으니까요. 그리고 배경에는 너무 많은 감청색 금실 매듭과 그보다 좀 더 작은 프렌치 매듭(바늘에 2회 이상 실을 감아 원래 구멍으로 뽑아 만든 장식 매듭—옮긴이)들이 있어서 스웨터의 하얀 털실이 연푸른색으로 보일 지경이었지요. 주름이 져서 울거나 풀린 실 한 가닥 없이.

그 스웨터는 집에서 입거나, 아마도 일요일 날 교회에 갈 때 입을만한 거였죠. 돌이켜 생각해보면 그 스웨터를 유리 뒤에다 눌러뒀어야, 그러니까 그림을 끼우는 액자에 넣어서 벽에 걸어뒀어야 했어요. 그건 그 정도로 대단한 걸작이었으니까.

나는 그걸 자랑해 보이고 싶어서 좀이 쑤셨지만, 엄마는 집 밖으로 나가지 말라고 했어요. 하지만 집안사람들이 모두, 그러니까 숙모들이며 삼촌들이며 사촌들이 전부 크리스마스 만찬을 위해 모여들기 시작한 뒤로는 집안이 몹시 북적거려서 슬그머니 빠져나가는 데 아무 어려움도 없었지요.

그린 테일러 심스의 현장노트에서 : 나는 이 애처로운 인물인 랜트 케이시에 대해 더 이상 뭐라고 말하는 것조차 망설여진다. 리미널 시간에 대한 나의 이론을 그와 함께 논의했다는 것 자체가 유감스러운 일이다. 뿐만 아니라 그는 지독한 만성적 질환 때문에 생겨난 환각 증상들로 고통 받고 있었고 죽음이 자신을 구원하는 방법이라는 현혹적인 믿음에 빠져 끔찍한 죽음을 맞았다. 우리가 랜트 케이시를 희생자이자 바보로 묘사하는 동안에도 우리의 관심과 에너지는 그를 순교자로 만들고 있다.

아이린 케이시 : 나는 강 하류 쪽으로, 미들턴 강을 따라 늘어선 나무들 사이를 걷곤 했어요. 물소리를 차들이 오가는 소리인 양 여기면서. 그러니까 나는 갖가지 소리들로 채워지고 언제든 어떤 멋진 일이 일어날 수 있는 도시에서 살고 있는 양 여겼던 거지요. 엄마와 이모들이 해만 떨어지면 문을 걸어 잠그는 미들턴 같은 곳에서가 아니라. 우리와 가장 가까운 이웃인 엘리엇네도 1킬로미터나 떨어진 곳에서 살았고, 엄마는 전등을 하나라도 켜려면 그 전에 먼저 커튼을 모두 내리곤 했어요.

엄마하고 이모들은 나한테 절대 낯선 사람과 말하지 말라고 다짐을 두었고요.

하지만 낯선 사람이라고는 아무도 없었어요. 여기 미들턴에는.

그린 테일러 심스의 현장노트에서 : 지금까지 열네 명의 고통 받는 사람들이, 분명히 랜트 케이시를 모방해서 장애물이나 낭떠러지로 차를 몰아 사망했다. 개인적으로 나는 케이시 군이 연쇄강간범이나 살인범으로서의 나를 그대로 빼닮았다는 것이 몹시 원망스럽다.

아이린 케이시 : 보통 그 강은 물소리도 요란하고 바람도 많이 불었지만 그날은 그렇지가 않았어요. 그 크리스마스 날은 조용했고, 꽁꽁 얼어붙어 있었으니까요. 땅이 너무도 단단해서 발자국도 생기지 않았어요. 죽은 잎사귀들을 휩쓸어가거나 헐벗은 나뭇가지들을 버스럭거리게 하는 바람도 없었고요. 마치 흑백사진 속을 걷는 듯한 기분이었지요. 아무 소리도, 냄새도 없이. 살아 있는 거라곤 강둑길을 따라 움직이는, 걷고 있는 나 하나뿐인 것 같더라니까요. 내 숨결은 유령들을 불어내고 있었고요. 공기가 어찌나 건조한지 손가락에 와 닿는 것들마다 찌릿찌릿하게 정전기를 일으켰어요.

지금 기억나는 대로라면, 그렇게 흑백사진 같은 날이어서 아마도 틀림없이 내 눈이 어떤 색깔을 갈망하고 있었던 것 같아요. 아주 조그만 황금색 번뜩임이 내 눈에 들어온 걸 보면 말이에요. 저만치 앞으로 얼어붙은 강 한복판에 깊은 물 위로 얼음이 얇게 얼어 있었는데, 바로 그때 내 눈이 그 황금색으로 빛나는 아주 조그만 반점을 본 거예요.

티나 아무개(C 자동차 충돌파티족) : 그런 심스는 랜트가 미쳤다고 할 걸요. 그 사람은 상당한 엘리트고, 그게 다른 어떤 새로운 규칙으로 인해 위협받는 걸 보고 싶어하지 않으니까요.

아이린 케이시 : 한쪽 운동화 코끝으로 나는 그 반짝거리는, 동그랗

고 빛나는 황금색 반점을 콕콕 찍어봤어요. 동전이더라고요. 스웨터가 더러워지지 않도록 긴 소매 자락을 끌어당겨 소매 단을 걷어 올린 다음, 나는 그 동전을 만져보려고 몸을 굽혔어요. 그게 혹시 초콜릿은 아닌가 알아보려고요. 그 무렵 트랙사이드 식품점에서 금박으로 싼 동전 모양의 초콜릿 캔디를 팔고 있었거든요. 그러면서 다른 손은 머리 뒤로 돌려 머리칼을 뒷덜미께로 한데 모아 쥐고 있었지요. 머리칼이 얼굴로 흘러내리지 않도록 하려고요.

그 강의 얼음은 흙먼지가 섞여 껄끄러웠지만 그래도 신발 밑에서 미끈거렸어요. 얼음 밑의 물은 너무도 깊어서 검게 보였고요.

두 손가락으로 나는 지저분한 얼음에서 그 동전을 끄집어냈지요.

숲속 어디에선가, 그리고 강둑을 따라 있는 부들개지들 사이에서도 짖는 소리, 개들이 으르렁거리고 물어뜯는 소리가 들려왔어요.

그 동전을 이로 깨물어보았더니 단단해서 부서지지가 않았고 차가워서 입술에 쩍쩍 들러붙더라고요. 진짜 동전. 보물. 나는 혀로 그 금화를 맛 봤어요, 주조 연도가….

그때 "헬로." 하는 소리.

누군가가 내게 "헬로."라고 했어요.

보이지 않는 개들이 저쪽에서 짖고 있었죠.

내 뒤쪽에서 어떤 남자가 물이 가장 깊은 부분, 유리로 된 길처럼 반들반들한 얼음판을 따라 상류 쪽으로 걸어오고 있었어요. 우리 주위로는 온통 얼음뿐이었고요. 그 남자가 말했어요. "아니, 너 참 예뻐 보이는구나…." 그의 머리 위로는 크리스마스의 하늘, 솜털구름으로 수놓은 것 같은 파란 하늘이 떠 있었지요.

에코 로런스: 그 둘은 내가 보고 있다는 걸 몰랐지만 나는 차 뒷자리에서 자다 깼을 때 샷이 넬슨의 입술에 키스하는 걸 봤어요. 그때 샷은 이랬죠. "자, 이제 너도 감염된 거야."

그러자 네디가 이랬어요. "그 편이 나아. '그걸' 다시는 하지 않을 테니까."

아이린 케이시: 그 남자가 손을 뻗쳐 내 스웨터 소맷자락을 잡고 말했어요. "이거 참 예쁘구나."

나는 주먹을 꽉 쥐어 금화를 단단히 움켜쥔 채 뒷걸음질을 치기 시작했어요. 그 금화가 그 남자의 것일 경우에 대비해서. 그리고 부들개지 쪽으로 고개를 까딱거리면서 그 남자에게 이랬지요. "저기에 야생개들이 있어요, 아저씨."

그 사람의 눈과 입에 어떤 표정이 스쳤어요. 미소도 아니고 찌푸림도 아닌, 그보다는 외로울 때 보이는 그런 표정이요. 그 남자가 손가락으로 뜨개질 된 털실 속을 파고들면서 말했어요.

"안심해."

나는 그 사람에게 사정했지요. "그러지 말아요, 아저씨. 끌어당기지 좀 말아요, 제발."

하지만 그 사람은 내 소매를 계속 자기 쪽으로 잡아끌었어요. 너무 세게 잡아당겨서 찌지직하고 어깨솔기 뜯어지는 소리가 들리고 실밥이 튀는데도 이러면서 말이에요. "너를 해칠 생각은 없어."

나는 한 손으로는 금화를 숨겨 지키려고 하고 있어서 쓸 수 있는 손은 한쪽뿐이었어요. 신발은 얼음 위에서 질질 미끄러졌고요. 스웨터가 찢어지지 않도록 나는 그 사람에게로 좀 더 가까이 다가가면서 말했어요. "아저씨는 지금 이걸 못 쓰게 만들고 있어요…."

네디 넬슨: 광견병이 열쇠라는 걸 모르나요?

아이린 케이시: 그 스웨터는 하얀 털실로 그물처럼 짠 거였어요. 아크릴 털실로 된 거미줄. 그 사람은 양손으로, 손가락들을 꼬부려서 매듭과 바늘땀 속으로 깊이 밀어 넣었는데, 그 사람이 무릎을 꿇고 주저앉자 그 무게에 끌려 나도 같이 주저앉고 말았지요. 나는 단추를 목까지 채우고 그 사람이 구름처럼 뿜어대는 악령 같은 숨결에서 벗어나려고 몸을 틀었지만, 그 사람이 더러운 얼음판 위로 벌렁 나자빠지자 나도 같이 끌려 넘어지고

말았어요. 그 바람에 둘이 한데 엉켜버리고 만 거였지요.

우리 주위로 덤불 속에서 개들이 짖고 있었어요. 그 남자는 자기 입술을 내 입술에다 갖다 붙이면서 소곤거렸고요. "쉬이이. 조용히 해." 그 남자의 심장이 외투 속에서 한 번 뛰는 동안 내 심장은 네 번씩 뛰고 있었지요.

그 사람이 눈을 개들이 짖는 쪽으로 돌렸고, 나는 속으로 이런 말을 하고 있었어요. 이 사람은 나를 구해주고 있는 거라고. 나는 괜찮을 거라고. 이 사람은 단지 나를 보호해주기 위해 나를 움켜잡아 끌어내린 거라고. 이 사람은 개떼가 몰려오는 소리를 들었고, 그래서 나하고 같이 숨으려는 거라고.

개들이 짖는 소리가 강 아래쪽으로 내려가면서 멀어지는 동안에도 그 사람 손가락들은 여전히 내 스웨터에 엉켜 있었어요. 그 사람이 다시 나를 보았을 때는 너무 바짝 들이대고 있어서 눈밖에는 보이지가 않았지요. 다음에 그 사람이 자기 눈썹을 내 눈썹에 부비면서 이렇게 물었어요. "너, 네 진짜 아빠가 누군지 궁금한 적 없어?"

네디 넬슨 : 광견병이 입출력장치를 망쳐서 피크를 부스트 할 수 없게 하는 것 아닌가요? 그런 다음에는 자유롭게 플래시백을 할 수 있는 것 아닌가요?

아이린 케이시 : 내가 숨을 참으려고 했던 게 지금도 기억나요. 숨을

내쉴 때마다 그 사람이 내 위로 점점 더 무겁게 내리눌러 다음 번 숨을 점점 더 얕아지게 했어요. 내 가슴속이 점점 더 작아지게 찍어 누르면서요. 마침내 내 눈 속에서 별들이 뱅글뱅글 돌고 있었지요. 솜털구름이 낀 푸른 하늘에서.

그 사람이 말했어요. "나는 네가 버린 생리대를 지켜보고 있었어."

나는 스웨터의 긴 소매들이 내 몸 주위로, 꼭 영화에서 미친 사람들이 팔을 움직이지 못하게 입히는 그런 옷들처럼 감기고 꼬이고 했던 것을 지금도 기억해요. 내 손가락들이 제각기 다른 식으로 묶여 있던 것도.

그 사람은 내가 버린 생리대를 지켜보고서 "네 지난번 생리 이후 몇 시간 몇 분이 흘렀는지 다 알고 있어."라고 했지요. 또 내가 이제 곧 갖게 될 아기가 거의 틀림없이 남자아이라는 것도 안다고 했고요. 그 아이는 일종의 왕, 황제가 될 거라고 했어요. 나를 다른 어떤 여자보다도 더 부유하고 고귀하게 만들어 줄 천재라고.

그러고는 내가 숨을 내쉴 때마다 점점 더 무겁게 나를 내리누르면서 내 다음번 숨을 점점 더 얕아지게 하고 있었어요. 내가 정신이 가물가물해질 때까지.

네디 넬슨: 그게 정부가 모든 사람들에게 입출력장치를 하라고 강요하는 이유 아닌가요? 너무 많은 사람이 자동차 충돌파티를

벌여 역사에 끼어들기 때문이 아닌가요?

아이린 케이시: 대기 중에는 더운 날 깨끗한 유리그릇에 깨끗한 물이 담긴 것 같은 냄새가 풍겼어요. 얼음에서는 아무 냄새도 나지 않았고, 흙은 얼어서 딱딱했고 강은 꽁꽁 얼어붙어 있었지요. 바람 한 점 없었고 우리는 마치 시간 밖에 있는 것 같았어요. 우리 외에는 아무것도, 아무 일도 없는.

그 사람은 남자가 되는 정자들이 더 빨리 헤엄을 치지만 여자가 되는 정자들만큼 오래 살지는 못한다고 했어요. 그 사람 숨결이 꼭 아침으로 돼지고기 소시지를 먹은 다음에 트림을 하는 냄새 같았지요.

나는 오줌을 눠야겠다고 했어요.

그러자 그 사람은 이랬고요. "우리 일이 끝나면."

네디 넬슨: 은밀한 정부 효과에 대해 몰라요? 사람들은 그게 부스트하는 거라는 사실조차 모르지만 그 효과 때문에 우리가 역사에 끼어들지 못하고 여기 처박혀 있는 거 아닌가요?

아이린 케이시: 나는 그 사람에게 얼마나 미안한지 모르겠다고 했던 게 지금도 기억나요. 그 사람한테 오줌을 싸서. 우리 둘 모두 오줌으로 젖게 해서. 하지만 너무 아팠고 차가운 공기가 그 통증을 더 지독하게 했어요. 그 시절에 나는 밖으로 나갈 때면 팬

티를 아홉 개나 어쩌면 열 개쯤 껴입곤 했었지요. 엉덩이가 불룩하게 부풀어 보이도록 하려고요.

나는 그러고 싶지 않았지만, 그 사람이 내 바지 지퍼를 내리고 차가운 엄지손가락을 그 여러 겹의 팬티들 속으로 집어넣어 내 안으로 밀어 넣자 오줌을 싸고 말았어요. 뜨거운 오줌이 내 속옷과 청바지 밖으로 새어나왔지요. 스웨터의 털실을 타고 스며 올라오기도 했고요. 그 나머지 부분은 얼음처럼 차가웠어요.

그렇게 더럽혀지고 크리스마스 스웨터에 감긴 채, 그 남자가 내게서 숨을 짜내며 나를 "… 미래의 어머니…"라고 부르는 그 상황이 어떻게 조금이라도 더 나빠질 수 있을지 나는 상상도 할 수 없었어요.

나는 그 사람이 자기 손을, 축축하게 젖어 차가운 공기 속에서 김을 피워 올리는 손가락들을 내 얼굴 바로 앞에다 댔고 내가 "미안해요."라고 했던 걸 기억해요.

내가 덧붙였죠. "우린 안전해요."

그의 젖은 손가락들이 내 안으로 들어와 있었고 나는 그 사람을 계속 '아저씨'라고 부르면서 계속 이러고 있었어요. "그 개들은 아까 전에 가버렸어요."

네디 넬슨: 역사가들은 그걸 '영겁'이라고 하지 않나요? 장소가 없는 장소, 시간이 멎은 곳. 시간 바깥쪽에 있는 곳.

434

아이린 케이시: 그 남자가 내 위에서 무릎을 꿇으려는 것처럼 한쪽 무릎을 내 가슴에 올려놓았다가 아래로 내리더니 신고 있던 검은 신발의 발가락 부분을 내 청바지 사타구니에 대고 갈고리처럼 구부렸어요. 그 사람이 내 청바지와 팬티들을 양말과 발목까지 한꺼번에 벗겨 내린 그 순간, 우리 집 크리스마스 저녁 식탁에 얼마나 많은 사람들이 앉아 있을지가 떠오르더라고요. 내가 없다는 걸 엄마가 알아차리지도 못할 만큼 많은 사람들이.

에코 로런스: 랜트는 내게 남긴 부활절 달걀에다 하얀 양초로 메시지를 적었고, 그래서 나는 그 달걀을 염료에 적신 다음에야 그의 숨은 메시지를 읽을 수 있었죠.

아이린 케이시: 그건 체육시간에 피구를 할 때 베이슨 칼라일 선생님이 파울을 주고 그 자리에서 꼼짝 못하게 하는 것보다도 더 지독했어요. 쥐가 난 것보다도 더 지독했고요. 그 쿡쿡 찌르고 밀어붙이면서 안으로 파고 들어오는 게 너무도 아팠어요. 내 밑에서는 얼음이 녹아 더러운 물에 섞인 모래가 버석거렸고요. 얼음 표면의 그 얇은 층이 내 밑에서 모래투성이 진창으로 바뀐 거였죠.

　나는 한 곳만 꿰찔리는 천, 느리게 돌아가는 커다란 재봉틀에서 찔리고 또 찔리고 하는 천을 상상했어요. 내 양팔은 갓난아이나 미라처럼, 갓 태어난 아기나 죽은 송장처럼 단단히 싸매어져 있었고 그 남자는 내 위에서 점점 더 빠르게 움직이다가 마침내는 동작을 멈췄어요. 그의 모든 근육과 관절이 돌처럼, 얼어붙은 것처럼 딱딱해졌어요.

그리고 다음에는 그의 온몸이 풀리고 느슨해졌지만 나를 놓아주지는 않았어요. 손가락들로 계속 나를 붙잡고 있었지요.

그의 심장 박동이 느려진 다음 그가 말했어요. "다 되지는 않았어, 아직은." 그러고는 덧붙였지요. "안전하게 하려면 다시 한번 더 해야 해."

에코 로런스: 염색을 하는 대신 나는 그 달걀을 커피 컵에다 떨어뜨렸어요. 내가 커피를 다 마시고 난 뒤에 그 달걀은 종이컵 바닥에 들어앉아 있었고, 랜트가 내게 하려던 말은 "사흘 뒤에 나는 죽음으로부터 돌아올 것이다."였어요. 일종의 부활절 인용구랄까.

아이린 케이시: 기다리는 동안에 그 남자가 자기 손 냄새를 맡아보고 이러더군요. "너한테서는 네 엄마하고 할머니하고 증조할머니가 네 나이일 때와 똑같은 냄새가 나."

모든 게 정지된 것 같았어요. 개 짖는 소리도 하나 없었고.

"이 아이를 가지면," 그가 입을 내 눈 위에다 대고, 입술을 내 꽉 감긴 눈꺼풀에다 대고 소곤거렸어요. "너는 역사를 통틀어 가장 유명한 어머니가 될 거고…."

그 사람이 다시 움직이기 시작하면서 나를 얼음 속으로, 얼음을 뚫고 강 속으로 밀어붙이고 있었어요. 이러면서요. "네가 이 아이를 갖지 않으면 내가 다시 올 거고 너한테 또 다시⋯."

그린 테일러 심스의 현장노트에서 : 꼭 알아야겠다면, 내 달걀에 적힌 숨은 메시지는 "엿 먹어."였다.

아이린 케이시 : "예스." 그가 내 목에다 꺼끌꺼끌한 턱수염을 문지르면서 그렇게 웅얼거렸어요. "예스, 예에, 오 예, 제발."

그 사람이 엉덩이를 나한테다 대고 그렇게도 세게 한 번, 두 번, 세 번 굴러댈 때마다 아래쪽 얼음을 뚫고 천둥번개가 일었지요. 밑에서는 물이 찰싹거렸고요. 얼음에 하얀 금들이 강기슭을 향해 지그재그로 가고 있었어요.

샷 더넌 : 그게 어떻게 된 일인진 몰랐지만 내 달걀엔 이렇게 씌어 있었어요. "그린 테일러 심스"라고.

아이린 케이시 : 그 사람이 팔꿈치를 괴고 윗몸을 들어 올려 아래쪽을 보고 말했어요. "너, 피를 흘리고 있구나."

그 사람이 내 손을 보고 한 말이었어요. 주먹 쥔 손으로 그 동전을 너무 꽉 움켜쥐고 있는 바람에 그 금화가 내 손바닥 피부를 파고든 거였지요. 동전 가장자리에 베인 완전히 동그란 상처. 동그라미 윗부분과 아랫부분은 상처가 더 깊었어요. 그 남자가 내 손가락을 잡아 펼쳤고 그 안에 있는 금화가 내 선홍색 피에 젖은 크리스마스처럼 보였죠. 새해를 몇 주일 앞두고 나는 1884년 산 자줏빛 상처를 갖고 있었어요.

다음에 그 남자가 이랬고요. "가지고 있다가 네 스웨터 세탁하는 비용으로 써."

그린 테일러 심스의 현장노트에서: 지금까지는 자동차 충돌파티에 유명인이 없었고, 거기에 유명인을 하나 부여한다는 것은 경솔한 일로 보였다. 또 '플래시백' 같은 현상도 전혀 없었고, 불멸인 '역사가들'도 존재하지 않았다. 어느 쪽이 더 그럴싸할까? 이 시간여행이라는 헛소리? 아니면 한 젊은이가 미쳐버렸다는 사실?

다른 관점에서 공언하는 건 지극히 무분별하고 무책임한 일이 될 것이다.

아이린 케이시: 그 남자가 바지를 끌어올렸어요. 그 사람 물건이 아직까지 오줌과 피로 김을 피워 올리고 정액을 뚝뚝 흘리는 중에. 그 사람이 지퍼를 올리고 사방을 둘러본 다음 나를 내려다보고 말했어요. "내가 갈 때까지 그대로 있어."

그러고는 물길을 따라 강 상류 쪽으로, 가장 먼 지평선 저 너머까지 걸어갔어요.

티나 아무개 : 아니, 진짜 거짓말은, 진짜 거짓말쟁이는 에코 로런 스하고 샷 더넌이에요. 그 둘은 사실을 알지만 그걸 말하려고 들지 않으니까요. 그 둘은 때 맞춰 플래시백을 하고 사건들을 어설프게 만지작거릴 수 있어요. 그리고 아직도 매일 밤마다 그래보려고 하고요.

아이린 케이시 : 내 양 다리는 푸른 하늘을 향해 벌려져 있었어요. 스웨터는 얼어붙어 군데군데 얼음 속으로 박혀 있었고요. 숨을 쉬지 못해서 정신이 멍한 와중에 내 눈은 주위의 얼음이 갈라진 틈새로 배어 올라오는 물을 지켜보고 있었어요. 내 귀는 부서진 얼음 조각들이 서로 잡아당기면서 내는 울음소리와 신음 소리 비슷한 소리를 듣고 있었고요.

내게서 나온 피와 오줌이 살아 있는 채로 얼어붙고 있었어요. 그 남자의 정액도.

그리고 강의 얼음은 갈라지고 이동하며 살아나고 있었고요.

티나 아무개 : 그게 권력을 쥔 사람들 대부분이 최근 사건들에서 예상 해왔고 이익을 취해온 방법이에요. 또 그게 사람들이 언제나 통제를 받아온 방법일 수도 있고. 아니, 어쩌면 그 과거로 떨어지는 게 현대의 역사에만 국한되어 있거나. 모르겠어요. 우리로서는 알 수 없어요. 내가 아는 건 사람들이 그 일을 하고 있다는 것, 그리고 우리가 그 일을 하는 건 원치 않는다는 것뿐이에요.

아이린 케이시 : 나는 얼음이 나를 더 밑으로 가라앉혀 더 심한 차가움 속으로 끌어들이게 놔두고 있다가 덤불에서 들려오는 어떤 목소리를 들었어요. 얼어붙은 강가에 늘어서 있는 부들개지들 사이에서 어떤 목소리가 "케이시 부인?" 하더니 또 "아이린?" 하고 묻는 거였어요. 다음에는 그 목소리가 "엄마?" 하고 물었고요.

그러더니 거의 벌거숭이인 사내아이가 덜덜 떨면서 양팔로 제 몸을 감싸고 걸어 나왔어요.

그 아이의 사타구니는 파란색 종이로 가려져 있었고요. 병원에서 쓰는 기저귀로요. 그 아이가 종이 슬리퍼를 신고 서서 말했어요. "차를 잡아탈 수가 없었어." 그러고는 이가 딱딱 부딪히게 떨면서 "내가 너무 늦었어."라고 하더니 "내가 너무 늦었어?" 하고 묻더라고요.

에코 로런스 : 그날 체스터가 차고 있던 병원 신원 확인 팔찌에는 사람들이 그를 강에서 끌어냈던 날짜가 적혀 있었어요. 랜트가 자기 차를 같은 물길로 몰고 들어갔던 날보다 19년 전인. 나는 지금도 그 팔찌를 가지고 있어요. 체스터가 그걸 나한테 주었거든요.

랜트가 강 속으로 사라진 날과 체스터가 건져 올려진 날은 모두 12월 21일이었어요.

아이린 케이시 : 그 아이는 얼어붙은 땅에서 발가락이 안쪽으로 가게 안짱다리처럼 선 채로 양손을 깍지끼어 입김을 쐬고 있었어요. 그 아이가 뼈와 가죽만 남은 주먹처럼 바짝 오그라든 몸을 덜덜 떨면서 말했지요. "괜찮을 거야…. 우린 괜찮을 거라고…."

그 아이의 팔에는 위아래로 흉터들이 줄지어 있었고 그 아이의 덜덜 떨리는 이는 검은색이었어요.

나이는 아마도 기껏해야 고등학생 정도로 보였고요. 파란색 종이 같은 것 말고는 갓난아이처럼 벌거숭이로 그 부들개지들 사이에 서 있었어요.

네디 넬슨 : 듣기에도 끔찍한 소리지만, 랜트는 자기 엄마하고 결혼하지 않았나요? 자기 이름을 체스터 케이시로 바꾸고 그 아이를 키우기 위해 눌러앉은 것 아닌가요? 자기 자신을 키우기 위해서?

아이린 케이시 : 나는 몸이 얼음에 너무 많이 얼어붙어 있어서 일어나 앉을 수가 없었어요. 내 청바지나 팬티들을 잡을 수 있을 만큼 팔을 뻗칠 수도 없었고요.

얇은 얼음판들이 움직이고 기울어지는 중에 그 벌거숭이 아이가 비틀거리며 내게로 왔어요. 계속해서 "움직이지 말아요." 라고 하고, 또 "그랬다가는 다쳐요." 하면서요.

강물이 얼음 위로 콸콸 솟구쳐 오르는 동안 그 아이가 다시 말했어요. "이런 식으로 입고서 차를 얻어 탈 생각은 아예 하지도 말아요."

그 아이가 파란 종이 슬리퍼를 신은 채로 미끄러지고 발을 끌면서 내 옆으로 와 서더니 몸을 굽혀 내가 팬티들과 청바지를 끌어올리도록 거들어줬어요. 그 아이의 떨리는 손가락들이 구부러진 채 내게로 가까이 다가오자 우리 사이에서 스파크가 일었어요. 그의 손길과 내 손길 사이에서 정전기 불꽃이 딱 튄 거였죠. 강하게. 대낮인데도 번쩍하는 전기 불꽃으로요. 그 애 손가락과 내 손가락 사이에서.

네디 넬슨: 이게 꼭… 삼위일체 같지 않아요? 랜트와 체스터와 늙은 그린 테일러 심스가 꼭 가톨릭교회의 동일하지만 나누어진 세 사람 같지 않아요?

아이린 케이시: 함께 얼어붙은 채 깨어진 얼음판에서 기어 나오는 동안 나는 우리 뒤에서 강물이 철썩이는 소리를 들었어요. 내 크리스마스 스웨터는 늘어나고 더러워져 있었죠. 피와 오줌으로 벌겋고 누렇게 얼룩이 지고 자루처럼 늘어져 엉망이 된 채.

그 벌거숭이 아이가 말했어요. "미안해…. 이런 꼴로…."

그 말에 나는 단추를 풀고 팔을 흙투성이가 된 소매에서 빼냈어요. 그리고 스웨터를 그에게 내밀면서 말했지요. "받아, 그러고 있다가는 얼어 죽겠어."

네디 넬슨 : 그게 체스터 케이시가 자기 아들의 죽음에 왜 더 비통해하지 않았는지를 설명해주지 않나요? 어째서 체스터가 그저 옮겨 들어가 살림을 차렸는가 하는? 우리는 지금 시간의 거대한 역행 고리들에 대해서 이야기하고 있는 거 아닌가요?

아이린 케이시 : 크리스마스 음식이 차려져 있는 집으로 돌아오는 사이 나는 그 아이에게 물어봤어요. "그런데 너는 정말 누구니?" 그러자 그 아이가 대답했어요. "알고 싶지 않을 걸요…."

에코 로런스 : 수를 놓을 때의 바늘땀 같은 고리들.

샷 더년 : 이게 대체 얼마나 말도 안 되는 소리냐고요? 랜트 케이시는 죽지 않았고 그가 체스터, 그러니까 자기 아버지가 되었다는 게. 랜트의 차에 불이 붙고 크리스마스트리가 발로우 구름다리에서 떨어졌을 때, 그는 제때에 과거로 돌아갔지만 심스가 계획한 대로 아이린을 죽이지 않았다는 게. 랜트가 오로지 아이린에 대한 공격을 막으려고 돌아갔다는 게. 그건 도저히 불가능해요.

아이린 케이시 : 그렇게 해서 쳇이 내 삶으로 들어왔어요. 다음번 생리 주기가 통 오지 않을 때까지는 그걸 잘 몰랐지만, 그렇게 해서 버디도 태어났고요.

에코 로런스 : 개들이 짖는 소리에 잠이 깼어요. 여전히 주차를 하고서 랜트의 옛집을 지켜보고 있는 중에. 여전히 밤이었고. 현관 등이 반짝 켜지고 방충망 문이 끽끽거리며 열리데요. 누군가의 윤곽이 밖을 내다보았고 어떤 여자가 이렇게 외치는 소리가 들렸어요. "나와!"

그러자 울부짖는 소리, 짖는 소리, 으르렁거리는 소리가 점점 더 작게, 희미한 소리로 잦아들었고요.

샷 더년 : 현관으로 나온 여자가 노란 백열전구 불빛 아래서 소리쳤어요. "나와! 이리 와, 어서!"

쥐엄나무 줄기 옆에서 한 형체가 떨어져 나왔어요. 그 형체가 걸어 나오면서 남자 목소리로 이렇게 물었고요. "케이시 부인인가요?"

에코 로런스 : 그러자 아이린이 물었어요. "보디? 보디 칼라일?"

그 형체가 한쪽 발을 현관 앞 계단 아래쪽에 올려놓았어요. 방충망 문이 끽끽거리며 좀 더 열리더니 아이린이 재촉했어요. "얼른 들어와. 그러고 있다가는 죽겠어…."

보디 칼라일(✿ 어린 시절의 친구) : 알겠지만 삶은 좋게건 나쁘게건 아주 조금씩만 바뀌지요. 그다음에는 다른 어떤 식으로 바뀌고요.

샷 더넌 : 그 남자가 안으로 들어갔고 현관등이 꺼졌어요.

네디 넬슨 : 그런데 그 사이비 보안관 칼라일이 우리를 체포한 게 바로 그 시점이 아닌가요?

커뮤니타스(communitas) *38*

크리스토퍼 빙 박사(♢ 인류학자) : 흔히 자동차 충돌파티라고 알려져 있는 현상은 간단히 말해 카타르시스적 순화를 제공하는 리미널(liminal) 공간의 현대적 발현으로서, 규범적인 커뮤니타스(communitas)를 형성하고 그럼으로써 현상에 대해 축적된 적개심을 모두 꺾어 현존하는 사회구조를 보전하려는 것입니다.

빅터 터너(♢ 인류학자)의 논문 〈리미널리티와 커뮤니타스(Liminality and Communitas)〉에서 : 예언자들과 예술가들은 경계(境界)적이고 한계적인 사람들, 그들 스스로 지위에 따르는 책무나 역할 연기와 관련된 상투적인 언행에서 벗어나 다른 사람들과 실제로나 상상으로나 생기 넘치는 관계로 들어서기 위해 열정적으로 성의 있게 노력하는 '주변인들'이다.

크리스토퍼 빙 박사 : 빅터 터너가 그의 저서인《과정의 의식(儀式) : 구조와 반(反)구조(1969)》에서 정의했듯이, 리미널 공간은 분명하게 다른 두 가지 삶 사이의 틈새에서 생겨나는데, 터너에 의하면 불합리와 역설이 규칙성을 규정 짓습니다. 주기적으로 생겨나는 리미노이드(liminoid, 터너는 부족사회 의식의 장르인 리미널과 산업사회의 리미노이드를 대조하고 있는데, 후자에는 개인주의와 이성주의로 특징지어진 예술, 스포츠, 오락, 게임 등이 포함됨-옮긴이) 공간에서의 혼돈은 다른 식으로 조직된 문화를 가능케 하는 것이지요.

이너 게버트 석사(C 신학자) : 아마도 틀림없이, 리미널 공간의 가장 좋은 예는 미국에서 널리 행해지는 핼러윈이라는 세속적인 의식일 것입니다. 그 특별한 날 밤에는 힘의 위계질서가 거꾸로 되어 아이들이 어른들에게 공물을 요구할 수 있지요. 그 아이들은 힘의 상징을 흉내 내기 위해 가면을 쓰는데, 그 가면들에는 유령과 해골, 저승사자, 다산을 방해하는 마녀, 늑대나 사자 같은 사나운 짐승들, 또는 카우보이, 부랑자, 해적 같은 문화적 아웃사이더들이 포함되기도 합니다. 그렇게 가면으로 변장을 하고서 아이들은 공물을 바치지 않는 어른들에게 그 벌로 재산 피해를 입히겠다고 위협하지요.

에린 셰어 박사(✝ 신학자): 대규모 리미노이드 공간의 확립된 예들로
는 네바다 주 검은 돌 사막(Black Rock Desert)의 불타는 인간
축제, 오스트레일리아에서 열리는 콘페스트(ConFest, 오스트레
일리아 남동부의 주들에서 신년과 부활절에 열리는 야영 파티 – 옮긴
이), 국제 레인보우 패밀리(Rainbow Family, 비폭력과 비계급적 인
류 평등주의의 원칙을 따르기로 약속한 개인들의 자발적 그룹 – 옮긴
이 주), 그리고 영국의 글래스턴베리에서 열리는 이른바 '켈트
르네상스' 등이 있습니다.

크리스토퍼 빙 박사: 일반적으로 리미널 대 리미노이드는 다음과 같
이 정의됩니다. '리미널'이라는 용어는 삶의 한 국면으로부터
다음 국면으로 넘어가는 것을 명시하는 의식, 즉 세례, 졸업, 신
혼여행 등을 일컫지요. 그와는 대조적으로 락 콘서트, 떠들썩한
파티, 여러 호색가들의 합의에 의해 이루어지는 그룹섹스 파티
같은 전형적인 '리미노이드'는 주된 활동영역 밖에서 일어나지
만, 리미노이드 사건에서는 삶의 추이가 명시되지 않습니다. 리
미노이드 공간의 분명한 특징은 모든 참여자가 동등한 사람으
로 행동한다는 것이지요. 사회적 또는 계급적 서열은 버려지고
모든 참가자가 상호간에 평등주의적인 호의를 즐깁니다. 그런
자발적인 결속과 사랑에 대해 터너는 커뮤니타스라는 라틴어
로 된 이름을 붙였지요.

에린 셰어 박사 : 리미노이드 공간의 좀 더 작은 예들에는 종교적 순례여행, '로드트립' 휴가, 파이트 클럽, 자동차 충돌파티 이벤트 같은 것들이 포함됩니다.

이너 게버트 석사 : 리미널 공간들 가운데서 가장 일반적인 것은 그 구성원들이 일시적으로 상대적인 지위를 바꾸는 의식입니다. 그런 의식에서 왕은 하인이 되고 하인은 왕이 되지요. 또 로마 가톨릭 교황이 가난한 자의 발을 씻겨주기 위해 무릎을 꿇는가 하면, 잘 차려 입은 존경할 만한 오순절 교회(20세기 초 미국에서 시작한 근본주의에 가까운 교파—옮긴이)의 사제가 바닥에 쓰러져 버둥거리며 뭐가 뭔지 알 수 없는 말을 하기도 합니다. 세 달 동안의 순항 임무를 띠고 잠수해 있는 핵잠수함들에서는 장교들과 수병들이 주기적으로 역할을 바꾸는 '헤페 카페(Hefe Cafe),' 즉 임무 수행 중에 격식을 차린 식사를 하는 동안 지휘관들이 시중을 들고 부하들의 명령에 복종해야 하는 의식이 벌어지지요. 그 각각의 예에서 이 일시적인 지위 격하가 장기적으로는 지도부의 권위를 향상시킵니다.

크리스토퍼 빙 박사 : 최악의 경우라도 리미널 행사나 리미노이드 행사는 축적된 불안을 해소시키고, 그럼으로써 문명 전반을 보호하는 역할을 합니다. 최선의 경우에는 리미널 공간이나 리미노이드 공간이 사회적인 실험실, 즉 참여자들이 새로운 형태의 자기표현과 사회구조를 실험하고 개발할 수 있는 장이 되지요.

이너 게버트 석사 : 살아 있는 사람들은 언제나 죽은 사람들에 대해 우월감을 느낍니다. 죽음은 최후의 격하일 뿐 아니라 공동체 구성원들이 어느 한 개인에 대해 솔직한 느낌들을 말해도 괜찮은 기회가 되기도 하기 때문이지요. 《톰 소여의 모험》에서 장례식 장면을 보면, 지역 공동체에서 주인공이 물에 빠져 죽었다고 믿고 공동으로 애도하기 위해 장례식을 거행합니다. 공동체의 구성원들은 '죽은 자'에 대해 경멸적인 태도를 보이는 관습에도 불구하고 억눌려 있던 사랑을 표현합니다. 그리고 톰 소여가 표면상 죽음으로부터 돌아온 것처럼 다시 나타나자 모두 기뻐하지요.

에린 셰어 박사 : 지역 당국이 자동차 충돌파티에 대해서 알고 있을 뿐더러 그 일이 계속되도록 허용한다는 것은 논란의 여지가 있는 일입니다. 그 의식은 반사회적이고 반권위주의적인 충동을 지닌 사람들을 고갈시키거나 불구로 만들거나 또는 사망시켜 완전히 제거함으로써 그런 충동에 대한 카타르시스적 해소를 제공할 테니까요. 자동차 충돌파티는 그 결과에 관계없이, 현행 사회질서를 보전하기 위한 비용 효율이 높고 효과적인 사회 프로그램 역할을 할 겁니다.

크리스토퍼 빙 박사: 전형적인 리미널 의식은 세 단계로 벌어집니다. 리미널 이전, 리미널, 리미널 이후가 그것이지요. 그 단계들을 자동차 충돌파티에 적용시켜본다면 다음과 같이 나타납니다. 자동차를 장식하고 퍼레이드를 벌이는 일, 실제로 벌어지는 추격과 사고, 그리고 '사고 흐리기'라고 알려진, 사고 후에 말다툼과 몸짓 등으로 펼치는 공공연한 연기.

에린 셰어 박사: 자동차 충돌파티 문화에 본래부터 있는 것은 전통적인 리미널 상징들을 뒤엎으려는 경향입니다. 웨딩드레스를 입은 여자는 실제로 신부가 아니고 그 '여자'는 실제로 남성일 수도 있지요. 또 자동차 지붕에 묶인 가구들도 다른 장소로 옮겨지는 살림살이가 아니며, 운전교습생 표지 역시 초보운전자를 보호하려는 것이 아닙니다.

이너 게버트 석사: 톰 소여의 의식적인 부활이 예수의 부활을 연상시켰던 것과 마찬가지로 – 총명한 젊은이가 죽었다가 불멸의 존재로 다시 태어나는 – 현대의 문화에서도 같은 예를 따라 신성한 인물들이 계속 생겨납니다. 최근 몇 십 년 사이에도 엘비스 프레슬리, 짐 모리슨, 그리고 존 벨루시 같은 명사들이 성공으로 인해 타락했다가 때 이르게 죽었고, 죽은 뒤에는 살아 있다는 소문이 돌았지요. 그런 부활은 어쩌면 단지 일반 대중이 그들의 사망을 부정하려는 것일 수도 있겠지만, 그런 부정에는

대체로 이제는 불멸의 존재가 된 인물 주위로 신화를 쌓아 올리는 데 도움이 될 슬퍼하고 인정하는 감정의 분출이 따르기 마련입니다.

에린 셰어 박사 : 언어에 있어서 리미널리티(liminality)의 예를 보면, 어스름 또는 황혼을 뜻하는 프랑스어 관용구인 "개와 늑대 사이에서"라는 구절이 포함됩니다. 그 관용구는 인간의 정신적, 육체적 능력이 쇠퇴하는 생의 마지막 몇 달을 기술하는 데 쓰이지요. 영어에서 황혼을 비유하는 "모든 고양이가 회색일 때"라는 관용구는 사회 계급제도와 눈에 보이는 신분표시가 사라졌음을 나타냅니다.

빅터 터너의 논문 〈리미널리티와 커뮤니타스〉에서 : 마치 그들은 새롭게 형성되어 새로운 상태의 삶에 대처할 수 있게 해주는 별도의 힘을 부여받기 위해 균일한 상태로 축소되거나 위축되고 있는 것처럼 보인다.

이너 게버트 석사 : 랜트 케이시와 칼 왁스먼은 그런 오래된 방식이 가장 최근에 실현된 예들입니다. 두 사람 모두 폭력적이고 공개적인 죽음으로 격하되었지만 살아 있다는, 그저 단순히 살아 있는 것이 아니라 불멸의 존재가 되었다는 소문이 돌았습니다. 사람들 말에 따르면 왁스먼은 제때에 과거로 시간여행을 해서

자기가 수태되기 전에 부모를 살해하고, 그럼으로써 자신을 영원한 리미널 상태에 두었다고 하지요. 그러나 케이시, 그러니까 랜트 케이시는 이야기가 다릅니다. 그의 경우는 대중의 인지와 감정적 애착을 통한 구원, 그가 잘 기록된 문서들로 입증된, 자동차 사고로 사망했다는 사실을 받아들이지 않으려는 대중적 거절이었죠.

샷 더넌(C• 자동차 충돌파티족): 그 인류학 401이라는 완전 쓰레기 같은 과목은 따분하기 짝이 없었어요. 자동차 충돌파티는 정말 재미있는 시간이죠. 그건 재미있는 놀이시간이에요. 그러니까 거창한 말로 그걸 죽이지는 말아줘요.

늑대인간들 V **39**

허드슨 베이커(✿ 학생): 설명하기 어렵지만, 우리가 다니는 고등학교 화장실의 모든 칸막이 변소에는 하나같이 누군가가 이런 글을 써놓았어요. "앰버 나이는 광견병으로 침을 질질 흘리고 있다!"

단지, 이건 진짠데, 그걸 써 놓은 애는 앰버 자신이었다는 거예요.

그건 정말 설명하기 어려운 일이지요.

토니 위들린(◐ 자동차 충돌파티족): 고등학교 아이들은 그 애들이 부르는 대로라면 '침흘리개'라는 춤을 추곤 했어요. 그 춤은 광견병 말기 환자의 다리가 부분적으로 마비된 것을 흉내 내려는 것이었죠. 아이들은 비틀거리며 댄스 플로어를 돌아다니곤 했어요.

혀에다 알카 셀처(소화제 이름−옮긴이)를 넣고 거품을 일으키면서 서로 부딪치고 으르렁거리고 하는 식으로요. 말인즉슨 그 춤을 추는 게 경찰 총에 맞는 좋은 방법이라는 거였고요.

샷 더넌(⊙ 자동차 충돌파티족): 그 병에 걸리고 싶어하는 사람들을 우리는 '침받이들'이라고 불렀어요. 광견병 바이러스를 기꺼이 옮겨주려는 사람들은 '행상인들'이고요.

그린 테일러 심스(⊙ 역사가)의 현장노트로부터: 찰스 디킨스가 언젠가 프랑스의 공포정치 시대를 묘사한 것과 마찬가지로, 역병이 돌고 있는 시기에는 언제나 감염이 되기 전까지는 안심을 하지 못하는 사람들이 있게 마련이다.

허드슨 베이커: 앰버하고 나는 온몸에다 SPF 200인가 뭔가 하는 자외선 차단 크림을 덕지덕지 바르곤 했어요. 사람들이 우리가 야간생활자들이라고 수군거려서 통행금지 단속 경찰이 우리에게 총을 쏘려고 하기를 그렇게도 원했던 거지요. 돌이켜보면 우리는 사람들이 우리에게 겁먹기를 원했던 것 같아요. 우리가 어느 순간에건 완전히 미쳐 날뛸 수 있고, 크리스천 패스웨이즈 아카데미에서 아무나 잡고 목을 물어뜯을 수 있는 것처럼요.

토니 위들린: 나는 밤중에 돌아다니는 멍청한 10대 아이들이, 그

애들이 부르는 대로라면 '족보'라는 것을 두고 허풍떠는 소리를 들은 기억이 있어요. 그 족보라는 건 저네들의 광견병 계보에서 원조라는 뜻이지요. 예외 없이, 계집아이 머슴아이를 불문하고, 모든 아이가 저는 랜트 케이시 아니면 에코 로런스에게서 감염이 되었다고 맹세를 하더군요. 모두 자기가 특별하다는 느낌을 원했고, 친구들 사이에서 특별한 지위를 차지하고 싶어했지만 특별할 건 별로 없었어요. 대부분의 아이가 자기 친구들이 특별해진 것과 같은 식으로 특별해지기를 원했으니 말이죠.

허드슨 베이커: 앰버의 엄마와 아빠는 우리가 밤마다 어떻게 빠져나가는지 전혀 모르고 있었어요. 우리는 그 시커먼 가발을 쓰고 얼굴은 하얗게 분장을 하곤 했으니까요. 돌이켜보면, 어떻게든 진짜 야간생활자들처럼 사정없이 다리를 절고 멍청하게 보이려고 했던 것 같아요. 우린 중고 가게에서 찾아낸 검은 드레스 안에 검은색 스타킹을 신었는데, 나이 아주머니하고 아저씨는 우리가 그런 걸 가지고 있다는 것도 모르고 있었죠. 우리는 길모퉁이에 서서 자동차 충돌파티족으로 가득 찬 차가 멈추기를 기다렸어요.

하지만 지금은 그 얘기를 하기가 정말 어렵네요.

토니 위들린: 모두 랜트 케이시가 충돌파티 게임의 원조이고 죽지

도 않았다고 말하는 걸 들은 기억이 있어요. 바로 그 아이들이 이런 말도 할 겁니다. 엘비스와 짐 모리슨과 제임스 딘은 단지 스포트라이트에 싫증이 났을 뿐이고 프랑스 남부에서 시를 쓸 수 있도록 죽음을 위장했다고 말이죠. 모두 랜트를 보았다느니 그 친구와 키스를 했다느니 하고 거짓말을 해대는데, 그런 거짓말이 가능한 건 서로 윈윈(win-win)할 수 있기 때문입니다. 정부에서는 악한이 필요하기 때문에 랜트가 살아 있다고 하고, 아이들은 영웅이 필요하기 때문에 그 친구가 살아 있다고 하는 거죠.

허드슨 베이커 : 앰버는 랜트에게 홀딱 반해 있어서 우체국으로 걸어 들어가 FBI의 가장 중요한 수배자 열 명의 사진이 붙어 있는 회람판에서 그 친구의 현상수배 전단을 훔치기도 했어요. FBI가 그 전단을 새로 갈 때마다 앰버는 또 그걸 훔치곤 했죠. 그 우체국에는 랜트가 야간생활자로 옮겨갔을 때부터 그 사진이 붙어 있었어요. 앰버는 방을 그 FBI 포스터들로 도배하고 싶어 했지만 나이 아저씨는 그렇게 완전 정신 나간 짓을 하게 놔두지 않았죠.

토니 위들린 : 젊은 애들에게는 랜트와 에코가 저네들 시대의 아담과 이브, F. 스코트와 젤다, 존 레논과 요코, 시드와 낸시, 커트와 커트니가 되었지요. 나는 저네들의 광견병 족보가 랜트나

에코의 입으로 거슬러 올라간다는 아이들 모두가 저네 스스로 를 '랜트의 아이' 또는 '에코의 새끼'라고 하는 소리를 들은 기 억이 있어요.

모든 고등학교에는 그 나름의 로미오와 줄리엣, 비극적인 한 쌍이 있습니다. 그건 어떤 세대에도 마찬가지지요.

허드슨 베이커 : 우리 고등학교에서는 밤이면 우리와는 다른 학생 들이 우리의 책상과 교실을 같이 썼어요. 야간생활자 아이들이 었죠. 그 애들은 자기들만의 야간교사들과 관리자들, 뭐 그런 것들이 다 따로 있었어요. 심지어는 전용 양호교사까지도. 야간 생활자 아이들은 우리가 집에서 잠을 자고 있을 동안 우리 책 상에 앉았고, 우리는 그 애들이 잠을 자는 동안 거기에 앉았죠. 어떤 날에는 책상 옆쪽으로 밑에다 껌으로 붙여놓은 쪽지가 눈 에 띄곤 했어요. 어떤 야간 아이가 우리와 접촉을 시도하려고 같은 자리에다 쪽지를 남겨놓곤 한 거였죠. 앰버하고 내가 그 아이, 그렉 데니를 만난 것도 그렇게 해서였고요.

그렉 데니(C 학생) : 요즘에는 더 이상 처녀이고 싶지 않은 계집애들 이 돌아다녀요. 그래서 나는 깨끗한 보지들을 얼마든지 공급받 을 수 있었죠. 주간 계집애들은 내가 감염되었다는 말만 들으 면 그만이었고, 그러면 나를 꾀어내려고 들었죠. 우리는, 우리 패거리는 걔네들을 '침받이들'이라고 불렀어요. 걔네들은 침을

458

그렇게도 밝혔거든요.

샷 더넌 : 랜트 케이시와 키스를 했다고 허풍을 치는 그 멍청한 주간생활자 아이들은 모두 저네들을 '순수혈통'이라고 불렀어요. 참, 우스꽝스럽기 짝이 없게도. 저네들이 경주마나 흡혈귀라도 되는 것처럼 굴면서요. 그건 그저 우스꽝스러운 정도가 아니었죠.

허드슨 베이커 : 그렉 데니는 완전히 진짜배기 약탈자죠.

그린 테일러 심스의 현장노트에서 : 이빨 요정과 마찬가지로 모든 문화권에는 그 나름대로 변형된 '도깨비', 아이들에게 상을 주기 위해서가 아니라 벌을 주기 위해 존재하는 기괴망측한 형상이 있다. 예를 들어 독일에는 츠바르테 피에트가 있는데, 그 도깨비는 성 니콜라스가 나쁜 짓을 하는 아이들에게 매질하는 것을 거들어준다. 스페인에는 엘 코코라는, 잠을 자려고 들지 않는 아이들을 잡아먹는 형체가 분명치 않은 털북숭이 괴물이 있다. 이탈리아의 루오모 네로는 검은 코트를 걸친 남자로 음식을 다 먹으려고 들지 않는 아이들을 유괴한다. 산타클로스와 비슷한 인물로는 포르투갈의 호멤 도 사코, 불가리아의 토르발란이 있다. 그리고 페르시아의 루루-코르코레는 착한 아이들에게 선물을 가져다주기 위해서가 아니라 제멋대로 구는 아이들의 영혼을 빼앗아 가기 위해 커다란 자루를 가지고 다닌다.

허드슨 베이커: 앰버하고 나는 약속을 한 가지 해두고 있었어요. 우리 둘 모두가 아니면 절대로 차에 타지 않겠다는. 만일 어떤 충돌파티 팀에 남은 자리가 하나밖에 없다면, 우리는 손을 저어 그 차를 보내고 다른 차를 기다리곤 했어요. 둘 모두냐, 둘 다 아니냐가 언제나, 그리고 영원히 우리의 진짜 약속이었죠.

피비 트뤼포 박사(✿ 역학자): 현대사회는 메리 말론이 자신의 행동을 수정하지 않겠다고 거부한 이래 슈퍼전파자라는 문제와 씨름을 해왔습니다. '장티푸스 메리'는 요리사 일을 계속하겠다고 고집을 피운 바람에 생의 마지막 23년을 뉴욕 주의 노스 브라더 섬에 격리된 채 보냈지요. 좀 더 최근에는 1999년에 〈뉴잉글랜드 의학저널〉은 노스다코타에 사는, 허파에 브루셀라 간상균(桿狀菌)으로 보기 드물게 깊은 구멍들이 뚫려 있고 자기 가족과 56명의 학교 친구들을 감염시켰으면서도 그 아이 자신은 완벽한 건강체로 나타난 아홉 살 난 사내아이의 사례를 보고했습니다. 또 비슷한 사례로 1996년 〈국내 의학 연감〉에서는 수술 후에 집중적인 치료를 하는 중환자실에서 갑작스럽게 발생한 내성 있는 포도상 구균의 감염 원인이 추적 결과 겉보기엔 건강한 의과대학생의 누(瘻)에 깊이 침투해 있는 다량의 황색 포도알균이었음을 밝혀내기도 했고요.

네디 넬슨(◑ 자동차 충돌파티족) : 긴급 위생 권한법이라고 들어본 적 있어요? 그건 9월 11일 참사 직후 대통령에 의해 발효된 법령인데, 기억나요? 그 법령이 정부가 공중 보건에 위협이 되는 사람이면 누구든 다 낙인을 찍어서 평생 동안 가둬둘 수 있게 한다는 거 알고 있었어요? 적법한 절차라고 들어본 적 있어요? 배심원들에 의한 재판을 받게 될 거라고 생각하나요? 지금 농담해요?

피비 트뤼포 박사 : 중국의 시골 지방에서는 나병에 대해 사회적 낙인이 찍혀 있어서 수많은 감염자로 하여금 자기네들의 상태를 숨기도록 조장했습니다. 그 대응책으로 정부는 나병 환자를 신고하는 사람 누구에게나 보상금을 내주었고, 그럼으로써 감염자들을 강제적으로 치료시설에 집어넣어 그 나라에서 나병을 근절시킬 수 있었지요.

그러나 인도에서는 좀 더 민주적인 통치 형태로 인해 그런 프로그램을 실행할 수 없어서 나병이 흔한 사례들로 남아 있습니다.

긴급 위생 권한법은 간단히 말해서 연방정부가 그 어떤 감염 매체라도 효과적으로 다루기 위해 모든 주와 지역의 권한을 일시 정지시키고 재산을 압류하고 사람들을 격리 수용시키는 것이지요.

허드슨 베이커 : 앰버는 감염이 되는 걸 궁극적인 의무로 여겼어요. 그 애하고 그 사내 녀석이 함께하기로 운명지어지기라도 한 것처럼요. 돌이켜보면 그 애는 죽음과 스치게 되면 자기가 삶을 정말로 즐기게 될 거라고 생각한 것 같아요. 살아 있다는 느낌을 더 많이 느끼게 될 거라고. 정상적인 사람들은 그 애를 안됐다고 여기거나 어떤 경우에는 겁을 내거나 기막혀 했을 수도 있지만, 앰버는 그런 걸 모두 관심이 더해진 것으로 봤죠.

앰버는 그게 자기가 피크를 부스트하는 걸 관두게 만들어 줄 거라고 했어요. 그 애는 정말로 진정한, 살아 있는 삶을 살고 싶어했죠. 그러니까 내 말은, 그게 정말로 설명하기 어렵다는 거예요.

그린 테일러 심스의 현장노트에서: '보기맨(bogeyman, 못된 아기를 데려간다는 요괴─옮긴이)'이라는 말은 영국인들이 나폴레옹 보나파르트를 경멸적으로 부른 별명인 '보니'에서 유래했다. 세월이 지나는 동안 그 말은 '보니맨'을 거쳐 '보기맨'으로 변화했지만, 영국에서는 그 말이 언제나 아이들이 말을 잘 듣게 하기 위한 위협으로 쓰였다.

허드슨 베이커 : 앰버하고 나, 앰버는 우리 둘이 같이 그렉 데니를 마크하고 싶어했어요. 내가 그 차에 타지 않은 게 바로 그날 밤이었죠. 그 애 혼자 가게 놓아둔 게.

피비 트뤼포 박사 : 버스터 케이시의 경우 거의 틀림없이 그랬던 것처럼, 자각 증상이 없는 전염병 매체는 그 이전의 질병에 의해 면역이 약화되는 경향이 있다. 예를 들자면, 일반적으로는 SARS라고 알려진 코로나 바이러스의 대량 초확산자는 이전에 어떤 신장 질환을 앓았고 그 질환으로 인해 엄청난 양의 바이러스를 배양하고 전염시킬 수 있게 된다.

그렉 데니 : 어떤 계집애들은 벌렁 드러누워서 내 광견병 걸린 아기를 원한다고도 해요. 그 계집애는 감염을 치료하지 않고서도 아기를 끝까지 지켜낼 수 있는지 알아보고 싶은 거죠. 나는 걔네들이 대체 무슨 소리를 하고 있는 건지 모르겠어요.

허드슨 베이커 : 앰버는 언제나 나한테 말했어요. "랜트 케이시는 내 광견병의 원조고…." 제가 그 친구를 만났고 모든 걸 다 알고 있기라도 한 것처럼요. 그들의 사랑은 키스로 봉해진 편지 같았죠.

그렉 데니 : 어쩌면 나는 어떤 주간생활자 계집의 몸속에다 아기들을 집어넣을 수도 있었지만 그러지 않았어요. 나는 절대 진짜 광견병에 걸려 있진 않았으니까요. 단지 감염자인 척 한 것뿐이에요. 내 물건을 깨끗한 보지 속에 계속 담가두려고.

허드슨 베이커 : 그때쯤 앰버는 그렉 데니하고 같이 살고 있었어요. 그 애는 제 아기가 반은 인간이고 반은 짐승일 걸로 기대하고 있었지요. 언젠가 그 애가 나한테 이랬던 것처럼요. "나는 지금 뒤로 한 발짝 크게 물러서는 인간 진화에 대해서 이야기하고 있는 건데…."

피비 트뤼포 박사 : 랜트의 광견병 바이러스 혈청형과 마찬가지로, 현대의 역병들은 대부분 짐승으로부터 인간에게로 '건너뛰어' 왔습니다. SARS는 소의 코로나 바이러스 또는 가축의 '운송열' 형태를 띠고 있어요. 크로이츠펠드-야콥 병은 소과 동물의 뇌 질환 또는 '광우병'이 인간에게 발현되는 형태이며 후천성면역 결핍증, 즉 에이즈는 거의 틀림없이 유인원의 면역부전 바이러스에서 파생된 것이지요.

그린 테일러 심스의 현장노트에서 : 랜트 케이시가 사망했거나 적어도 실종되고 난 뒤, 그는 우리 정부를 위한 매우 효과적인 도깨비가 되었다. 정부가 대중의 관심을 정부의 무능에서 다른 곳으로 돌릴 필요가 있을 때는 언제나 공중위생국 장관이 나서서 광견병이 다시 돌고 있다거나 렌트를 추적하고 있다거나, 아니면 그 두 가지 모두를 공표하기만 하면 되었다.

네디 넬슨 : 실제로는 광견병이 전혀 돌고 있지 않다는 거 몰라요?

랜트 케이시는 단지 정치적인 속죄양일 뿐이라는 걸 모르겠어
요? 리 하비 오스월드가 단독으로 범행했다는 걸 정말로 믿나
요? 아니면 제임스 얼 레이가 마틴 루터 킹 2세를 암살했을 때
정말로 '외로운 총잡이'였다는 걸 믿어요? 시르한 시르한(로버
트 케네디를 살해한 팔레스타인인 – 옮긴이)에 대해서는 어떻게 생
각해요? 또 존 윌크스 부스(링컨 대통령의 암살자 – 옮긴이)에 대
해서는요?

한 개인이 온 나라 전체에 광견병이 창궐하게 했다는 걸 정
말로 믿나요?

그렉 데니: 호르몬이 폭발하고 광견병으로 뇌에 어떤 심각한 손상
을 입은 계집애라니, 그런 소리를 들으면 같이 있고 싶은 마음
이 전혀 안 생겨요. 잊어버리라고요. 내가 듣기로 어떤 사람들
은 침을 몇 년이라도 몸속에 지닐 수 있다는데, 그 계집애가 그
들 중 하나일 수도 있어요.

피비 트뤼포 박사: 슈퍼전파자를 대신하는 다른 용어로는 '슈퍼감
염자'나 '슈퍼누출자' 같은 말들이 있습니다. 감염된 사람들을
둘러싼 그 치명적이고 눈에 보이지 않는 안개 같은 침과 점액
비말(飛沫)들 때문에 역학자들은 때때로 그들을 '연기 사례'라
고도 부르지요.

네디 넬슨 : 긴급 위생 권한법이 이제 개인의 모든 법적 권리를 선점하고 있다는 게 무섭지 않나요?

샷 더넌 : 모든 적을 어떤 범죄로 고발하거나 변호사를 대지 않고 가둬둘 수 있는 방법이 바로 격리수용이에요. 의사들이 새로운 재판관과 배심원인 거죠. 질병은 대량파괴를 위한 신무기이고.

네디 넬슨 : 모든 정치적 급진주의자가 광견병에 걸린 것으로 '진단'을 받은 뒤에 면할 수 없는 죽음이 선고될 때까지 갇혀 있는 이유가 뭐라고 생각해요? 이게 합법화된 암살이라는 거 몰라요?

허드슨 베이커 : 내 힘으로는 더 이상 어쩔 수가 없게 되자 나는 나이 아저씨와 아주머니에게 전화를 걸어서 앰버와 껌으로 붙인 쪽지와 충돌파티에 대해서 모든 걸 다 이야기했고 그들은 사설탐정을 고용했어요.
　하지만 그들이 그렉 데니가 살고 있는 곳으로 갔을 때 앰버는 이미 사라진 뒤였죠.

네디 넬슨 : 랜트 케이시가 과잉반응을 했다고 어떻게 얘기할 수 있죠? 영리한 사람이 자기는 단지 부패하고 타락한 제도의 산물일 뿐이라는 걸 알게 되었을 때는 어떤 식으로 반응해야 하

나요? 자기의 모든 숨결과, 세금으로 내는 모든 돈과, 임신하는 모든 아기와, 사랑이 단지 어떤 사악한 제도를 영속시키게 할 뿐이라는 것을 알게 되었을 때 어떻게 계속 살아갈 수가 있죠?

자기 몸의 세포 하나하나, 피 한 방울 한 방울이 거대한 악의 일부라는 걸 알고서 어떻게 살아가요?

최종 접속 40

월리스 보이어(✿ 자동차 세일즈맨): 이제 만일 당신이 귀를 긁는다면 나도 내 귀를 긁을 겁니다. 만일 당신이 머리를 어느 한쪽으로 갸우뚱한다면 나도 내 머리를 갸우뚱할 테고요. 당신과 보조를 맞추는 거지요. 눈을 마주치고 호감이 있다는 걸 증명함으로써 판매를 하는 거죠.

나는 이렇게 말할 겁니다. "자, 보세요." 그건 또 다른 내장명령어지요.

만일 당신이 "시간여행은 불가능합니다."라고 한다면, 나는 당신의 반대의견에 교량 역할을 하면서 이렇게 말할 겁니다. "그래요, 많은 사람이 그게 불가능하다고 하지만 사람들은 예전에 라이트 형제가 땅에서 절대로 떠오를 수 없을 거라고 하

468

지 않았던가요?"

에코 로런스(☾ 자동차 충돌파티족): 내가 그린 테일러 심스를 마지막으로 본 건 우리가 매트리스 나이트로 가고 있을 때였어요. 그린은 자기의 빨간색 다임러 승용차 지붕에다 밧줄로 매트리스를 묶어놓고 있었죠. 우리는 윈도가 개시되기 전에 연료 탱크를 채우려고 정차를 하고 있었어요. 주유 펌프 옆에 세워놓은 차 옆쪽에 기대어 서서. 그린이 가는 줄무늬 양복을 입고 서서 호스 주둥이를 들이밀고 주유 손잡이를 눌렀어요. 그러자 가솔린 냄새와 강하게 튀긴 치킨 냄새를 맡을 수 있었고요.

나는 그날 밤 일에 대해서는 샷에게 전화를 하지 않았어요. 그린하고 단 둘이서만 타려고요. 거기에 서 있는 동안 나는 그린 테일러 심스에게 랜트가 죽었고 체스터가 도시로 와 있다고 알려줬지요.

가솔린펌프에서 액수와 유량이 계속 올라가는 동안 숫자들이 뱅글뱅글 도는 걸 지켜보면서 그린이 입을 열었어요. "자, 얘기해봐, 그 미스터 케이시라는 사람이 어느 정도나 기만적이지?"

옆을 지나간 팀은 토리노와 베가, 그리고 토네이도 팀이었어요. 모두 차 지붕에다 밧줄로 매트리스를 묶어놓고 있었죠. 그 차들 안에 있는 얼굴들이 모두 우리와 매트리스를 보려고 우리 쪽으로 향했어요. 사람들은 보이는 길모퉁이마다 서서 태워달라고 엄지손가락을 들어 올렸는데, 어떤 사람들은 가솔린을 넣어주겠다는 뜻으로 지폐를 몇 장 흔들기도 했고요.

나는 그런 테일러 심스에게 체스터 케이시가 나한테 했던 말을 해줬어요.

그린은 아무 말도 않고 그저 듣기만 했죠. 우리를 지켜보는 다른 팀들을 지켜보면서.

운전자 실황 교통방송에서: 방금 전 들어온 소식인데, 데자뷰 현상이 또다시 재현되는 것 같습니다. 세 대의 경찰차들이 매디슨 순환도로에서 불타는 차를 뒤쫓아 서쪽 방향으로 고속 질주하고 있습니다.

지금까지 구경꾼들에게서 보고를 받는 티나 아무개였습니다.

월리스 보이어: 쳇 케이시는 내게 단순하게 시작하는 게 도움이 된다고 했어요. 시간을 강이라기보다는 책처럼, 또는 레코드처럼 보라는 거였죠. 이미 끝난 어떤 것으로. 영화처럼 시작과 중반부와 종결이 있지만 이미 끝나 마무리된 것으로.

그러고는 시간여행을 이렇게, 그러니까 반쯤 읽다 만 책을 바닥에 던져놓고 어디까지 읽었는지를 잊어버리는 것 이상으로는 생각하지 말라더군요. 너무 이르거나 늦게 그 책을 다시 집어 들고 어떤 장면이 있는 페이지를 펼치기는 하지만, 거기는 절대로 전에 읽고 있던 바로 거기는 아니라고.

에코 로런스 : 내 말에 여전히 귀를 기울이면서 그린 테일러 심스는 휘발유 주유기가 돌아가도록 놔둔 채 차를 빙 돌아가서 운전석 창문 안쪽으로 몸을 숙였어요. 그리고 "듣고 있어." 라고 하면서 계기반에 붙어 있는 시가 라이터를 눌렀죠.

그게 그 사람 차가 얼마나 오래되었는지를 보여주는 거예요. 우리는 아무도 담배를 피우지 않았으니까.

샷 더년(⊙ 자동차 충돌파티족) : 언젠가 랜트가 이런 말을 한 적 있어요. 우린 권력을 쥔 사람들이 바라는 식으로 시간을 '인식'한다고요. 시간은 어느 고속도로에서의 속도제한 같은 거죠. 아니면 산타클로스나 부활절 토끼 같은. 우리가 믿게 된 이빨 요정 같은. 한 방향으로만 가는 길이나 강 같은.

하지만 속도 제한은 바뀌고 산타클로스는 가짜예요.

랜트는 시간이 우리가 생각하는 그런 식이 아니라고 했어요. 시간은 돌아서 고리를 이룬다는 거였죠. 멎기도 하고 시작도 하는데, 그건 단지 자기가 알아낸 작은 일부일 뿐이라는 거였어요. 랜트 말로는, 대부분의 사람이 땅에서 날아오르지 못하는 새처럼, 시간을 헤치며 움직인다는 거였죠.

랜트는 시간의 개념이라는 게 사람들이 영원히 살지 못하도록 정해졌다고 했어요. 그건 우리 모두가 승낙한 계획된 노화라는 거였죠.

죽지 않는 사람들, 역사가들만 제외하고는 모두가 다 승낙한.

"하지만 우리가 그걸 그대로 받아들여야 하는 건 아니지." 랜트는 내게 그랬어요. "우리는 언제든 그저 죽을 수 있으니까."

운전자 실황 교통방송에서: 경찰의 고속 추적과 관련된 새로운 속보가 하나 들어와 있습니다. 불은 차 지붕에 붙들어 매어진 불타는 매트리스에만 국한되어 있는 것으로 보입니다. 운전자는 여전히 매디슨 순환도로에서 서쪽을 향해 센터 포인트 비즈니스 파크로 접근하고 있습니다. 새로운 소식이 들어오는 대로 더 알려드리겠습니다. 지금까지 티나 아무개였습니다. 목을 길게 빼고 구경하는 운전자에게서 보고를 받는….

에코 로런스: 그 주유소에서, 그린의 다임러 승용차 안에서 시가 라이터가 '팅' 하는 소리를 내며 튀어나왔어요.

그린 테일러 심스(⊙ 역사가)의 현장노트에서: 이것을 어떻게든 요약해보기로 하자. 인간의 뇌는 네 가지 기본적인 뇌파 수준에서 작용한다. 정상적으로 잠이 깨어 있을 때는 뇌가 초당 13~30사이클인 '베타' 수준의 뇌파에서 작용한다. 휴식 상태에서는 정신이 초당 9~14사이클인 '알파' 뇌파 수준으로 내려간다. 백일몽을 꾸거나 졸릴 때는 정신이 초당 5~8사이클인 '세타' 수준으로 내려간다. 그리고 꿈도 꾸지 않는 깊은 잠에 빠져 있을 때는 뇌파가 초당 사이클에서 4사이클인 '델타' 수준으로 느려진다.

윌리스 보이어 : 이걸 믿어야 할 필요는 어디에도 없습니다. 심지어 는 귀 기울여 들을 필요도 없지요. 하지만 역사상 똑똑하고 부 유하고 힘 있는 사람들은 죽을 때까지 내내 태양이 우리 주위 를 돈다고 단언했다는 걸 생각해보아야 합니다. 또 어느날엔가, 우리가 죽어 썩고, 아직 이도 갈지 않은 꼬맹이들이 시간지리 학 수업시간에 '우리'가 얼마나 멍청했는지 비웃게 될 것도 생 각해봐야죠.

에코 로런스 : 주유기가 철커덩 멎고 숫자들이 돌아가기를 멈췄어 요. 호스가 크게 한 번 펄쩍 뛰고는 잠잠해졌죠. 그런 테일러 심 스가 손을 가는 줄무늬 재킷 안쪽으로 넣었다가 지갑을 꺼내 들었어요.

"쳇 케이시가 그러는데요," 내가 그린에게 말을 꺼냈어요. "우 리가 랜트를 만난 건 아저씨가 그 길모퉁이에서 그 애를 알아 보았기 때문이라네요."

그린은 내 말을 못 들은 척 20달러짜리 지폐를 끄집어내고 다시 20달러, 10달러, 5달러짜리 지폐를 더 끄집어냈어요.

하지만 나도 물러서지 않고 물고 늘어졌죠. "소매를 올려봐 요. 나한테 팔을 좀 보여줘요."

그러자 그린이 입을 열었어요. "우리가 그렇게도 많이 즐기 는 이 게임을 고안해낸 게 누구라고 생각하지?" 그가 물었어요. "필드와 깃발과 윈도를 정하고 그다음엔 알리고 하는 게 누구라고 생각해? 내가 없으면 자동차 충돌파티에서 어떤 일이 일어날 것 같아?"

우리 주위로 휘발유 냄새가 진동했어요.

그린 테일러 심스가 나한테 돈을 건네면서 말했죠. "자, 가서 감초를 넣어 만든 사탕과자나 좀 사다주지 않을래?"

그린 테일러 심스의 현장노트에서 : 가장 흥미로운 것은 보통 사람들이 단지 자동차를 운전하면서 수도승과 순례자들이 아주 열심히 추구하는 그 신비롭고 명상적인 상태, 즉 '세타' 뇌파에 쉽게 이른다는 생각이다. 어느 장거리 운행에서든 지나온 길을 기억하지 않고 오랜 시간을 보내며 먼 거리를 주파하고나면 깊은 세타 수준의 명상으로 잠겨든다. 그리고 선견지명과 잠재의식에, 창조력과 직관적 통찰과 영적인 계몽에 마음이 열린다.

에코 로런스 : 나는 그가 주유 노즐을 여전히 차 옆구리에 박아 넣고 있는 채로 내버려두고 가게로 들어갔어요. 그리고 감초를 넣어 만든 사탕과자를 산 다음 휘발유 값을 치르고 나왔죠.

그런데, 말도 안 돼, 나와 보니 그 빨간 다임러가 사라지고 없더라고요.

그린 테일러 심스의 현장노트에서 : 이 뇌활동의 세타 레벨이 특별히 흥미로운 이유는 이러하다. 신비주의자들이 선견지명과 영감을 얻었다고 하는 일은 거의 대부분 이 주파수에서 일어난다. 목욕을 하거나 운전을 하거나 또는 잠이 들거나 하는 그런 이완된 순간에 세타 뇌파 상태로 잠겨들면 일반적으로 깊고 먼 기억들을 떠올리게 된다. 그리고 연상 작용을 거쳐 계시를 얻어낸다.

뇌의 세타 활동을 촉진하기 위해서 티베트의 불승들은 더 느린 뇌파에 상응하는 단조로운 리듬을 반복적으로 영창한다. 또 북을 치는 문화권들에서는 무속신앙의 고수(鼓手)들이 꾸준하고 일정하게 초당 네 번씩 두드림으로써 세타 활동을 유발하기도 한다.

패티 레이놀즈(C. 바텐더) : 나는 7번 주유기에 있었습니다. 당신이 말하는 그 남자는 5번 주유기에 있었고요. 그런데 뭘 뿌리는 소리가 들려서 돌아보았더니 그 늙은 남자가 휘발유를 자기의 빨간 차 지붕에 묶어놓은 매트리스에다 온통 다 뿌리고 있더군요. 그 사람은 짙은 파란색 정장 차림이었고, 머리는 반백이었죠. 멋진 윙팁(wingtip) 슈즈를 신었고요. 휘발유는 차 옆 부분과 창문들로 몇 방울 흘러내린 것을 제외하고는 모두 매트리스로 배어들었는데, 그 냄새에 숨이 막힐 지경이더라고요.

그 사람이 운전석에 올라타고 차를 몰아가기 시작했던 장면이 지금도 기억나요. 그때 그 사람은 와이퍼를 작동시켜야 했어요. 휘발유가 너무 많이 앞 유리창으로 흘러내리는 바람에.

월리스 보이어: 전에도 얘기했듯이, 나는 랜트 케이시가 죽을 때까지 그를 실제로 만나본 적은 없었습니다. 그 비행 중 남은 시간에, 내가 체스터 케이시 옆에 앉아 있는 동안, 그 사람은 내게 불가능한 것을 가르쳐주려고 했죠. 그 사람은 내 스카치위스키를 마시고 나한테 시간은 직선이 아니라고 했어요. 시간은 강도 아니고, 시계나 모래시계도 아니라는 거였죠.

그런 일이 어떻게 일어날 수 있는지를 논의하기 위해 시끄럽게 떠드는 명석한 전문가들을 고용할 수도 있겠지만, 어떤 사람들은 그 증거를 보고도 여전히 지구는 평평하다고 우기겠죠. 인간은 다른 것에서 진화한 게 아니라고. 그리고 엘비스 프레슬리는 아직도 살아 있다고.

운전자 실황 교통방송에서: 운전자 실황 교통방송 긴급 속보와 함께하는 티나 아무개입니다. 매디슨 순환도로 서쪽 방향 차선들은 센터포인트 출구에서 벌어진 불타는 차의 충돌로 인해 모두 막혀 있습니다. 현장에 있는 소방대원들이 불길을 잡으려고 애쓰는 중입니다. 차량들은 이미 마켓 인터체인지와 287번 무료 간선도로까지 밀려 있고 매디슨 순환도로 동쪽 방향 역시 정체되고 있습니다.

샷 더넌: 제기랄, 나는 플래시백이 어떻게 작용하는지 모르겠어요. 나는 전구가 어떻게 작동하는지 정확하게 설명해줄 수도

476

없고, 전구를 만들어줄 수는 더더욱 없어요. 하지만 그걸 쓸 수는 있죠.

우리는 광견병으로 뇌를 태워먹어요. 운전하는 내내 세타 황홀경에 빠지고. 그러다 뭔가를 치고 역사 속에서 알몸으로 잠을 깨죠.

윌리스 보이어 : 이게 도움이 될지 모르겠지만, 사람들이 어째서 지구가 평평하다고 2차원적으로 생각해왔는지 생각해봐요. 그들은 자기네들이 볼 수 있는 부분만을 믿었죠. 누군가가 배를 발명하고 또 누군가가 용감하게 항해를 떠나 지구의 나머지 부분을 발견했을 때까지는. 랜트 케이시를 시간여행에서의 크리스토퍼 콜럼버스라고 생각해봐요.

운전자 실황 교통방송에서 : 서쪽 방향으로의 교통 흐름은 완전히 멎어 주차장이 되어 있습니다. 소방대원들에게서 센터포인트 인터체인지에서의 불은 꺼져가고 있고 사고 차량은 도로에서 치워졌지만 구급 요원들은 아직도 차에서 대기 중이라는 보고가 들어왔습니다.

때 이른 소문에 의하면 불에 탄 다임러 벤츠 승용차는 비어 있는 것으로 보인다고 합니다. 여러분에게 처참한 사항을 세세히 전하는 저는 운전자 실황 교통방송의….

다시 찾아온 렌트 *41*

운전자 실황 교통방송에서 : 오늘 밤에는 보름달이 떴는지 알아보려고 하늘을 올려다보지 않아도 됩니다. 우리는 벌써 217번 고속도로의 열네 번째 이정표에서 경미한 교통사고가 났다는 보고를 받았습니다. 거기에서는 두 신부 패거리가 서로에게 웨딩 케이크를 한줌씩 던지고 있는 것으로 보입니다. 10분마다 구경꾼들에게서 제보를 받는 교통 실황방송 티나 아무개였습니다….

네디 넬슨(ⓒ 자동차 충돌파티족) : 사람들이 아직도 충돌파티를 한다는 건 누구나 다 알고 있지 않나요? 그 운전 중의 황홀감을 얻기 위해 어디에서 아이디어들을 찾아내나요? 아니면 사람들이 추적 중에 차에서 내리기라도 하나요? 그러니까 사람들을 만나고 시간을 함께 보내기 위해서 말이에요.

에코 로런스(⊙ 자동차 충돌파티족) : 걱정 말아요. 만일 샷 더넌이 어떻게든 자신을 과거로 옮겼다면 남은 우리는 그가 부스트 피크 기술의 아버지가 되었다는 새로운 현실에 눈을 떠야 할 거예요. 샷은 결국 자기가 받은 교육을 이용해서 신경 전사계의 토머스 에디슨이 될 테니까요. 그러니까 만일 그가 현재의 과학에 대해 충분히 많은 걸 기억하고 있다면 말이죠. 감독이 되는 것과 빌어먹을 예술 형태 전체를 탄생시키는 건 다른 거죠.

아니, 그가 과거로 돌아가 역사를 비튼다면 우린 내일 신경 전사 부스트가 없는 세상에서 눈을 뜨게 될지도 몰라요. 우리는 여전히 영화를 보고 책을 읽겠지만 그의 작은 개 샌디는 여전히 살아 있을 거예요.

샷 더넌(⊙ 자동차 충돌파티족) : 아마도 랜트는 우리가 기억하는 것처럼 그렇게⋯ 배짱이 있거나 대단하지는 않았을 겁니다. 어쩌면 이게 어떤 종교적 인물이 창조되는 방식일지도 몰라요. 친구들이 그를 점점 더 거창하게 자랑을 하고, 그래서 자기들도 같이 묻어가려고 말이죠. 성 베드로가 술집에서 어떤 예쁘장한 여자에게 이러는 걸 상상해봐요. "그래, 나는 예수 그리스도하고 같이 매달렸었지. 우리는 제일 친한 친구들이었거든."

아마도 사람들은 과거로 시간여행을 하진 않을 겁니다. 어쩌면 그건 이런 거짓말일 수도 있어요. 죽음, 어둡고 새까맣고 영원한 죽음보다 더 나은 냄새가 풍기는 것이라면 무엇이든 세계적인 종교들을 만들어낸 그런 매력적인 거짓말 말이죠. 어쩌면 랜트는 그냥 죽었을 수도 있어요.

에코 로런스: 그 이유를 생각해봐요. 어쩌면 샷 더넌은 어떤 경쟁자도 없이 슬쩍 과거로 가고 싶은지도 몰라요.

샷 더넌: 말도 안 되는 소리. 알 테지만, 만일 에코가 제때에 과거로 뛰어든다면 그 여자는 오늘날 양쪽 모두 제대로 된, 정상적인 팔다리로 돌아다닐 거예요. 그리고 살아 있는 부모와 함께 살고 있겠죠. 섹스 장난감들이 닳고 얼룩지게 하지 않고서. 에코는 지금쯤 랜트인지 체스터인지, 아니면 그 사람이 자기를 뭐라고 하건 간에 그 남자하고 같은 나이일 거예요. 그들은 그저 흔히 볼 수 있는 그런 두 따분한 중년들이겠죠.

에코 로런스: 만일 네디가 어떻게든 과거로 간다면, 거기엔 기간시설 효율적 이용법 같은 건 없을 거예요. 사람들은 석기 시대의 동굴 주거인처럼 살 테고 아무때든 그러고 싶을 때 집 안에 있거나 나가거나 하겠죠. 통금도 없고, 이제는 세상 사람들이 익숙해진 그 엄청난 교통 혼잡도 없고.

샷 더넌: 사람들은 우리가 정말 과거로 가건 가지 않건 끊임없이 과거를 바꾼다고 우길 수도 있겠죠. 내가 눈을 감고 랜트 케이시를 떠올리면 그는 실제의 인물이 아니에요. 내가 말하는 랜트는 나를 통해 필터링되고 착색되고 왜곡되었으니까요. 부스트된 피크처럼. 그리고 내가 과거를 바꾸는 그 온갖 방법들, 나는 내가 그 대부분을 하고 있다는 것조차도 알지 못해요. 사람들은 내가 끊임없이 과거와 현재와 미래를 망친다고 할 수도 있겠죠.

에코 로런스: 만일 랜트가 그 일을 제대로 해내기만 한다면, 만일 그가 자기 엄마를, 자기 엄마가 되려는 여자를 구하기 위해 제때에 과거로 가기만 한다면, 우리는 랜트 케이시라는 이름을 아예 들어본 적도 없게 될 가능성이 높아요. 그 애하고 그린은 둘 다 시작도 끝도 없는 역사가일 수도 있어요.

샷 더넌: 이게 얼마나 이상한 일이냐고요? 이 이야기는 전기가 아니라 소설이 될 거라는 게. 절대로 일어나지 않은 과거를 기록하는, 사실에 입각한 역사적인 문화 유물, 산타클로스와 부활절 토끼처럼 시대에 뒤처진 진실이 된다는 게.

보디 칼라일(✿ 어린 시절의 친구): 내 머리는 지금 이 혼란스러운 것들을 받아들이기 위해 과부하가 걸려 있어요. 사람들은 랜트가 제때에 과거로 건너뛰었다고 미친 소리들을 하는데, 어쩌면 그는 그 중 어떤 일도 절대로 일어나지 않도록 어떤 일을 할지도 모르죠. 아니면 단지 자기가 생겨날 수 없게 하거나.

소문으로는 비밀스러운 개떼 같은 한 가족이 세상을 돌아다닌다네요. 나머지 우리에게서 계속 웃음을 끌어내도록 절대로 죽을 수 없는 가족이. 그들이 역사를 가지고 어떻게 장난을 치는지는 두고 볼 일이지만, 내일 나는 슈퍼맨이니 아서왕보다도 더 허구적이 될 수도 있겠죠.

뇌수술을 받지 않아도 그런 이야기가 꾸며낸 거짓말이라는 건 다 알 수 있어요.

네디 넬슨 : 자신에게 물어봐요. 오늘 내가 아침으로 무엇을 먹었더라, 어제 저녁에는 무엇을 먹었더라, 하고 말이에요.

그러면 현실이 얼마나 빨리 흐릿해지는지 알 수 있지 않아요?

티나 아무개(☾ 자동차 충돌파티족) : 내가 뭘 바꾸게 될까요? 다음번 자동차 충돌파티에서 나는 언제든 어떤 염병할 마세라티나 롤스로이스가 길가에 멈추면 그 차에 올라탈 거예요.

나머지 염병할 패배자들은… 죽음을 즐기는 거고.

참여자들 *42*

허드슨 베이커(✿ 학생) 현재 학부에서 형법학 학위를 받기 위해 공부하고 있다.

치의학박사 브랜넌 덴워스(☾ 치과의사) 주정부 전염병 검역소에 무기한 격리 수용되어 있다.

크리스토퍼 빙 박사(✿ 인류학자) 현재 해외에서 일본의 전통극인 노(배우들이 전통 의상에 가면을 쓰고 하는 연극 – 옮긴이)를 연구하고 있다.

앨런 블레인(☾ 소방관) 주정부 전염병 검역소에 무기한 격리 수용되어 있다.

월리스 보이어(✿ 자동차 세일즈맨) 비행 중에 맺은 랜트 케이시와의 일시적인 관계에 대해 널리 강연을 하는 일로 인기를 얻고 있다.

비비카 브롤리(ⵛ 무용수) 주정부 전염병 검역소에 무기한 격리 수용되어 있다.

보안관 베이컨 칼라일(✿ 어린 시절의 적) 미들턴 치아박물관으로 찾아온 사람들을 괴롭혔다는 주장에서 비롯된 불법 체포 혐의로 고발당해 있다.

베이슨 칼라일(✿ 어린 시절의 이웃) 가정과 교회와 공동체에서 활기차게 살아가고 있다.

보디 칼라일(✿ 어린 시절의 친구) 새로 개설된 미들턴 이빨 박물관을 운영하고 관리한다.

체스터 케이시(✿ 농부) 그린 테일러 심스가 실종된 직후 단독 차 사고와 관련해서 실종되었다.

아이린 케이시(✿ 랜트의 어머니) 현재 부유한 자선가로 미들턴 이빨 박물관의 주된 후원자이자 안내인이다.

린 커피(ⵛ 저널리스트) 들이받고 피하고 하는 일을 설명한《충돌파티의 역사》라는 논픽션을 저술했다.

그렉 데니(ⵛ 학생) 경찰이 광견병 환자로 의심하고 쏜 총에 맞아 사망했다.

샷 더넌(ⵛ 자동차 충돌파티족) 크리스토퍼 더넌으로 알려져 있던 그는 운전하고 있던 차가 길에서 벗어나 90미터 높이의 낭떠러지에서 추락한 이후 실종 상태다.

캐미 엘리엇(✿ 어린 시절의 친구) 가정과 교회와 공동체에서 활기차게 살아가고 있다.

로건 엘리엇(☼ 어린 시절의 친구) 가정과 교회와 공동체에서 활기차게 살아가고 있다.

루비 엘리엇(☼ 어린 시절의 이웃) 가정과 교회와 공동체에서 활기차게 살아가고 있다.

커티스 딘 필즈 목사(☼ 성직자, 미들턴 기독교우회) 광견병 창궐 원인이 조사 결과 600명의 신도들이 함께 포도 주스를 마시는 성배(聖杯)로 밝혀지자 영성체 관례를 변경했다.

데니스 가드너(☼ 부동산 중개인) 지역의 중산층 단독세대 주택 시장에서 백만장자에 보너스가 더해진 판매인이라는 이름을 얻었다,

션 가드너(☼ 하청업자) 아내와 함께 '고스스톱(GothStop)'이라는 전화상담 서비스, 즉 고스족의 생활양식에 빠져든 사춘기 자녀를 둔 부모들을 위한 중재와 치료 프로그램을 운영한다.

이너 기버트 석사(ⓒ 신학자) 어느 파티에서나 환영받는다.

메리 케인 하비(☼ 교사) '미들턴이 아니라면 어디든' 가기 위해 다가오는 은퇴를 기다리고 있다.

글렌더 헨더슨(☼ 어린 시절의 이웃) 가정과 교회와 공동체에서 활기차게 살아가고 있다.

사일러스 헨더슨(☼ 어린 시절의 친구) 가정과 교회와 공동체에서 활기차게 살아가고 있다.

브렌다 조던(☼ 어린 시절의 친구) 가정과 교회와 공동체에서 활기차게 살아가고 있다.

리프 조던(☼ 어린 시절의 친구) 가정과 교회와 공동체에서 활기차게

살아가고 있다.

알프레드 린치(☾ 해충 구제자) 주정부 전염병 검역소에 무기한 격리 수용되어 있다.

캐나다 머서(✿ 소프트웨어 기술자) 최근에 자신의 아일랜드산 세터(사냥감을 발견하면 곧 서서 그 소재를 알리도록 훈련된 사냥개 – 옮긴이), 룰루의 첫 번째 생일을 축하했다.

사라 머서(✿ 마케팅 관리자) 올해 9월 첫 번째 아이를 출산할 예정이다.

제인 메리스(☾ 음악가) 회계 업무에서 시간을 낼 수 있는 한 펑크록 라이브 공연을 계속하고 있다.

경찰관 로미 밀즈(☾ 살인 사건 담당 형사) 최근에 연방 광견병 억제 프로그램, 즉 광견병 감염자라면 누구든 다 체포해서 격리시키는 일을 감독하는 부서의 책임자로 승진되었다.

제럴 무어(☾ 사설탐정) 주정부 전염병 검역소에 무기한 격리수용되어 있다.

네디 넬슨(☾ 자동차 충돌파티족) 체스터 케이시가 실종된 그 차에 동승자로 타고 있던 것이 마지막으로 목격되었다.

갤턴 나이(✿ 시의회 의원) 광견병에 감염된 것으로 의심되는 사람들을 현재의 공중보건 위협 사태가 해결될 때까지 계속 격리수용시키기 위한 프로그램을 성공적으로 통과시켰다.

대니 페리(✿ 어린 시절의 친구) 가정과 교회와 공동체에서 활기차게 살아가고 있다.

에드나 페리(✿ 어린 시절의 이웃) 가정과 교회와 공동체에서 활기차게 살아가고 있다.

루앤 페리(☼ 어린 시절의 친구) 가정과 교회와 공동체에서 활기차게 살아가고 있다.

포울크 페리(☼ 어린 시절의 이웃) 가정과 교회와 공동체에서 활기차게 살아가고 있다.

제프 플리트(☾ 인사 담당자) 현재 잘나가는 수영복 모델로 일하고 있다.

서이먼 프래거(☾ 화가) 법률 업무에서 시간이 나는 한 초상화 그리는 일을 계속하고 있다.

하틀리 리드(☼ 트랙사이드 식료품점 주인) 자신이 앓은 사과를 판매용으로 내놓았다는 목격자들의 증언이 있은 뒤 무분별한 위험 행위를 했다는 혐의에 대해 결백을 주장하고 있다.

패티 레이놀즈(☾ 바텐더) 마약 복용 습관에 깊이 빠져들지 않는 한 바텐더 일을 계속하고 있다.

로웰 리처즈(☼ 교사) 최근에 6개월 연속 금주를 축하받았다.

리비아 로셀(☼ 교사) 최근에 6주 연속 금주를 축하받았다.

토드 러츠(☼ 고화폐 거래상) 지중해에 있는 개인 소유의 섬으로 은퇴했다.

데이비드 슈미트 박사(☼ 미들턴 의사) 응급위생조처 하에서 지방격리수용소장 직을 맡기 위해 진료 업무를 중단했다.

그린 테일러 심스(☾ 역사가) 버스터 L. 케이시의 실종과 관련된 용의자로 계속 경찰의 수배를 받고 있다.

티나 아무개(☾ 자동차 충돌파티족) 다지 바이퍼에 타는 장면이 마지막으로 목격되었다. 그 차는 나중에 화물열차 옆구리에 충돌해서 폭발했고 응급 요원들은 사고 현장에서 생존자건 사망자건 아무도 찾지 못했다.

에디스 스틸(ℂ 인사 담당자) 주정부 전염병 검역소에 무기한 격리 수용되어 있다.

루 테리(ℂ 건물 관리인) 현재 아동 성추행 중범죄로 25년형을 선고받고 복역 중이다.

카를로 티엥고(ℂ 나이트클럽 매니저) 주정부 전염병 검역소에 무기한 격리수용되어 있다.

루엘라 토미(✿ 어린 시절의 이웃) 가정과 교회와 공동체에서 활기차게 살아가고 있다.

피비 트뤼포 박사(✿ 역학자) 연방 위생 권한법 하에서 법률 집행관들의 확대된 직무를 조정하는 연방 광견병 권위자로 지명되었다.

빅터 터너(✿ 인류학자) 의식(儀式)과 언어 분석용 기호체계의 권위자로서 브라질에서 삼바 학교를 운영할 꿈을 꾸었지만 1983년에 사망했다.

토니 위들린(ℂ 자동차 충돌파티족) 계속해서 충돌파티 행사에 참가하고 있지만 그녀가 게임 주관자 역할을 하고 있을 것이라는 모든 소문을 부인한다.

척 팔라닉(Ⓒ 작가) 7개의 소설을 쓴 베스트셀러 작가이다. 데이빗 핀처 감독에 의해 영화로 제작된 《파이트 클럽》, 《서바이버》, 《인비저블 몬스터》, 《질식》, 《자장가》, 《다이어리》, 그리고 《Haunted》가 있다. 또한 오리건 주 포틀랜드의 논픽션 프로파일인 《Fugitives and Refugees》와 논픽션 모음집 《Stranger Than Fiction》의 저자이기도 하다. 그의 작품들은 3백만 부가 넘게 팔렸으며 그는 현재 퍼시픽 노스웨스트에 살고 있다.

역자후기

소설만이 아닌 소설로서의 소설

위대한 작가들만이 할 수 있는 방식으로 독자들을 사로잡는
이 생생하고 얼얼하고 신랄한 소설 〈랜트〉는 척 팔라닉이 주인
공 랜트, 즉 버스터 케이시를 내세워 벌이는 세상에서의 의미
탐구라고도 할 수 있을 것이다. 이 소설에서 작가는 기발한 상
상력을 동원하여 도발적인 포스트모던 실험들로 전개되는 이
야기를 통해 진실과 거짓, 밤과 낮, 시간과 공간으로 갈라진 반
(反)유토피아적인 세상을 멋지게 창조해낸다. 그래서 〈랜트〉의
절반은 영혼이 죽어버린 세상에 대한 비난이고 또 절반은 그
세상에 대한 찬양이다.

놀라운 아이디어와 주제들로 예측을 불허하는 이 기상천외
한 소설 〈랜트〉에서 작가는 종교의 본질, 정부의 조작, 인간 차
별, 사람들 사이에서의 진정한 접촉, 그리고 불멸 등을 포함하

는 여러 가지 주제를 다룬다. 그리고 그러는 과정에서 전광석 화 같은 필치로 시간여행, 전염병 조작에 의한 인구 조절, 선대 로 거슬러 올라가는 근친상간 같은 점점 더 믿기 어려운 플롯 들을 짜내며 여러 가지 흥미로운 문제점들을 제기하는데, 사회 현상에 대한 그의 논평은 매우 철학적이면서도 재기에 넘친다.

"…사람은 누구나 다 자기 자신에게 빠져 있습니다. 우리는 우리 자신이 가장 좋아하는 취미이자 우리 자신에 대한 전문가지요."
"산타클로스와 부활절 토끼를 영속시키는 일은 그 이상의 사회 화, 최대한 많은 운전자가 도로에서 어우러질 수 있게 해주는 교 통 법규에의 순응을 포함하는 사회화를 위한 기초공사가 된다."

이제까지의 그 어떤 소설과도 궤를 달리 하는 이 아주 특이 하고 창의력 풍부한 작품에서 척 팔라닉은 캄캄한 밤보다도 더 어둡고 암울한 유머와 파멸적인 사회에 대한 냉소적인 논평들 로 기존의 소설 형식에 도전장을 내밀면서 숨을 삼키게 하는 이야기로 독자들의 마음을 온통 휘어잡는다. 기발하고 엉뚱한 내용들로 채워져 있는 이 소설의 페이지들은 한편으로는 심오 하고 통찰력 있으면서도 때로는 그 사이사이에 포복절도할 만 큼 우스꽝스러운 이야기들이 능청맞게 끼어들기도 한다.

보디 칼라일 : 그해가 다 갈 때까지 랜트는 그 물감들을 조금씩

훔쳐내곤 했지요. 여름부터 크리스마스 때까지. 그 애는 세탁물 더미에서 자기 아버지가 입었던 팬티를 끄집어내서 스포이드로 사타구니 부분마다 노란 점들을 찍곤 했어요.

그 뒤로 케이시 아저씨는 소변을 꼭꼭 앉아서 보았고, 성기를 늘어뜨린 채 마지막 한 방울까지 오줌이 다 나오게 하려고 애를 썼지요. 네모나게 접은 화장지로 찍어 내기까지 하면서. 하지만 팬티에 묻은 노란 점은 날이 갈수록 점점 더 많아졌어요. 랜트가 그 점들을 노란색에서 빨간색으로 바꿨을 때, 아저씨는 미치고 팔딱 뛸 지경이 되었지요.

〈랜트〉는 이야기가 맨 끝에서부터 시작되었다가 처음으로 홱 돌아가고 그 다음에는 문학적 소양이 뛰어난 독자들까지도 계속해서 어림짐작을 하지 않을 수 없게 무수한 꼬임과 비틀림이 있는, 엄청나게 복잡하고 다채로운 이야기로 전개된다. 그러나 충분한 주의를 기울여 읽는다면 우리는 척 팔리닉이 제1장에서 자동차 세일즈맨인 윌리스 보이스를 통해 거의 모든 이야기를 다 한다는 것, 그것을 미처 알아차리지 못한 독자들을 위해서는 도중에 여러 가지 힌트가 주어진다는 것을 알 수 있다.

〈랜트〉는 대별해서 세 부분으로 나누어진 소설이라 할 수 있는데, 그 첫 번째 부분은 주인공인 랜트가 나중에 보이는 행동을 뒷받침해줄 어린 시절의 갖가지 기행들에 대해 주고받는 이야기들로 이루어진다. 그리고 두 번째 부분에서는 이야기가 미래로 건너뛰어 극적으로 바뀌면서 그가 주민들이 주간생활자들과 야간생활자들로 나누어진 도시에서 벌이는 모험들이 이야기된다. 그러나 세 번째 부분에서는 이제까지와는 전혀 다른 어떤 것이 되어 랜트가 광견병을 마치 성병이기라도 한 것처럼 퍼뜨리고 이야기가 뒤틀려 시간여행으로 빠져들면서 '할아버지 역설'이라든가 자신의 근원을 제거함으로써 신적 존재가 될 수 있다는 꽤나 이상하고도 흥미로운 이야기들이 펼쳐진다.

이 새로운 형식의 소설에서 이야기 전개에 또 다른 특별함을 더해주는 것은 구술전기 형식이라는, 기존의 소설과는 다른 양식의 서술 방법이다. 이 구술전기 형식은 매우 흥미로운 글쓰기 접근법일 뿐만 아니라, 작가로 하여금 새로운 플롯들을 우회적으로 드러내며 한 장면에서 다른 장면으로 건너뛸 수 있게도 해준다. 또 그 새로운 형식(오로지 단편적인 인터뷰들과 기록된 정보들을 통해서만 이야기되는)덕분에 거미줄처럼 얽힌 구조에서 하나하나의 이야기들이 어둡거나 반짝이는 줄들처럼 선명하게 대비되기도 한다.

이제 더 이상 그 자신을 무대에 올릴 수 없는 주인공 랜트에 대해 제각기 다른 사람들이 제각기 다른 이야기를 해나가는 척 팔라닉의 이 방법은 꽤나 혼란스러워 보일 수도 있지만, 작가는 더없이 놀라운 기법으로 이야기 그 자체를 통합시킨다. 그래서 하나하나의 사람들이 떠올리는, 의미가 통하지 않을 것 같은 사건들이 다른 사람들의 다른 이야기를 듣고 나면 무슨 일인지를 알 수 있게 되는데, 그런 방법을 생각해 낸 작가의 상상력이 참으로 놀랍지 않을 수 없다.

이 소설에는 "피크를 부스트한다"는 특이한 은유가 나오는데, 일단 책을 다 읽고 나면 우리는 그 은유가 랜트 그 자신이 아닌 다른 사람들의 이야기를 통해 랜트의 이야기를 읽는 지각 과정에 어떻게 적용되는지를 알게 될 것이다. 그리고 또 다른 은유인 자동차 세일즈 기법에서는 윌리스 보이스가 본질적으로는 작가 그 자신인 척 팔라닉의 대리인으로서 주의 깊고 솜씨 있게 '대조질문', '내장명령어', '보조 맞추기' 같은 것들을 통해 독자들을 가야 할 곳으로 정확히 이끌어준다.

이 소설은 결코 후딱 읽어치울 그런 손쉬운 책이 아니다. 플롯을 충분히 이해하기 위해서는 화자 하나하나의 의도를 생각해야 하는데, 중요한 등장인물들을 알고 나면 그들 하나하나의 관점에서 본 이야기를 파악하기가 훨씬 더 쉬워질 것이다. 수많은 조각들이 한데 맞물리면서 참으로 이상하고도 강렬하게 흥미를 끄는 방식으로 전개되는 이 소설에서 작가는 대단한 통찰력으로 현대 생활과 사회 전체가 직면한 위험을 파고들며 인간의 행동과 사고, 사회적 상호관계에 대한 깊은 이해를 보여준다. 이 책은 그저 소설이 아니라 상대를 내게로 끌어들여 마음을 사로잡게 해주는 지침서다.